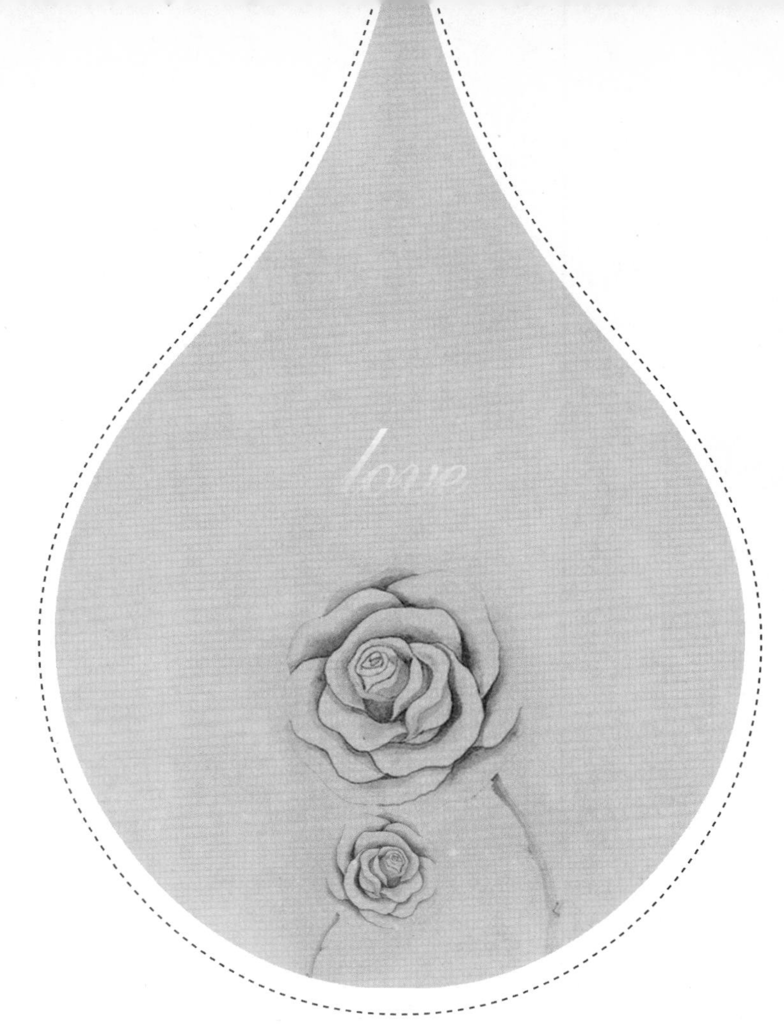

爱情反应堆

love reactor

雨禾 著

廣東省出版集團
花城出版社
中国·广州

图书在版编目（CIP）数据

爱情反应堆／雨禾著．—广州：花城出版社，2008.7
ISBN 978-7-5360-5385-4

Ⅰ．爱… Ⅱ．雨… Ⅲ．长篇小说—中国—当代 Ⅳ．I247.5

中国版本图书馆CIP数据核字（2008）第097687号

策划编辑：张　瑛
责任编辑：张　瑛
技术编辑：易　平
装帧设计：杨亚丽

出版发行 花城出版社
（广州市环市东路水荫路11号）
经　　销 全国新华书店
印　　刷 广东科普印刷厂
（广州市白云区三元里棠新西街69号）
开　　本 787×1092（毫米）　16开
印　　张 13.5　1插页
字　　数 290,000字
版　　次 2008年11月第1版　2008年11月第1次印刷
印　　数 1－6,000册
定　　价 28.00元

如发现印装质量问题，请直接与印刷厂联系调换。
购书热线： 020—37604658　37602819
欢迎登陆花城出版社网站： http://www.fcph.com.cn

人

因为有梦想，所以向往远方；

因为没梦想，所以向往远方。

他们是梦想家，生活在想象中某一双远方的眼睛之下。

——米兰·昆德拉

爱，是阻力的产物……自由也不是一种解放，而是新的桎梏。

——罗洛·梅

1

周尚文猛一抬头，已是泽西教院的大门，又雄伟又新奇。他妈的到底是大学大门，整整比中学的大了一号。他要用很庄严的心态与步态完成这个人生阶梯的跨越仪式，尽管肩上扛着笨重的行李卷，但他还是挺了一下腰杆，对着大门庄严站定，一步、两步、三步……

门那边完全是一个全新的世界，高楼、凉亭、草坪、时髦的男女……啊！大约几秒钟的时间，就完成了这个命运的跨越，他觉得像从深水中探出脑袋，像从崎岖的山路攀上山巅。生命质量实在是到了非提升不可的时候了，可以说已经到了抢救性的阶段了，而且，付诸实施的条件也完全具备了。他和老婆的工资都分别涨到1000多元，尽管买了房子，尽管还进行了中低档的装修，尽管供孩子上学，尽管不断地买鸡肉鱼肉香蕉苦瓜什么的，但周尚文照样有条件在地球表皮上潇洒走一回的。去他妈的，开始享受人生，开始放手消费……可是，问题是当着含辛茹苦的老婆，当着渐渐懂事的孩子，当着单位领导同事，人咋么可以在众目睽睽下说变就变呢？那还不和留了半辈子的小平头突然变成披肩发或者马尾辫一样招人扎眼唾弃吗？

周尚文只得把对生活质量改变的欲望，像一桩远大理想一样深藏胸间，等待着有朝一日隆重实现。

接到泽西教院的通知，他虽然在妻子和同事们面前表现得极其无所谓，但心里却默默地盼着跳出苦海的这一天。是的，逃出家庭，摆脱单位，幸福就在眼前，快活就在脚下，人生苦短，时不我待，还不潇洒又待何时？连古人都知道“对酒当歌，人生几何”，可是久盼的这一天终于来到了，怎么连10多块钱的出租车都徘徊犹豫了10多分钟，最终还是选择了肩扛铺盖卷丑态百出地不管他人说什么，只管走自己的路呢？

宿舍楼门口，车展一样簇拥着一片小车：宝马、皇冠、本田、帕桑应有尽有，最寒酸的也是出租普桑。同样是泽西教院的学员，可从小车里轩昂走出的家伙与被压在行李

卷底下劳苦人民之间，其反差是多么的大啊！

周尚文的宿舍是3楼18号，4支双层床，倚墙而立。周尚文进来时下铺已被占满。他想，上铺就上铺，除了上下不方便别无更多害处。

展开被褥，喘息稍定，周尚文便把微笑撒向宿舍里同样在微笑的陌生同学。他还虔诚地给每位同学打去一支云烟，他自己也点燃一支，一边尽享着释重以后的痛快，一边搜索枯肠地苦思着惊座的话茬儿："嘿，咱这人就这命，念大学末班车，住宿舍还是末班车。"

周尚文的开场白没有收到预想效果。根本让周尚文看不上的老家伙，却一个比一个牛，一个比一个张狂，脸上都挂着先来者的优越，先知者的傲慢。他们南腔北调地说着他不懂的话题，他们说到教院领导方面的许多内部信息，他们还知道许多任课老师的来龙去脉，他们相互关照的视线里压根儿没他这个人。周尚文完全被排除在人际的边缘，只配锅着腰灰眉鼠眼地做肉墩。

不过，紧接着就来了一个激活肉墩的人，那人同样扛着行李卷，同样的灰眉鼠眼，同样的没人看他，和他说话。那人在早有人给他占好的下铺床位悄悄地展开行李，悄悄地坐在铺位上，一脸愁苦，满眼悲凉，腰罗锅着，脑袋耷拉在胸前。看着新产生的后来者如此窝囊，周尚文好像找回一点儿自信心，就居高临下说："嘿，想什么呢，管它呢，先好活两年再说……"

周尚文这句只说给窝囊人的话，却产生了惊座效果。

对面下铺的薄嘴唇像抓住预审对象的破绽似的追问："好活？说具体点。"

挨薄嘴唇的大鼻头也推波助澜："说嘛，说嘛，说说你的好活观。"

周尚文刚刚刷新的红脸又一次红到耳根："我，我是瞎说呢，瞎说……"

薄嘴唇一脸鄙夷："瞧瞧，瞧瞧，自己说了的话，不敢承认，要放就放个响屁！"

大鼻头两眼不屑："不说，不说就是不可告人，就是口是心非，非赌即嫖罢了……"

"哈哈哈哈，哈哈哈哈……"屋子里混笑成一片。

周尚文觉得自己的体面被一层层地剥光了，形象也在一截截地矮了下去，眼看就成了人人敢捏的软柿子了。谁知那个大鼻头又揪住更敏感的话题："你……多大了？"

一股热浪从脖颈火辣辣地刷上脸庞："我……我……我比你们大啊。"

"到底多大啊？"大鼻头紧追不舍。

"老了啊……"周尚文觉得自己的年龄像身上的一块秃疮，像隐瞒的一桩罪恶。他望着一片追问答案的眼睛，坚守着心中那一点隐私不被侵犯。脑海里空荡荡的一片，汗淌个不住，他就擦个不住，但刚买的崭新毛巾抹不去一脸窘迫，如此龌龊的第一印象就这样在新环境里定格了。

不论怎样的感受，周尚文还是很珍惜地过着新环境的一分一秒，他很用心地呼吸和吸收着全新生活里的空气和信息。他转遍了宿舍楼的所有楼层，转遍了校园的各个角落，看了教学楼、图书楼，看了校委办公楼，在刺槐林间石子甬道上走了一圈又一圈，直走到夕阳晚照霞光满天，才回到宿舍。

夜晚，宿舍里灯光柔和，同学关系也渐渐融洽。大家相互递着香烟，相互探究着各自关心的问题。

周尚文的底细被大家探询去了许多，周尚文也接收到其他人不少资料。学员们先就关注上一个离婚不久的家伙，叫戴五狗，有说是老婆离他而去的，也有说是他家有的是钱，想换个新老婆玩玩就可以换掉的。打饭时就有班里同学指点着那家伙窃语，说他来教院的第一目的就是要找个窈窕水灵而且睿智的女人做老婆。现如今有了钱，那还不等于阿Q实现了革命的目的，要谁就是谁吗？

宿舍里那个薄嘴唇的家伙叫金浩瀚，十分艳羡戴五狗轻而易举就可以把一个老婆卸载掉。从他反反复复的叹气与絮叨中，就知道他生活在老婆压迫的水深火热之中。他老婆不仅是同行，而且是某中学校长，据说非常厉害，可以把一所学校教职员工管得死气沉沉，管自己的男人更是小菜一碟。金浩瀚也发誓想在这两年里过几天解放区的日子，可他苦不堪言地向大鼻头史大可透露，他连一分钱也和老婆多报销不了。他还仰面朝天地冲着顶棚叹息，不知哪一天他就要自杀掉，好让狗日的母夜叉老婆后悔莫及气得死去活来。

金浩瀚见史大可一谈到婚姻问题就微笑，就在他当胸戳一拳头武断道，你他妈一天24小时都笑嘻嘻的，一定是娶了好老婆。史大可就谦虚说，好女人全被干部子弟和地痞流氓抢占光了，哪里能轮得到教员娶好老婆呢？金浩瀚就又追问，那你老婆也很一般了？史大可微笑着点了头说，很一般。金浩瀚这才舒舒服服地吁了一口气。

金浩瀚和史大可虽然处境各异，可追求的目标却惊人地一致，从陌生到熟悉，心与心越贴越近，话题也越说越深入。

"嘿，我们过来时走的西关街，全他妈的是歌厅。"

"是的是的，一家挨着一家。"

"嚯呀，听听那音乐。"

"就是，那音乐，真是的……"

"真是什么？"

"真是感染人。"

"音乐没人感染人啊！"

"那也得是美人才能感染人，给你个丑八怪叫你感染感染。"

"唉，这社会啊……"

"真是的，这社会……"

"这社会咋么？啊，这社会咋么？"金浩瀚步步紧逼拷问史大可。

"这社会……这社会……"史大可揣摩不透金浩瀚想要什么答案。

"这社会，好！"金浩瀚慷慨激昂，近乎呼口号。

“就是好，是的，就是好的。”史大可频频点头。

“你是说……社会有了歌厅就好?”杂毛韩向东从上铺探下头来挑衅。

“当然不仅是有歌厅，你的意思呢，有了歌厅社会就不好了?”金浩瀚歪出身子，向盘踞于他头顶的杂毛反问。

“这是中国啊。”

“中国咋么?中国哪个朝代没有妓女，你说这不文明吧?可我们又说五千年文明古国。”金浩瀚看来还不算浅薄。

“极左年代倒是没有小姐，可那时候经济文化啥都萧条，应了那句话了，繁荣必然娼盛!”史大可好像也还并不是白痴。

“谬论!”韩向东继续挑衅。

“马克思还说，妓女是一夫一妻制的必然补充，谁不敢承认这，只能说明你不是一个马列主义者，是伪君子，假正经!”金浩瀚义愤填膺。

“伪君子，假正经!”史大可旗帜鲜明。

忽然，史大可对面上铺的王天翔跃身而起，粗壮的食指直指住金浩瀚额头：“你你你的良知，你的道德哪里去了?”

“噢，哪里冒出个封建卫道士!”金浩瀚不屑地瞥一眼王天翔。

“我就是道德卫士，谢谢你的夸奖。”

“现如今，有几个你这样的人?”

“什么时候也是好人多!”

“哼，好人多?鲁迅早说了，社会是为庸人设计的!”

“什么意思?”

“什么意思?好好看看鲁迅。”

“《纪念刘和珍君》我教课的次数比你多得多!”

“那你更该知道带领人类前行的只是少数人，其余的都是庸人。”

“你是带领人类前行的人?”

“起码是与时俱进的人，率先觉醒的人!”

“宁做庸人不做坏人!”

“你说谁是坏人?”

“卑鄙下流就是坏人!”

“道貌岸然才是坏人呢!”

……

争论继续着。

周尚文听着听着也想插话，也想慷慨激昂旗帜鲜明。但这时的韩向东和王天翔，显然把他归类在同一战壕里，说每一句话都要用眼光和他沟通，想博得他道义上的支持。他也感到一种被信任的温暖。彷徨到最后，周尚文还是把奔涌到嘴边的话语强压下去了。

这时候进来了308号最后一个成员，一个标标准准的长发帅哥。

帅哥像首长接见群众一样逐个把大家的手握一遍，辉煌的烟盒里“啪”“啪”磕出一支支烟卷，像机枪子弹一样扫出一排子。他说他就是市里的，他并不住宿舍，他只是来占个床位，并来认一认新同学。

帅哥已是如此养眼，他后面的角色更让老家伙们瞠目。随着帅哥带来的视觉冲击的当儿，门口飘然闪出一位绝色丽人。

哇，舍友们全惊呆了，连卫道士王天翔也傻张开嘴巴。

什么也不用说，绝对的大美女就是了，那飘飘金发，那娇媚的脸型，那修长的腰腿……啊，啊，舍友们只觉满屋灵气涌动，阵阵暗香浮动。

那姑娘轻轻坐在金浩瀚床沿，向每一个老家伙投去微笑。

“你是……”金浩瀚两眼红突突地盯着那姑娘，“你是几中的？”

“我吗？我不是教书的。”美眉答话好像有点难为。

“那么你是……”金浩瀚继续追问。

“我现在还待业。”

“待业？”老家伙们都睁大眼睛。

帅哥说：“大美女门若娜要待业，那我们大家就都得喝西北风去了！”

门若娜？名字和人一样的美丽。

金浩瀚急着问：“那么你……”

“大家猜啊，”帅哥像主持人一样，调动着谈话气氛，“谁要把大美女职业猜准了，我请诸位喝酒。”

舍友们都来了兴趣，一个个凝眉敛额，跃跃欲试。有猜演员的、有猜模特的，有猜歌星、舞星的……

门若娜抿嘴微笑，不置可否。帅哥看看手表说：“好了，时间不早了，哥们关心的答案，姑且作为一个悬念，你们休息，明天见。”

美女帅哥翩然离去，舍友们一片赞叹：

“这叫天生丽质！”

“这叫倾国倾城！”

“班花，班花，绝对是班花！”

“什么班花，绝对是校花。”

舍友们个个脸上洋溢着兴奋，像除夕夜似的欢度着二度学生生活的第一个夜晚，王天翔虽然对所有人都表示不满，但他那点不和谐音早湮没在大家的吵吵声与笑声里了，连那个窝囊人也在昏暗的灯影里绽出一丝笑意。金浩瀚朝天伸着懒腰大叫：“能和如此美人同窗共度两年，也不枉为人一世啊！”

史大可惊叫：“什么什么，你要和大美人同床共度啊？”

又一阵久久的爆笑……

“睡吧，12点了！”声音好像从阴暗的地下渗出，音量不高，但阴沉沉的，很有行政杀伤力。舍友们这才注意到窝囊人对面床铺上那个仪态威严的人士。那人脸型刚好平板得盛气凌人，眼珠正好眯缝得目空一切。韩向东和周尚文嘀咕，这人一定当过校长或者什么一把手的，要不咋么能修炼到如此领导功架？咋么能对如此新鲜语言环境无动于衷视所有人如无物呢？

2

那个小眼睛人叫冯格，第二天上午，就被班主任指定为班长。是靠精心打造的庄严形象赢得班主任信任呢，还是靠了什么背景荣任此职？谁也说不清楚。这首先成为2001届中文一班的一个政治悬念。有悬念的日子总是有意思的，带着对悬念的揣测探究，老家伙们的二度学生生活就这样开始了。

泽西教院最大的特点就是老师小，学员老。虽然是刚走下讲台的教师，可一旦被圈在单人课桌里，就从生理到心理都回到学生时代，都那么像模像样的做起学生来了。

第一次见面会上，一教室老面的家伙就因为个座位问题嚷嚷得不可开交。小个子们叫喊按个子大小，成绩好的叫喊按成绩高低，早早来占好座位的则坚守阵地，不管别人怎么乱喊乱叫横竖不动。

一开始，班主任面对这些来自教育第一线温良谦和的老同志，怎么也端不起老师的架势，甚至谦恭得有点不自在，有点紧张呢。他只想构思一个语惊四座的开场白，能够使老道的学员折服就是了。可是，老学员们却小孩子一样吵吵开了，有的还手舞足蹈怪声叫喊。看着这样的场面，班主任就皱起眉头：“怎么这样啊，都是多年教龄的人了，都是我该叫老师的老同志了，怎么为这么个问题就过不去啊？”

有人喊得更厉害了：

“座位问题就是大问题啊，天时人和，还得有地利啊！”

“集体刚刚组合，分配问题解决不好就会影响班里安定团结的啊……”

“对啊，年轻人都坐在前面，我们都是耳又聋眼又花的人了，反倒坐后面了，这合适吗？”

班主任一看这阵势，一股恼火倏然蹿上胸膛，脸色愤然板严，一下子就找到了班主任的感觉，大手在讲桌上一拍，吆喝道：“喊什么喊，看看像话不像话，都为人妻为人父的人了，像话吗？在下面怎么为人师表啊，怎么言传身教啊？不就是个座位嘛，值得这样面红耳赤，如此失态吗？真是怪了呢。就先这样坐着，真是怪了呢！”

教室里一下子静了下来。班主任语气缓和了一点说：“就这了，从现在起，谁也不准再提分座位的事，听见了吗？”

同学们悠长地拖着声音：“听见了——”

班主任微微摇了摇头，说："还有意见的可以下来提，好了，现在我们开第一次班会。"

冯格暗暗点了点头，对年轻教师的不屑态度也悄然渗入皮下，正式进入班长角色，开始主持会议："同学们，我们开会了，大家欢迎我们的班主任焦老师给我们讲话，大家也许知道，我们班主任焦老师是我院最年轻有为的青年教授，文学理论权威，焦老师给我们担任班主任，是我们的幸运，大家欢迎焦老师给我们讲话。"

班主任喝了一口水，咳了一声嗽，即刻就从世俗的纠缠中解脱出来，恢复了学者的潇洒风范。

班主任先在黑板上写下"焦克"两字，说这就是他的名字，很好记，和口干舌燥的焦渴是同音，接着转入正题："我们从全市各地走到一起，相遇到泽西教院，组合成2001届中文系一班，这是一个什么概念？这就是缘……"焦老师的讲话，抑扬顿挫，铿锵有力，他从缘讲起，从相逢、相聚、相处、相爱生发开去，讲到文学的功能，首先是改变人的思维方式，提高人的品位，人就会变得崇高雅致，就会变得宽容大度，就会容忍理解多元价值观，然后真正实现人的灵魂的净化，得到真正意义上的文明……

同学们听得屏息凝神，七窍全开。从干枯的语文教学的沟壑里出来，一下子进入学术的海洋。广博的信息，新奇的观点，哲理的思辨，句句都是那样的发人深思催人彻悟。啊，这才是学问，这才是境界啊！老学员们时不时作恍然大悟状，频频点着头，匆匆忙忙地做着笔记，好像都在准备认认真真迎接一次知识的升华，思想的裂变。

周尚文如饥似渴地听取着全新的话语，很想尽快摆脱平庸而进入学员角色，早日找到崇高境界的入口处。可是左右看了看，顿时又是满肚子恼火，一边是老杂毛韩向东，一边是卫道士王天翔；一个是杂毛脑袋吊塄瓜，一个是扁平呆板老黄脸。一个比一个讨厌，一个比一个让人窒息得失去生活信心。好端端的学习环境，生生的让这样的两颗脑袋给糟践得如此枯燥乏味，如此没有诗意。这两年里，如果就这样跟这两个家伙并排坐下去，那不等于白白糟践了美好时光吗？那简直是他妈的生不如死啊！

班会一散，周尚文就去找班主任，想要求给他换换座位。

到了焦老师住处，"呐呐"的怎么也张不开口。40来岁的人，恭恭敬敬站在一个和自己刚刚告别了的高三复习生差不多年龄的毛孩子面前，更觉身热脸红，入地无门。

周尚文终于横了一下心，说："焦，焦老师，我……"

焦老师恭恭敬敬让了座，并给周尚文倒了一杯茶水："您坐，您喝，有话慢慢说。"

焦克一回到家里，就有学员找来，有的说是近视眼，坐后面看不见；有的说是耳聋，坐后面听不见，都嚷嚷着要求调座位。刚刚打发走一拨，这儿又来了一位。看着如此老面的学员俯首垂肩有求于自己，既可笑又觉浑身不自在。

"焦老师，我，我想和你坐坐……"周尚文总觉得有点难以启齿，正在又窘迫又难堪的当儿，偏偏进来了几个女生，其间还有大美女门若娜。

周尚文本不打算说了，可是，起身告辞的当儿，逗留在嘴边的话还是溜出来了：

“那，那座位，焦老师您看……”

“什么？您也对座位有意见？”焦克吃惊地盯住周尚文。

“什么什么，您老也是来要求调整座位的？”有个留马尾巴的姑娘这么一提，其余的女孩都笑起来。

又一位女孩捂嘴笑道：“想不到这些人把个座位看得这么重要啊！”

“人家把座位看得重要，是因为人家是来准备好好学习的，哪像咱们这些人啊！”门若娜的这句话，好歹让周尚文的窘迫缓解了一点。

“学什么呀，都那么大年纪了，还学什么呀，都是为评职称来混文凭的……”马尾巴说得正起劲，门若娜示意她的话会伤害这位老同志。

焦克狠狠瞥那女的一眼，说：“怎么说话啊，年龄大点就怎么了，论学习，哪个拎出来都比你们强。”

马尾巴嘀咕：“我们哪能和他们比呀，我们几个都是代培的职员嘛，他们都是教了多年书的老师。”

焦克很严肃地说：“你说什么哪？这以后还就是要放在一个水平线上比呢。学校最后是以成绩说话的，院领导可是假期才换的，各项考核指标都是硬邦邦的，到时候可别怪我不客气，啊！”

“还考核啊？”几个女生异口同声惊叫起来。

“学分制啊，迟到、早退、旷课，所有违纪行为，尤其是各学科成绩，你们可要做好充分的思想准备，别指望我给你们开后门。”

“嗯呀，你还是不是老同学啊？”

“怎么会这样啊，我们还就是听说你是班主任，才报了中文的嘛。”

“听前几届毕业学生说，泽西教院很好混的嘛。”

几个女生一片鸣冤叫屈。

焦克更严肃地说：“本来今天的班会，就是让传达各项制度的，可我不想把第一次见面的开场白，搞得那么没有人性化的。”

“你们听听，虽然曾经是同班同学，可人家现在已经是教院的教授了，我们呢，当初没考上大学，到头来还得接受人家的教育呢。”马尾辫姑娘忿忿嘀咕。

周尚文嘀咕：“你们，你们都认识啊！”

屋里又是一阵混笑。

周尚文离开焦老师住处，跌跌撞撞回到宿舍，倒头佝偻在被卷里，懊悔得直用脚后跟捣床板。流淌了一身的汗水已渐渐冷却，全身冰凉冰凉，宿舍里一张张面孔也都冷冰冰的……倏地，周尚文就想起绝顶美人门若娜，冻结的老脸就像被春风吹拂似的一层层地消融松动……多好的女子，她一点也没给他难堪，没用取笑的眼光看他，好像还帮他说话，是的，是帮他说话啊！

焦克接待并送走一拨又一拨学员后，就坐在电脑前努力延续几天前的思路。去年春初，他约了胡海涛、徐冉、孟甄茜、沈菲伊几个中文系的同仁到湘西旅游。在凤凰城的那个黄昏，那古朴的沈从文故居与如诗如画的临水吊脚楼，一下子就激发出他的一串灵感：第一是关于作家故乡情境与创作者风格的形成是不是有必然联系？第二是对于创作的形成发展，到底开放的环境有利，还是封闭的环境有利？第三是中国文学难以走向世界的症结，是不是太浮躁太急功近利趋炎附势，既不入世忧国忧民，也不出世超脱淡泊的缘故？第四，当然最主要的就是第四，新世纪世界文学将被高度发达的信息媒体取代吞没，文学将像唐诗、宋词、元曲，以及现在还有一息尚存的传统戏剧一样渐渐退出历史舞台，最多成为一种靠财政拨款保留的非物质文化遗产门类，他将写一部有关此类预测的鸿篇巨著。

为这个鸿篇巨著，他整整做了一年的思想与资料的准备，今年暑假期间，这颗十有八九要一鸣惊人的卫星，总算进入了隆重的制造阶段。他请了1000多元的一桌酒席，并在饭桌上慎重宣布了将婚期再推迟一年的决定。未婚妻沈菲伊也欣然同意，而且对自己选中如此有抱负有理想有男儿味的郎君，更是爱之有加。散席后，焦克没再像以往一样聚到屋里喝茶聊天尽酒兴。连沈菲伊给他冲的茶水都没喝一口，就匆匆打开电脑，啪啪啪啪，打下一长串激情洋溢的文字。

这个假期，他过得十分充实，饱满的写作激情与火热的恋情，像风助火，火乘风一样，将这个夏天装填得更丰富多彩。恋爱因大作的推进而将基础夯得更坚实，论文也因恋情的燃烧进行得更顺畅，洋洋洒洒，一泻千里，一发不可收拾。

可是，飞速前行的路上总是阻力重重，紧接着的就是枯燥乏味的开学，而且，还给他压下这个平均年龄最大，个人成分最复杂的班级。最让他头疼的是在这个班里还有几个他初、高中的同学。讨厌不讨厌啊？不接吧，这一学年他将面临自己人生的几个关口，评教授职称，入党转正，还有更闹心的系主任人选的可能性问题。再说了，安排他代这个班，也是领导对他的考验与信任啊，推辞的话无论如何也说不出口，不仅不能说不，还得拍胸膛表态写军令状呢。接，一定接，而且表态一定把这个班搞成全校一流。可是，你看这，开学还不到两天，班级工作还没理出一点头绪，反倒把顺顺当当的思路全给搅和了。

最使他烦乱的是，班里居然来了他在高中时暗恋过的门若娜。前几天，当他从招生名单上见到这个名字时，虽然心里略略震动了一下，但并没有怎么放在心上，毕竟沈菲伊已在心里占据了主要位置，可当报到那天见到风姿绰约的她时，他的心理防堤就有点固守不住了。她怎么更漂亮更前卫更动人了啊？

门若娜含嗔带笑说："我可是冲你来的啊，焦老师。"

焦克说："啊啊，你怎么……"

"什么我怎么啊？"

"你怎么更那个了？"

"哪个了呀?"

"漂亮、前卫、亮丽、酷啊、靓啊等等，等等。"

"你的意思我明白。"

"说说看啊?"

"就是花瓶呗。"

"花瓶?不不不，如果把知识与美放在一个天平上，哪一个更重?"

"那还用说吗，当然是知识呗，我不是被知识吸引到你身边了吗?"

"啊啊，"焦克心里一阵颤动，"你要不是为了来领取敲门砖，恐怕永远也记不起这个当年一点儿都不起眼的老同学了吧?"

"看你说的，你们上了大学，天之骄子，我们呢，谁承望流落烟花巷。"

"泽西市鼎鼎有名的大明星，有多少追星者望其项背，我辈望尘莫及啊!"

"你也在追星者之列吗?"

"岂止是追星者啊，准确点说，应该是追求者!"

"是吗?"门若娜柳眉一扬，眼光直直盯住焦克，"真的吗?那好，那我就答应你的追求，好吗?"

焦克只觉得心潮涌动，满脸滚烫。他明明知道这是个玩笑话，可这玩笑还是让他身心妙曼激情燃烧啊!

3

为了在开学典礼大会上给全校师生留下很好的形象，班长冯格根据老班焦克的意见，牺牲了几个自由活动时间，专门对2001届中文一班进行了队列训练。正步走虽没练成，可齐步走走得满像回事。

开学典礼那天，秋阳高照，会场布置得热烈而隆重。彩色的大幅标语，从楼顶直挂下来，巨型气球带着更长的标语在蓝天下面飘荡，用中学生写作文的一句话说，叫做美丽的校园披上了节日的盛装。焦克老师也穿上了节日盛装，乳黄西装，大红领带，头发也像是专门处理过的。焦老师来到自己队伍面前，见阵容如此整齐，得意与自豪的容光便浮动在亮亮的额头。

冯格眉目严峻，嗓门高亢，口令喊得执拗而有杀伤力，句句都有撼天震地的效果。2001届中文一班在冯格"一、二、一"的叫喊声里，雄赳赳，气昂昂，跨进大会会场，的的确确抖擞出了班级威风，走出了中文系整齐划一的国粹精神。

开学典礼议程和所有的会议一样，鸣炮奏乐以后就是领导们轮着讲话。全体同学也和参加所有的会议一样，只关注着谁是校长，谁是书记，谁是主任，压根儿没打算听取讲话内容。

校长慷慨激昂的讲话吸收不进耳朵里，对校长背景的窃窃私语，倒是十分吸引大家注意力。从同学们的耳语中，周尚文知道了校长姓周，原来是在一所中学教书，两年内连升三级，升到泽西教院校长这样的级别，已属于硬邦邦副厅级了。至于一位普通教师，一下子直奔到副厅，到底是省委组织部有他同学，还是他女儿大学毕业后嫁给一位高干孙子，那就只能停留在无休止的揣测层面了。

周尚文探长脖子，支棱起耳朵，像饥人扑在面包上一样，接收着宝贵的资料信息……

突然，周尚文的余光里出现了一双久违的眼睛。那双眼睛还是那样招人，那样的让你未曾看到就感受到它的电波作用。其实，那双眼睛并不够水灵，不够顾盼多情，甚至还有些呆呆的，哀伤的。但它就是那样的从第一次接触就直穿心扉，深深嵌入周尚文的灵魂深处。

周尚文心里好一阵激动……啊，是她，是她，的的确确是她啊！周尚文眼睛一亮，心里顿时荡起一股激动的热波。

他向那边点点头，那边也向他点了点头。

那边眼睛的主人是周尚文师范时的同学，说得直截了当一点，就是情人。他们一起湖边漫步过，一起月夜约会过，他们拥抱过，接吻过，只差一步就可以同床共枕鸳鸯交合了，但他们那时实在是太纯洁太简单了，直到毕业离校也没有跨出那突破性的一步。周尚文后来才醒悟，也许当时要能像那些厚颜无耻的同学那样实现了真正意义上的“爱”的话，那她也许就会晋升为他的老婆了。只可惜当时就是太幼稚了，以为谈恋爱就是用语言来谈，用口头的语言，用书面的语言，情书写了厚厚的一叠，至今还在老婆不知道的地方密藏着。直到快毕业了，这根男女间的纽带，还是仅仅停留在人类交流思想的武器的维系上。直到后来有了现在的老婆，周尚文才从切身感受中得出结论：在恋爱的旅途上，爱的语言表述只会让你深陷在甜蜜的泥坑里而停滞不前，甚至会使爱的新奇感觉也在重复的磨损中过早地陈旧褪色。有一句很粗俗但是很哲理的话道出了其中缘由：女人们都是母狗心，谁日她就跟谁亲。可当时还固执地以为，一旦做了那事自己就在对方心目中破坏了形象，不仅不能使异性朋友生米煮成熟饭，甚至还会因此而功亏一篑呢！

啊，她咋么还是那么好看呔？最最使周尚文不能容忍的是她居然会比当时还好看——眉毛比那时黑了细了，眼睛也比那时亮了，嘴唇也鲜嫩了，还有那长长的波浪发，还染了栗色……啊！乘那边哀怨地把眼光瞥向一边的瞬间，周尚文迅速地研读了那张熟悉而又陌生的脸，是的，她切切实实更好看了……周尚文的心跳越发加快了。

说实在话，这并不是周尚文所希望的。随着时间的推移，那张定格在他记忆里的容颜，也在随着对这段追忆的久远而逐日逐月逐年地褪色老化。是啊，公平的岁月烙在谁脸上的印痕都应该是一样的呀？周尚文的脸庞明显地带了中年人的特征，比自己年轻的老婆也在生了孩子后的一两年间就激流勇退地失去了青春的水灵，皮肤渐呈焦黄，眼边出现了褶皱了。而那边的她与周尚文是同龄人，也就是说她也应该在异地肩并肩地同时走向衰老，同时失去青春丽色的啊！每每想起她时，周尚文总是绞尽脑汁地推测她如何的老相，如何的花残柳败。想像力实在有限的时候，就比照着老婆的面色，把蔫黄的皮肤向记忆里那娇美的容颜强行覆盖上去，硬性地将岁月痕迹叠加在她的脸上，总之是不把她设想成一个黄脸婆是誓不罢休的。这样的艺术处理非常凑效，蔫皮皱脸的旧时女友就在这段渐渐尘封的回忆中最终淡出。

可是为什么，她咋么就没老了呢？她凭什么还那么年轻呢？她是在岁月以外的哪个仙境里寄存着，还是在那个生活的冰箱里冷冻保鲜着呢？

就在周尚文开始向那边挪腾脚步，准备将中断多年的情缘尝试对接的当儿，会场出现了一些异样。一片嗡嗡的声音从人群中骚动起来。周尚文迷瞪间，周围已是一片嚷嚷声：

"这他妈简直是监规，这哪是学生管理条例？"

"中学校长当了大学领导，肯定就是这一套，不说比蔡元培了，简直就是他妈的杨荫榆。"

戴五狗挥着拳头叫喊："退学，退学退学！"

金浩瀚也在左右转着脑袋吆喝："这是在摧残个性，压制自由嘛！"

石江南更是怒不可遏："不，这是在摧残中国教育，扼杀民族创造性！"

戴五狗愣头愣脑地吆喝："我操，要知道不让搞恋爱，狗才来这破教育学院哪！"

后面女生们也大呼小叫起来："怎么这样啊，头发长短，裤子宽窄，鞋跟高低都管啊，什么年代了啊！"

史大可大叫："普通大学都不限制考生年龄，都不禁止大学生谈恋爱，一个破成人培训院校咋么尽搞这些臭规定哪？"

石江南义正词严冲着主席台质问："除了礼拜天就不许出大门？那我们走读的学生怎么办？"

连老家伙们也跟着嚷嚷："决不允许请假，都是有家有口的人这可能吗？"

后面还有人叫喊："一次违规也劝退，三次旷课也劝退，学分不达标也劝退，这订得实际吗？可行吗？"

戴五狗继续高呼："将恋爱进行到底！"

……

周尚文刚从王天翔手中接过《泽西教院学生管理条例（草案）》，刚刚看了个开头。就见会场东边上一届老大哥坐的地方，一片纸屑冲天而起，飘飘荡荡，纷纷扬扬就像风卷着漫天飞雪一样向整个会场滚滚席卷过来，开始是一小股一小股地荡起，再后来就交织混和在一起，恰好又有西风吹过，那翩翩飞舞的大大小小的纸片就乘着风儿，回旋着飞向四面八方，飞向遥远空旷的天际。

周尚文傻眼了，这，这，这是……

王天翔，韩向东都露出过来人的警觉，都将恐惧的眼睛瞪向天空，好像那飞落的纸片跌落下来就会砸伤他们的脑袋。

出事了，周尚文即刻也警觉起来，老家伙们其它感觉器官的功能都在退化，唯独躲避是非的本能却随着岁月的堆积越发敏锐。周尚文马上收回眼光，抿住肩膀，把正在萌动的情绪死死压缩回自私的躯壳里。他坚信，在所有政治风波里自私木然就是最好的保护伞。

紧接着，让几个老家伙担心的事儿果然就出现了。

主席台上坐的领导们，挨个儿地站起来，纷纷聚集到校长周围，好像是开了个紧急碰头会，对突发事件有了应急的措施。

最后几句话是冯处长对着麦克风叫喊的，那声音沙哑果决，带着哆嗦的喘息，带着金属的嘶鸣，带着坚硬的官腔："这是泽西教院自建校以来最不能容忍的事件，这是政治事件，是极少数人策动的阴谋，是反对学校改革措施的骚乱，是对新一届校委的反抗，我们也不是清朝政府，我们还没有软弱到连自己的事情都处理不了的境地，谁先带的头，我们一定要查出，一定要一查到底……各系系主任，各班班主任、班长、党小组长、团支书留下，其余学员回各班教室，听候命令，散会!"

大家探头探脑地过了几天，并没有听说有什么人被抓或者被开除。

在一个晴朗的中午，气氛突然紧张起来。同学们没有像往常一样到窗口排队打饭，却一窝蜂向一个地方涌去，周尚文也张惶了眼睛跟着人流，挤入人堆，伸长了脖颈，眼光穿过一片脑袋的间隙……就觉脑袋里"隆"的一声，全身肌肉就顿时收紧。

按说，周尚文上小学时，也曾是根红苗壮的红小兵，不应该恐惧白纸黑字打红圈的大字报的，甚至可以说这种白纸黑字是当时贫下中农子弟们发泄愤慨的有力武器，要说这东西叫地富反坏右黑五类分子走资派胆战心惊，那倒是事实。可是不知咋么搞的，当周尚文第一次看到这种写满张牙舞爪黑字的白色纸张的时候，心里就顿生一种莫名的恐惧。幼小的身子立在那满墙的大字报面前，突然觉得这世界一下子失去了人间温暖，一下子变得阴森恐怖，天变成了灰色的石板，人都变成了无情的恶魔。那一张张白色纸张明明在弥漫着一种吊丧的死人气氛，那张牙舞爪的字迹把天地间涂抹得一片黑暗……

那白纸黑字的东西，后来不单单是贴在墙上，有时用浆糊贴在挨斗人的腹部，用钉书针钉在受批者的背部，有时用这种东西做成了高帽，戴在一颗颗诚惶诚恐枯萎麻木的脑袋上……小尚文再也不敢看那场面了，他一听说是斗人，就向红小兵领袖请假，急匆匆跑回家里，可听着街上惊天动地的口号声，他眼前还是飘满白纸黑字的东西，脑门还是要发懵，母亲见他哆哆嗦嗦地窝在炕上，关切地问孩子到底是咋了，他也不好意思说是怎么一回事，这副德行连自己都觉得为贫下中农丢人，人家别的红小兵们都是一听说斗人，就像现在的人听说有歌舞团来了一样的雀跃欢腾，可他怎么就这么窝囊龌龊呢?

现在，他又看见了让他胆战心惊的白纸黑字，那两个醒目的黑字上也用红笔画着张牙舞爪的圆圈。由于强烈的阳光反射，由于周尚文脑门发懵，老半天才看清大红圆圈圈定的那两个字：牌示。

牌示的7个同学，都是上一届的。牌示的内容是，查某某同学因挑动学生闹事，破坏学校规章制度正常颁布实施，所以经校委会研究决定开除学籍云云。周尚文勉强看完牌示内容，快快走出人堆，走向食堂，排队打了午饭。午饭是猪肉烩菜蒸馍，很香很香的，可周尚文还是觉得一阵阵的恶心，一点食欲都没有。

其他同学也话少了许多，半天冷不丁的一句，也是说一些不相干的话题，好像谁都怕一不小心说走了嘴，被校方开除学籍似的。剩下的就是“胡溜胡溜”的吃饭声。气氛好沉闷，好沉闷。

周尚文在上铺一下一下舀着菜汤喝，突然床铺底下爆发出金浩瀚的叫喊：“沉默啊，沉默。不是在沉默中爆发，就是在沉默中灭亡！”

周尚文没敢插话，但这话听起来很有些痛快淋漓。但周尚文还是坚持着没有追随附和，只是将“胡溜胡溜”喝菜汤的声音狠狠地加快了节奏。

但冯格马上就把金浩瀚的嚣张压下去了，他冷冷说：“瞎说什么呀，这么大人了，还这么不谙世事啊，瞎嚷嚷一顿屁事不顶，不是白给自己惹一身麻烦吗？”

屋子里又死一般地寂静下来，周尚文喝汤的节奏，也一下一下地慢了下来。

但周尚文眼前晃动的黑白世界里，渐渐就叠出了那双迷人的眼睛，他硬是在灰暗的心灵底幕上寻找出一点亮色。这就对了，多想想愉快事儿多好，不仅可以有效遏止不良心理困扰，还可以抵御百病延年益寿哪！要好好品尝生命里的剩余岁月，要好好咀嚼泽西教院里的每一个日日夜夜，要想方设法把生命里的漏洞打上漂漂亮亮的补丁啊！

4

礼拜天一早，周尚文就穿起开学那天穿的衣服，洗了脸，并认认真真刷了牙，因为在师范接吻时，栗晓慧老说他口臭。临走时，又对着金浩瀚床头的镜子偷偷看了自己一眼，但这一眼看得很是丧失信心。瘦弱，呆板，土气，窝囊，一副标标准准的山区教师模样。

失去自信心的人，咋能潇洒得起来呢？已经和旧时情人栗晓慧肩并肩走在校园石子甬道上了，也没有一点当代男儿作派，腰身深深向前倾着，步子迈得急匆匆的，好像身上还压着沉重的行李卷似的。

“我看你倒好像还是赶着去上课呢？”栗晓慧脸上露出一副好笑的样子。

“阿？唔，唔。”周尚文赶紧调整步态。

“嫂子呢，还好吧？”

“啊，啊，就那样吧。”

“孩子呢，该上五年级了吧？”

“啊，你对情况这么清楚，我好感动。”

后来就再也接不上什么有意义的话茬，谈的都是评了什么职称，在学校担任什么职务，工资能领多少，房子买了没有等等，不知不觉就走出了校门，走到了大街上。

在街心公园的一个露天长凳上，他们并排坐下。

“晓慧。”周尚文鼓了鼓勇气，喊出这个曾经叫他心跳不已的名字。

“嗯?”她的应答很女人味。

“你说……你说……咱们咋又见面了？这是不是老天爷的安排?”

栗晓慧侧脸看了周尚文一眼，微笑着翘了一下嘴巴。

“看得出，你的他一定很有本事，很有钱，要不，你咋么有条件把自己打造得这么年轻呢?”

“这二者有关系吗?”

“女人要保持青春，第一得心情好，第二得有钱，脸也像庄稼地一样，不施肥，不保墒，就会皲裂板结，寸草不生。”

“啊，那倒也不一定。”

周尚文突然扭头，定定地看住栗晓慧的侧影：“我看你比在师范那会儿还漂亮呐。”

栗晓慧扁扁嘴：“啊，那时啊，那时的师范女生不打扮，不化妆，都是纯天然的嘛。”

“那倒也不一定，人工装点也得有个好基础的。”周尚文说着，身不由己地向她那边挪了挪身子。

“你比那时好像成熟多了。”

“成熟？哼，说老了不是更直截了当些?”

“真的，这是我的心里话，男人和女人不一样，青春帅气是一种美，成熟干练也是一种美，甚至更耐人寻味呢。”

“是吗？这，这可难得啊。”

“难得？难得的就应该珍惜!”

栗晓慧深深叹一声气，若有所思地看了周尚文一眼。周尚文却再也说不出话，只觉得嗓子眼里像往上冒火，后脊背却冰凉冰凉……他又向她瞟了一眼，正好与她斜瞥过来的眼光相撞。

不远处的露天凳上，一双恋人，正在搂抱接吻得如胶似漆，视过往行人如无物，周尚文体腔里也渐渐泛起一股奇妙的涌动……他想把她一把搂过来，把那白嫩的脸儿啃咬个够……但他只觉得两边胳膊像灌了铅水一样僵直沉重，由不得自己，甚至整个身子都像浇注在模型里的水泥一样，一阵比一阵凝固硬化了……

“你怎么了?”栗晓慧微笑地看着他。

“啊，没什么的，”周尚文难堪地收缩着肩膀，强烈的欲望和动作的反差，把他定格在一个窘迫的造型里，“你，你……你可把我害苦了。”

栗晓慧吃惊道：“啊，怎么回事啊?”

“你漂亮得我都……都……都不敢接近你了。”

栗晓慧笑道：“有那么严重？”

周尚文狠狠道：“啊……”

栗晓慧又歪了脑袋，看了看周尚文的脸色，莫名其妙叹了一口气。

周尚文也叹气道：“唉，我这样子……我和你在一起，过往的人还以为是父亲来学校探望女儿呢。”

栗晓慧突然有点不耐烦地说：“你怎么变得这么婆婆妈妈的了，难怪人说，男人当教员当成女人，女人当教员当成男人呢。”

“啊，精辟。”

“女人不打扮，你们说不漂亮；女人打扮了，男人又望而却步了。”

“也不是你说的望而却步。”

“那是什么呢？”

“可能是爱得太强烈了。”

“是嘛？”

“爱得越强烈，表现得就越窝囊了。”

“既然明白，那就潇洒一点嘛。”

“你们女人就这样啊，对你们不当回事，你们反倒认为是潇洒。”

“你说的那种现象，说白了就是太在意对方怎么看你，太想衡量着对方的尺度伪装自己，这样的结果，当然就是做作，就潇洒不起来了。”

“唔，不衡量着对方尺度做人，人家能喜欢你吗？”

“自然本色就好嘛。”

周尚文继续发挥：“实际上真正意义上的自然本色是不存在的，比如你吧，到底粉黛花黄是自然本色，还是素面朝天才是自然本色呢？”

“依你说呢？”

“依我说，都不是！”

“那你说，做女人的怎么才是自然本色呢？”

“裸体！”

“啊！你好坏！”

“就是嘛，人的自然本色，实际上就是动物属性的，是人的原始状态，我们的祖先不都是赤身露体过来的吗？”

周尚文一旦找到话题的发挥点，就收拾不住了，好像终于找到一种潇洒做人的感觉似的，胡诌八扯的牵强理论，就为窝囊龌龊的家伙披上亮色的包装。越说到后面，便越是云天雾地不着边际，好像这才是他最享受的快感似的，越说越来劲，越说越玄乎，原打算接吻的欲望，也全被嘴巴的发声功能所掩盖而遗忘得一干二净，直到分离的那一刻也没有再想起将计划付诸实施。那位伟人说得很对：爱是不能离开愚蠢的。你看这不是，稍稍智慧了一下子，就把预热起来的那点情绪统统给埋没掉了。

5

沈菲伊的确也算得上一个美女，单拿脸型和门若娜相比，说不定要比门若娜还标致。鹅蛋脸，柳叶眉，刀切一样的鼻梁，标准的韩国嘴唇。可她怎么就没有大美女门若娜那么让人为之心动为之心跳呢？这其中的区别到底在哪里呢？身材吗？气质么？风采么？风韵吗？

但是焦克还是坚决地克制着对门若娜的一腔冉冉萌动的情感。他上课时，尽量板着脸，决不去看门若娜一眼，决不，这一点他是做到了的。门若娜在教室左侧坐着，他就整整一堂课，脸朝着右侧。

风声可能是先从焦克的那几个老同学传出去的。沈菲伊听到传闻，越发警觉起来，接着就从与焦克接吻时细密的感觉中，发觉了唇吻间的淡漠。她把他轻轻推开："算了吧你!"

焦克惊异道："怎么了啊？"

"怎么了？你自己清楚。"

"我，我不知道你在说什么？"

"算了吧，算了吧你!"沈菲伊忿忿坐在一边，将搞乱了的头发重新收拾好。

"天地良心。"焦克莫名其妙地皱着眉。

"是的，良心要紧。"沈菲伊起身准备要走。

焦克无奈地摇摇头："莫名其妙，莫名其妙嘛。"

沈菲伊走出焦克宿舍，泪水夺眶而出。

开学前，当沈菲伊从中文一班花名册中发现门若娜这个名字的时候，吓了一跳，脱口道："哪个门若娜？是不是你高中的梦中情人？"

焦克一下一下抚摸着她的头发："你放心吧，她啊，和你我不是一个层次。"

沈菲伊悬到半空中的心，稍稍放下，她用尖尖的指甲点着焦克鼻头说："你胆敢有半点非分之想，不是你死，就是我死。"

可是，开学不几天，她就感觉到焦克有点不对劲儿，接着就听到了风言风语。说门若娜频频光顾焦克住处，说焦克上课老走神，她还听说有人见他俩在树丛旁窃窃私语，接着就感觉到了唇吻间的微妙变化。

"菲伊姐，没课啊？"沈菲伊猛一抬头，门若娜正朝她迎面走来。

"啊，啊，是你啊。"沈菲伊尴尬地点点头。

"我该叫你菲伊姐呢，还是叫你沈老师呢？"

"叫什么老师呢，还是叫姐亲切。"

"好啊，那我就叫你姐了，你可不要事后又在老班那里说我不尊敬老师吆。"

“看你说的，”望着门若娜魅力四射的身影，沈菲伊疑虑重重，“你，去哪儿？”

门若娜拉起沈菲伊的手：“走吧，和我一起去见见我们的老班焦老师大人吧。”

沈菲伊怔怔盯住她：“你……去找他？”

“可不是嘛，硬叫我当这破宣传委员呢，要是唱唱跳跳什么的还差不多，可出黑板，办专栏这些事儿，我可是外行一个，你说烦不烦啊？”

“班里那么多同学，还有其他班干部，就你一个人独往独来的，能忙得过来啊？”沈菲伊疑惑地看住门若娜。

“菲伊姐，你以为还像咱们中学时的同学那样对班里工作积极啊？都是些有家有口的老杇了，叫谁谁也不动，你以为我想干啊？”

沈菲伊淡淡地说：“那，那你去吧。”说着抽身走开。

门若娜冲着她离去的身子喊：“他在吗？”

沈菲伊又扭后身子，定定地看住门若娜：“他？他在！”

焦克让门若娜坐在对面椅子上，自己坐在与写字台相匹配的转椅里。这相当于领导接见来访者的位次安排。中国百姓面见官爵从双膝跪地到今天这种格局，进步的确是很不小的了。既要废除下跪的腐朽礼节，还要保持等级分明，拉开距离，这不能说不是又一大发明。一个由学生组成的班级和管辖学生的主任教师，正好就形成一个小社会里的两个阶层。班主任要在学生中有绝对权威，学生要服从班主任的令行禁止，这当然就得拉开人与人之间的距离，师道尊严大概说的也就是这么个道理，班主任与一般意义上的老师相比，还多了一层行政属性。

焦克是有一套非常世界性的民主思想的，这得益于四年本科、三年硕士研究生文学思想的启蒙与熏染。但他试了一段，感到七嘴八舌吵吵嚷嚷的很费劲，还是自己说了算要好办得多。要想自己说了算，和学生打成一片就不行，父亲要想管住儿子，都得板起面孔严厉为父，何况是管这么多不相干的人，又都是一人一肚子城府的成年人呢？

最让焦克头疼的正是他那几个高中同学，一个个见了他都是嘻嘻哈哈的，一个比一个顽皮捣蛋。关于他和门若娜的风言风语多半也是他们给嘀咕出来的。这几天，他们几个再到他屋里时，他就很注意分寸了，起码让他们感到开不起玩笑来，让他们觉得师生之间毕竟有一道鸿沟在横着的。对于门若娜，那就更应该注意而又注意了，他不仅不能让沈菲伊有半点怀疑，更不能在学校领导和同事间留下一丁点儿不好影响。

门若娜坐定后，看了看焦克严肃的脸色，说道：“吆，越来越摆起班主任架子来了！”

“啊，是吗？”焦克勉强道。

门若娜扁扁嘴：“等到了教室摆一摆架子也够了，私下也这样，你不觉得太累吗？”

“什么呀，我摆什么架子啦？”

“你要怕我影响你的尊严，那我可以少来。”

"啊，不是的……"焦克缓缓抬起头来，他正好看到门若娜亮晶晶的双眼，"啊，你……"

焦克的心理防线，就在这一刻又一次松懈了。他将目光从脸庞移下挺挺的胸脯，心跳得一阵比一阵厉害。但他还是板严了脸说："咱们的黑板专栏要办出中文系的特色，要自己写，要有创意，还要有深意，千万不要像其他班级那样照抄刊物。"

"教诲完了吗？"门若娜讥讽地翘翘嘴唇。

"你瞧你瞧，我怎么说你们都觉得我是在拿架子，就算是同学之间也可以说这样的几句话吧？"

"欲盖弥彰。"门若娜长长的睫毛扑扇扑扇，"拿架子就拿架子吧，拿架子有什么不好？中国大小官员谁不是拿着个架势，你好歹也是一个小小王国的统治者嘛。"

"啊……"焦克表情忽然有点板滞。

屋子里静了下来，静得让人局促不安，焦克一时间找不出个适当的话说。

"你光说是让自己写自己写，我都在班里说了几回了，可到现在连一篇稿子也没有。"

焦克想了想，从转椅里站起，越过写字台，走到门若娜这边，一边说："有我开学初写的一个小东西，题目是《写给中年大学生的一封信》，原来想打印出来，每人发一封，现在你拿去吧。"

文件柜就在门若娜坐的椅子旁边，焦克打开文件柜，在里面寻找那封材料。这当儿，他的身子就整个儿走进了大美女的引力场，他感觉到一种动人心魄的气息，将他整个儿地包围笼罩。焦克把那封材料递给门若娜时，他的手好像有点抖："给，你先看看，现在你就是审稿人了，行就采用，不行就枪毙掉。"

门若娜接过稿子："吆，学生还敢枪毙老师的稿子啊。"

门若娜专心地看稿子，焦克站在她身后，目光追踪着第一读者的阅读进度，紧张地估计着她看到哪一段，哪一行。

也许是急切等待着对自己作品的判决而产生的紧张，也许是被曼妙气息包围的局促……焦克的脸色潮红，身子发紧，脑袋里像有一洼浑水在旋转……突然，屋门大开，随着门板"隆"的一声巨响，门口长方形空挡里，出现了沈菲伊的逆光剪影……

门若娜从焦克宿舍出来，一脸的不高兴，迎面碰上悠闲散步的周尚文。

周尚文目光专注地欣赏着门若娜婷婷疾走的步态，门若娜朝他致之以微笑，并点了点头。

"啊，若娜，你，"周尚文已经看出了水灵灵目光里的阴翳，"你……怎么了？"

门若娜停下了脚步："没什么的。"

"看你好像有点反常……"

门若娜被这位中年同学关心得有点不知所措，走也不是，不走也不是。

周尚文又说话了："有什么你就说啊，我看你好像有什么心事。"

"没什么的，真没什么。"

"不对，你肯定有事的。像我们这一代人，脸就跟千年不洗的棉袄一样，再有多少脏污也看不出来。可你不是，你的脸就像初开的水莲，有一丝丝不利索，就看出来了。"

门若娜轻轻吁了一口气，微微摇了一下头："我妈说我没心没肺，老也长不大，还真是的呢!"

周尚文豁然道："你看嘛，我就说你有事的嘛，有啥你就找个对象倾诉倾诉，心里窝了憋闷事，就得想办法排遣掉，这对生理心理都有好处。"

门若娜怔怔片刻，瞟了周尚文一眼。

"我，我也正要找你呢，你那天在班里让同学们给黑板报供稿，我就瞎诌了几首打油诗，我写的字除了我谁也难辨认，你看咱……是不是……是不是咱找个地方，我给你先念一下。"

"改天不行吗?"门若娜难为地看看他。

"啊，那也行，那也行，咋么不行呢?"

门若娜欲走，周尚文又找上了话茬："我，我是说，稿子的事倒是次要，我看你心头闷着，我就过意不去，倒也不是怜香惜玉什么的，这是心理医生的职业病。"

门若娜长睫毛一扇，眼睛一亮："你……是心理医生?"

周尚文点点头："我这人是个滥收拾，什么书也想看看，什么也学不精通，文学、哲学都乱看一气，还学过中医，这几年媒体上叫喊着学校应该开设学生心理咨询，我就买了几本心理方面的书看了一段时间。"

门若娜想了想说："那好吧，那，那咱……找个地方?"

"那那那就到那边石凳上坐坐吧?"

"啊，那怎么行呀，谈话得找个谈话的地方，你跟我来吧。"

"是，是到你们女生宿舍?"周尚文有点发慌。

"跟我来吧，我请客。"

周尚文惊愕道："啊，什么……你是说……啊，啊，那也好，那当然好了，但要请也得我来请……"

门若娜做个鬼脸："你请?行啊，说吧，到什么地方?"

周尚文一愣："啊，地方啊……"

"都是同学了，客气什么呢，走吧，咱到一个高级酒吧，要想解除郁闷，得有个好的环境才行呢。"

门若娜拦下一辆出租车，周尚文撅臀歪胯上车的动作笨得和猪一样，人却幸福得快要蒸发掉了。

出租车开进一条僻静的小街，下了车，周尚文一抬头就看见门口的霓虹广告："情缘酒吧"。周尚文一震，心里好一阵甜丝丝地涌动。

走进酒吧，周尚文觉得像走进了迷幻的梦境。从顶棚、墙壁到地板，处处都是灯光，却没有丝毫的照明作用，不仅不能把环境照得通明透亮，简直就是在制造昏暗。

周尚文嘀咕道："呀，怎么这么黑咕隆咚的吆。"

门若娜笑道："怎么，想找光明吗?"

周尚文下意识地说："人总是向往光明的嘛。"

门若娜笑道："大白天，想找光明可不用花钱啊。"

周尚文使劲地调整着情绪，迫使自己尽快适应环境。渐渐地，他就感到整个身子被朦胧的光影浸泡得泛起一股股惬意涟漪。周尚文何曾想得到，昏暗原来是这般美好啊！大白天还要专门制造一屋子昏暗。人他妈的怎么这般地需要昏暗，迷恋昏暗啊?

门若娜领着周尚文轻车熟路地穿过一片桌凳，走上一个扶梯，进到一个更优雅的环境里，这里好像更高了一个档次，一组桌凳间，就有一个小隔墙，隔墙隔而不隔，似隔非隔。顶棚似有灯光隐约，桌子上又有烛光摇曳。

门若娜领着周尚文走进一个双人间，让他坐在一边，自己在对面坐下。

门若娜要了两杯"红粉佳人"，周尚文端起酒杯，抿了一口，绵不几几的，但酒味还是有点儿的。

"放开点，干吗把自个儿搞得窝窝囊囊的!"

"啊，啊。"周尚文警觉地想起栗晓慧曾经的提醒，赶紧端了端耷拉的肩膀。

"尤其这种地方，更是要派头，玩潇洒的。"

"可我……"周尚文向周围看看，自觉土头土脑，卑微龌龊。

"其实你人长得并不错，可通体的乡土文化。"

周尚文点点头："是的，根深蒂固，不可救药。"

"唉，周老师你们308宿舍的几位，都有两下子的，但你好像比他们更高一筹呢。"

"哎，不行不行的，"周尚文又试着耸了耸肩膀，"典型的农民文化代表。"

"就是的，这是我的真心话，老的虽然有点知识，可太传统，太保守；年轻的倒是开放活泼，可表现得总那么肤浅，你好像正好两者都具备一些。"

"其实我也……"周尚文的自信心悄然地升腾着。

静静地过了一会，门若娜说："唉，咱说正题吧，我可是请你来给我做心理治疗的。"

"心理治疗倒不敢当，但当个忠实的倾听者，我是够格的，目的是让你把内心苦闷，统统排遣掉。"

门若娜顿了顿，情绪好像一下子低沉了许多："这人心是怎么了，什么事都爱往斜处想，市井小人是这样吧，受过高等教育的怎么也这样啊?"

周尚文听得一头雾水，傻乎乎地圆张着嘴巴，接不上话茬。

"我也是的，当初就该推掉这个破文体委员，这不是没事找事吗?"

"这个事啊，你满身艺术细胞，这个职位非你莫属，老班是任人唯贤的。"

“我不是说这……嗯呀，怎么跟你说呢？”

周尚文突然联想到同学们谣传的一些风言风语，即刻频频点头作大悟状：“唔，我晓得了，你是说……唔……晓得了。”

“周老师你说，班干部和班主任能不能谈谈工作？老同学之间能不能说说话？”

“啊，这个嘛……”

“怎么？不能吗？”

“能当然是能的，但是……”周尚文见门若娜嘟起小嘴，急忙停下说话。

“说呀，我听着呢。”

“我是说……瓜田李下……还是绕道走开，于人于己都好。”

“是胡乱猜疑的人造谣生事，反倒怪起走瓜田李下的人了？”

“对呀，你怕生事，没别的办法，只能是尽量避嫌。”

“不是说身正不怕影子斜吗？”

“那只是一句格言，不是科学的命题，为什么会出现冤案呢？就因为世界上有好多事是说不清道不明的。”

门若娜先摇了摇头，后又点了点头，喃喃道：“周老师，你也听信那些谣言了？”

周尚文想了想，说：“说句实在话，我难以不信。”

“为什么啊？”

“有时候是……你无心，他有意啊。”

门若娜皱眉道：“怎么会啊？”

“我想，像你这样漂亮的女孩子，天下的男人都会爱你的。”

门若娜微微吁一口气，端起酒杯，轻轻抿了一口酒。

“也许，就是我太单纯了。”

周尚文望着门若娜怔了半晌，好像发现了什么似的说：“但是，单纯的人是幸福的。”

“怎么会呢？”

“性格决定幸福指数，这是一本心理书上说的，而单纯才是人类的童真状态，童真本身就是幸福……”

说到关于幸福的指数问题，周尚文好像找到了最便于他发挥的话题，滔滔不绝，侃侃而谈，他要设法使她看到在单纯与幸福之间，的确存在着一个必然的通道，这样或许可以使她在对美好未来的遐想中缓解暂时的心结……门若娜果然在周尚文叙说接近尾声的时候，微微耸了耸肩膀，轻轻舒了一口气。

音乐响起，舞池里走下几对舞伴。门若娜站起来：“走吧，跳一曲吧。”

周尚文一激动，立刻渗出一脑门热汗：“我，我不会。”

门若娜已经走出座位，站到周尚文对面，大方地向他伸出手：“那就赶紧补课，在泽西教院住二年，连个交谊舞都学不会，回去怎么交待父老乡亲啊。”

周尚文羞赧地走下舞池，懵懵懂懂间，左手已和那白嫩香软的手连接在了一起，只觉得身子在笨拙地挪动，灯光和黑暗搅和旋转成一团，自己整个儿被梦幻氛围融化得全身稀软以至于成为空虚……

在头晕目眩的声色场里，好像听见门若娜在说话："我总觉得，靠别人的谈话消解忧愁，就好像在翻找已尘封的东西，越说心越烦。"

周尚文附和道："啊，是的……唉，也不是的，是我的说服力不行。"

"不是的，越深刻的心理分析，越把本来稀里糊涂的思绪，搞得更难受了呢。"

"其实……"

"怎么?"

"我觉得，我觉得你才真正的深刻呢。"

"我深刻？我看你恭维也不会恭维，我要是深刻，世界上没有浅薄的了！"

"这可是我和你接触最真实的感受。"

"我怎么可能和深刻沾边儿呢，我除了时装杂志，什么书都不看的。"

"你说的不对，其实，深刻就是人类最原始的看问题方式，都是道统和世俗把人搞得偏离本真了，天然超凡脱俗的人，心灵就应该是直抵人类思想真谛的。"

"啊，你越说我越是一头雾水。"

"真的，和你在一起，觉得是你在给我做心理治疗呢，有些话很值得我深思的。"

"算了算了，深思不如糊涂的，说话不如跳舞，心理治疗也不如跳舞，你听现在的舞曲就是《不如跳舞》。"

周尚文傻子一样点着头："啊，啊，是不如跳舞，是不如跳舞。"

其实周尚文还从未听过《不如跳舞》这个曲名，若娜说得对，缺课太多太多了，得赶紧补上来的。

6

金浩瀚的自信心在女同学赞赏的目光和掌声里无边地膨胀开来。好像他越大声疾呼抵触不合理制度，他便越被尊重，越被敬佩。那颗轻浮的脑袋更加高高地扬起，言行举止更加大大咧咧。几天里，他就给班里的美女们相继分发出 4 封信。内容大同小异，但他决没有运用复写或者打印这种懒惰而快捷的现代方式。他先写好一封，然后照着这封底稿很认真地一封封抄起，一边抄写一边修改，最后的一封他觉得已经锤炼到炉火纯青的地步，便决定把这封寄给门若娜。其余 3 封就按照信的内容质量从优到劣排了队，然后把美女也按照同学们给打的分数标准，依次排队归类：乔思思、曾丽菲、何玲。发信时间也按排序前后，隔 3 天发出一封。他没有像中学生写情书那样，偷偷摸摸塞到女同学课本里，他认为那样做很不光彩，既然古今中外文学作品都把爱情作为永恒的主题来歌颂，那么歌颂的目的还不就是要唤醒人类把爱来当作一项光明正大的事业来追求吗?

这又不是欧洲中世纪，又不是中国封建社会，为什么还要像小偷一样不敢见人？光明正大的事就是要坦坦荡荡的来做，为了全体同学的“公理”都可以挺身而出大声疾呼，为了自己的爱情事业为什么不能光明磊落敢作敢当？

求爱信寄出去，就像参加了高考的考生一样，有了希望，有了期盼。每天一吃完早饭，金浩瀚就揣着“突突”跳动的心直奔收发室，去看一看有没有自己的回信，既使没有，也不失望，这等于是把希望的火苗积蓄到明天。明天还没有，那就再等明天的明天，有美好的明天等在那里，日子当然就过得十分甜美充实。有一首歌叫《寂寞的等待》，这是胡诌，有等待的日子决不是寂寞的。

每天，金浩瀚都要试探着和那几个美女说说话，一边观测她们的眼色。看了一下，他更加自信。他无论怎么说一个短信息里的笑话，她们都要笑得前俯后仰的，何玲还娇嗔地骂他“这死鬼这张烂嘴吆”，还顺便捣他一拳头，他把这一拳头理解为第一次亲密接触。当然不光是女生笑，男生也都过来掺和着笑，这等于给老金捧了场，当了托儿，扩大了影响面，提升了感染度。男生们的掺和，更增加了他对女生的吸引力。他认为自己在泽西教院2001届中文一班，确立了很好的人缘，营造了很好的人气。尤其前一段抵触校方的学生管理制度，更给他提供了展示口才与气度的平台。

可以肯定地说，老金在班里的威信肯定是没说的，感染力吸引力那当然也没说的！老金向美女们发起全面总攻，是做过客观的战略分析的，是胜券在握的。

可是，等啊，等啊……一转眼又是两个礼拜了，怎么一封回信都没等来呢？

啊，是不是这样全面开花出了问题？会不会她们之间相互串通，相互吃起醋来了？又一想，不可能，别说是成人了，即使是中学时代的女孩子，收到男生的纸条，也不会把事情透露给任何人的呀。

是不是这几位对老金压根儿就没产生过那种意思呢？城里姑娘大大咧咧的作派，是不是和谁都那样啊？

等不来回音，金浩瀚毕竟有一些沮丧，没有一类名牌大学的通知，二类重点的也该有啊，二类重点失望了，三类普通院校的更应该没有一点儿问题啊！可是又几天过去了，还是毫无动静，连收发室老头都一见他就烦了，可就是没有一个信封上面写有金浩瀚这几个大字儿。

就在金浩瀚一天天沮丧下去的时候，门口走进来了二美女乔思思。屋子里一下子静下来，男生们都纷纷坐起来，摆好了姿势。

乔思思没有坐，她向屋里扫视一眼，朝金浩瀚挤挤眼：“嘿，你来！”

金浩瀚一惊：“叫我？”

乔思思点点头，金浩瀚顿时惊喜得一跃而起。

乔思思眼睛水汪汪盯了金浩瀚半晌，才压低声音说：“是老班叫你呢。”

金浩瀚刚刚洋溢起来的表情，顿时就变作了惊叹号：“什么？老班叫我？”

乔思思嘴巴凑近老金耳朵，压低了声音：“是学生处通知的，不知谁出卖你了。”

舍友们一下子都直起身子，包括一直阴沉着脸的冯格，包括一直垂头叹气的李三儿，都肃然起敬地目送老金庄严走出308宿舍。

西斜的太阳已呈暗红，光色正好是那种再红一点就太刺眼，再暗一点就太昏暗的程度。校园就是笼罩在这样的天色里才有了一点诗意。眼前是青石甬道，甬道两边是垂柳花丛，其间有一对又一对情侣挽手走过……啊，这才算得上是青春浪漫，这才算得上是真正意义上的大学生活啊。

金浩瀚昂首走着，旁边并行着二号美女乔思思，这是多么美好的情调啊！金浩瀚使劲保持着一向自我感觉很好的帅气，大义凛然地挺着胸膛。可是此时的金浩瀚心里其实一点底气也没有，他在急切地想：老冯想拿他这老爸在班里杀一儆百？

“你不要怕啊，学校要把你怎么，我们就团结起来和校方讨说法！”

金浩瀚感到胸中倏然涌上一股暖流，喉腔一热，眼眶里就有点湿湿的：“我不怕，大不了开除！”

“反正你也不要怕，他们又没什么证据，靠小人打的小报告是定不了罪的！”

“你说是谁打的小报告啊？”

“不管是谁打的，他也不敢走到前台来作证的，卑鄙龌龊的小人，只敢钻在阴暗角落里。阴暗是永远战胜不了光明的，不论结果怎样，我们大家都永远站在你这一边。”

金浩瀚听着娇声细语的关切，脚步越走越坚定，心胸越走越豪壮……有如此的志同道合者，既是立马去赴死上刑场那又咋么样呢？他妈的，值！

金浩瀚把胸脯挺得直直的，把头扬得高高的，心里高奏起《命运交响曲》，随着“咚咚咚，咚……”命运敲门声曲头的音乐节奏，金浩翰大义凛然地走进了学生处。

学生处冯处长盯着他看了大约10多分钟，就觉得这家伙越看越像个闹事的祸水。冯处长屏退了焦克，才开始讯问：“说，你在班里散布什么煽动性的流言蜚语了？”

金浩瀚假装一愣：“散布流言蜚语？我不知道。”

“装什么装，你心里最清楚。”

“我真的不清楚，我一天在班里说的话可多了，我这人就长了张烂嘴，红的、黑的、白的、黄的，逮住什么说什么，我不知道哪一句可以归类于流言蜚语？”

“你在讲台上大肆演讲，鼓吹自由主义、宣扬无政府主义，冤枉你了吗？”

“现代文学这几天正讲到‘德先生’和‘赛先生’，要说讲自由，老师讲得比我更到位。”

“什么这先生那先生，我没有问你课程进度，我在和你订正事实，你给我放老实点！”

“可你说的恰好都不是事实！”

“你可放明白点，要赖皮顽抗，只会对你不利，只要你好好配合学校查处工作，承

认了事实，并且揭发出幕后策划者，学校会对你宽大处理的……”

金浩瀚没等冯处长说完，突然发问：“冯处长，我要告你诬陷罪！”

冯处长一愣，频闪张合的嘴巴一下子定了格，嚣张的气焰也一时熄了火。冯处长也是这学期才随周校长调进来的，周校长在中学任校长时，他就是保卫科长，周校长荣升为大学校长，他的职务就也随之成为扩大了许多倍的相似形。估计他也不会有多高明的侦查水准，更没有多少预审战术。叫金浩瀚这么一反诘，整个人就傻瞪在那里了。

金浩瀚得寸进尺，又逼进一句：“我要告你诬陷罪，你冯处长可是第一被告，到时候你可不要缺席审判啊！”

冯处长发愣的当儿，就看见院子里游走着许多学生，有人时不时凑到窗玻璃上向他怒目而视，有人还向他指指戳戳作冲拳状。谁知这不但没有使正在继续熄火的冯处长彻底蔫掉，反而把窘迫的校领导激得恼羞成怒了。领导一发怒，权力的柄棒就会勃然高扬。脸色一沉，桌子一拍，大声喝道：“你们，你们……”冯处长频频直指窗外的指头，倏然指向了金浩翰：“你，你，你，反了，反了，处理不了你，我就不干这破处长，我把冯字的两点抠掉作骡马，你要证据？行！不就是个证据？你要多少给你弄多少！”

紧接着，冯处长就气势汹汹冲到2001届中文一班教室，怒不可遏地叫喊：“叫你们班主任，全班集合，集合，紧急集合！拖拖拉拉，吊儿郎当，半个钟头都集合不起，如此土壤，难怪出产自由主义分子！难怪出产不安定分子哪！实话告你们说，学校这一次查处煽动学生闹事的，中文系是重点，但我们只是把眼光盯在了前一届班里，现在看来我们估计错了，对你们这一届尤其你们这个班手软了更是大错特错了。好了，别的我就不多说了，希望同学们好好配合学生处搞好这次问卷调查，问卷是匿名的，大家可以大胆揭露。”

同学们埋头填写问卷，冯处长扬头直视教室墙壁与顶棚一周，好像整个恶劣环境的角角落落都是罪恶证据，接着又向满教室同学一个个地逼视过去，逼视到谁都是一副恶作剧的刁蛮样子——老的老奸巨滑，年轻的吊儿郎当，连那些年轻的女生，都一个比一个不老实，好像都在相互使着眼色，传递信息，有的抿嘴讥笑，有的满脸不屑。冯处长看着看着差点又动了真火，难怪中国人这么难管理呢，全是中国语文惹的祸，连年轻女生一来中文系，都成这德行了，何况是金浩翰那样的坏家伙们哪？

拿着问卷，匆匆回到学生处，冯处长立马就一封封看起来。他看一封摔一封，一封一封都看完，一点有用的信息也没发现了。就顺手把摊了满桌子的问卷使劲一横扫，那一张张纸片就飞飘了一屋子，落了一足地。

冯处长仰天躺在椅子里，眯缝了眼睛开始想计谋。想了大约一个钟头，忽然跃身一站，兴冲冲打开保险柜，拿出那封告密信，就细细看起来，看着，看着，脑子里就哗然闪出了妙计一条，指着学生处那位干事就叫喊：“快，快，快去叫焦克把他班的所有作业本统统给我拿来，快去，快点去。”

那位干事搬来焦克班的全部作业本，冯处长就开始一本一本地对笔迹。他仔细地辨认着，认真地比照着，他对他的这个计谋很得意，对计谋的操作工作当然也就非常认真投入，一本本作业在冯处长手中翻过，密密麻麻的字迹在冯处长眼底跳过，他从流动的字迹里时不时看到校长对他巧施妙计的赞赏与嘉奖。他抱着希望，期盼着结果，不辞辛苦地查对着，查对着……终于，他发现了他急切期盼的东西……由于过于急切，他激动得双手哆嗦，但他还是强迫自己冷静下来，又把手中的作业本与那封匿名信对照一遍，这才倏然起立，冲着窗外的夜色，吁一口气，露出胜利者的得意，而后一手重重拍向那个作业本上的名字：李三儿！

7

金浩瀚的确是个无法无天又无耻的家伙，嘻嘻哈哈的无事人一样。等了几天，也不见校方有什么动静，就越发得意得鼻子孔朝了天。金浩瀚不仅没有因此获罪，反倒因祸得福，同学们对他更加钦佩还在其次，获取了二美女乔思思爱的信号才是这家伙最大的收获。

金浩瀚再也按捺不住狂跳的心，就想给乔思思打电话，约她出来见见面，好好感谢感谢她对他的支持，对他的鼓励。他要对她说，如果没有她，他的精神支柱就坍塌了，恐怕连学生处也走不到就软瘫在半道上了。但他还是把熊熊燃烧的爱的火苗一压再压，一直压了整整 3 天，整整 3 天哪，这在一个被希望的烈火熏烤的人来说，简直就是天文数字哪！

自己给自己残酷指定的这个时刻，终于一秒秒地来到了：下午第二节课总算下了，漫长的自由活动时间也熬过了，在晚饭铃声敲响的那一刻，金浩瀚心急火燎地走到一个僻静地方，隆重地拿出刚买的手机，拨通了那一串让他心跳加快的号码……

“啊，是我，是我，你听不出来啊，啊，听出来了啊，我好感动，好感动，我早就要谢你呢。你还说你读书少呢，你们城里人啊，耳濡目染的也比我们山区人民用尽死功学上的那点东西多，没别的意思，就是要对你表示感谢，感谢什么？一言难尽，你给了我做男人的信念，给了我英雄气概，你使我肉体的空壳里立起了精神脊梁……”金浩瀚对着电话滔滔不绝地发挥着，像喝了酒一样状态到位，自己都不知道自己的遣词造句能力咋这么文采飞扬淋漓尽致！

这时，已是晚上 7 点多了，甬道上到处游走着各行其是的学员。金浩瀚一边打电话，一边构想着立马就要实现的美好情调……可是，对方半天没有回话，金浩瀚的心一下子悬到喉咙眼，紧张地等待着对方是怎么来填写这道填空题……

静静地过了半天，对方说话了：“好吧，那就去吧。”

金浩瀚赶紧抿抿头发，拽拽衣襟，调整好心态，摆弄好热切的欢迎架势。

在朦胧的月色里，金浩瀚等来了乔思思。

“你，来了。”

“我不来你又没完没了打电话呀。”

“听你这话，来得很勉强啊。”

“有什么勉强不勉强的，来就来吧，闲着也是闲着呢。”

金浩瀚顿时凉了半截：“啊，是这样啊。”

“你以为呢？”

“现在的女孩子真难捉摸。”

“你捉摸女孩子干什么呀？”

“那你说我该捉摸什么？捉摸国家大事？捉摸伊拉克战争？”

“你可以捉摸捉摸所学课程呀。”

“文学课程？”

“对呀，比如文学理论呀什么的。”

“行呀，如果搞文学理论能招女孩子喜欢，那我就研究文学理论，切，我要是研究文学理论，绝不是酸腐教授们的那两下子，其实我早有一肚子对中国文学的看法，只是没写成文而已。”

“你可真是大言不惭啊？”

金浩瀚斜眼看了看乔思思，见她对他的神吹并不反感，越发忘乎所以：“切，大言不惭？难道你不觉得咱那些老师，个个都是照本宣科老生常谈，一点儿自己的见地都没有吗？”

乔思思吃惊地问：“听你这话，你连老班也不放在眼里吗？”

“老班？”金浩瀚顿了顿说，“老班当然，当然比其他老师强一点点。”

“才强一点点啊？”

“唉，反正我对你说吧，中国现如今做学问的，都是为了混饭吃，为了评职称，都是功利的，他们拿捏出来的那些论著，哪点有思想啊。”

乔思思两眼定定地看住金浩瀚：“世界上眼高手低的人多了，说起别人来这个也没水平，那个也没水平。你有水平，那你搞一篇让同学们看看啊！”

“行啊，你表个态啊，你要能像古代美女那样喜欢文人才子，喜欢搞文学理论的人，那你等着，不出一个月，我给你干它几篇评论，我这人就这样，要么不干，要干就要干到国家级刊物。”

“那你就拿出一篇惊世骇俗文章，让全班同学对你刮目相看！”

“哼，让全班的同学看啊？你也太小瞧我金浩翰了，要看就让全中国人看，让全世界人看。”

“是嘛？我可是等着你这一天了啊。”

乔思思歪着头，秀气的小脸朝向了金浩瀚，金浩瀚心里一热，就向她那边挪了挪，一侧大腿就蹭住了乔思思。那暖暖的体温就像水中的波纹一样扩散向他全身。金浩瀚忽然想抱住乔思思亲一口……

校园里一阵比一阵静，夜色里游走的人也渐渐稀少了。

乔思思忽然说："人啊，没有家庭没意思，有了也是麻烦。"

金浩翰被这新换的话题激动坏了，心跳得越厉害了："啊，是，是，是没意思，不过……"

"说呀。"

"在外面的人想进来，在里面的人想出去嘛。"

"我还以为你有什么更高深的见解呢，也就是重复人家的围城理论嘛。"

"你听我说嘛，梁漱溟先生说过，西方人是大写的人，中国人是大写的家，其实，人类组成家庭本来是为了人生活的，可最终家庭也和世界上所有的事物一样，慢慢就给异化得与它的初衷相悖了。所以中国大部分人不再感到家的幸福，而只觉得家庭成了沉重的负担了。

金浩瀚滔滔不绝地发挥着，乔思思对如此高深道理却听得不够投入，很突兀地就插进问话："你见过他吗？"

金浩瀚一愣："谁？"

"他来过的嘛，第一天就是他用摩托送我来的，后来也来过多次的嘛。"

金浩瀚一下子提高嗓门："你不用专门提醒，我知道你是有老公的人。有老公又怎么了？现如今的人，不给自个儿来点婚外情，那能对得起自己吗？远离老公老婆的人在新的环境里连一丁点爱的火花都碰撞不出，那，那，那还号称什么后学生时代啊？"

"是吗？"乔思思顿了顿，"也许吧，但起码我现在不会做对不起老公的事。"

金浩瀚紧接了话茬说："好，我一看你就是个很守妇道的好妻子，这很好。"

"你真的这样看我？"

"那绝对，随随便便就移情别恋的那种女人，付出的爱也是不咋么值钱的。"

"你是搪塞我呢，还是真这么想呢？"

"你说呢？"

"男人不赖，女人不爱，反之也成立？"

"是，是……那当然。"

"那按你的逻辑，像我这样守妇道的女人，本应该不招男人喜欢的呀？"

"啊，不不不，不是的，我说的意思是……啊，咋么说呢，什么事情都有两面性和复杂性的。"

"唔，"乔思思思考片刻，"那你到底是赞同女人守妇道呢，还是喜欢女人坏一点呢？"

"唔，是这样的，这不能一概而论，其实什么都不是绝对的，守妇道和风流有时可以是一个统一体。妻子忠于老公，这是对的，但这不一定就是爱情，如果在某一天，真爱突然降临了，你对这份爱要是毫不理会，不珍惜。这也太不人性，不道德了吧？"

"啊呀，你越说我越听不明白了。"

“别看说起来挺费事，其实道理挺简单的，你跟我接触多了，就会慢慢明白的……”

宿舍楼里的灯已经相继熄了，但他们的话题还在继续着，谁都没有走的意思。

早饭时，食堂左侧的山墙根又涌了一堆人。周尚文一怔，是不是又贴出牌示了？忐忐忑忑走过去，昏花的眼光里，没有瘆人的白纸黑字，看见的却一片黑底白字。围观的人一片啧啧赞叹写得真好，可周尚文越是急着想看清，便越是黑白晃荡得一片。和他相跟的韩向东狠狠戳了他一下说：“哼，还成天标榜超脱呀，恬淡呀什么的，敢情小小的中文系黑板报，也对你这么有诱惑力？什么时候偷偷给大美女投的稿？”

周尚文用指关节揉揉眼角，黑板上的字迹就清晰起来，那果然是他前几天给了门若娜的那首打油诗：

对着镜子我细细端详
黑胡子堆满腮帮，满脑袋挂了白霜
他是孩子他爸，她是孩子他妈
迷迷瞪瞪忙碌着人家
懵懵懂懂早没了梦想
小学刚上了一半
就遇上浩劫一场
正长个儿，遇上饥荒
正学知识，赶上了荒唐
愧对了自个儿青春年华
更难为门庭争光
稀里糊涂走上讲台
道貌岸然把老师来当
望着一片求知的目光
未曾开口就心里发慌
自觉也是半桶水晃荡

轰隆隆，末班车开到门下
急匆匆，爹们娘们才都把大学来上
回炉再锻只为把半桶水满上
涎着老脸，走进大学课堂
望着功名，惦着农桑
读着楚辞汉赋宋文章
惦着柴米油盐酱醋茶

自知也该抓住大好时光
好好学习，天天向上
把自个儿用知识好好填装
可一翻开书页儿，白纸黑字就一片晃荡
一激凌才知道
原来是两眼已经开始昏花
啊呀，啊呀，咋能不叫老师们为咱头昏脑胀

看看老师，和自己孩子一般儿大
看看自己，一副农民伯伯模样
过几年，让孩子看看今天洋相
啊呀，啊呀，真怕儿女把鼻子来刮
……

周尚文一边叨叨地默念着，一边被自己的作品强烈地感动着。自己随便发的感想，胡乱诌的几句打油诗，叫门若娜刊登在本系黑板上，咋么一下子就升华得如此的灿烂辉煌啊？咋么就不再像自己笨手写出来的啊？咋么就如此地让人产生品读快感啊？感动了自个儿，本来就出乎意料了，感动了其他人，这就更没想到啊？

周尚文老脸红扑扑的，看看左边，再看看右边，人群里一片朗读声，一片叫绝声，甚至还有人专注地拿个笔记本抄写。在周尚文的右后侧，他看见了大美女门若娜和乔思思、曾丽菲她们。啊，是的，她们也在激动着，自豪着。黑板是她们出的，她们是在欣赏自己主办的板报，还是在欣赏板报的内容哪？

韩向东是再也忍耐不下去了，他调动了整颗吊塄瓜脑袋上的所有细胞，共同完成了世界上最极致的鄙视表情，说："嗷，你老家伙绞尽脑汁涂抹歪诗，不就是想吸引美女？"

但周尚文什么也顾不得了，他只想急切地听听美女们对自己作品的评价……恰好，他发现自己作品里漏掉了一个字……这个字漏得实在是好啊，漏得既是时候又是地方啊！于是，周尚文高高扬起右边胳膊，将食指伸得像手枪筒一样瞄准板报一片地方，叫喊道："嘿，这里露掉一个字，这句'想今朝有多少时光，怎经得起成天吊儿郎当'这句的'成天'后面还该有个'价'字的。"

周尚文后面立刻有个人叫喊："瞎嚷嚷什么呀，怎么咱们身边也有这种人啊，一见别人的作品就评头品足横挑鼻子竖挑眼，有本事自己也来一首啊！"

周尚文美滋滋地听取着反诘，美滋滋地洋溢着得意的表情，只可惜没办法站出来标榜自己就是大家伙倍加赞赏的诗作者。

"啊呀，你们真是有眼不识泰山啊，这位就是我们班的大才子啊，这首打油诗就是

出自他手啊!”说这话的正是大美女门若娜。

世界上最最及时、最最悦耳、最最得体的话儿，正是出自她那最最俏丽的小嘴儿啊!

此刻，门若娜正向周尚文绽开敬佩的微笑，乔思思、曾丽菲也露出刮目相看的笑容。

周尚文只顾酣畅淋漓地享受着成就感，丝毫没有发觉韩向东什么时候弃他而去。

8

学生处突然传唤去了李三儿，宿舍里的人先是都吃了一惊，接着就嘀嘀咕咕猜测开。有的说恐怕与这次学生闹事有关。有的说不可能，他那种人绝不会参与任何与己无干的事儿的，怎么会涉嫌这种事呢？有人猜测，说不定是牵涉到什么重大案件了，那种怪人谁知道会干出什么事来的？后来同学们才知道，学生处叫李三儿是对出了告密信的笔迹。

谁能想得到啊，成天唉声叹气装出一副苦楚相的李三儿，原来是一肚子阴谋啊。难怪舞台上的坏人就有坏人的脸谱呢，敢情生活中的坏家伙也和常人不一样啊。没有谈笑的乐趣，没有和人交流的嗜好，没有被活跃气氛感染的冲动，没有对人对事的热情，甚至连生活起居时间都和一般人大不一样。成天长吁短叹愁眉苦眼，教过高中语文的老师马上就联想到《装在套子里的人》里的别里科夫。啊，俄国文学里的告密者原来就在我们身边啊，和契诃夫小说里的那所中学一样，同学们都感到了一种无形的压力，感到被笼罩在一片灰色的恐怖中。身边有一个冯格就够压抑的了，现在又发现了一个活生生的别里科夫，这以后的日子可怎么过啊？

宿舍里的各个流派一下子显出了空前的团结，金浩瀚、史大可现在看起来也不那么讨厌了。舍民们就像搞了统一战线，一致对外，同仇敌忾地把冯格和李三儿孤立了起来。

宿舍里的电话响起，是叫周尚文的。

周尚文心里一紧，慌忙下了床，一边接过电话，一边心里想，是不是家里有事了？

周尚文把耳机轻轻贴近耳朵，里面传来一个久违的声音：“是你吗？周尚文老同学？”

“啊，”周尚文一愣，“啊，是，是我，你……”

“你可真能耐得住啊？”

“啊，不是的，这几天我，我，我有点忙……”

“怎么再不联系了？这么多天了，非等我先和你联系啊？”

“啊，这，这……不是的，是我觉得，我觉得……唉……其实，自从那天以后，

我……我……”

“我只是太珍惜人生的每一次相逢了，人活一辈子，能有几次这样的别后再相聚呢?”

“唉，你说得太对了，就是，就是啊!”

“你们班黑板上那首打油诗，我一看就是你的大作。”

“啊，是嘛，谢谢你还这么心有灵犀，那是没办法的，班主任硬让写的。”周尚文只顾打电话，没觉察身后已有人嘴巴扁成了饺子状。

“人都有表现欲的，这有什么可遮遮掩掩的?”

“唉，老了老了，你说人一当了学生，咋么就像孩子一样了呢?”

“我看啊，主要是离开家庭，离开老婆的缘故吧?”

周尚文点点头：“唔，有道理，有道理的。”

“回避什么呀，焕发焕发二度青春有什么不好?”

对方如此说，这让周尚文又高兴，又有差距感：“唉，就是，就是，难怪你越活越青春了呢，敢情是梅开二度啊。”

“梅开二度？哼，二度花再开也开不过初放的春花吧?”

“那里呀，你都把我看得老化僵化成这样了，再是满园春花也只能撩得眼花，撩不起心花了。”

“你的意思是，心彻底死了，也就没必要再找我了?”

“啊，不不不，你看你……”

“既然这样，那你什么时候来找我?”

周尚文一愣，不知怎么说好：“啊，我，我，马上，马上……”

对方“咣”的一声挂了电话，周尚文回到自己床上，擦了脑门的汗水，点上一支烟。

史大可斜眼瞥着周尚文说：“我说这几天脸色怎么老红扑扑的呢，比刚来时起码年轻了10岁。”

金浩瀚跟着说：“切，那还用说啊，脸色泛红，一看就是恋爱中的男人!”

韩向东却突然愠色满脸直逼周尚文：“哼，果然是情场老手呀，这只手攥着秋菊花，另一只手就伸向迎春花了。”

韩向东的愤慨正发泄得淋漓尽致，就探头探脑的进来一位胖女人。胖女人声音尖细地说：“你们这里有没有个叫韩向东的?”

韩向东一震，就像受惊的猫一样，从床上出溜下了地。

韩向东一手高高扬在头顶，一手深深探向对侧胳肢窝使劲地抓挠着，神情慌张地看着周尚文反讽的目光和舍友们怪异的眼光，不知该怎样应酬。

胖女人说：“有了钱了，还是当了大干部了?”

韩向东越发使劲挠着胳肢窝："你咋这么个说话呢？"

"那你说我该怎么个说话呢？"

"刚刚见面嘛，来不来就讽刺人。"

胖女人讥讽地瞄了一下韩向东的脸："人到中年都是发胖了，你倒好，越发苗条了。"

韩向东也狠狠瞪了胖女人一眼："就是嘛，有了钱，当了官，还能瘦成这德行？"

"哼，"胖女人扭了一下腰身，扁了一下嘴，"是赶时髦哩吧，减肥哩吧？瘦了又年轻，又时髦，肥了就显老了嘛，肥了老了就不值钱了嘛。"

"那里呢，还是肥了好，肥了富态。"

胖女人直直觑住韩向东："是吗，说的是心里话？"

韩向东给胖女人倒了一杯水，用行动代替了言语。

"嗯，我看你也变成说鬼话不脸红了，这一点倒是真真的进步了呢。"

"真的是嘛，胖了不光富态，还实用。"

"实用？实用了好，还是好看了好呢？"

"当然是实用了好嘛。"

"真心话？"

"真心话！"

"叫大家说说，你说的是不是真心话。嘿，哥们，你们说说，你们宿舍的这位说的是不是真心话？"

宿舍里顿时嚷嚷得一片：

金浩翰说："啊呀，老韩成天念叨着一个胖嫂，原来就是您哪？"

史大可说："是的，我们韩大哥就是喜欢胖墩墩的肥女人。"

金浩瀚说："也不是凡是肥女人就喜欢，我们韩大哥说你比席梦思床还有弹性呢，是吧，韩大哥？"

胖女人接着就追问："是吧？韩大哥唉！"

韩向东嘛着一张红脸，低着头不说话。

"是不是，韩大哥唉？"胖女人继续追问。

韩向东不耐烦道："我说了是，你不相信嘛。"

胖女人舒了一口气，肥厚的肩背扭动了一下说："确定了是真话，这就好办了，那好，那咱走。"

韩向东一惊："啊，到哪里？"

胖女人一把拉起韩向东的手腕，像一辆大马力拖拉机拖着个小拖车，跌跌撞撞向门口走去："啊呀，来你的吧，我吃不了你！"

宿舍里一片惊异的啧啧声。

在韩向东和王天翔这样的传统男人看来，胖女人是属于实用型的。所谓实用型，可能就是指那一身肥肉，就像弹性很好的沙发床垫一样让躺在上面的男人舒服受用。

韩向东和王天翔们很难理解史大可、金浩瀚、石江南们为什么喜欢瘦女人，按他们的触摸标准，那火柴棒一样的瘦女人，整个儿一个劣质沙发，里面装填的纯属于反弹力度极差的次等海绵。比如门若娜、乔思思、何玲之流，美丽是美丽，但是不实用，和这样的瘦女人挤压在一起，那和抱了一根木柱有什么两样?

王天翔捍卫起传统道德来的时候动不动就义愤填膺，疾恶如仇，可是他维护以肥为美的标准之时，态度毫不含糊。说得着了急就端出唐明皇喜欢杨贵妃来作例证。但他说，喜欢是喜欢肥女人，但这与好色一点儿都不搭界。

看着韩向东对胖女人如此这般的不礼貌，王天翔就很有点忿忿不平。

胖女人强行拉走韩向东，王天翔就燃烧了一肚子无名火。点燃一支劣质烟，狠狠吸得“嗞嗞”响。吸了半支烟，还是不解气，翻身就下了地，脚步像对地面有仇似的“叮咚叮咚”出了门。

这些天的校园，已经染了淡淡的秋色。天色不灰不蓝，树叶半黄不绿，逛来逛去的人，一人一副灰眉鼠眼，有的麻木不仁地堆着一脸浅薄的憨笑；有的恶毒地把眉眼扭曲得像杀人犯。王天翔很想照每人脸上砸一拳。

王天翔怒不可遏地瞪眼看世界，越看越恼火，偏偏又看见了甬道边站着的韩向东和胖女人。

韩向东远远地朝他喊：“嗨，老道统，你怎么也有这雅兴，秋风古道看夕阳哪?”

王天翔嘀咕道：“放你娘的狗屁。”

“啊呀，也想学周尚文，寻找诗歌灵感哪?”

王天翔恶狠狠道：“狗才谄诗捏赋呢!”

韩向东怔了怔，又看了看身边胖女人，突然拉起王天翔手腕说：“啊呀，看来你老哥此时此景心情郁闷得厉害哪，走走走，咱来个一醉方休……走吧，走吧，我老同学请客，你能不能赏脸?”

王天翔脸色即刻缓和了一层说：“还敢说呢，让女同胞请客，什么大老爷们!”

那胖女人显然对突然插入一个干瘪老黄脸，讨厌得要死。但这女人天生一副好性格，立马就笑呵呵地接上话茬：“哼，什么都颠了倒了，鸡爪子比鸡肉贵，叫凤爪了，猪蹄子比猪肉值钱，叫猪手了。”

“唉，你别说，”韩向东越发得意地说，“现在男人就是比女人值钱，四五十照样可以娶黄花闺女，女人四十呢？扔大街上都没人瞧了。”

那胖女人假装生气道：“哼，怎么就不告告人家想当年呢，是谁一封不罢一封的给人写信呢，是谁请人看电影，人不去气得废寝忘食呢?”

“嘿嘿嘿，好汉不提当年勇，好女不提当年红啊!”

胖女人长吁一口气说：“唉，真是的呢，女人四十豆腐渣了，该你们男人得理霸道

儿呢。走吧，人家和我单独在一起，怕我把人家吃了呢，真真的女人是老虎了，走吧，他不是要连你一起请吗？就当给他照照怕，捧捧场吧。”

王天翔心里一热：“我，我去算什么呀？”

韩向东拉起王天翔一边走，一边说：“走吧走吧，还扭捏什么呢，别人不知道你吧，我还不知道你老道统，向来是说一套做一套。”

胖女人领着两个男人，进了一家小饭馆，一边说：“豪华酒店就像现在的苗条女人，中看不中用，掏上成百上千也吃不踏实个肚子，咱们那个年代的人，就是爱实实在在，别看这小饭店不打眼，实惠。”

王天翔脱口道：“唉，就是就是，咱们那个年代的人就是爱实惠。”

韩向东抿嘴笑得很复杂，侧目看了看老道统：“说实用更恰当。”

胖女人张罗着要菜要酒，韩向东把嘴巴凑向王天翔：“嗨，要不我把这羊脂球转手给你吧？”

老黄脸微微泛了红，看上去对如此屁话并不反感。

韩向东狠狠在王天翔后腰身顶一拳头：“咋么样？我说的可是真话啊。”

古板的老黄脸忍也忍不住地泛起笑意，嘴巴两边撮起括号一样两道褶皱。

韩向东也忍不住笑了：“乐意吧？乐意就说句痛快话。”

王天翔半开玩笑道：“你小子说话可要算数！”

菜酒上齐，胖女人大咧咧道：“咱就这家常菜，一般酒，二位可别嫌简单。”

王天翔感激地说：“你可别这样说，一个女人家，请两个大老爷们，让我倍感入地无门，入地无门哪！”

韩向东急忙接话：“那好啊，既然老哥这般过意不去，那你埋了单得了。”

王天翔自觉失口：“好，那好的，那这个单我埋就是了，那好的，啊。”

韩向东呵呵笑着说：“听听，羊脂球你听听，这舌头根软不拉叽的。”

老黄脸越发红到耳根：“真的嘛，真的我开嘛，不就是顿饭钱嘛。”

胖女人坐定了说：“那你就下一次吧，说好我请就是我请的。”

韩向东朝胖女人挤挤眼：“那就这吧，别把我老哥吓得休克过去吧。”

灌下几轮酒，王天翔对面的胖脸庞红扑扑的更动人。胖女人和韩向东回忆起过去的事，说个没完没了。王天翔插不上话，就坐在一边专注地欣赏胖脸庞。胖女人脸庞红里透着白，白里透着红，眉毛弯而黑，嘴唇薄而红……王天翔把眼光落在嘴唇上，像从一片山河中找到了最迷人的风景点，像从一首隽永的诗歌里找到了诗眼……它红得多好，它翕动得多好，它把说话的声音揉捏得多么动听，它喝酒时嘬得多么小巧别致，它豁然开朗地呵呵大笑时那声音又是多么的爽朗……

王天翔也没等对方怎么劝酒，就自个儿猛猛灌下几杯，世界越发变得奇妙无比，胖女人皮肤更加娇美水嫩，娇嫩得轻轻一动，就会有水儿流出……王天翔好想吻一吻对面那个动人的嘴唇……

不知过了多久，韩向东和胖女人突然中断了对往事的回忆，他们两个人四只眼，同时睁得大大的，盯住了王天翔。

胖女人发现老黄脸上一双眼睛，火辣辣地盯着她，盯得那么肆无忌惮，那么富有穿透力。那眼光像两把刀子一样，直直穿入她的眼睛，刺入她的心肺。她怔了，怔得不知所措，好像自从初恋那会儿起到现在，她还没再遇上过这样的眼光。不，即使是初恋甚至热恋的时候，她也没遇上过如此不顾一切，如此专一的眼光啊！

韩向东是先发现羊脂球渐渐淡下追忆逝水年华的兴趣，才发现王天翔如此贪婪地盯着身边的胖女人的。韩向东吃了一惊，想，嘿呀，这小子当了真了？

韩向东对胖女人低声说："要不，我撤退吧？"

胖女人轻轻在韩向东大腿上掐了一下："放你娘的狗屁。"

韩向东撕撕嘴："就是嘛，我看你俩就是快接轨了嘛。"

胖女人又狠狠踢韩向东一脚："你想找个替身糊弄我？没门！"

韩向东向王天翔这边挪了挪，低声说："我看你和羊脂球已经无线电波联系上了，我撤退吧，你说呢？"

王天翔听得耳边有人说话，愣了一下："啊，啊，你……你说什么呀？"

"我说的是真话，我看你俩很合适的，一个干柴，一个烈火，革命火焰一触即发。"

王天翔急忙收起眼光，定了定神，用手拍拍脑门："啊呀，我喝多了，喝多了，这个酒劲儿来得好快吆！"

"是酒不醉人人自醉吧？"韩向东说着将眼皮向老肉墩很夸张地瞭了一下。

"啊，啊，是有点多了，这酒就是……啊呀，"王天翔一个劲儿拍着脑门，搓着脸，好像这样可以抹去脸上的窘态。

韩向东声音很高地说："你俩也别不好意思，我看咱就干脆把话说透吧，以我看哪，你俩一个是美玉无瑕，一个是阆苑仙葩，既然这样，就干干脆脆，不要再一个水中月，一个镜中花了。我喊预备——起，你俩就进入角色，怎么样？"

王天翔被韩向东说得无地自容："你，你可不要误会，我，我不是那样的人，我这人你老韩还不知道啊？我绝对不是那样的人啊，只是没喝过这酒，没把握住，喝多了，是喝多了呀……"

胖女人狠狠瞪一眼韩向东，突然转换了表情，努嘴道："啊呀，你怕什么呀，看上就是看上了嘛，直不瞪瞪地看了人半天，到现在要见真了，咋又不敢承认了呢？"

王天翔这下可急坏了："啊，不，不，不是的，我这人是咋样个人，老韩是知道的……"

胖女人越发将胖身子挪到王天翔身边："咋你这么没出息吆，都半辈子的人了，你是害羞呢，还是怕韩向东吃醋呢？横竖他韩向东已经不待见我了，你看我咋样嘛？啊？行不行嘛？"

韩向东乘势撺掇："听听，我这老同学多么心直口快，你还羞羞答答个球呀。"

老黄脸越发红得紫茄子一样："啊，啊，你俩怎么这样啊，你俩才是天造地设的一对啊，你俩……"

韩向东两手一下子抃住老道统的胳肢窝，一提，一推。王天翔干瘦的身子就离了座，任凭韩向东提溜着一下子就安放到胖女人怀抱里。

王天翔虽然使劲地挣扎着，但他还是在片刻间触电似的感受到一片热烘烘的绵软，感受到一种前所未有的热浪倏然漫过全身……

但是，王天翔毕竟是王天翔，这半辈子都干干净净地过来了，咋么能一着不慎毁了晚节呢？王天翔大喝一声："别乱来！"急忙站起，狠狠瞪住韩向东。

胖女人见老黄脸恼怒地抽搐着，就讥讽道："呀呀，连个玩笑都解不下啊，你也不想想，可能吗？"

王天翔一愣，望着胖女人鄙夷不屑的表情，一时找不出挽回局面的话茬儿，走了不合适，不走更尴尬。

胖女人后面的话更说得不客气："真是的呢，我说老韩不待见我了，那是开玩笑呢，我们这样说是有我们的前因后果呢。可你呢，老韩逗了逗你，就把你吓成个那，你也把自己搁天平上戥量戥量，压得住压不住秤杆儿呢？我多重你多重呢？真是的呢，这么大年纪的人了，也不寻思寻思，你当俺是个家什什啊，说转让就能转让了啊？真是的呢……"

王天翔没有听完胖女人的奚落，狠狠瞪了韩向东一眼，就脚步"叮咚"地走出饭店。

9

周尚文与晚霞里的栗晓惠并肩走在一起……走过甬道，走过草坪，渐渐走到了校门口，再走下去就突破了纪律底线，就会走出校纪规定不准走出的校门。但此时的周尚文，就像战鼓隆隆中的冲锋战士，心情又是如此的甜蜜，天色又是如此的殷红。他们就那么谈着走着……等发现已经走入一个惩戒场时，要退却已经来不及了。

周尚文和栗晓慧的正对面，周校长、学生处长、教育处长、教务处长等校委一干人已赫然在目，这些人一个比一个威严，一个比一个凶恶。他们站成了一个小的横排。在这个小横排的对面，是一个大的横排，那一大横排的人里还有韩向东和那个胖女人。

由校领导组成的小横排里，有一个愤怒的后脑勺正在节奏紊乱地拼命晃动着，那正是激情训话的学生处冯处长。继而，冯处长的训话就震耳欲聋地冲进了周尚文的耳朵里："……啊，是不是啊？下午二节课后任何人不准出校门，《学生暂行管理条例》里明明规定着，是不是啊？你们来泽西教院是来学习来了，是来充电来了，是为了不至于在下面学校误人子弟，欺瞒学生才来进修的，啊！不是让你们来放松的，来搞不三不四

的，来搞对象要流氓的……看一看，你们看一看，成双成对的，勾肩搭背的，成何体统，成何体统啊，这样好的宝贵时间，图书室不能去？还是教室里不能去？非要成群结队，啊，甚而至于是成双成对啊，啊？成双成对啊！跑到大街上丢人现眼？啊？”

就在这时候，周尚文这一对男女走进了校长的视线里。领导们本来是全神贯注面对着受训学生的。被堵截在校门口的学生，有的低着头，有的噘着脸，有的垂头丧气，有的吊儿郎当。韩向东把干瘪的脑袋低垂在胸口，侧了眼睛责备身边的胖女人：“看看跟上你就没个好，丧门星一颗，迟不逮，早不逮，偏偏和你出了一回校门，就遭了这殃。”

胖女人翘翘上嘴唇：“什么男人呢，这点点事都扛不住，来不来就埋怨人。”

“去去去，离我远一点，”韩向东说话的时候向前上方翻了一下眼皮，眼光穿过周校长和冯处长中间的空隙，一下子就看见了周尚文和栗晓慧。韩向东顿生救人于水深火热之中的使命感，急忙就向周尚文使眼色，厚重的眼皮使劲地闪了一下又一下，偏偏这时的周尚文反应比韩向东的眼皮还迟钝，傻不愣登站在那里，只顾一脸茫然地看领导，对这边频频发射的避难信号一点儿都没发觉，把个韩向东急得不行，只得更加大幅度地使劲扑闪眼皮。也许是韩向东挤眉弄眼得太夸张了，一来二去就被校长发现了。校长一警觉，就判断出后面有情况，迅疾地一扭身，就把周尚文和栗晓慧逮了个正着。

周校长向周尚文招招手，周尚文低垂着脑袋，挪腾着步子，走近了周校长。

栗晓慧也大大方方地跟近了周尚文。

周校长为了不惊动冯处长义正辞严的训话，就压低了声音问：“你们和你们班主任请假了没？”

“我，我……”周尚文慌得答不上话。栗晓慧接过了话茬：“周校长，我们干吗要请假呢？”

“学生出校门必须请假，你难道不知道？”

“什么呀，我是看见这儿站着这么多人，一时好奇就过来看看，我才没打算出校门呢。无缘无故出校门干什么呀？”

“就是，就是，我们是过来看热闹的，不是要出校门的，”周尚文赶紧补充。

周校长看看栗晓慧，再看看周尚文，问：“那么说你们不是出校门，只是在校园里相依漫步了？”

“啊……不，不，”周尚文差点跌进诱供的陷阱，但又一时找不到否定的理由。还是栗晓慧救了场：“周校长您可真会说笑话，相依漫步，好浪漫的词汇，都这么大人了，和谁相依漫步呢，和他啊，”栗晓慧斜眼瞥了周尚文一眼，“周校长您是不是说我和这个人啊，啊哈哈哈哈，啊哈哈哈哈，周校长您可真是的，这可不像是知识分子荟萃的大学领导说的话啊，您哪，真是笑死人哪！”

栗晓慧连说带笑，把校领导一小横排人都惊得掉头过来，那边大横排的人也都向这边投来惊异的目光。周尚文和栗晓慧一下子成了戏剧舞台的主要角色。

周校长和颜悦色问：“那那那你呢，我说你呢，这位男同学，你们真的不认识？”

“真的不认识。”周尚文一边说，一边用手背擦着汗。

“你是哪班的？”

“我啊，我是2001级中文一班的。”

“你呢？”周校长把和善的目光转向栗晓慧。

“我啊？”栗晓慧好像很吃惊校长怎么会不认识自己呢，“周校长您可真是贵人多忘事，您刚调来时，还是我领着我们班的女生给您打扫的家呢，我擦玻璃时从窗台摔下来，您还亲自送我到医疗室嘛，您还问了我的名字嘛。”

周校长向栗晓慧走近一步，端详片刻，点了点头说：“唔……是是是，学生多了，你看我这记性。和这男同学不认识，是吧？”

“周校长啊，听您这话，倒好像实在想叫我和这位男同学认识呢。”

对面那一大横排的人，先是唧唧咕咕窃笑，后来就哈哈大笑起来了。

直到冯处长大喝一声“统统到学生处，到学生处”，笑声才平息下来。

周尚文和韩向东被学生处讯问以后，在学历册里记下一笔，让班主任领回去处理。周会上，焦老师讲了半天话，只是语气平和地强调，以后一定要在各方面注意，千万不要再被校方抓住把柄。讲话结尾部分，他还语重心长地感叹：“唉，同学们，你们看吧，我觉得不论从哪方面说，咱们班的工作要搞好，对彼此都是没害处的。”

老班直到讲话结束，也没有点到周尚文和韩向东的事儿。只是在强调纪律的时候，把意味深长的眼光，向并排而坐的一对老学员瞥了两次，但他最终没有提及有关男女作风的事儿，这很让周尚文感激不已。

自此以后，周尚文和韩向东就像同监狱里释放出来的难友，二人关系一下子拉近了许多，常常头碰头嘀咕个没完，使得老道统王天翔的处境日趋边沿化。老道统这边呢，怎么能受得了被同类人冷落呀？全班就这几个志同道合的哥们，干吗还当着自己说悄悄话呢？老道统越想越生气，这简直就是阶级内部搞分裂，简直就是狗眼看人低！妈的，你们有话不向我汇报，我王天翔也坚决不搭理你两个狗日的！

但是铁骨铮铮的王天翔，绝不会投诚金浩翰和史大可这样的下三烂家伙的，于是，王天翔便亲亲热热地走近了李三儿。下课回来，他没再像往常一样，到上铺亲近“上层阶级”。决不奴颜婢膝向“上”爬，这不是赌气，是骨气，是气节！

王天翔把腋下夹的书狠狠扔向上铺，就笑容可掬地弯腰坐在了李三儿床铺上，而后关切地问：“这几天没事吧？”

李三儿依然一如既往地苦恼着，他急速地给突然对他问寒问暖的老同志让了让座位，摇摇头：“没有什么的。”

“唔，”接下来该说句什么话呢？没有共同语言作基础，这样的交情实在来得有点生硬，别人看着别扭，自己也觉得不融洽。但王天翔是执意要和李三儿要好的，像被遗弃的情人硬拉了个替身垫背的故弄亲昵，故意要气一气负心人似的。于是就说：“三儿，我们虽然交往不多，但我早知道你是个好人，像你这人的价值，不是短时间内能看得出来的，也不是一般的人可以欣赏了的。”

“唉，”李三儿对这份生造的友情和关怀，很有些犯愁，“我这人可有啥可欣赏的……”

王天翔把眼珠朝上铺翻了翻，说：“其实呢，你是典型的茶壶哲学，底子平，办事稳当；肚子大，有容乃大；嘴儿小，不乱说话。”

“唉，你跟我说这些，”李三儿眼光里不断地凝聚着警惕性，急切地揣摸着对方热情里到底包含着什么目的性，“跟我这样的人交往，有什么用？”

“看你说的，人和人交往难道就图个有用吗？我这人看人是看不错的。第一，你是个正派人，这么长时间了，浑话脏话你连边儿也不粘，更不用说办脏事了。第二，你老弟轻易不说话，沉默是金，这更是你老弟与众不同的地方。第三，如今最难得的就是诚实，而你老弟不缺的就是诚实，满心里没有一点儿花花肠子。学生处委屈你，那一定是有人诬陷你，没事的，你哥我任何时候都会站在你一边的。”

“唉，快你别这样说了，我都成嫌疑犯了，你可小心人家把你当成同党。”说到这里，李三儿的脑袋又沉沉地垂挂到胸口窝。

“哼，人在难中才需要朋友呢，才需要有人帮衬的，别的作用起不到，解除解除思想包袱，帮你宽慰宽慰心情，你哥我还是能办到的。”

韩向东用脚尖抠了抠周尚文的小腿肚，让他注意老道统的话里有话。周尚文眯缝着眼皮低声说，你闭目养你的精气神就是了，听它做什么？

其实周尚文眼睛的余光早圈定了重要信息：老道统一个劲儿地往李三儿那边挤，李三儿就一点点地向后方撤退。老道统发现了上铺床沿不仅有周尚文“偷拍”两只贼眼睛，还有长长垂挂下来的吊塄瓜。引起同路人的嫉妒，基本上达到了预期目的。于是越发美滋滋地想，哼，我们的谈话也是秘密的，你想探听？没门！就愈发把声音搞得更加嘟嘟哝哝，越发把两人的亲密劲儿搞得更生动。王天翔一边咕咕哝哝低语着，一边将干枯的老黄脸凑向一脸愁苦的李三儿。

“……你不要不肯说，我知道你是有什么难言之隐的，不怕的，咱俩谁和谁呐，你哥我看不上的人，我就是看他不上，你哥我要是看上的，我就要实心实意帮你的，有啥你就说给你哥我听听，说吧，说吧，你悄悄地告我，没事的。”老道统说着又向上铺床沿一双“窥探器”鄙视一眼。

接着，就好像关系已经发展到很自然随意的程度似的，王天翔大大地打个呵欠，大大地伸个懒腰，就在李三儿身子一侧大大咧咧地仰身躺了下去，还将一只手很亲热地横搭在了李三儿身子上……

“干什么！”只听得李三儿一声尖叫，身子一骨碌跳下床，扭曲着脸叫喊：“你这人怎么这样啊，你这人……”

“怎么啦，你？”老道统也急忙下了床，关切地扶住李三儿，“三儿你怎么啦？”

“你……”李三儿很恐惧地退缩在墙旮旯里，受惊的野兽似的警惕地盯住王天翔。

舍民们都惊呆了，所有惊惧的眼睛一下子都盯住了这俩人，也惊动了一直在抄写什么的冯格大班长。大班长怒目瞪住王天翔，厉声质问：“你这人，到底想干什么？”

“我，我……”王天翔更是一脸惊慌，一脸窘迫。

“你怎么你，你今天是怎么了你，放你自己的床铺不去，胡诌八扯的说些什么呀？”

王天翔老黄脸委屈得变了型，嘴巴一下一下张缩着，一句话也说不出。我，我，我王天翔咋么啦？我王天翔关心苦难同胞也关心得不对啦？

冯格很厌恶地说：“你这人也是的，突发奇想是不是？想找话茬儿寻开心是不是？想找个不幸事物把玩把玩是不是？还是想找个被同情者表演一下你的假慈悲？都把你当个人尊敬呢，连两年的尊严都保持不下来啊？几天的寂寞就耐不住了啊？耐不住寂寞你去找个女人说话去嘛，找个李三儿说话，有什么意思呀你？”

王天翔霜打了一样蔫在那里，老黄脸煞白煞白，要多难堪有多难堪。

10

李三儿就像被人们逮住的一只受伤野兔，任你对他体恤关注，同情怜悯，他都是用防范的怯生生的眼光瞪着你。自王天翔领教了这家伙的不体面后，同学们与他的接近就更加慎而又慎了。

那天，李三儿被学生处传讯回来，愁苦的面目里隐隐叠出一层凶相，一脚踹开门，“噗”的一声吐掉嘴巴上的烟头，吆喝道：“我操你娘冯驴球，老子与你同归于尽，同归于尽！”说着就伸手到被卷里摸索出个什么东西，往怀里一揣，就势不可挡地出了宿舍。同学们相互看看，谁也没辙。阻拦他吧？又怕受了王天翔一样的不体面。不阻拦吧？一旦真的出了事，同宿舍的的人谁也难逃干系。

周尚文问：“老金，你见他揣的是个什么东西？”

金浩瀚说：“我看像是件凶器。”

“凶器？啊呀！”这个惊叹句，几乎是同时从几个嘴巴呼出。

韩向东问：“是匕首？”

金浩瀚用手比划着说：“这么粗，这么长，啊呀，我看像是手榴弹！”

“什么什么，手榴弹？”又是一片惊诧声。

周尚文问：“你，你看清了？”

金浩瀚一边皱了眉揣想着，一边用手比划着说：“不是手榴弹，就是炸药锭，是的，是炸药锭，这么粗，这么长的一轱辘啊。”

周尚文又问：“到底是手榴弹形状呢，还是长长的圆轱辘形状呢？”

韩向东质疑道：“手榴弹和圆轱辘形状没什么区别呀？”

金浩瀚被问得两眼大瞪，越发确定不了是个什么形状的东西：“啊呀，就看见一晃，就揣怀里了呀。"

周尚文焦急道："不行不行，我们得把他劝回来，出上个事可怎么办呀？"

一直没说一句话的王天翔，恶狠狠迸出一句："哼，那疯狗，谁摩挲了狗毛，谁得被狗咬！"

屋子里又静了下来。

周尚文也迟疑道："可这事非同寻常，真要干出极端事可如何是好啊？"

韩向东顿脚道："就是啊，怪人的想法谁能摸得透啊？"

舍民们七嘴八舌吵吵不出个结果，直到冯格回来，才算拿出决断："啊呀，不好！"说罢扭身就出了宿舍，同学们也纷纷紧随了大班长赶往学生处。

学生处屋门紧闭，冯格对着门板喊了几声"三儿，三儿"没动静，又"冯处长，冯处长"的叫了几声，也没听到里面有反应。冯格急忙爬上窗玻璃往里瞅。屋里空荡荡的，静悄悄的，只有几副办公桌椅死气沉沉匍匐在白墙根。冯格看了一下表，拔腿就往冯处长住的单元楼跑。

甬道上，恰好遇上失魂落魄的冯处长。冯处长只顾低头疾走，猛然间看见一伙狂奔的学生，个个都是喘着气瞪着眼，一看就是一拨闹事的祸水。冯处长吓得双腿一软，差点昏倒。惶惑间，就看见站在队伍最前列的金浩瀚。冯处长越发慌了，调头就拐向道旁草坪。冯格急忙喊："冯处长，冯处长。"冯处长越发疾走得飞快。冯处长仓惶地疾走，同学们就条件反射地追起来。冯处长见后面追兵奔跑加速，就也身不由己狂跑得快如鼠窜。眼看就追上了，金浩瀚伸出去的手，距离冯处长仅有一颗山药蛋那么近了，冯格却突然站定，一拍脑门，急匆匆转向了冯处长住的教授楼。

冯处长家楼门前，已经拥满许多人。人们惊恐地纷纷议论着，茫然地张望着。冯格带头挤进冯处长屋里时，李三儿已经笔直地挺尸在沙发里，嘴角流着白沫，眼睛可怕地眯瞪着。冯格尖叫一声"三儿——"，就慌不迭地扑向了李三儿，同学们也都惊慌失措地围过去，有的摸鼻子，有的按手腕，慌乱了一会，才发现死神来得并不很及时，鼻息里还有气息在均匀地出进，身子也还热乎乎的有动静……冯格长长吁了一口气，舍友们也松了一口气。

但是紧接着，刚刚缓和了的气氛，突然又紧张起来，只见李三儿紧闭的双眼，突然瞪得很大，眼珠恐怖地向上翻起，一只手一把抓住冯格，嘴巴咝咝地吐出一丝气息："哥——"冯格惊叫道："三儿，三儿，你怎么啦？怎么啦？"

李三儿空洞的眼睛，死死地盯住冯格，缓缓撕开的唇吻间，呵出梦呓一样轻微的声音："哥，往我家发丧我时，你帮我把东西收拾好，我被卷里还夹着……230 元钱，给……给了我娘，不要给我老婆，老婆她想跟谁跟谁……哥……哥……安慰我娘啊，安慰我娘啊……"李三儿的声音一阵阵弱了下去，脑袋沉沉地一耷拉，就势儿软瘫在冯格怀里。

冯格一震，大喝一声："快，先送医院！"

冯处长是个一点内容都没有的人，遇了这么一点事就慌得一团糟，一个迷迷瞪瞪的李三儿就把他吓得失魂落魄丢人失态了。假如李三儿果真动了真格的，你那么一副器宇轩昂的干部身板，堂堂五尺高的标致汉子，生命关天时刻怎么可以连老婆孩子也不管，就只顾自个儿私逃活命了呢？

惊魂未定的冯处长老婆逢人就诉苦，我家老冯如何如何不中用，如何如何没能耐，如何如何扔下了她娘儿俩只顾自己逃命。派出所的同志让她不要急，仔细说说事情的全过程，可她气愤得怎么也寻不到叙事的主线索，说着说着就掺和进了对老冯的指责控诉，完全絮叨成一篇夹叙夹议的愤慨檄文。焦克配合派出所取证，到冯处长家搞笔录，费了好大的劲，才算帮助保卫科同志理出一些事情的头绪来。

事情的经过大概是这样的：李三儿到了学生处，冯处长像赶鸡一样用手向外扑扇着说："传唤你倒是等也等不来，现在不叫你了你倒来了。"

李三儿嗓子眼里哆嗦着说："我跟你有话说！"

"有话说？"冯处长视此人如无物一样，拉着门栓等着李三儿赶快走，"你就不知道下班了？"

还未等李三儿抽身走，门板就碰着脚跟"砰"的一声合上了。李三儿哆嗦的身子里，怒火更加熊熊地燃烧上脑门。

冯处长浑然不觉地迈着下班后的悠闲步伐，走出办公楼院子，走过甬道，走进单元楼大院时，他才发现后面跟来了刚才那个顽固分子。冯处长仰脸皱眉觑住这个要多讨厌有多讨厌的人，说："你到底是要干什么？"

"我要跟你有话说！"

"不是告你下班了？"

"我要跟你有话说！"

"有什么事？明天再说！"

冯处长加快了脚步，想甩开这个讨厌家伙。讨厌家伙却头也不抬地死死跟定在冯处长屁股后。

冯处长开门进屋，李三儿就一闪身闯进了冯处长家客厅里，冯处长还瞪着不速之客发愣，李三儿已经气吞山河地打坐在冯处长家的真皮豪华沙发里了。

"你这人，你到底要怎么哪？"

李三儿不说话，只是把脑袋左右摇摆着，像是在伺机行动一个大阴谋。

"你怎么是这么个人？"冯处长顶天立地立在自家足地上宣布，"告你明天说就明天说嘛，我还要给孩子辅导作业哪。快快快走吧，走吧你！"

"你不给我说清楚，我这一百斤就死在你这沙发里！"李三儿很柔弱的声音，并没有引起冯处长的警惕和恐惧。

冯处长瞪着蛮横在沙发里的这个人，恼怒到极点了："你这人怎么这么好赖不识哪，你报告了情况，做得很对嘛，我们叫你只是想通过你再了解一些详细情况嘛，并没有出卖你的意思嘛，同时我们也要为你保密嘛，完全是你多疑嘛，学生处传唤的人多了，学生们知道我们传唤人是谈那方面的问题呀？这些情况早和你说了嘛，学校还打算表彰你，也是考虑到为你保密，又看你有顾虑，才取消了这念头嘛，你怎么反倒和我过不去了嘛？”

“谁说是我告的密？我就跟你要这个人！”

“你这个值得信任的好同志，还是我从那么多作业本里才大海捞针一样发现了的啊，你本该感谢我这伯乐才是啊，怎么反倒把好心当作驴肝肺了？”

“你的判断不对，你要为我挽回名誉！”

“你的心情是可以理解嘛，但是革命就是要付出牺牲的，必要时命都得搭上，受一点同学们嘲讽，那有什么呀？你不看电视剧里的有些混进敌人内部的地下党，不是也受到革命同志的误解吗？受了这么一点打击就受不了啦？有学校给你撑腰，你怕什么嘛？再说啦，同学们还不一定知道哪，你这么一闹腾，不是反而让不知道的也都知道了吗？”

“不是我告密的，你给我挽回名誉！”

“啊呀，你怎么是这人哪，人家是办了坏事不敢承认，你是办了好事不敢承认，这可真是邪了门了。”

“你必须给我找专业人重新核对笔迹，给我恢复名誉，平反昭雪，你必须在全体学生面前，承认你是糊涂官昏官赃官，是制造冤假错案的罪魁祸首！”

“岂有此理，岂有此理！”

“给我平反昭雪，平反昭雪！你搞得我在同学里不能活，不能活啊！”

冯处长面对如此石头脑瓜，气得大叫：“岂有此理，岂有此理哪！”

李三儿越发气得疯叫：“你赔我名誉，陪我……你赔不起，你赔不起的……”后面的声音近乎野兽嘶吼。

冯处长老婆的声音从里屋尖声细气地传出来：“孩子做作业呢，谁这么撒野？”

“一个无赖！”

大约是这句话彻底把李三儿推到了忍耐的极限，李三儿声音很阴险地说：“你要为你说的话付出代价的！”

“无赖，你就是一个无赖！”冯处长也生气到了极点，“走了好多所学校了，没见过你这样不懂道理的东西。”

“这就对了，”李三儿语气突然缓和下来说，“这就对了，这符合杀人犯诞生的人数概率。”

“我量死你，亡命之徒我见多了，被你个死蔫赖皮吓倒不成？”

“是吗？”李三儿一下子从怀中取出一个小纸包，“叭”的一声搁在茶几上。随着一阵哗啦哗啦的纸张响声，小纸包一层一层地打开来。又是一阵窸窸窣窣的响动以后，李三儿长啸道：“大王之怒伏尸万段，布衣之怒伏尸二人。娘啊，不孝的儿对不起你老，

娘啊，您保重，保重，儿去了！”

冯处长傻愣愣看着包装纸渐渐打开来……他看到一个黑乎乎的圆柱体，又听得绝命的啸叫，冯处长突然想起了图穷匕首见的典故来。只见他大叫一声：“他妈，快和孩子跑……”话未落音，拔腿就往屋外跑，后面的叫喊也被他播撒了一楼道，声音惊动了整个单元里的住户，惊动了整座教授楼。

冯处长老婆觉察出客厅发生了大动静，冲出书房一看，一副凶相的李三儿正在一手拿个黑黑的瓶状物，一手往开拧盖儿，冯处长老婆惊叫一声，啊呀，不好，电影里那动作见多了，那是在开盖拉线，啊呀，那，那，那是手榴弹，手榴弹啊！冯处长老婆折身书房拉了正在写作业的孩子，哭喊着就往楼下跑。跑出单元楼门一看，冯处长背影已经混杂在惊诧的人群里。冯处长老婆一着急，搂了孩子就哭起来：“快哇人们，这可叫咋办呀，这可是要命哩，要命哩……”孩子更是哭得撕心裂肺。这娘俩的哭声惊动了楼里的所有住户，有的从高高低低的窗户探头张望，有的涌向冯处长门前。冯处长老婆人品还算很不错的，危急时刻还惦着不能扔下左邻右舍而光管自家人各逃性命，冲着高大的单元楼就叫起来：“快哇，人们，快哇，刘老师，快哇徐老师，孟老师，孟老师快叫一叫六楼的徐老师，赶紧跑，赶紧跑……啊呀，你别问了，叫你赶紧跑你就赶紧跑吧，快哇，人们啊，手榴弹一阵阵就爆炸啦……”

立刻就有惊慌失措的人从楼道里跑出来，抱着小的，拉着大的，搀扶着老的，拖儿带女的先是一大串，后又聚合成一大群，跟着冯处长老婆，跑到了单元楼西北角一处开阔地。

冯处长老婆看着派出所的人收拾纸和笔，不再打算把她的诉说听下去了，赶紧加快了说话的速度：“你们说说，你们当着你冯处长说说，幸亏是个药瓶儿，幸亏不是手榴弹，要是手榴弹你说你光管你各逃性命了，剩下我们娘儿俩……你说……你说……啊呀，一说起来这浑身就气得哆嗦呢，气得这心口窝就闭气人呢，你说怎么还有你这种男人呢，我扯淡吧，还有孩子嘛，更不用说楼里的这么多住户啦，要真是手榴弹，你说俺娘儿俩这阵阵还不早去枉死城了呀？你们说咋叫人着后怕呢，咋叫人着后怕呢……”

冯处长呢？他也有他的道理。第一，面对突发事件人的行动是不可能靠理智支配的。第二，他是冲我来的，不会拿你娘俩怎么样的。第三呢，看那人那德行吧，他是个能干出惊天动地事来的人？

“听听，叫焦老师跟派出所年轻人们听听，你们听听你冯处长的话能不能交待了人？既然那人不是惊天动地的人，那你跑什么呢？临跑还告我和孩子也快跑呢，说呀，你把你的理再说一遍叫全世界听听呀！”

冯处长对老婆不能在关键时刻和自己站在一个战壕里，很苦恼；更不用指望她能理解自己当领导的难处了，尤其让他伤心的是自己遭了这么大的惊吓，一点都不考虑自己面子，不给自己打掩护，竟在手下人面前贬损自己，让自己难堪丢尽了人。你说说如此这般老婆还有没有必要和她白头偕老呢？但冯处长毕竟是个良心人，为这么一件伤透心的事就考虑一脚踹老婆，那是无论如何也不干的。男人嘛，宰相肚里能撑船，和如此不明事理的女人计较，实在是有些失身分的。不当面不失面，不见人不丢人，三十六计走为上。哼！冯处长器宇轩昂地站起来，宽宏大量地对正在贬损自己的老婆说："就知道说说说，说死捏活，说死捏活，也不给派出所同志和焦老师削个苹果吃，你呀你，真真正正一个二百五，十婆姨九吊子，剩下一个高帽子，聪明女人七成儿，三年精明一阵儿，你呀你，你就不顾眉不顾眼地败坏我吧，我倒了运，有你好果子吃呢！"

焦克离开冯处长家，又跟着派出所同志赶往医院。望着李三儿愚顽不化的蜡黄脸，再看看床边围着的青老掺杂的班民们，焦老师深深地叹了口气。

焦克关切地问："好些了？"

戴五狗愣悻悻道："30片安定片，吃不死人的。"

冯格瞪一眼戴五狗说："幸亏来医院来得及时，吃不死？吃死就赶不上了。"

派出所同志拿出小本儿，开始向李三儿发问："可以和我们谈谈当时情况吧？"

李三儿没回答。

"你也别害怕，我们也不是把你就当作什么犯罪嫌疑人来审问的，事情出了，我们这个街区的片警总得有个交待，说吧，说说当时情况吧。"

李三儿长吁一口气。派出所同志急忙做好做笔记的准备，可是李三儿吁完气就又一点动静也没有了。

焦老师看了一下，只得亲自问："三儿，同学们都同情你，你看这不是都来看你来了？可你总得说说事情的缘由吧。学生处叫你去了解了解情况，那也犯不着走极端啊。是不是冯处长说话不讲方法，说了过头的话了？"

金浩瀚插话："就是呀，按说咱们班，该我金浩瀚走极端，也轮不到你李三儿走极端啊！"

周尚文低声对焦克说："什么事的发生都不是单方面的，我看，三儿一定身后还有什么原因的。"

焦老师又拉着李三儿的手晃了晃，继续问："三儿同学，心里有了什么事，一定要向人诉说的，否则窝在肚子里，时间久了，就可能总爆发，就可能使人走极端的，这是心理学的研究结果。"

李三儿紧闭的嘴巴和眼睛，预示着紧闭的心扉也不会在短时间内开启的。只有一边眼角淌下一道泪，那泪痕细细的，爬蜒得很缓慢，很迟重，像从干涸的山岩缝隙里渗出的一线远古的溪水。

焦克问："告家里了吗？"

冯格摇摇头。

焦克又问："家里还没来人？"

冯格指了指李三儿，低声说："不让告家里。"

焦克道："这么大的事，应该给家里打个电话的。"

李三儿紧闭的嘴巴突然爆出声音："不要，不要，不要告我家里，不要告我家里！"

焦克探头看了看李三儿，李三儿嘴巴和眼睛又深深地合上了。派出所同志见笔录搞不下去，也收拾起纸笔。焦克临走时说："三儿啊，班里同学对你印象都很好，都相信你是个很好的同志，都是你把问题想偏了，不管它学校怎么看你，冯处长怎么认定你是什么人，同学们可是从来没有把你当坏人。你看看有多少同学来关心你，你看女同学们也来看你了。冯格、石江南，三儿就交待给你们了啊，不但要关照好身子，尤其要疏导好心理。三儿，听话啊。我走了，你一定要好好配合治疗，争取早日回到同学们中间啊。"

11

冯处长并没有因为李三儿事件，折损了面子，带上悲观情绪。那天给大一年级开会，他还是精神抖擞地立在主席台上吆五喝六地主持会议，喝叫这个班不要吵，训斥那个班不像话。肩膀端得越发地平，脖子矗立得越发地直。大红领带上的金属夹子，在太阳光下金灿灿闪着光，宽大的额头还是那么明晃晃地耀人眼目。周校长也没有因此对他有了看法，还和以往一样地头碰头地商量着什么，甚至还对老冯的嘀咕频频地点着头挺赞许的。中文一班的同学们都啧啧感叹，这老冯心理素质实在是好着哪。

会议开了，任凭冯处长怎么喊不准说话，学生的方阵里还是嚷嚷得一片。其实，你要是用心去听，周校长的讲话还是很合情合理的。他说学校就应该有严格纪律，我党把红旗从井冈山，插到宝塔山，再插到天安门，靠的就是铁的纪律。一个学校怎么可以没有纪律？纪律永远是胜利的保证，学生要想学上东西，同样得有纪律来约束。我们就这样强化纪律，有些人还要顶风违纪，搞恶作剧，和学校扛膀子，更有甚者策动学生闹学潮，挑是非，唯恐天下不乱。结果呢，还不是飞蛾扑火自取灭亡吗？你能扛得过规章制度吗？你能扛得过学校吗？还不是自己毁了自己吗？赶毕业离校还得背个处分，我都替这几个学员惋惜哪。但是话又说回来，兵不斩不齐，这一段不是好多了吗？你一小撮人能停止了地球转动吗？

直到冯处长开始宣布处分学生，会场才一下子静下来。

冯处长威严地把目光播撒向学生蹲坐的方阵，把处分材料翻看了翻看，却不往下念。学着奥斯卡开奖一样，有意把眼光在听众和谜底之间平移了几个来回，才正式用咳嗽的方式吸引了听众的注意力："咳咳咳，咳咳咳咳咳，下面——"他把"下面"拖了很长。"我宣布——"又把"宣布"拖得更长，而且再一次地把眼光更加威严地投射到学生里，好像要在宣布之前好好看一看处分对象到底有多大能耐似的。他把眼光瞄住了金浩瀚，幸灾乐祸地讥笑着，意思是等着吧你小子，一会儿有你好看的！

这就正式宣布处分了："查，"他把这个单音发得很重，接下来是某某班，某某同学，在学校推行教育教学改革一系列措施的时刻，如何如何造谣生事，如何如何煽动学生与校方对着干。为了维护学校改革成果，整顿校风校纪，以示惩戒，经校委会研究，决定对某某同学予以严重警告云云。冯处长念完一个，顿一顿，再念一个。第六个念到了金浩瀚，第十一个念到了戴五狗。念到哪个班的人，就有人探头探脑地向这个班张望。金浩瀚不但没有羞愧得入地无门，甚至把脑袋伸出人头海洋的水平面，左右扭动着让大家看个够。倒好像不是处分他，而是被评为见义勇为仗义执言的英雄似的。

2001届里一共严重警告了5个学员，其中中文一班就占有2个。其余不点名批评的重点对象，老冯的侧重点很显然也在中文一班里，说到有人挂了女同学出校门逛大街时，就把眼珠滴溜滴溜往这边瞅，直瞅得周尚文和韩向东脑袋耷拉在胸口窝，才像终于压倒邪气，竖起正气一样，露出胜利者的快慰。倒是李三儿的事儿一丁点也没提及。

散会后金浩瀚冲着冯处长高大的后背喊：“你冯老狗等着，等你爹我消停了，找你算账。你爹我可不是李三儿，老狗、母狗、狗崽子一齐杀！来它个金大侠血溅教授楼！”

金浩瀚把周围同学都惊动得围过来，可是接下来的情节却一点儿也不生动。冯处长后脊背照样坚挺得牢不可破。金浩瀚呢，狠狠冲出去的拳头距离目标起码有四丈多远，恐吓的叫嚣声，压根儿传送不到冯处长的耳朵里去。

金浩瀚虽然受到警告处分，可看他那样子，好像并没打算痛改前非重新做人。倒好像这次处分反而给他悲愤成诗人提供了条件似的。还常常在班里叫嚣：哪位名人没被流放过监禁过？哪一位守规矩守纪律的能成大器？连毛主席年轻时候，都受过中央的排挤打击嘛。什么屈原放逐，乃赋离骚啦；孙子膑脚，兵法修列啦；司马迁宫刑而作史记啦。咱老金被严重警告，能没有惊世之举？只是这小小严重警告，实在是太他妈的软不拉唧不够刺激！

许多人就群起讥笑：你说的也不是完全没有道理，你还别说，要是遇上乱世，像你老金这号家伙，说不定真真的上了水泊梁山，加入了黑社会，当起了坐山雕呢。

金浩瀚一看自己如此不被世人理解赏识，越发与屈原、司马迁等人产生同感，这明明白白的就是世人皆昏我独醒，自古圣贤皆寂寞嘛。

这天的写作课，金浩瀚嚷嚷说宁肯去听狗叫也不去听那些无病呻吟的屁话。

金浩瀚目送上课的舍友们离去，匆匆到学校小卖部提溜回一瓶二锅头，打开瓶盖“咕咚咕咚”灌下小半瓶，就觉身上一股一股地泛热浪……突然间，脑子里就冒出了一个好题目，《无需护官符的原因——官员直接产生于官僚族系》，嘿！多么新颖，多么醒目的论文题目啊！如此题目一闪现，就意味着有惊世之作要问世。啊呀，妈的，曼妙无比的文字已经成串成串地往出冒啦。那么干吧，现在不干又待何时？伴着题目在眼前的频频闪现，明明觉得脑门里还闪出一团金光，题目的那几个字，就像电影片头一样，从那团金光里推出。好像这个伟大题目不是来自他的思维，而是从天而降，从冥冥中升腾。

金浩瀚被命题激动得一骨碌坐起，搜索枯肠地开始了对正文的构思。并没费多大的劲，脑子里就涌出一浪一浪话语的潮水。那些话语，像从操场四面八方拥来的学生，拥到他面前，等着他安排调动。那些话语，带着批判锋芒，带着愤世的情绪，带着新奇的前卫信息，有条不紊地在他的麾下排好了整齐的军阵……金浩瀚被这些语句冲动得全身亢奋，笔在手中沙沙沙地挥洒着，一行行字迹像千军万马向万里山河横扫过去，覆盖过去……

写完一看，30 多页稿纸，1 万多字的理论文章已经醒然摆在眼前。而这已经是第三天黄昏。金浩瀚开了电热水器，冲了一碗方便面。3 天吃了 7 袋方便面，他居然没产生想吃东西的欲望，没觉得肚子饥饿，甚至觉得吃饭真他妈太讨厌，常常把顺顺当当的思路搅和得一团糟。吃完方便面，吸了 1 支烟，在地上踱步 3 圈，然后驻足窗前，一手叉腰，一手砰然推开窗户，目光越过萧瑟的校园秋色，直直飞抵世界的那一端。秋天的天有多高，他的心就飞升到多高。啊呀，这才叫游目骋怀，一览天下小啊！

金浩瀚又把文章从头看一遍，他简直不相信这是出自他这双笨手。语言犀利，思想深广，论证严密。妈的，这样的文章不刊登才怪了呢，一旦刊登出去，不震撼掉整个学术界才怪了呢！

金浩瀚把文章打印了 8 封，直奔邮局。8 个信封分别写着不同的地址邮编，刊社名称，装载着他的希望和前程，和他匆匆告别，匆匆上路，投入全国邮件的汪洋大海，飞向漫漫四面八方……

金浩瀚刚刚把稿件投入邮箱，就见老班焦克提着一大包东西进来。一看见金浩瀚，焦克就皱了眉头："浩瀚啊，这几天你怎么又没去上课啊？"

金浩瀚表情上洋溢着成功感，爽声道："啊，我，我这几天身体有点不舒服。"

"那你也应该吭一声，一旦学生处再查住，我给你打掩护也有个思想准备啊。"

"打掩护？"金浩瀚表情复杂地笑了笑，焦老师啊，焦老师，缺乏一双伯乐的慧眼，这就是你最平庸的地方了，过一段时间，你就不用这种口气和我说话了。

焦克换了一种语气关心道："这也对呀，虽不能常回家看看，多给家里写写信也好啊。"

"写信？"金浩瀚的一腔壮志又一次受了埋没。

"那你……"焦克疑惑地盯住金浩瀚。

紧接着，金浩瀚就看见焦克手中沉重的邮包上写着某编辑部地址，脱口道："焦老师，你也是来投稿？"

"我也是……"焦克一愣，"难道你也是来投稿的？"

"胡乱写了点东西，还是人生的波折和焦老师你的启发激起我的写作激情的。"

"是吗？很好呀。"

金浩瀚看了看邮包在磅上的份量说："吆，份量不少啊。"

"份量？"焦克有些不高兴，"学术文章可不是论斤的。"

“毕竟是按字数算稿费的嘛，论斤就论斤吧，论斤有什么不好？这邮局不也是论斤计价的吗？”

焦克长叹一声道：“是的，我感觉出来了。”

金浩瀚莫名其妙：“感觉出什么来了？”

焦克勉强道：“我在你们心目中的份量吧。”

金浩瀚急忙解释：“不不不，焦老师你误会我了，我这人说话就这，脑袋里没灵魂，嘴巴上没把门。在这些老师里，我最佩服你焦老师的，真的，真的我最佩服焦老师你。”

焦克微笑着问：“小说稿？”

金浩瀚一拧脖子说：“小儿科的人才写小说呢。”

焦克吃惊道：“那你……”

金浩瀚再也没法使自己谦虚了：“胡乱写了一篇文学理论，是读《红楼梦》时的一些突发奇想，试着写的。”

“是吗？”

“题目是《无需护官符的原因——官员直接产生于官僚族系》。”

焦克若有所思道：“啊，这个题目……你是写古代科举取士的官员，都是产生于官僚体系外，而对官场陌生，所以才需要护官符？而现在的官员都是就地提拔，也就是你所说的族系？”

金浩瀚惊愕地点点头：“到底是焦老师啊，那么心有灵犀。”

焦克缓缓地点着头说：“这个选题是不是有点太偏激了？选题可是论文的灵魂啊。”

金浩瀚说：“我觉得不偏激。”

焦克点点头：“你已经投出去了？”

“刚刚投入邮箱。”

“唔，这样吧，把你的底稿拿来，我给你看看，怎么样？”

你给我看看？金浩瀚对这句话很有些反感，但他还是谦和着态度说：“底稿倒是还有一份的，那，那我回去拿给你。”

“能信得过我，你就拿来，不要勉强啊，”焦克顿了顿说，“创作可以凭天赋，学历不高的人照样可以写小说，可搞学术就不同了，没有扎实的理论功底，看问题是站不高的，这可是搞理论的结症所在啊！”

金浩瀚翘了翘嘴角，笑着说：“焦老师，你说巧不巧，咱们投稿，怎么就同年同月同日啊，你说这是不是老天的安排？”

焦克疑惑道：“啊，可不是哪。”

金浩瀚狡黠地笑着，焦克似有所悟地摇了一下头。

焦克的书稿最后定名为《文学——从荒芜到黄昏》，和他的初衷一样，主要论证文学这个古老的物种，将被新生代的植被所湮没取代，最终走向它的黄昏与末日。这洋洋

洒洒20万字的手稿，一旦变了成书，可是泽西教院学术土壤里萌发生长的第一部论著啊。这不仅奠定了焦克在教院的学术地位，也为学校填补了学术空白。前一段日子，周校长听说焦克班里工作不尽如人意的原因是因为写书，来回踱了几趟步，就理解了年轻人的难处："啊，是这样的啊，埋头搞学术也是很好的，说吧，能不能写成？"

"写是能写成的，"焦克本来是要给周校长递辞呈的，他实在不想干这破班主任了，麻烦事出了一桩又一桩，他对实现当初军令状上的承诺已经不再有信心了。这还是次要的，更主要的是这个倒霉班把他和沈菲伊的关系都搞得说不清道不明了。焦克总算拿定主意，一定要辞掉这个烂摊子，可是当他面对一向对他信任有加的周校长时，话就怎么也说不出口了。

"说，大胆说，还有什么问题？"

"主要是班务工作……"

"你是说班务工作耽误写书？"

焦克本来是要说他本人没帅才，难以胜任这个班主任的，周校长的话却使他临时改了话茬："啊，要说耽误嘛……倒也不单单是个时间问题。"

"那，那还有什么问题啊？"

焦克伸在口袋里的手，汗津津地捏着辞呈，还是没有拿出来的勇气。

"说啊，还有什么问题，只要能给咱学校搞出论著来，有什么困难你给我说，这也是咱学校的大事啊。省教委几次来验收考核，都因为咱教师队伍里没有个拿出论著来的，差一点就取消咱学校招生资格了。要不是我这张老脸，咱这所学校差点又退回到短期进修班了，危险不危险呀？咱那些老师们倒也在这刊物那刊物上发了些文章的，但人家说那不能算数的。现在总算有个人坐得下来，苦打实熬给咱写东西了，写的还不是豆腐块，还是成册的书，你说这，就在我周国诚身边就有写书的人，你说这我能不支持你？嘿，你这本书写成有多厚？"

焦克一时也说不上能写多厚："我想，大约有20多万字就写完了。"

周校长好像对书的厚度很有兴趣："有没有1厘米厚？"

焦克勉强道："可能有吧。"

周校长把右手拇指和食指捏作1厘米的距离，点头道："唔，这么厚，行。不管多厚吧，厚薄我都支持你，是不是还得用钱？"

"啊！这……"焦克忽然有些激动，他压根儿没想到因为自己出书而跟学校张嘴要钱，现在周校长主动提出这个问题，他该怎么回答呢？

周校长看着钱的问题把个年轻人搞得这么羞赧，便有些得意起来，很爽朗地笑着说："哈哈哈哈，年轻人，你一来我就看到你吞吞吐吐的，就知道你是来提什么要求的，就是嘛，要写书，既然时间不是问题，那当然就是钱的问题了，反正这世界上不管要办成个什么事情，不是时间就是钱，不是钱就是时间。实际呢，时间和钱缺了哪样也不行。"

"啊，啊，周校长你，你，你说得太对了，太准了。"

"哼哼哼，"周校长来回踱着步，一边用鼻孔笑着说："这事我说得准，什么事我说不准呢？想想你们去年什么样子，就是嘛，去年不也是一样的你吗？当时你怎么就没有想到要写一本书啊？为什么啊？"

焦克急忙点头说："是的，是的，想法是早就有的，可就是老也动不了笔。"

"为什么？啊，年轻人，我问你这是为什么？"

焦克又点了点头说："那时候啊……那时候学术气氛一点不像现在浓，也不知是咋的，也许是当时领导对支持搞学术态度不够明确吧，哪像你周校长这么旗帜鲜明啊。"

"你说的也对，也不对，哪有大学领导不支持搞学术的？"

"那，那……"焦克不敢轻易下答案了。

"说到底，还是个校风学风问题嘛，有了大环境才能有了小环境嘛，有了好的校风学风，才能有好的学术气氛，有了好的学术气氛，你才可能被环境感染，才能有了动力。我永远相信那句话，铁的纪律是所有胜利的保证!"

"啊，啊，是的，是的。"焦克频频点着头。

"赶快写，要快，一定要赶在年底把光铮铮的书印出来。"

"好的，好的，一定的!"焦克很激动，口袋里的辞呈不知不觉已在手中挎作一团。

几个月完成了20万字的书稿，出手是够快的。这其中有校长限定时间的压力，有金钱的力量。恰好这段时间，沈菲伊又和焦克闹别扭，爱情的空档与郁闷也许正是一种良好的写作心态？

那天正是个雨雾绵绵的周末下午，刚刚下课，焦克就迫不及待给沈菲伊打手机，让她快快来，有要事商量。沈菲伊急匆匆赶到焦克宿舍，一进门，就被焦克饿虎扑食似的一把抱起，按倒在床上，将狂热的唇吻不顾一切地印在她的嘴唇上、脸上、耳朵上、发梢上……

沈菲伊轻轻推开他："你今天是怎么了啊？"

焦克愣怔地僵在一边："我还想问你是怎么了呀？"

沈菲伊讥讽道："我可是好久没有体验这样的感受了，温度忽冷忽热的，我调整不过来啊。"

"我，我什么时候冷了呀，都是你庸人自扰。"

"哼，是冷是热，对方就是最灵敏的温度计。"

"好，那我再让你量一量这温度。"说着一下子又把沈菲伊紧紧抱上床，又一阵狂热地吻。

沈菲伊又一次推开焦克，翻身坐起，拽了拽衣服说："怎么了，没有追到大美女，拿我姑且解馋？还是玩美女玩腻了，想换换胃口？"

焦克缓缓坐起来，无奈地长叹一声："你老这么疑神疑鬼，我也没有什么办法。"

“你以为我无中生有吗？哼，看你见了门若娜那副色迷迷的样子，真是的，无风不起尘！”

“我是相信你的素质可以辨得清事物本质区别的，是的，我承认我欣赏门若娜的外表美，但那只是单纯的审美情绪，决没有其它越轨的想法。”

“你承认见了大美女的情绪和别人不一样，这是事实吧？”

“单纯的审美情绪和爱意的传达是有区别的！”

“啊，难道你和我，最初就没有一点审美情绪的基础吗？”

“当然有了，可，可这是不一样的……”

“如果说你对我当初就没有一点审美基础，那你对我的爱从一开始就是停留在理性层面上的？”

“没有感性认识，怎么有可能上升到理性阶段啊？”

“如果你承认爱情的起点都是从审美开始的，那么你对大美女那么强烈的审美情绪，更有可能发展成为更狂热的爱情啊！”

“你，你，”焦克觉得沈菲伊的话一点也站不住脚，可又找不到合适的反驳，只得绕开对方的锋芒：“你把智慧和心思都用在这上面，只能是伤了我的感情，坏了你的心情。其实，你要是憨厚一点，豁达一点，那就不会自寻烦恼了。”

沈菲伊怔了一下，半天没说话。是焦克这句话引起她对自己性格的反思，还是自己的振振有辞把败兵追到绝路而放弃了角逐？沈菲伊直挺的腰杆，缓缓弯缩下来。沈菲伊并不是只能说了自己的理的那种糊涂女人。在她的生活旅程里，有不少师长朋友对她说过，过分聪敏是她的优点，更是她的缺点。她再一次反问自己：难道真的是自己太过分了吗……沈菲伊忽然觉得自己异常委屈，倏然间，两行泪就亮晶晶地下来了。

焦克本来也在竭力检点自己，无论作为老同学，作为班主任老师，都不应该单单对漂亮女孩子太热情啊。你再用审美的理论搪塞，也难以掩盖垂涎美色的灵魂啊。你要是始终铁板了面孔，泥塑一样不动声色，人家会无缘无故怀疑你吗？这当儿，焦克发现沈菲伊瘦削的肩膀在抽搐，接着就看到点点坠落的泪珠。焦克心里一软，一下子紧紧抱住那瘦弱的身子。她需要宽大的胸怀和肩膀；他也需要温情的体贴与理解啊！

这天夜里，沈菲伊就留宿在焦克宿舍里，在甜蜜的娇声细语里，在亲密的肌肤温存中，一切误会，一切纠葛，都在爱的热流里消解融化……

这是他们的第一次。完事后，沈菲伊紧搂着焦克的脖子说：“以前仅仅是爱的前奏，这可就是我属于你的隆重仪式了吧？”

在昏暗的台灯光里，沈菲伊娇媚而慵懒的样子，显得那么性感动人。焦克又紧紧地把沈菲伊搂在怀里。

这多好，一切都理顺了，好像紊乱了的系统又恢复到一个还原点。二人已经着手考虑近快步入婚姻的殿堂了。

可是就在这之后不久的一个下午，门若娜突然极度哀伤地跑进了焦克的住处。焦克也被她吓了一跳："你，怎么啦?"

门若娜跌坐在椅子上，肩膀一下一下抽动着，脸色委屈地扭曲着。

焦克觉得事情严重，慌忙走到她身旁，连问几句"你怎么啦"，对方还是木头人一样，没有答话。焦克更加着急，一只手轻轻搭在门若娜肩上，他向那只手使了点力度，因为已经尝试了语言关怀的苍白，那么，关心、关切、关爱的所有信息通道就只得寄希望于这只血脉相通的手臂了，他的用力恰到好处，她得到了她这时候最需要的的东西——爱抚……门若娜积郁了满胸的悲愤、懊悔、伤感统统找到了倾诉的出口：她又一次被人欺骗了。她的爱是纯审美的，纯感性的。只知道爱得死去活来不顾一切，不动用一点爱情策略，不搀杂一点功利要求，不懂半推半就的艺术，不会欲擒故纵的战术……这样的单单听从感性的，透明得没有一丁点保留的人，不被对方当个没有生命的玩物才怪呢。门若娜泣不成声的诉说刚刚开了个头，老同学已经猜出了爱情悲剧的全部……

就在这时，兴致勃勃的沈菲伊推门进来了……

什么都说不清了，当时焦克的一只手还在门若娜肩膀上搭着，尽管缩手缩得非常迅疾，但也无济于事了。那惶恐的一脸通红，那傻愣的一身尴尬，欲解释又无从解释的张口结舌……

经过一个很久的缓冲过程，焦克才开始了苍白而冗繁的辩解，针对焦克越涂越黑的辩解，沈菲伊就用一句话作了质问性的总结：既然心里没鬼，那你辩解什么?

沈菲伊走了，很可能是永远地走了。

但是，焦克打心眼里没有埋怨门若娜，她是无辜的，她已经在那边受了那么大的打击，在这里又受了这样的窝囊气。他不但没有给予受伤的心灵任何有效的抚慰剂，还让她又受了二茬委屈。沈菲伊一拍门板走后，门若娜也走了，走得失魂落魄，涕泪纵横。

沈菲伊的误解把焦克搞得既懊悔又窝火；门若娜的屈辱更让他内疚得坐卧不安。他一支接一支地吸烟，一顿又一顿地喝酒。脑子里突然冒出一个思路：要是不当这个破班主任，哪会有这么多麻烦？一切的一切都是这破班主任惹的祸，要不是这样，他的论文也可能脱稿问世了，他的婚恋也该步上红地毯了。退退退，坚决退掉这个破班主任。展开稿纸，刷刷刷写起辞呈，一口气跑到了校长办。

班主任没有退掉，却意外地得到一次领导的恩惠与激励。周校长的期望像在缺失的心灵豁口敷来一块疗伤的补丁；像在越积越鼓的气囊上戳开一个排气的小孔。一肚子郁闷憋气慢慢地淡了下来，飘忽浮躁的心灵也渐渐地沉了下来，沉降到一个最佳的话语喷发点。焦克一脸严肃地坐在电脑前，很快就找回中断已久的思路……

12

这天黑夜，韩向东两点多钟了才鬼鬼祟祟回到宿舍。这立刻引起周尚文的怀疑。

当时周尚文正在辗转反侧，回想白天和栗晓慧约会时的情景。他们相隔着五六米远走出校园，拐过围墙转弯处又走了好长一段路，才并肩走到一起。路边走过双双对对的男女，有些是泽西教院的，有的是临近几所院校的。一对对勾肩搭背，挎臂搂腰的。走在前面的一对，一走到墙根拐角里，就亲起嘴来了……

栗晓慧好像看出了周尚文的心思："向往吗？"

周尚文自嘲地笑了笑："向往者，向之往已！"

但漫步是漫步，总不能就这样干走吧？该回忆的都回忆好多次了，所有要说的话题也都搜索个差不多了……美好时光就这样磨蹭在了淡而又淡的谈话里了，那么不磨蹭又能咋么样呢？也许在二人的世界里，磨蹭本身就是在把剧情拉长的必要手段吧？

他们就这样磨蹭到了天黑，她领他走到一个街心小花园，栗晓慧带头走到草坪里，侧身躺了下去，周尚文也佝偻着侧卧在栗晓慧腿弯后侧，和那纤细的后腰也就差一指头那么近了，加之周围恋人们肆意而又创意的姿体示范，周尚文也将一只手试探着向栗晓慧身上迂回过去……但瞬即就触电似的缩手了，在如此空旷的天地间，周尚文到底没能突破这革命性的第一步。

前几天就听韩向东自吹自擂，说他跟老肉墩亲嘴那简直就跟盖个报废的公章一样不算个事儿。周尚文有点不信，怀疑这家伙是自吹，就追问，亲嘴都不算个事了，那么更进一步的事儿，不就水到渠成了？韩向东就诡诈了脸告他，有困难上，没有困难创造困难也要上。周尚文惊问，你他妈果真想落实到行动上？韩向东摇摇头，笑而不答。

周尚文改用激将法："吹牛了吧？是给生殖器涂脂抹粉吧？"

韩向东叹一口气说："唉，日他娘的，不行了，根本不行了！"

"啊？"周尚文震了一下，"是吗？"

"唉，你说自来了泽西教院，只回了一次家，都隔一个多月了，按说也该养精蓄锐了吧，可，可你说咋么就一点都不中用了呢？"

"啊，是吗？"下面的话，周尚文简直不知该怎么往下说。

"你说你说今年才 40 多，男人的工作难道这就这样完蛋了？"

"啊，是吗？"

这天夜里，韩向东悉悉瑟瑟翻腾一夜，周尚文也辗转反侧了一夜，时不时伴随着长长的叹息。但谁也没再和谁说话，只是各自折腾着各自的烦恼。

周尚文翻肠倒肚了整整 4 天，把问题的周边枝节都考虑得周到而又周到以后，才算给自己下了死命令：今晚就是今晚，为今晚赴汤蹈火，碎尸万段也在所不辞了。

傍晚时分，周尚文给栗晓慧打了电话。见面后的程式和以往一样雷同得让人郁闷而又焦躁不耐烦，周尚文不想再这样耽搁时间了，就急不可耐地把话题往行动计划上靠拢。何况此时此景，无边的夜幕已经款款覆盖下来，模糊了人与人之间诡诈的视线，遮掩了恋人间的尴尬与羞赧，茫茫夜色就像一块遮丑的大棉被，盖向人间，遮严了天底下一对对亲昵百态的恋人。随着夜色的渐渐加深，周尚文的胆气也在一阵阵地递增……

近处的恋人们正在进行咋样的操作，已经看不见了。看见的只有远处时亮时暗的车灯。

自从来到草坪上，栗晓慧一句话都没说，只听见时不时发出一声轻轻的气息。

周尚文也没说话，好像一张口说话就会把积蓄的情绪和力量释放掉似的。周尚文只是一下一下吞咽着唾沫，一任阴谋在肚子里一阵阵地膨胀着，膨胀到春心萌动内力暴涨，膨胀到激情飞扬勃然奋起……

栗晓慧双臂支撑在身后，仰躺成一个很优美的姿势，她好像在观赏渐渐密集起来的星星，又好像什么也不看。

周尚文就坐在她平伸的双腿一侧，他的任何一只手，稍稍一不谨慎，就可能触摸到栗晓慧这一侧的腿上了。

栗晓慧的双臂好像累了，仰天一躺，一条腿顺势儿一伸，就搭在了周尚文盘坐的双腿上。周尚文心头一热，身子就瑟瑟颤抖起来……周尚文悬空的双手只要自然垂落，着陆点当然就是栗晓慧的小腿弯，而垂落已是势在必行……于是，周尚文的手这就触摸住了栗晓慧的小腿，并感觉到了牛仔裤紧绷出的腿型。而后，那双手就开始了笨拙的迂回与爬延……

一男一女到了这种时候，本该木已成舟了……可是，这他妈的简直就是坐标里的反比例曲线，尽管距离坐标轴越来越接近，可就是永远不能到达那个交切点……

不行，周尚文还是有点紧张，还是在没完没了地胡思乱想，放弃了话语的攻略，乱纷纷的思绪潮水还在窒息着最后一搏的勇猛……不行，人在勇猛的时候头脑是不能清醒的，只有脑袋里一片空白一窝混沌，人才能拼死一搏的，这时候的周尚文多么需要一顿隆隆战鼓或者嘀嘀当当的号声来把这泛滥不绝的思绪切割成简单的冲锋节奏啊！

周尚文用了一阵气吞山河的深呼吸和一声毅然决然的咳嗽，阻断了思绪的溪流，果然就有了奇效，像一股地动山摇的震波，从地震的中心向无边的大地扩散开来……奇妙的感觉立刻就在全身勃然涌动，一浪接一浪地扩散到全身，浸漫过心房，最后就清晰地聚拢在大腿的根部……陈年废退的春心就在这当儿，真正地被醒然激活。周尚文像饿久的恶狼一样，一翻身将自己笨重的身躯恶毒地压下仰躺的栗晓慧……一阵酥软的颤动，一股奇妙的激流像滚滚的岩浆，冲破地壳喷发而出……

周尚文踏着星光走一路，心里狂呼一路，甜蜜地追忆着曼妙无比的体验，那是从肉体到心灵的通彻的感受，那是情爱和性爱最完美的交融的感受，那是身心融化得疯狂到完全感觉不到自己的感受……啊！

13

金浩瀚给乔思思写了一封长信，已经改了 3 次了，还是对自己的文学功底不怎么自

信，但红润润地洋溢着幸福感的脸色，还是被史大可给看出了端倪，身子一跃，冷不丁就爬上了金浩瀚的脊背，将脑袋亲密无间地和出产论文的脑袋并列着紧贴在了一起，大言不惭地嚷嚷：“嘿，是情书吧？要不咋一个劲地笑嘻嘻的呢，来来来，来我给你看看写得咋么样，这可不是学术论文，会写字就能写得了。”说着就要夺了给老金润色。

金浩瀚偏偏对他这方面的能力极不信任，鄙夷不屑的样子毫不隐讳地写在了脸上，说：“就你啊？”

“我咋么，上高中时，连语文老师都表扬我作文写得臭不可闻，写情书倒是一绝，实话对你说，你说我史大可有什么？什么也没有，可咱就凭18封情书就把媳妇搞定了。”

金浩瀚却起身下了地，抛下志同道合的老朋友，把情书高高举向上铺，呈递给了德高望重的周尚文：“你还别说，还叫这大鼻头说对了，搞了学术论文的笔来写情书这种小玩意儿，还真有点别扭，鲁迅都说使惯刀的难以使枪，倒也是的，拿牛刀来杀猪，咋能使得上劲儿呢？”

周尚文倒也不计较把他看作杀猪刀，觑了眼睛就开始审读。

史大可被凉在那里，很有些脸上过不去，他妈的这是明目张胆地小看人嘛。忿忿一会，鬼眼一眨，便有计谋酝酿在胸，就匆匆溜出宿舍，一溜烟到了教室。

教室里，王天翔和李三儿正在认真地打扫卫生。史大可讨好地向两位笑了笑，说：“咱宿舍简直寂寞难耐，无聊至极了，也没个好去处，来吧，来和你俩打扫一阵卫生吧。”

王天翔奇怪得愣了一下。

李三儿警惕地盯住史大可。

史大可一边开始帮着挪腾桌凳，一边说：“愣啥呢，知道是你俩的值日，来帮帮你俩嘛。”

王天翔撇嘴道：“你小子，正经轮到你值日都不认真打扫，咋么思寻起帮我俩了？”

史大可涎着脸说：“瞧瞧，倒像我是来抢你俩饭碗似的，还把你俩吓得傻眉愣眼的？”

王天翔想了想说：“唔，来学雷锋？这你可选错地方了，靠俺俩可给你登不了广播，上不了报纸的。”

史大可讥讽道：“这现在的人是怎么的了？什么都叫你们理解得这么偏，人和人关心帮助，本来是群居动物的原始本性，恻隐之心人皆有之嘛。来不来就是学雷锋，学雷锋的。”

王天翔还是很奇怪：“你说的还是人之初性本善嘛，但是后天就慢慢都学坏了，你小子要不是有什么不可告人目的，那才奇了怪了呢。”

史大可抿嘴笑道：“这人心就是坏了，所有好心都不当好心看了。好像谁只要办一点好事就都是为了受表彰似的，你说这成天让学习这典型那榜样的，这不是成心要把人都培养成见样学样的没脑子猴吗？谁也是干点好事就等着表扬，那那那人还有什么自觉

性哪？”

李三儿也冷不丁来了一句：“算球了吧，你要不是有什么企图，鬼才信你是来帮俺俩呢！”

史大可也没因为好心当作驴肝肺而生气，一副默默无闻奉献爱心的样子，他先把一张张桌凳搬开，等王天翔、李三儿打扫干净后，再一支支地搬回原位。

打扫完教室往回走，正遇上脸庞继续红润润的金浩瀚。史大可盯准他的眼睛问：“呵，还在笑嘻嘻的，小心热血沸腾得胀破脑袋血脉啊。”

金浩瀚看都不看史大可一眼，只顾急匆匆对王天翔说：“老王哥，今天是你值日吧，来给我教室钥匙，我去拿个东西。”

金浩瀚拿了钥匙直奔教室，史大可望着老金那掩藏窃喜的后脊背，诡诈地微笑在暮色里。

这时，同学们都涌向食堂，教学区空荡荡的没了人影。金浩瀚幽灵一样潜入2001届中文一班教室里……

整个过程，金浩瀚都进行得轻车熟路，从容自如，尽管窗玻璃上已映出豆青色天光，尽管教室里已罩满昏色，但老金只用了大约10多秒钟就完成了一项艰巨工程。教室里课桌的排位，就像一个简单的坐标系，横排第几，竖排第几，先从宏观把握，再从微观入手，蒙着眼睛都可以找准目标，更何况一排排课桌还隐约可辨呢？找准课桌，伸手到抽屉里，摸准最厚的那本《中国现代文学作品选读》，揭开扉页，将那厚厚的一叠信纸往里一夹，一切就完事大吉，一切就进行得这么行云流水天衣无缝。

等待的时光总是很充实的，前面有论文发表喜讯的等待；现在又有了爱的回音的等待。这就叫事业爱情双丰收，两手抓两手都要硬啊。何况，这封信和以往的大不一样，情书的主题已从一开始的试探，逐渐发展到了爱慕之情的倾吐，随着情书频率的递增，爱的份量也随之加重，这一次的内容比以往更有了质的飞跃，包括男女间敏感问题的试探，也越过了畏首畏尾的阶段，而进入直露的表白了。

金浩瀚把信塞进那本厚书以后的心情，一点也不下于惊世文章投寄出去的激动与冲动，啊，幸福美好的明天啊！灿烂夺目的明天啊！啊……

第二天第一节课是沈非伊的现代文学，她还是那么憔悴，那么忧心忡忡。她把讲义展在讲桌上，先盯一眼一样娥眉紧锁的门若娜。心情不好的时候，讲课的发挥不好，听课的一样心不在焉。

沈非伊正讲到“为人生”与“为革命”两个文学阵营的争论。很显然，她是倾向于为人生一派的。她说人生即人性，反映人性的主题是永恒的。而革命的主题只是在一定革命历史时期的应时之作。她讲得很低调，甚至有点语无伦次。课堂秩序很不好，“嗡嗡嗡”的嚷个不停，沈非伊也没有整顿了一下秩序，让学生们安静下来。

周尚文们很想认真吸收知识，可就是嚷嚷得听不成。王天翔伏在桌子上发出世界上最难听的鼾声。周尚文就把正垂挂着钟摆一样摆动的一条腿，往韩向东那边使了一下劲，提醒韩向东注意前面动静。韩向东点头表示，他已经发现了情况。周尚文就很赞赏地又用摆动的腿朝他亲切地蹭了一下，以示两人心有灵犀。

韩向东为了让周尚文更透彻地看看自己的眼睛是多么善于发现问题，就把吊塄瓜脑袋平移到周尚文腮帮底，向斜上方翻闪了一下蔫皮眼，低声说："我早就看他不对劲，眼里忽闪忽闪的，全是鬼。"

周尚文点点头，表示对韩向东的看法确认。

韩向东又朝前排目标瞅了一会，说："那双鬼眼昨天晚上就忽闪上了。"

周尚文回忆了一下，说："这我倒没发觉。"

韩向东把自认为锐利的眼睛，探照灯一样摇头扫视了360度，说："一定是搞上前面那个女孩了。"

周尚文继续注视着前方，没顾得回答。

韩向东就沿着自己的思路往下发挥："嫉妒发生在同类人之间嘛，见金浩瀚有了情况，早就心急火燎了。"

"啊？你是说谁？"周尚文狐疑地盯住韩向东。

"咋么，咱俩说的不是一回事？"

"你是说谁？"

"大鼻头史大可嘛。"

周尚文像对待榆木脑袋的差等生似的撇了一下嘴："我说嘛，你这猪眼怎么可能发现人类情感世界里微妙的玄机呢？"

"是吗？"韩向东一愣，又开始了逐个搜索，他一点儿都不服气周尚文能比他乖觉到哪里去。伸头缩脑地探寻了一圈，终于有了新的收获。又把吊塄瓜脑袋很恭维地窝屈到周尚文腮帮底下："唉，还是老情况嘛，沈菲伊和门若娜心理较劲嘛。"

周尚文虽然还是扁嘴否认，但又同情他求知心切，只得给他指明思路："我不给你指点，一辈子你也看不出来的，这情况太微妙太蹊跷了，可以肯定地说，肉眼凡胎的人是绝对发现不了的。"

韩向东愈发大眼圆睁，急切地渴望着答案揭晓。

"这情况太蹊跷了，刚打预备钟我就进了教室，进来一看，吓，情况有了变故了。吊塄瓜啊，要看出点什么来，也就全在那一会儿了，等上了课，你就瞪得掉出眼珠子来也发现不了什么情况了。不过，也不是一点蛛丝马迹也没有，但你得有前面故事的开局铺垫，你才有可能有后续发现。"

韩向东奇怪得不行："这么玄乎啊？"

周尚文故意卖起关子来："悄悄上课吧，沈老师看这边呢。"

韩向东偷看一眼讲台上，用脚狠狠蹭一下周尚文："说啊。"

周尚文将脑袋掩藏在直立的课本后面，说："我这样跟你说吧，咱们宿舍今天谁到教室最早？”

韩向东凝神一想，想起来了：“嗷，是老金啊！”

“这不就对了嘛。”

“这，这有什么呀？”

“唉，这就对了嘛，这就是反常嘛。”

“就这啊？”

“当然不仅仅是这啊。”

“那那那，那还有……”韩向东这才把疑点集中到前几排秀气的发型与腰身上，鞭辟入里地逐个侦察一遍，还是什么也没发现。

周尚文看他向未知领域探求的动作有些太冒险，又用脚使劲踢他一下。他那探头探脑的鬼样子，已经惹得沈菲伊注意多次了。

过了一会，韩向东突然问：“老金换人了？”

这时的周尚文早已正了身子，做好了听课的样子，一点也不顾韩向东如何被胃口吊得饥渴难忍，只轻描淡写低声说了一句：“我逗你玩呢，上你的课吧。”

金浩瀚到了教室一会儿，乔思思就到了。他眼睁睁看着乔思思把上课要用的课本拿出抽屉，那本《中国现代文学作品选读》虽然这一节课不用，但她还是翻动了一下，这是心灵的约定，她应该像每天打开电子邮箱一样，急切地获取最新信息的。但是今天，她翻看了一下就再没动静了，而且翻看得那么漫不经心，近乎下意识的动作。

她怎么会没动静了呢？以往她发觉书里有了东西，总要先给金浩瀚打个眼风，以示来信收到，当然那其中的含义绝非那么单一单调，那瞬息的回眸一瞥总是那样的耐人寻味。那样的含娇带嗔，好像在讨厌他，却又明明按捺着窃喜。好像在对他嗔骂，讨厌，都这么大人了，搞什么搞！却又洋溢着几分甜蜜。每到这时，金浩瀚就心潮涌动得全身发热。可是今天是怎么啦，她还是那么安静如水，那么冷若冰霜，她倒也能装得住啊！

何玲和门若娜喘吁吁进来，一人在乔思思肩膀上捶了一下说：“光管你积极呢，也不叫人一声，还叫俺俩老等你呢，要不是赶紧打了出租车，差点就误上课了。”

“嗯呀，要告你俩呢，手机没电了呀。”乔思思的表情很坦然，一点也看不出藏着掖着有关金浩瀚惦记的那码事儿。

接下来，几个女孩就头碰头叽叽喳喳说开了商城上市了什么新款紧口马靴裤，这更让金浩瀚着急又窝火，心里一迭连声的叫喊，差点就从嘴里迸出来了，狠心的冤家啊，你成心啊，你故作悠闲得也太残忍了点吧！

门若娜和何玲一边相互鼓励对方穿上紧口马靴裤如何如何靓，一边把上课用的书一本一本拿出抽屉，摆好在课桌上……突然，她们三个人的后背同时震了一下，何玲还发出一声“啊”。“啊”罢是一阵慌乱，一阵失神的顾盼，一阵尴尬的掩饰。乖觉的人从这些扭动的后背微妙的一怔一愣中，就可以发现问题了，更不用说是当事人金浩瀚了啊！

前面窈窕腰身的微震，立刻波及到身后笨重脊背的震动，而且，老金那大面积后背的一震，要比前面她们至少高出5个震级。从他那前探的脖颈和那左右摆动的脑袋，看得出他是在调整视点，极力想使眼光锐利地穿透俏丽的背影，尽快搜寻出事情的缘由……

这节课根本用不着那本《中国现代文学作品选读》的，何玲拿出它来干什么啊？可是她偏偏就拿出来了，也许是等到了不想听的时候，可以翻看翻看某篇小说？还是课桌上任意放一本书摆摆样子就是了？也许是随手触摸到的偏偏就是这本书？谁知道呢？反正她把那本书往桌子上一摆弄，厚厚的一叠纸就掉在了桌子上。何玲吃了一惊，准确点说应该是吓了一跳！

何玲愣怔的当儿，乔思思和门若娜四眼一对，两人一会意，抢过信纸就打开。这一打开不要紧，首先傻了眼的是乔思思。一下子，她就看出了金浩瀚的字迹，看出了惯用的字句，更显而易见的是那熟悉的格式，用拼音写的抬头“Qinaide”和落款“Jinhaohan”。乔思思倒也没表现出什么醋意，她很平静地噘嘴笑了笑，轻轻还给了何玲。

何玲还是蒙在鼓里，从乔思思手中接过信还嘀咕了一句“哪个缺德鬼干的呀”。她并没有慌忙掩藏，都是无话不说的姊妹，有什么秘密可回避的？何玲一看见开头那一组字母，以为那就是对自己的英语称谓，她在中学时就恨死英语了，这个缺德鬼又和自己玩英语，简直就是汉语言文学的叛徒。何玲差点就把那封信撕掉了。但她没有撕，出于礼貌，还是应该浏览浏览的。忽略掉称谓，开始往下看正文……赞美的话谁都爱听的，这是人类的共同弱点。看着看着，就有些脸红心跳了，那一行行跳动的文字，把她粉饰得那么秀美，那么亮丽，那么使每一个男人心醉神迷，那么使世界焕然生辉。更让她读得如醉如痴的是，她还可以像徐冉老师讲的贵夫人或者公主一样，单单凭她的美丽，就可以激励满腔骑士情节的人，为事业献身，为世界学术界做出贡献。啊，何玲简直晕了，这么多年了，头一回有人提醒自己原来也这么优秀，使自己找回本应该属于自己的自信心啊！要说恋爱，何玲是谈过好多次的，情书也积压有厚厚的一摞，可那些话不是太酸不拉唧让人肉麻，就是太正儿八经得让人讨厌。文字怎么可以编织出这么美好的话来啊！小小几页纸怎么能把人搞得这么晕晕乎乎的啊！

何玲投入到如醉如痴的阅读，早忘记了应该顾及一下周围的情况。

这当儿，乔思思的表情急剧地变化着，复杂地经历了几个层次。

与此同时，门若娜就坐在她俩的中间，两边的变化都历历在目。

她们的后排，史大可两只鬼眼一个劲地忽闪着，看看这个再看看那个，看看前面又看看后面，脸上洋溢着妙计奏效的成功感，笑意里掩藏着按捺不住的幸灾乐祸。

当然了，最受震动的还是金浩瀚这个当局者，他由期盼与等待的美滋滋的云端，“忽咚”就跌落下了懊悔莫及与气急败坏的泥坑里。金浩瀚把“投递”的过程详详细细检点了几遍，并没有发现半点差错……即使发现了差错出在哪里，那又能怎么样呢？现

在关键的关键是赶快挽回，救场如救火，这个尴尬的局面可怎么收拾呢？他想把那封信一下夺回来，可是身子脖子伸缩了几次，手终究没有探过去。和收信人讨要已经发出去的信，是不是古今中外还没有发生过类似的事情呢？

金浩瀚焦急得沸油浇心，如坐针毡，身子不住地伸缩扭动，脸色一股股泛红泛白……就这样度日如年地挨过了一节课，两节课，三节课，四节课……上课时间根本没法行动，连几个短暂的课间休息，都人多眼杂得没法实施补救方案。何玲已经把信藏匿起了，乔思思也不知是故意做出不在意的样子，还是压根儿就没把他老金当回事儿，几个女孩子已经投入到有关紧口靴裤搭配什么衣服的又一轮讨论了……

总算挨到下午活动时间，金浩瀚急忙打电话给乔思思，说他无论如何得与她见一次面。乔思思如约而至。

"我还怕你不来呢。"

"这有什么呀，闲着也是闲着呢。"

"闲着也是闲着，你，你就这么无所谓啊？"

"有什么事嘛？"

"你说我这人是怎么的了，一定是鬼遮眼了呀！"

"你说什么呀？"

"我还和往一次一样，明明塞在老地方了嘛，可……"

"你说什么呀，我越听越糊涂了。"

"你生气了，是吧？"

"无缘无故，生什么气呀，真是的。"

"你生气是应该的，可以理解。"

"我明明没生气，你咋老想让我生气呀？"

"你，你要是不生气，我就生气了啊！"

"你这人是怎么啦，盼我生了气你反倒高兴了？"

"我给你写的信到了别人手里，你咋能不生气呢？"

"信到谁手里，不到谁手里，跟我有什么关系呢？"

金浩瀚又偷眼看了乔思思大半天，还是看不出乔思思是不是真的没生气，说："我可是对你一片真心的，你可别让我失望啊。"

乔思思露出一些不耐烦："慌慌张张地叫我，就是说这些啊？"

金浩瀚越发着急了："你，你咋老让我捉摸不透呀？是你激励我写论文，我才认定了你是有素质的姑娘，有停机断织励夫志与齐眉举案之美德，我把你的话当了真了，你倒是一点也不在乎了！"

乔思思歪头看了看金浩瀚欲哭无泪的眉眼："谁说我不在乎了啊，我什么时候说我不在乎了啊，能写出文章来的人，我很佩服的嘛。"

“仅仅就是个佩服啊。”

“你瞧你啊，我说我佩服了，你反倒说我‘仅仅是个佩服’。那好，那我佩服得五体投地，行了吧？”

金浩瀚差点失望得气吞声绝了，稍稍顿了顿，说：“啊，这么敷衍啊？”

“你瞧你这人，那我怎么说才对呢？”

金浩瀚彻底泄了气了，摇了摇头叹道：“我就知道是这样，我们农村人，再作出惊天动地的业绩来，也粿不进你们眼里的。”

乔思思又侧目看一眼金浩瀚，没有说话。

秋阳惨淡，落叶枯黄。金浩瀚眼里的世界一下变得萧瑟凄清没有一丁点趣味。女人没趣味，事业更没趣味，去他妈的，你心里没我老金，我老金也不一定要吊死在一棵树上。切，昨天的阴差阳错，说不定是老天爷有意安排乱点鸳鸯谱呢？有心栽花花不开，无心插柳柳成荫也是很好的！

金浩瀚越想越愤慨，愤慨得立马就要做出断绝的通牒了，他却又看了一眼乔思思，满腔的愤慨瞬息就放了气了。今天的乔思思偏偏搞得这么妩媚动人，那发式，那脸型，那蓬松的羊绒衫，那紧绷的乳白牛仔裤……连同那撇唇撩眼的时喜时怨，那顾盼多情的一颦一笑……美的就是美的，动人的就是动人的，你当着这样的尤物，能够说一刀两断就一刀两断吗？

“思思，咱不要别扭了，有话好好说，好吗？”

“早让你有什么就直说嘛。”

“就今上午的事吧，你，你一定看见了的，我看出你生气了的，其实是一场误会，肯定是史大可那狗日的在桌凳上做了手足了。”

“你说什么呀？”

“你瞧你，求你别再装了，你老这样就没法往下说了，你听我给你解释嘛，今上午我就发现史大可不对劲，回到宿舍，我揪了他王八蛋胸脯，质问得他王八蛋一迭连声求饶，连说要为我挽回局面。我说去你妈的，一把推得他王八蛋四脚朝了天。别的我就不说了，我就请你原谅我，理解我，我可以对天发誓，我心里除了你乔思思，我要再有了别人，你让我不得好死，死得狼拖狗拽，死得他乡在外，死得五体不全……”

乔思思立刻伸过手来，捂住金浩瀚的嘴，让他别再说不吉利话。

老金一下子捧起捂在嘴巴上的那只细嫩的手，紧紧贴在脸颊上，腮帮上，最后又磨擦到嘴巴上，将自己的唇吻，实实在在吻在了手背上，手心里，手指尖……

14

但何玲却把那封信当回事了，读完信，她就辨认出了抬头落款是汉语拼音“亲爱的”和“金浩瀚”。那节课她就调头看了金浩瀚几次，只是金浩瀚正处在极度懊悔中，没有注意她。她倒也不怪罪他。她的第一封情书递给中学的同桌时，也是好多天不敢正眼看人家一眼的。在回家的公共汽车上，她又把信欣赏一遍，回家后是不能看的，老公发现了可是麻烦。

要说这之前，她是没把金浩瀚这个人放在眼里的，咋咋呼呼，吹牛拍马，没遮没拦的，像个有口无心的大傻蛋。藏起信一想，你还别说，要是细细的想来，这家伙还算得上是个大老爷们呢。敢作敢当，率真偏执，听说学识也还说得下去，连老师们他都敢当着那么多同学评头品足，肚子里有真货才有资格看不起人呀。下午，何玲才认认真真地偷眼端详了一顿金浩瀚，这一看不得了，原来这家伙还是满经得起品尝哩，你越是细看还越有那么一点儿帅气哩，单说那海拔就有一米八几哪，除了石江南谁有人家那个头啊？

回家后又把自己老公和老金反复比较了又比较，结果是各有所长，又各有所短。可最最主要的是老公的个头顶多至了人家下巴那儿，而自己不是成天哀叹嫁了个小个子老公算是倒了八辈子霉了吗？出门不能并排走，家里想小鸟依人地往肩膀上靠一靠，结果呢，多半个脑袋却被悬在老公肩膀上方的空挡里了，自己的胸脯反倒被他的肥脑门给偎上了，更不用说像电视里那样被老公抱起来在地上旋转得腾云驾雾飘飘欲仙了。再说了，这天上掉下个馅饼来，你说你不吃了不是白不吃？

但她决定不主动，这是铁打的原则，绝不含糊。毕竟你是小小县城中学的一个破教师。

可是一个礼拜过去了，还是一点儿动静都没有。金浩瀚呢，见了她就躲，害羞呢还是怎么的了？冒然给人家写了情书，是要有几天不好意思的，躲躲闪闪也是可以理解的。可你不能把这个初级阶段拖个没完没了呀？谁不知道你金浩瀚是个涎皮赖脸的家伙，何用和一个女人家一直玩这个呀？

何玲等不来金浩瀚的动静，就决定亲自操练了。

这已是金浩瀚发错信的10多天以后了，下午第二节课下课时，在同学们乱嚷嚷起立收拾东西离座的当儿，何玲的眼睛朝金浩瀚飞快闪了一下，金浩瀚一震，纸条已塞在手里了。

这几天，金浩瀚陆续接到稿子不被采用的通知，心里正苦闷得一天也不想活了。情场上毫无起色，事业上又是这德行，枯燥乏味的老婆更让他生不如死，雄心勃勃构筑起来的希望大厦，眼看就哗喇喇倒塌了。金浩瀚甚至开始考虑是不是干脆喝一瓶安眠药自杀掉算了。一死解千愁，还可以制造轰动效应，给它泽西教院点颜色看看，给王八蛋老冯一个大处分，顺便把老叼婆霍蓝玉也气个半死不活！

偷偷看了手中纸条，心如死灰的金浩瀚稍稍有了一点儿活下去的期冀。就像名牌大学落榜后，等来了个末流院校通知似的，前瞻后顾都没路可走了，这根到手的救命稻草也只得死死抓牢了。

金浩瀚略略徘徊了一会儿，就如期赴约了。

那酒吧灯光昏暗，音乐缠绵，可谓声色同工，扰乱六根，谁置身在这样的环境里，不被搞得心旌摇荡乐而思淫才怪了呢。何玲把约会地点定在这里，也许抱有很明确的目的性？他妈的，城里女人果真是经营生活的老手啊！

在玫红色的光晕里，金浩瀚脸上还挂着苦楚。不是面对自己迷恋倾心的对象，言行举止也就没必要那么刻意，苦楚就是苦楚，苦楚人是堆不出笑脸来的。金浩瀚就像是被邀请的贵客，凹着脸背着手走进那梦幻般的小隔间里，在何玲的对面落了座。

何玲的开场白果然直截了当："你这人也是的，要嘛不要撩人，要嘛就有个着落，把人吊得半死不活的，你倒也耐得住啊！"

金浩瀚没有透露那是搞错了的结果，嗞嗞抿着高脚杯里绵不叽叽的红酒，微微笑着接受责备。

"哼，平时看你冒天失地的，到正经处反倒成没声没气的笨鳖了。"

"啊，不好意思嘛。"金浩瀚点头笑了笑。

"还不好意思呢，这话从你金浩瀚口里说出来啊，真能笑死人呢。"

"我金浩瀚在你们眼里就那么无耻啊？"

"弄了半天，你金浩瀚还是孜孜以求地想当个好人哪？"

"嘿，看你说的，谁不想当好人哪？"

何玲扁扁嘴："说的不是心里话，这都半年了，谁不知道谁呀。"

何玲说话时，羊绒衫紧裹的胸脯就鼓颤颤地随着话音抖动，像在向对方发出频频电波。看着看着，金浩瀚原本淡漠的眼光渐渐就积蓄了内容。暗红光里的何玲，真还有些楚楚动人哩！头发从鼻梁两侧垂直披下，把脸和眼睛遮掩得神神秘秘。那脸和眼睛在空间上的让步，越发把紫红的嘴唇衬托得那么醒目，那么诱人！那双向这边直直伸过来的双腿，又被那黑皮靴子和紧身靴裤裹得紧箍箍的……金浩瀚果然就有点心旌摇荡不能自已了……

何玲也定定地看了一阵金浩瀚，说："那信里是不是你的真心话？"

"啊，是的，是真心话，"顷刻之间，金浩瀚就赋予了那些话百分之百的真实感，"那是我的爱心在积压许久以后，井喷一样爆发出来的，那是我用心血浇灌而成的啊！"

"是嘛？"

"当然是啦！"

"以前我光看你老盯着乔思思直勾勾的，一点秋波都没给我分出一丁点儿呀。"

"哪里呀，没有的事。"

"有就有呗，可以理解嘛，你们不是把人家排名二美女吗？谁不是先捡好果子挑着吃呢？"

"要单说欣赏，我看人家大美女看得更多呢，我看电视节目主持人看得更多呢，那不是一回事。"

何玲摆了一下头，把一边头发甩在耳朵后面，怪怪地瞅了片刻金浩瀚，突然换了一

种语气说："算了，算了，解释什么呢，世界上的事说不清道不明的多呢，咱说咱的就是了，我喜欢那句话，一切向前看。"

"嗷，这话我也喜欢。"

"那你给我说，下一个节目，怎么办吧？"

"啊，这……"金浩瀚突然有点慌。

"你看你，这更不像你金浩瀚了，你别以为我就生得那么贱，我这人是个直肠子，见不得绕绕弯弯的。你想啊，我们又不是 20 多岁小年轻人，还书来信往的搞那些小儿科，你写那封信也不容易，我看起码也得写你两节课时间吧？不过你还别说，那些话话就是说得好听呢，说得我都心软骨头酥了呢，你要说上钩上当吧，也就上了。毛主席还经不住好话忽悠呢。我要会写，早几天就给你回信了，可我哪敢跟你这样的好学生玩文字呢？又想呢，写得再好也是空对空的，和网上聊天一样，干闻不得尝，没用！从你那些话里看得出，你总是愿意跟我吧？这肯定没问题吧？可又想呢，我给你回不了信，你也不会给我第二封信了。既然咱都愿意，那咱在一起说破就是了，你金浩瀚不好意思，那我主动就主动点吧。你们农村人，我知道，尤其是这方面更不好意思张口，别看你平时大大咧咧的，一到正经时候，还不照样也是扭扭捏捏窝窝囊囊，没声没响的老笨鳖？人还有几天活头呢？一满在泽西教院能呆几天呢？别的话我也说不了，我就相信一句话，今天抓不住，到老气破肚。"

金浩瀚一边听着，一边挖脑袋："可，可你说……我……"

"你看你那德行叫我说对了不是？老农民了吧？"

当然了，金浩瀚毕竟是金浩瀚，自认为哪方面都不落人后的金浩瀚，怎么会让人说成是老农民呢？妈的，叫你尝尝老农民的厉害！一下子，金浩瀚就向对面冲了过去，蹭着何玲的腰胯就并排挤坐在一起，乘势儿一只手就勾过何玲的后脖颈，另一只手就来了个海底捞针，将那靴裤紧裹的双腿，一抄一揽就收拾在自己怀抱里，动作来得迅疾而又到位，接下来的接吻也就水到渠成一拍即合了，那叫个深邃，叫个狂热……

狂热到了一个极限，金浩瀚的激情突然一落千丈，两边胳膊也像放了气似的蔫蔫耷拉下来，脸上又露出心不在焉的样子。

"我看你老像愁什么呀？"何玲问。

"我有什么愁的？"心里却在想，学术上受挫的事能向你倾诉吗？倏然，金浩瀚又想起通灵睿智的乔思思。

"借色浇愁也是愁更愁啊？"何玲直盯得金浩瀚的眼光撇在一边。

"看你说哪里去了，"金浩瀚心里"咯噔"一下，嘿，这家伙敢情不傻呀！

"无所谓，无所谓，你就把我想像成乔思思也行，那么下一个节目呢？"

金浩瀚不敢再正视何玲的眼光。

"要不……算了？"

"啊，这……"

金浩瀚用一阵狂吻代替了回答，谁也没再提下一个节目的事，但他们约定好了下一次。

15

这几天，班里的日子好像又有滋有味了。城里女孩子们都穿上了靴子和各种款式的靴裤，老家伙们在石江南、戴五狗们的怂恿和鼓动下，也一人买了一条牛仔裤。说是要么不买，要买就要买品牌的。牌子名称不是什么狼就是什么豹的一类猛兽。这样的商标炫耀在裤腰间铜牌上，不光大增了人的品位，还强化了大老爷们儿的雄性特征。尽管王天翔绷了脸，拿捏着一副不为小资情调所动的样子，但他也不能超脱得铁板一块，来时穿的中山装后来就再也没见穿过，前一个月就买好的灰西装，这几天也像模像样地穿起来了。冯格在这方面倒是一点儿都不保守，他对衣服品牌的了解，一点都不比城里人差。据说他平时穿的板正西服，一身就1000多元钱，这几天换上的那件夹克衫，据说也是八九百块！远比周尚文、韩向东大出血买的衣服贵好多倍哪！

可是，学校就是成心不叫人好活，班里的学习气氛一下子就紧张起来了，老师们行色匆匆地轮番上教室加压，没完没了强调距离期末考试还有几天了，学校要坚决严肃考风考纪，还说坚决要按照《管理条例》规定，实行末位淘汰制，各班考到最后一名的坚决要劝退出局，一点余地都没有。

考前动员会那天，周校长整整讲了一个多钟头话。周校长讲话的内容和声音都很有杀伤力。那家伙浓眉冷峻地横着，眼睛炯炯地瞪着，和所有中国行政领导人一样，坚决不来一星半点儿幽默风趣。他做得很对，领导一发笑，就会使群众松懈斗志，就会被人理解为软弱无能。周校长何曾不想轻松嬉戏地生活呢？为了教育事业，为了端正校风学风，不牺牲一点生活情趣怎么行呀？周校长最后一句话说得好极了：泽西教院决不出产废品和半成品，泽西教院毕业一个就要是一个标准合格的人类灵魂工程师！

周校长说得倒是都对，可就是学员们对所学科目记也记不住。你想啊，专业课、公共课十多门，一本一本书摞起来就有1米多高哪！

要想使考试得心应手，书上的内容就都得记住。胡海涛老师还幽默了一句话，虽然不是要求死记，但是必须记死。记死？你以为是正规大学里十七八岁的大学生吗？说记就能记得住吗？

焦克倒是没强调让大家记死，理论本来也不应该是死记硬背的学科，可是按照焦克的指点，什么填空题、名词解释题、论述题，书上都可以找到现成的话语。按照考试的惯例，越贴近书本上的现成话，才算得上是越接近了标准答案。任你自由发挥得自认为再好，遇上个阅卷老师不认可，那也是白费白搭，算你没辙。就算焦克这样最有思想，最有新观点的老师，也不可能否定了书上的标准表述，而认可你们这些半拉子大学生的胡诌八扯吧？你说你自作主张搞了个原创答案，那不等于第一个吃螃蟹的人一样是在冒

死吗？

倒是王天翔把自以为是创造型人才的周尚文和金浩瀚都奚落得哑口无言了。真是的，理论不由专家理论，能由你们几个去瞎糊弄？答案不由书上说了算能由你们几个说了算？要考出好成绩，就好好念书吧。不下死功把书里的字句背得滚瓜烂熟，就想考出好成绩，可能吗？

周尚文嘀嘀咕咕地念了背，背了念，半本书算是啃下来了，可是掐指一算，距离考试时间已剩下不到两礼拜了，而等着他啃下来的课本和笔记本还有山一样一摞哪！咋么办呀？周尚文愁得脑袋快炸了。

周尚文伸起腰把视点洒向全体同学时，发现一教室人，就他们几个老家伙声音十分难听地读念，其他同学都静悄悄的。

门若娜扭过头来吃惊地说："老天爷，那么多，那还能背会啊！"门若娜担心又很关心地给他们几个使了个眼色，偷偷递过来手中的小秘密。

周尚文接了一看，我的娘唉，这简直可以申报吉尼斯世界纪录了。一块5厘米宽，1米多长的纸条，一折一折地折叠在手中，只有半张扑克牌大小的一叠，上面写满密密麻麻的小字。就这一个纸条，上面几乎压缩了一个学科的内容。考试时，隐藏在手中，任凭监考老师把课桌抽屉里里外外检查个底朝天，把身上衣服可能藏匿夹带的地方都找遍，也想不到真正的宝典却在手中啊！

韩向东从周尚文手中夺过那一叠纸，像拉手风琴似的拉开，叠好；叠好，再拉开。再觑了眼睛把那抄好的内容瞅了一遍，就激动地高呼起来："啊呀，简直是中国第五大发明啊！"

周尚文也试着在手中操练两遍，惊叹道："这才是真正意义上的掌中宝啊！"

韩向东又把纸条抢在手中把玩不已："袖珍宝典唉，有你救老朽于水深火热之中，何用老朽身心憔悴朗朗于窗前啊？"

周尚文斜撩起眼皮，瞥住韩向东："咋么，也想弃'暗'投'明'身体力行？"

韩向东讥讽道："我只管走自己的路，任别人坐人家的轿车去。"

周尚文诺诺。

王天翔侧目看住这两老家伙，满脸深恶痛绝状，诧然中断了背诵，凝眉怒目向世界质问，费神而缓慢的智能识记，咋么可以被铺天盖地的假冒伪劣洪水淹没？实实在在的优质产品何时才有出头之日哪？

冯格看着周尚文人等不甘堕落的样子，坦然道："你们是不是觉得别的同学掌握了这技巧，就显不出你们是尖子生了？能记住，你们就走你们死记硬背的老路，要是对自己的记性没把握，那就干脆和大家一起走共同富裕的道路。这又不是高考选拔人才，这仅仅是对这一段学习情况的一次检验。"

听听，人家说这叫"共同富裕"道路。你埋下颗脑袋自顾自的读念记诵，叫谁看你都是个没有一点协作精神的自私自利家伙。此刻，韩向东已经彻底改弦更张了，周尚文

徘徊一会，也匆匆投入紧张的准备工作，先割好了纸条，而后在门若娜的指导下将纸条折叠得齐齐整整。满教室里，最后就剩下老黄脸上那张干嘴巴还在发播着讨厌的读念声音了。

一个战壕里的战友，一旦弃“暗”投“明”，对原来的人就更加讨厌了。韩向东狠狠推王天翔一把，慷慨陈辞道：你是大真想做个好好学习天天向上的好学生还是咋么的了？好像就你王天翔是天下第一正派人，人家冯格不比你王天翔正派吗？人家是县里重点培养的掌管教育的人，都能和群众打成一片，你一个中级职称熬高级的纯教员有必要这么较真吗？什么大不了的事啊？再说了，这些东西除了考试用一用，到了社会上还有个屁用呀？即使现在记住了，过几天也全忘干了。说白了，你老道统不就是想当个头名状元嘛！

王天翔被批驳得灰眉鼠眼，大张了嘴巴没说的，一肚子真理的火苗儿只得这么眼睁睁被扼杀。眼看自己身单力薄难以战胜邪恶谬误，可又一时挽不回局面，扭不了乾坤。迷迷瞪瞪吸了一支烟，一左一右地看了看，自甘堕落到底有点不情愿，但又想，历史上独醒的人有什么好结果呢？算他娘的了，举世混浊，何不随其流而扬其波？众人皆醉，何不哺其糟而啜其醨？激烈的思想斗争以后，干瘪的老黄脸上终究泛起还俗的容光，终究半推半就地加入到了“共同富裕”的行列里来了。

周尚文抄写困倦，仰头缓气的当儿，脑海里倏然冒出一首钗头凤，正好那天又是他的教室值日，中午打扫完教室，擦了黑板，就将那首歪诗写在了黑板上：

钗头凤　老生自嘲
索功名，惦桑农，无心和尚胡念经。
学未尽，人已老，官粮易食，俸禄难操。
考，考，考。

头沉沉，意昏昏，言繁句杂记不清。
沸油浇，急生巧，掌中密宝，字儿写小。
抄，抄，抄。

下午上课前，同学们围了黑板，诵读得一片嗡嗡声。

门若娜们也站在外围看究竟，低了声音向身边同学请教什么意思，金浩瀚就大声给女同学讲解：“别的诗句到还一般，就这两个煞尾用得好，考考考，抄抄抄，你还别说，这几个字还是能够很形象地反映了同学们这一段学习状况，很有点智者自嘲的味道哩。”

周尚文端坐在自己座位里，从脸到脖子根都洋溢着美滋滋的表情。金浩瀚点评得又那么及时到位，使门若娜她们对词句的理解上升到了一个理性层面。有的同学还拿了笔记本抄写下来，门若娜也认认真真看着黑板抄录。韩向东朝周尚文斜歪一眼："你他妈的，这么老没德行啊，动不动就给来上一首狗屁歪诗，想靠这吸引女同志啊?"

王天翔也板了蜡黄脸耻笑："可以理解嘛，发表不在正规刊物上，你说不往班里黑板上发表，这颗通体无光的夜明珠不就彻彻底底埋没了嘛?"

周尚文辩解："小人之心度君子之腹，我只是有感而发。"

恰好门若娜又抄完回到座位里，扭后头来笑眯眯看住周尚文："周老师，你可真会写呢。"

韩向东急忙补上一句："那几句臭话，谁不会呀，别人是真人不露相罢了。"

门若娜敬佩的眼光就水汪汪看住了韩向东："韩老师、王老师你们敢情也都会写啊?"

王天翔急忙把头歪在一边，把应答的重任推给了韩向东。韩向东就笑嘻嘻探前脖子："你等咱考完试，你看你韩老师给你好好写几首诗，叫你看看什么才是传世之诗。"

"是嘛?"门若娜眼光里充满羡慕。

韩向东这张嘴就喜得再也合不上了，激动地一下一下伸缩着吊塄瓜，涨着通红的脸沐浴在大美女青睐的柔光里。

这时，古典文学老师孟甄茜进来了。复习课本来是不需要老师来搅和的。可是各学科老师还是走马灯一样地来转悠，各自强调各自所带学科是如何如何重要。孟甄茜老师就强调得更厉害了。她是大学刚刚毕业，暑假期间才招聘进来的，老怕考不好被校方炒了鱿鱼。据说老师们也要实行末位淘汰制的。

孟甄茜这样的古典文学老师，对黑板上这样高水平的古典诗歌却一丁点儿也没兴趣，她几乎连看都没朝黑板看一眼，拿起黑板擦嗞嗞几下，就把周尚文的杰作给残酷抹煞掉了。周尚文的正楷字迹先被擦抹成一片灰白，渐渐淡出黑色，接着，黑色上就覆盖上孟甄茜老师密密麻麻的稚嫩字迹。孟甄茜抄写得很快，不大一阵功夫，满满当当的一黑板字就写现成了。她说这是重点中的重点，必须抄上笔记本，必须记到心里去。抄完一黑板，接着再抄一黑板。这倒也没有什么更便当的捷径可走，抄就是了，但同学们不是抄在笔记本上，而是直接就抄在各自的"掌中宝典"里面了。

16

出版社来函说要出版 1000 册书，得支付费用 18000 元。

焦克惴惴地把出版社来函递给周校长，周校长说学术上的事毫不含糊要大力扶持。焦克为周校长没有忘记当初的鼓励与承诺，感动得眼眶都湿润了。周校长先写好了批款条子，而后就把电话打到学校财务处。财务处当天就按照出版社地址，汇出规定数额。不出两个礼拜，出版合同就顺利签定了。这就是说一本硬铮铮亮旺旺的上面印着焦克大名的书就要呱呱坠地隆重问世了，也就是说中国学术界或者世界文化宝库里就有了我们

焦老师的一席之地了。

事业的喜悦，姑且填补了失恋的痛苦。考试在即，一切先搁脑后，把文学理论辅导工作搞得扎扎实实，把2001届中文一班各科成绩都考好，起码考到中文二班的前面，这就成了这一段时间焦克工作的主攻目标。

焦克站在教室讲台，向埋头苦读的同学微笑着点点头，算是对同学们刻苦学习态度予以褒奖。可他那几个高中同学还是让他担心，她们一共七八个人呢，都要是考砸了，对班里的成绩影响可不在小数啊。

门若娜抬起头，哀怨地瞅了他一眼，像在对他埋怨，看我们受苦，你倒悠闲自在的啊。焦克看着老同学倦怠慵懒的样子，也觉得有些于心不忍，可又有什么办法呢？念书就是苦差事，文凭哪是那么好拿的？

焦克怜悯的眼光明明是关注着门若娜，挪步下了讲台，却走到乔思思身边，伏下腰，关切地问："吃力吗？"

乔思思自知其中缘由，用膝盖戳一下门若娜，回答："吃了力，有了效果也算，吭哧吭哧的都快嘔得吐血了，越学越成一团乱麻了，这可怎么办呀？"

李晶晶插话道："就不能给我们再指指重点吗？"

焦克无奈道："唉，你们哪，老是指重点指重点，这是一套理论体系，不像其它学科，可以把重点作家作品圈定在一定范围内。提纲挈领的东西，我上课时候就指出了，问题是你得在理解的基础上记忆，记忆的基础上理解哪。"

乔思思嘔嘴道："你这说了半天，还是跟不说一样的嘛，算了算了，好好赖赖就这提起来一条，放下去一堆了。"

何玲撇撇嘴："这可真是挤上车的就再也不觉车底下的人心疼了。"

曾丽菲把眼光狠狠朝她们几个瞭了一圈："你们也是的，谁觉谁心疼呢，叫我说呀，宁丢人也不求人。"

焦克无奈地摇摇头。

门若娜红着脸低声问："是不是你出题？"

焦克没有说话，却定定地看了一眼门若娜，说不清是肯定还是否定，更看不出是安慰还是警喻，眼光里的内容肯定是闪电式地交流了。

但是，周尚文还是看出一些端倪，急忙戳一下韩向东。韩向东立刻会意。

沈菲伊进来得太突然了，焦克一震，沈菲伊自己也尴尬在那里，满教室眼睛也都放出惊异的光。

沈菲伊要转身撤退，好像也还来得及，但她没有。

沈菲伊把腋下挟着的一摞打印资料放到讲桌上，还像以往似的开玩笑："嘿，嘿，嘿，你们班主任也不能把公共时间都占领了吧？"

焦克反倒有些不自在，他先立正了因辅导伏下去的身躯，也笑了一下："好好好，我撤退，我撤退，你再辅导吧……啊，你还打印了复习资料啊？"

乔思思跟着就叫喊道："你也给我们印成现成资料吧，像沈老师整理成这样，我们复习起来就有头绪得多了。"

同学们都喜欢沈菲伊这样的复习方法，连周尚文等老家伙都说沈老师让咱省了许多事。她先把现代文学史，按照时间线索整理成一个体系表，又把作家作品横向归类，再打印成册。这薄薄的一册，起码在厚度上让人看了不再那么望书兴叹了。

"啊，这……"焦克摇摇头，看上去他并不赞同搞资料这种做法。

"唉，我这是笨办法，你们焦老师人家办法更高明。"

"我高明什么呢，教书这事，上课的老师都是相似的，复习的老师却各有各的不同嘛。"焦克想用调侃协调一下气氛。

"你这句话倒是真理啊，各唱各的调，各走各的道嘛。"

"啊，啊，"焦克急忙拐了话题，"大家就沿着沈老师的指导，好好复习，好好复习啊。"而后且说且走地离开教室。

17

金浩瀚的论文情况没有一点动静，女人问题更是没着没落。就在金浩瀚忿忿叹惋人生苦短，苍天没眼的时候，史大可老婆笑盈盈羞答答地来到了308宿舍里。舍友们一个个都睁脱了眼，把个金浩瀚更是看得眼珠都快蹦出来了。

以前听史大可吹他媳妇漂亮，都以为这家伙是瞎吹牛。私下里老家伙们还帮助金浩瀚分析，说你老金这样的人才婚姻都不美满，他史大可小丑一个，老婆绝不会超越你的，你把史大可两口子搁天平上，男的这边有多重，女的那边只会少而不会多的，咱教员的老婆尤其是这样。这些话让老金听得很舒心，认为老家伙们分析得很对，他一个无知浅薄的大鼻头家伙，怎么可能搞得上好女人呢？

可是，但愿不如所料，以为未必尽如所料的事还是在老金的低调预估中发生了。他妈的老家伙们的类比判断纯属胡诌八扯；上帝老天爷更他妈的昏庸透顶，对人类婚配一点都不负责任；史大可怎么可以给搭配一个如此漂亮贤淑的女人呢？你说她脸型好吧，腰身还那么窈窕顺溜，手指还那么修长灵秀，尤其性格还那么聪慧善良通情达理。和宿舍里家伙们不叫哥不说话，见李三儿床铺上撒满枕头填充物，就主动给李三儿把枕头上几个窟窿全补好，把个李三儿感激得破天荒地掬了半天笑脸……你说这世界还有公理存在吗？还有公平可言吗？难道真像有人断言的那样，好女人嫁不给好男人，好男人娶不上好女人吗？

但咱们老金还是很大度地容忍了天下最不平的事，苦恼了大约半下午时间，也就认可了既成的事实。眼睛斜瞥着小媳妇，说话却冲着史大可吆喝："你他妈的，这么好的媳妇，私藏金屋不早早拿来让哥们共享共享？嘿？吓死你啦吧，一个'共享'就把你吓成个这？你小子私自娶了弟媳妇，哥几个喜烟喜糖都没沾过唇边儿，弟兄们，同意不同意，让史大可补上闹洞房一课？”

“同意——”宿舍里响应得不算很热烈。金浩瀚只得背到没人处，拿手机给石江南打电话：“不得了啦，不得了啦，308宿舍里出了绝色美人啦，简直就是貂婵再生，西施转世哪，可是你们猜，如此美丽女人的老公居然是谁？是史大可哪！你说说这世道……你说什么大美女？百分之百抵得住，有过之而无不及，你来看了就知道了……对了对了，补上闹洞房一课，你看咱哥们什么时候都是一拍即合，英雄所见略同不是？对，你给咱组织，靠我们宿舍那些老朽不行，什么事都得咱哥俩给张罗哪……好的，好的，我回去让他王八蛋准备好烟好糖，好的，好的，再准备一件好啤酒……”

史大可娶了如此好婆姨，对于大家伙的要求，不但不怠慢，还主动答应改天隆重宴请一顿。

刚吃过晚饭，石江南就率领着戴五狗、窦汉清、吴政鸣、王德熙等一干人马，涌入308宿舍。石江南把个小媳妇上上下下左左右右赏析了个够，由衷赞叹道：“嫂子，果然可归属一号美女啊。”窦汉清、吴政鸣、王德熙们跟着嚷嚷得一片：哎吔，漂亮！嘿吆，标标准准淑女！戴五狗更是一副垂涎欲滴的样子：“嫂子唉，我要知道深山藏着你这样一只俊鸟，那你就一定是戴夫人莫属，嫂子你这朵牡丹花就不会扎根在牛粪上了。”

“嗨，嗨，嗨，我说咱要闹洞房就闹洞房，来来来，大家按我的指挥开始行动，咱们设法把两口子弄在一起，完成一组亲吻镜头。”金浩瀚责无旁贷地担当起总指挥职责，自己也以身作则亲自动手。

敢情史大可也是个口头革命派，成天笑话这个保守，那个僵化，现在轮到他自己表现了，骨子里的农民意识还是露馅了。当着大家的面亲个嘴，看他那样子比上天都难。石江南们看得都皱了眉，啊呀呀，不就是一个对于任何人都是无师自通的唇吻粘合嘛，怎么完成起来就那么为难啊？

但是，史大可毕竟是史大可，在大家伙的鼓动撮合下，像气功师一样运了一顿气，然后把脑袋一歪，就奋勇无比地将嘴巴探向了小媳妇……那小媳妇呢，更是害羞得一塌糊涂，先是将脑袋使劲往人缝里钻，见人缝都封堵死了，就把脸拼命往自个儿怀里窝藏。最后，还是在金浩瀚和吴政鸣的绑架下，史大可才把嘴巴飞速地在小媳妇嘴角附近接触了那么一丁点儿。

石江南看了一下，说是不行，认为对于个别不自觉的保守分子，采取一点武力措施还是很有必要的。就放手让群情激奋的家伙们采取强制行动。和所有的新生事物一样，强制只是一种推动，一旦开了头，度过了实施者的不好意思和欣赏者的大惊小怪，怪事新鲜事也就成正常事儿了。

洞房闹到一半的时辰，小两口到底有了长足进步，史大可开始主动了，小媳妇也不在躲闪了，甚至还很配合地眯缝了眼睛哩。

史大可说，切，什么都市生活方式，说白了不就是不害臊不要脸吗？这有个啥呀？他妈的，学其它难吧，学个亲嘴咱老史还不是九分天才再加一分努力就成？

金浩瀚别有用心张罗的这次闹洞房，等于给史大可小两口搞了一次都市生活的推进会。后来的几天里，史大可和那小媳妇就不再用人怂恿推搡就当着舍友们主动亲嘴了。或坐着，或站着，小媳妇总是死缠活拽住史大可的胳膊。史大可见大家羡慕地看他们，就越发美满得鼻子朝了天，脑袋一偏，找准位置，就有声有色地来上几口。

金浩瀚不知怎么的无缘无故就忿忿起来了，说是你俩那样子咋么看咋么别扭，横竖看得人想吐。金浩瀚拿不出更服人理由来。后来还是石江南指出了顽症所在。石江南说，主要是妆扮和行为不统一的缘故，你老婆身材本来很好，只可惜衣服太合体了，你想想，你要前卫要新潮，衣服怎么可以合体呢？衣服合体就是保守，就是没有突破，就是循规蹈矩，就是农民意识。你可以上街看看都市女性流行款式，要么特宽，要么特窄，要么长得一塌糊涂，要么短得露出肚脐，唯独不能合身得体。穿了合身得体衣服，最多可以算个淑女。可你要知道，淑女就是不新潮、不前卫、不性感，更不会有张狂动作了。

史大可立刻投入了对小媳妇紧锣密鼓的改造工作。他要让小媳妇脱胎换骨，洗脑换血，要把小媳妇提升到抵得过门若娜、乔思思。有人说三代贵族血统才可以培养出高贵气质来。史大可却说，切，3天就要打造出一个新女性，不就是个外包装吗？彻头彻尾通里到外换！换！换！换行头，换发型，换思想，换观念！

这几天里，史大可就领着小媳妇上街转，转商店，转公园，转酒吧，转舞厅。看舞池里男女旋转，看公园里情人热吻，看街上女人打扮……看了就模仿，一定要落实在行动上。史大可也和老婆搭架着下到舞池，毕竟在同学们举办的舞会上被人家拉扯过几次，慢四的基本步还是能走到节拍里的，恰好慢四跳的不是舞姿而是情调，情人们搂抱在一起挪腾着摇晃就是了。舞厅累了就进酒吧，灯红酒绿体验罢，就到夜色朦胧的公园里，或草坪或露天凳上，史大可也让小媳妇将双腿横伸在怀抱里搂了脖子亲嘴，认真地探求城里人神吹的接吻最高境界，细细地开发尝试唇舌间的新领域。见公园里人少了，才知道时间不早了，就登记到高级宾馆里。在如此温馨的环境里，全新的性体验使他们达到空前的高潮，史大可更加信服了城里小子们鼓吹的，不同环境里性感觉的千差万别与无止境！

第二天，吃了早点就开始逛街，一家一家商店挨着转，买衣服，买化妆品，买首饰。史大可小媳妇对时尚商品一点都不拒绝，甚至趋之若鹜早已向往之了呢。一看见又细又窄的弹力牛仔裤，就爱不释手地过去摸个不住，接着就问价钱，就试穿。那裤子穿起来很费劲，得使劲提溜才能穿上来。穿了从试衣间一出来，一圈女售货员们就都尖叫起来：“呀，你这腿型穿上这裤子好出效果唉！”小媳妇自己也觉得紧绷绷的好舒服。就是觉得价钱有点贵。史大可却一甩脑袋说：“贵什么贵，买！”买了弹力牛仔裤，接着就买长靴子，短靴子，长裙子，短裙子，各种款式的上衣，各类高级化妆品。衣服时尚了，发型还是老样子咋么行？吃了中午饭，就直奔美容美发中心，先染成栗黄色，再烫出了新花样，做了美容，修了眉毛，装了假睫毛……真可谓是一天一个新台阶，一天一

个新跨越。大约两个礼拜不到，翻天覆地的变化就在史大可小媳妇身上实现了。

史大可领着小媳妇从宾馆归来，引得宿舍里又是一片羡叹，一片尖叫。只有老道统啧啧叹惋，好端端一个媳妇生生叫调引坏了。

史大可老婆走好多天了，舍友们还时不时地把话题扯到那漂亮小媳妇身上。史大可要在，大家就逼问他一夜干几回。史大可不在，大家就意见很一致地遗憾一朵鲜花插在了牛粪上，忿忿不平癞蛤蟆怎么可以吃到天鹅肉。金浩瀚发罢感叹就呼吁："啊！老天啊，上帝啊，你他妈的什么时候才能把美女分配公道啊?"

18

在金浩瀚的呼唤和家伙们的期盼中，等来了李三儿老婆小肉墩。

那是史大可老婆走后第四天的午饭后，一个圆鼓鼓的女人，提着一个圆鼓鼓的编织袋，探头探脑地走进了308宿舍里。当时李三儿正面朝墙躺着，眼睛还半眯着，但他立刻就感觉出屋子里进来人物了。忽隆坐了个挺直，像受了惊的猫一样，怯生生瞪住圆鼓鼓女人。一屋子人一下子都瞪大眼睛，既而就确认了来人是李三儿老婆。

圆鼓鼓女人在李三儿床上狠狠落了座，坐得床铺嘎吱一声。李三儿把水杯往床头桌子上狠狠一搁，拿暖壶倒水倒得洒了一片，没说一句接待的话，就恼悻悻跌坐在冯格这边床上，好像与圆鼓鼓女人不共戴天。

李三儿看也没看圆鼓鼓女人一眼，只是把深深叹息声发得更加气吞山河，像在为即将发泄的怒气而积蓄气息。

"啥也不用说，就按你说的。"李三儿嘀咕。

"按我说的？我说啥了?"圆鼓鼓嘟哝。

"信还在原原本本搁着呢。"

"你说咋就咋!"

"行呀，你说咋就咋!"

屋子里空气一阵阵地凝结着，家伙们一个个都干瞪着眼，劝说也不是，就这么眼睁睁看着人家两口子生气，也不是滋味。

李三儿和圆鼓鼓好像在竞赛深呼吸，此起彼伏地耸动着胸脯和肩膀。

过了老大一会，圆鼓鼓咕咚咕咚喝下李三儿给她端来的水，发起了反攻："是狗先说的!"

"狗先说的!"

"狗说的。"

"对，狗说的。"

冯格瞪了李三儿一眼，说："你男人家，就不能少说一句?"

李三儿虽停下说话，却把叹气搞得山雨欲来风满楼。"圆鼓鼓"也狠狠扭转肉腰身，

让肉肩膀一耸一耸地继续着无声的反诘。

李三儿老婆在住了5天，5天都是不冷不热少言没话的。吃饭时，李三儿给打回饭，圆鼓鼓端了吃，李三儿就自顾自地吃他的。两人吃一顿饭也不说一句话。圆鼓鼓要给李三儿洗床单洗衣服，李三儿把提回来的水桶“呱嗒”一搁，就只管佝偻在被卷上深呼吸，等圆鼓鼓说没水了，他再起来恶着脸去提水。

看着这样的两口子，就像吃了块嚼不烂撕不断的牛板筋，又窒息，有憋闷。不能像史大可两口子那样把亲热镜头奉献大家，那就干脆痛痛快快干一架，骂个狗血喷头打得头破血流那倒也痛快。亲密甜美是生活，吵嘴斗架也是生活！喜剧好看，闹剧说不定有更高收视率呢。生活可以是一杯苦茶，一杯辣酒，一支饱含尼古丁的烟卷；唯独不能是一杯凉白水啊！

金浩瀚趁李三儿和小肉墩不在，就冲着大伙说：“我就说李三儿是遇上婚姻问题了嘛，当时还有人否定我，切，你看我推测得头对脚对是不是?”

王天翔身子探出床外长长的插话：“是又咋样？不是又咋样?”说这话的时候老黄脸一浪一浪泛着红晕，“哼，两口子的事，人前头冷汤淡水的，你知道人背后人家热火不热火？那婆姨？哼，瘾大着哪！”

满屋子眼睛齐刷刷看住老道统。在接下来的几天里，果然就有了好戏看。

其实，周尚文早发现王天翔已被那圆鼓鼓的一身膘吸引住了。老道统越想强迫自己不看，便越是看得勤快。他强迫自己把身子扭朝了墙根，眼珠却带动得脑袋一下又一下往后扭。

周尚文向韩向东示意，他发现了老道统的新情况。韩向东会意地努努嘴，意思是这事儿他早第一个注册发现专利了。金浩瀚也捕捉住了老黄脸上从未有过的亢奋与色迷迷。

其实呢，老道统和大家估摸的正相反，他正一遍一遍告诫自己，多半辈子都好端端的过来了，决不能让两年的进修把自己进到修正主义里。可是，也不知道是咋的了，自那肉女人进来，他的心就“突突突”地跳个不住。

周尚文强忍着笑说：“动心了?”

王天翔羞赧地拍一把周尚文：“你说啥呢。”

王天翔被周尚文这么一逗，心里愈加暖晕晕的。很亲和地看了看周尚文，见周尚文眼皮已经眯缝住了，就干脆捧了书端坐起来，拿捏成刻苦学习状。书成了他最好的掩体工事，眼光穿过书的上沿，正好盯准圆鼓鼓的腮巴、白通通的脖颈、肉颤颤的胸脯。老道统整个儿地陶醉在观赏的美感激动里。

世界上最讨厌的声音还是最不适时地叫喊起来了：“走走走，走都到教室复习去，人家两口子久别重逢，胜如新婚，都识相点啊，都到教室复习去！”

在冯格的吆喝声里，舍民们一涌离了宿舍。王天翔走在最后，临出门时，还抓住最后机会盯了“圆鼓鼓”一眼。“圆鼓鼓”呢，出于礼貌也回敬了他一眼。谁知，就这一

眼把个老道统搞得越发心神恍惚了。

王天翔把书页翻得哗啦哗啦响，读书的人都知道，书页翻得越响，说明越没钻进书里去。周尚文戳他一下，说：“心旌摇荡了吧？别解释，别解释，这才像个有血有肉的正常人呢。”

老黄脸一下红到了脖子根：“说啥呢，你咋三句话不离本行呢？”

韩向东也凑过来添油加醋：“你算球了吧，其他人不知道你，我韩某人还不知道你老道统一见肉女人就流涎水呀，连我的那老肉墩都把你看得傻不愣登，更何况人家这样的小肉墩，更白嫩更年轻呢？你瞧你瞧，心里没鬼，你羞什么呢？”

王天翔苍白地反驳：“你说啥呀？”

韩向东只顾追问：“想啃一口吧？”

王天翔真有点恼火了：“小人之心度君子之腹！”

周尚文见王天翔愣怔在那里，悄悄用胳膊肘顶一下韩向东。韩向东点头会意，抿了嘴忍不住地笑，那笑里一看就是酝酿好了馊主意。

吊塄瓜脑袋伏案良久，好像在笔耕一件伟大作品。半个自习工夫，作品宣告完成。周尚文慎重接了，开始审阅：

肥肥的弟媳妇：

三儿和我是无话不谈的好朋友，我写这完全是为了说合得使你俩百年好合。可又苦于和弟媳妇你不熟悉，只得用写信这种形式和你谈谈了。你可别误会哥哥我啊。

三儿小弟有点抑郁质，其实他还是个很好的人，你要多多理解他，他不多说话，你就主动和他多交谈。他娶了你这样美的媳妇，他该知足了。你来的那天，一进门就把哥哥我给震了，震得连心带骨头都熔化了。这么多年了，女人我见多了，没有一个让哥哥我这么动心的。现在的世道就是不正常，什么都是往邪里走，一股脑儿都减肥，减来减去，满世界都是火柴杆儿了。5000多年文明史的泱泱大国，为什么偏偏唐朝就成了标志，成了符号呢？外国人连中国人都懒得叫，而是叫唐人呢？就是因为唐朝最旺盛，也最正常的。像肥妹妹你要是活在唐朝，说不定还叫唐明皇选到宫里让杨贵妃争风吃醋呢？你看看，人家唐朝正常吧？正常的时代审美观才正常呢，正常的人必然是喜欢肥妹妹你这样的女人的。你肥妹妹生不逢时，你哥哥我这么高水平的审美观同样生不逢时。可话又说回来了，患难才见真情哩，同是天涯沦落人，才能在一片低俗的声音里产生共鸣哩！

我是被你肥妹妹迷倒了，你那肥肥的肉一颤动，我的心就跟着颤动，你是肥而不腻，肥而不臃肿，肥得千姿百态，肥得温暖如春，肥得回头一笑百媚生，六宫粉黛无颜色哪！

哥哥我不是为你唱赞歌，哥哥我是天天看你消沉低眉，实在是心疼，就想劝劝

你，让妹妹你树立自信心，乐观待人生，用温情熨暖我三儿小弟的心，愿你俩心与心交融，身与身交合，结成一对比翼鸟，比翼齐飞到白头。

你的王哥哥
即日

周尚文一边读，一边笑，枯黑的嘴唇咋也抿不住。韩向东一看周尚文被自己的幽默所感染，更为自己的大作踌躇满志，惬然爽然，吊塄瓜脑袋晃荡个不住："咱可是脑体分家啊，我干脑力，体力活当然非你莫属。"

周尚文偷眼看看黄黄的蔫皮脸，越发"嘿嘿"地笑个没完，笑着笑着就把这封信塞给前面的金浩瀚。金浩瀚也被这封信逗笑了，看完后顺手一塞，就传给紧挨的戴五狗。戴五狗天生没有幽默细胞，况且又不懂有关"圆鼓鼓"的其中缘由，直到看完也没有浮出一丝笑。看完后低声问金浩瀚，怎么回事。金浩瀚根据身后老家伙授意，说是王天翔托他柳毅传书。戴五狗顿感嘱托的神圣，就慎重其事地折叠起书信。这件事的诙谐色彩到他这里一下就衰减得等于了零，肃然赋予了严肃认真的性质。戴五狗拍着胸膛表态："这事都办不了，有什么资格往肩膀上安装老天爷给颁发的脑袋哪!"金浩瀚强忍住笑说："老道统选你，就是因为此项任务非同寻常啊，你可要完成得漂漂亮亮的啊。"戴五狗一听任务艰巨，更感到哥们的重托、同志的信任激励得他豪气一身。狠狠拧一下脖子说："不信任老弟不是？不信任老弟不是？你说你老弟是没这个能力，还是不够仗义？"

第二天上课时间，见李三儿窝着脖子佝偻在教室角落里，戴五狗就悄然溜出教室，肩负着哥们的重托，庄严走进了 308 宿舍，走近了李三儿老婆张变池。

戴五狗双手捧出信，恭恭敬敬递了过去："你就叫张变池吧，有个同学叫我转交你的。"

张变池一震，奇怪得不行："我的信？咋会有了我的信呢，在家里还没个鬼给我写信，连李三儿那死蔫皮都不给我写封信，咋会有人给我往这里写信呢？"

戴五狗摇头道："其它我就不知道了，邮局是只管把信送到收信人手里，别的就不管了。"

"你说什么，是从邮局寄来的？"

"啊，不，不是的，我说的邮局是，是，是个比方，是把我比成个邮差的意思，邮差光管送信，其余就球事不管了。"

"嗯，我说呢，邮局寄来的，咋连个邮戳戳也没有呢。"

"啊，我可是完成任务了啊。"

张变池迫不及待就打开信来看，看着看着，脸上就红扑扑的泛出激动的光泽，韩向东的大作，就这样顺利登载在了"圆鼓鼓"心灵的版面上。

戴五狗完成了艰巨任务，松了一口气，刚要转身走，就被张变池叫住了："看你也是个实在人，我问你，你可得跟我说实话啊。"

“你说。”

“这信是谁给你的？”

“我说了嘛，我只是个邮差嘛。”

“你总得让我知道这写信的人是谁吧？”

“那信上不是写着的嘛？”

“上面光能看出是个姓王的，我人生面不熟的，谁知道是那个姓王的呢？”

“就是……就是这个家住着的那个嘛。”

“哪个嘛？”

“啊呀，让我怎么给你描述呢？”

圆鼓鼓滴溜着眼珠想了一会，恍然大悟道：“是不是睡在上铺的那个脸黄黄的大哥呢？”

“这，这我可不清楚，我不是这个宿舍的。”

“这位大哥也是，是就是吧，还遮遮掩掩的呢，信都给人了，人要是不知道这封信是谁的，那他这信不是白写了吗？再说了，我回信叫回给谁呢？那有摸了油罐儿还不糊手的，想拉皮条呢还怕担臭名声呢，不怕呀，世上的什么事也得有人干呢！”

“不是的，不是的，写信的这个姓王的我知道是谁，可你问我睡在上铺的是哪位，我真的就不清楚了……”

“那你告我，是不是那位脸黄黄的，文文雅雅的老师呢？”

“啊，脸黄黄的？我们都是黄种人，谁不是脸黄黄的呢？”

“这位兄弟可真会说笑话呢，说都是黄种人哇，你当是一桶涂料涂上的啊，黄跟黄咋能一样样的啊？”

戴五狗没法，只得敷衍：“啊，那就是吧，是的，是的，就是脸黄黄的，文文雅雅的那一位。”

下了晚自习睡觉时，周尚文就在王天翔枕头旁边发现了一个折叠的纸条儿。打开信纸就往下看：

“王哥哥：我想肯定是你，我自打走进这个屋子，就感到有双眼睛在看我。长这么大了，我才知道被人家看着和被太阳光照着一样暖融融的，心都被暖化了，感觉可好呢！你把我说得那么好，我明白就是了，哥你有啥就直说吧。”

周尚文看完纸条，爬起身子看了看正准备到女生宿舍睡觉去的小肉墩，狠狠踹一脚韩向东：“呀呀，事情闹大了。”

韩向东看那纸条差点看得笑岔了气，用一只手拍打着周尚文低声说：“这小肉墩，不是性饥渴，也是个色疯症，要不，怎么可能这样急呢……”

周尚文探头看一眼苦楚着脸的李三儿，低声道：“到此为止吧，戏中牵扯的人物可不是正常人。”

韩向东不屑道："放你的心吧，老道统这部破机器你要能发动起来，动了真格的，你要我输什么我输你什么呢!"

周尚文疑惑道："难说，人为了女人……谁知道呢?"

韩向东正要趁老道统不注意，偷偷塞在他枕头底，可是忽然又改变了主意，把纸条一折，就装在贴身衣服里。

第二天一出宿舍，韩向东就把那封信慎重其事地捧给了王天翔，一边说："还成天把自己打扮成个老正经，敢情不'汪汪'叫的狗，才是咬人的狗啊。"

王天翔接了信一看，脸就红到脖子根："这，这，这到底是咋么回事嘛，咋么回事嘛，肯定是你俩老混蛋搞的鬼!"

韩向东鬼眼一眨，示意他别大声："叫喊个球呀，你管他谁捣的鬼呢，看看这女人家有多爽快，你还等什么呀?"

"我，我，你们简直是栽赃陷害，这可真是人心叵测，防不胜防啊!"

韩向东不耐烦道："嘿嘿嘿，你是回信不回啊？要回就快点写，我给你绝对保密。"

"你可把我看错了，我王某人绝对不是你们想像的那种人，我王某人明人不做暗事情，你就收起你们那点伎俩吧。"

"你这人，肉还想吃呢，嘴还不想糊呢，我就不信世上还真有夜守皇嫂不动心的关老爷呢。咋办吧，就这样悄无声息了?"

"切，你们自己是公猪、叫驴，别把谁都看成一样的人。"

"算球了吧，这可不是刚来谁也不了解谁，再这样下去就有点过分了吧。"

"我只有扒开心，才能叫你明白我，我，我……"

"你你你，你什么你？我也没这闲工夫和你磨牙，纸条上不是要你王哥哥有啥想法就直说？写在纸上怕给别人留把柄，那你就说，我一样给你传达到，说吧!"

"我，你……"

"愿意，是吧?"

"不是，不是的。"

"愿意就愿意嘛，别再给咱那个年代的人丢人败兴了，那你做好思想准备啊，一旦人家有回话，你就得付诸行动啊!"

"你，你，不不不要……"老道统还要辩解时，吊塄瓜脑袋已经一闪没影儿了。

王天翔却更加心神恍惚了。那样直白的心声吐露，谁看了都不可能不动心的。加之一日三餐都在一个屋子里，想不见面也不行。老道统一遍一遍警告自己决不再向肉颤颤的胸脯看一眼了，可是不知咋么的就又看见了，观赏的欲念可以抑制住，可探究的欲望咋么能够扼杀掉呢？比如人家向这边看，那是传送秋波？还是仅仅为了确认一下他是不是那位王哥哥呢？那边要确认，得往这边看；这边要探究，得向那边看。这样一来，4只眼睛常常就对了光了。加之对光的当儿，老黄脸就通红，小肉墩见他40多的人还害

羞成个那，白通通的脸庞就也透出了红。你说这一男一女相互一看就羞答答起来，这是不是就算有了意思了？

好在这以后的第三天，小肉墩就走了。小肉墩走时，李三儿连句挽留的话都没有，只见她拎了提包，走得很有些伤心凄凉。临出门的那一刻，又回了一下头，但她看的不是李三儿，而是木瞪瞪的老道统。老道统一阵心颤，也朝白通通的腮帮深深地盯了一眼。

那以后，王天翔的老黄脸就时不时地泛红晕。李三儿的脸色却更加阴沉苦楚，叹气的频次也愈加密集了。

19

考试那天，天气冷得人都瑟缩成闰土或者华老栓了。风并不大，属于那种干冷干冷，冬天早就到了，看不到成片的庄稼青黄更迭，枯荣交替，对于季节的变化就迟钝麻木了。可不是嘛，都期末考试了，离过年还有多远哪？

也不知道是身子冷得瑟瑟打颤，还是心在发抖。到了考场一看，揪起的心才稍稍放下一些。

考试动员会上，周校长和冯处长轮番强调，说这次考试定要严上加严，要各班打乱编排座位，要把座位距离拉开，一个教室只安排25个座位，要比高考还要严格认真。还说各班最后一名坚决要淘汰掉。既然宣布了，那就要见真，都是来自各学校的教师，大家都知道这事儿操作起来并不太难，可是为什么没有按照所宣布的严格执行呢？难道这次考试也和最开始颁布的《管理条例》一样，虎头蛇尾地摆摆样子吗？刚刚就任热血沸腾的领导，最最容易犯这样的错误了。身后是得意的春风劲吹，前面是光明的前景诱惑，大脑一发热，宏伟的蓝图，远大的理想，硬邦邦的制度一股脑儿就宣布出来，张贴出来了。结果呢，越是宏伟远大的东西，便越是难以企及，越会使人望而却步。越是过份严厉的条例，越是脱离实际，越没有可操作性。就像陶瓷器皿一样，工艺越是华美绝伦，就越有可能成为最不实用而只供玩赏的摆设。开学时信誓旦旦公布的《管理条例》，最有力度的操作也就是偶尔到各班教室查查人数，到校门口拦截拦截随便出校门的学员。处分几个违规学员，也难以产生杀一儆百的效果。没法操作，作用又不明显，几个处室的执行者们，渐渐也就失去了耐心和信心。连项目繁琐的学分册，都填写得有一格没一格的，难以客观体现学员真实情况，使本该起作用的学分制形同虚设，赫然张贴在各班教室里的《管理条例》也就逊色成了一纸空文。

既然人家该严的不严，那一定就有人家的道理。你想对此探究思考，那上帝可就要发笑了。监考不严，对你们考生又有什么害处呢？

座位没拉开，更没有间隔其它班学生，这样一来，周尚文前面就还是正对着门若娜。考题发下来后，孟甄茜老师就和颜悦色地向全体同学微笑着。按说是微笑用在那里都好，但恰恰就是不能运用于考场上。原班人马各自坐在原座位上，满满当当挤坐在一起，本来就够让人心理舒展了，偏偏孟甄茜老师又像她上课时一样，一如既往地微笑着，这就更让考生们彻彻底底松懈了紧张感，又有一纸“宝典”在握……不，干脆就是“胜券”在握哪！

8门学科，考了8场，学员们考得很轻松，也很满意。门若娜每场都可以把60%的考题做出来，剩下的论述题，有周尚文这样的坚强后盾，源源不绝地给她传递供给高水平答案。

当然了，考试再轻松也没有不考试好，4天考完，同学们松了一口气，门若娜松了一口气。倒是周尚文觉得意犹未尽，助人为乐的情怀还在胸中激溢躁动。

门若娜充满感激地对周尚文说：“谢谢你啊，全凭你周老师呢！”

周尚文激动得连句得体话也说不利索：“啊，没啥，没啥的。”

门若娜将一个精致小盒子双手捧给周尚文：“周老师，也没个什么谢你的，给孩子买了个MP3，请你代我给了孩子。”

周尚文更感动得热泪都快出来了：“不不不，你，你太多心了，太多心了，我……我……能给你帮这点小忙，我，我荣幸还来不及呢，我不能收，不能收的……”

门若娜硬把那个精致的包装盒塞在周尚文衣兜里，一边说：“嫌不好哪？”

周尚文也不好意思推开门若娜的手，只得把胳膊扬得高高的嗫嚅：“哪里哪里呀，我，我，你看你……叫我说什么好呢？”

抚摸着衣兜里的小盒儿，望着门若娜远去的身影，周尚文怔怔自语：多好的姑娘！人这么美，心灵也这么美啊！

308宿舍里，只有王天翔对如此考试忿忿不平，耷拉着老黄脸絮絮叨叨个没完，说这考的是个什么呀？这怎么区分好学生和差学生啊？宣布得那么神天鬼雾的还怕吓死人呢，到头来呢，反倒稀松邋遢成个这啊？简直糟糕透顶了啊！

周尚文撩起眼皮斜视一眼王天翔：“嗷，老道统你还对此事耿耿于怀哪？”

王天翔鼻孔喷吐着混浊的气息：“什么耿耿于怀，是忿忿不平！”

冯格：“你老王什么思想哪，大家都考好与你有什么不好啊？大家好了班里也好啊，班里好了学校也好了啊，你成心想让泽西教院期末考试成绩在全省大专院校排名倒数第一你就满意了啊？你什么心眼儿呀？”

其实，校方并不像有些人讥讽的那样软弱无能，该软则软，该硬则硬，这才是周旋政策的能耐啊。这也和打仗一样该进则进，该退则退，光知进不知退的指挥官，一定是西楚霸王必败无疑。周校长认真看了全校考试成绩，并和去年期末考试成绩作了全面细致的比较，并根据往一年省里排名的种种数据，类比出了较乐观的业绩，按捺不住的成功感就洋溢在白胖胖的脸上了，一边把厚墩墩的手掌在成绩单上拍得“咚咚”响，一边谦虚道：“长幅还不算大，还没有达到我预想的目标，只能说是初见成效罢了……”

冯处长插话："就这样的成绩，在泽西教院也是前所未有，前所未有哪！"

周校长还是强压着乐观情绪说："这是在意料之中的，工作要前进，纪律是保证，有了铁的纪律，就一定会有大胜利的。但毕竟没有达到预想的效果，这说明什么呢？你说说看，说明什么呢？"

冯处长搜索枯肠想了一顿说："说明，说明我们执行者的力度还是没达到要求，否则……"

"这就对了嘛，我们的规章制度，你们确实没有按我的要求执行好，这成绩就是硬邦邦的证明，什么也不用说，一分耕耘，就有一分收获啊！但毕竟是初见成效了，说明同志们还是努力了，努力了就要嘉奖，赏罚一定要严明。唉，对了，各班考试成绩末位学员，处理了没有？"

这正是冯处长要向校长汇报的事情。冯处长谦虚地弓着腰，把手中的名单小心翼翼递给周校长。

周校长接了名单，晃了一眼，说："我要的不是名单，我要的是处理结果，向学生宣布了没有？"

"下午就宣布，各班最后一名学生的情况，可能都知道了，从昨天就有人一直打电话，写字条了，你说这……"

周校长倏然站起，双眉倒竖，声如洪钟一样训导："这绝没有一丁点余地，绝没有的，你坚决不客气地告诉这些人，让他们趁早死了心，在我周国诚管辖的地盘上，决不容许有一丁点腐败的侵蚀！决不容许！"

冯处长刚要"诺诺"地转身走，周校长又把他叫住："处理一定要利索果断，决不能给任何人开绿灯，但要做好淘汰学生的思想工作。懂了吗？"

中文一班淘汰的学员，一开始嚷嚷的是曾丽菲，曾丽菲白白气了一顿肚子，眼睛都哭肿了，粉嘟嘟的小脸都瘦得变形了，忽然又传言是李晶晶了。李晶晶急得失魂落魄，动用了所有的亲戚关系跑上跑下的好多天，等到冯处长来班里宣布时，被淘汰的末位学员却又成了戴五狗。

冯处长把责令离校的通知留给班主任焦老师，就仓惶地走了。走的时候眼光背着全体学生，不敢看大家一眼，一副办了亏心事的灰眉鼠眼。焦老师捏着那张责令通知，低垂的脑袋沉沉地摇了摇，老大一会才缓缓抬起来。同学们看见他眼眶里噙着泪。教室里静塌塌的一片死寂，焦老师还是不说话，望着焦老师含泪的眼，许多同学也眼皮一闪一闪地挂下亮晶晶的泪花儿。

倒是戴五狗先说话了，他还是像平时一样，话音愣悻悻的："焦老师，我知道是我，不就是嫌我老爸捐款捐的少嘛！"

焦克吃了一惊，但他却没制止戴五狗乱说。

戴五狗又愣声问："是不是现在就得走？"

焦老师摇摇头，很快地瞥了戴五狗一眼，还是没说话，只是吁了一口气。

戴五狗缓缓站起，开始收拾东西。不知道什么时候就藏匿好的大书包，一下子拿出，把一大堆书本，一本一本地装在里面。装完后拉住拉锁，朝全体同学环视一圈，两手抱成作揖状，说声："再见了，哥们！"就背起书包，准备正式离去。他先把身子扭向侧面，两手扶住前后排课桌，像病腿患者锻炼功能似的，全靠两臂支撑着，艰难地迈出了第一步，第二步……突然，一只手死死拽住他的手腕，戴五狗低头看时，拽他的正是他后排的门若娜。

门若娜怜悯地望着戴五狗，长长的睫毛上泪珠闪闪的，低声说："小戴，急什么呀，你先等等看嘛！"

戴五狗站住了。

门若娜声音又高了一点："小戴，你不要走啊！"

教室里突然爆出全体同学的喊声：

"小戴，你不要走啊！"

"五狗，你不要急着走嘛！"

铁骨铮铮而又愣不悻悻的戴五狗，突然一下子哭了，动作僵着，表情僵着，只有眼泪哗哗地淌了下来。

戴五狗泣不成声说："谢谢大家，同学们，大家的好意我领了，但是……但是……再见了！"

石江南倏然站起来，使劲把他按得坐下，训斥道："没出息，稳稳当当坐你的！"

戴五狗擦着泪说："这能留得住吗，谁能扛得过学校？"

石江南大声疾呼："我们找学校问问，和他们要相关政策！"

冯格也跟着喊："这是土政策，党的高教政策决不会这样的，我就不信国家办的大学不能容留一次考不好的学员？"

金浩瀚也高喊："就因为一次成绩差，就被赶出校门，岂有此理！"

同学们嚷嚷得一片：

"就是，我们写信问问国务院！"

"我们告焦点访谈，让在全国曝光。"

"它要真的因为这把学生赶走，我们就罢课，绝食，到校长门前请愿去！"

"像这样考一次，淘汰一名学生，要是正式本科大学，4 年就考 16 次，赶毕业一个班的学生就差不多淘汰掉一半了！"

"按照《条例》违法乱纪学生都没处理一个，这学习成绩差的反倒被除名掉？"

"你们说的都不是要紧的，最最要紧的是，让学校公开成绩，张榜公布，各班末位学生到底是谁？"

"对，坚决杜绝黑箱操作，向校方要透明度！"

"人民需要透明度！时代呼吁透明度！"

……

焦克平伸出两手，向大家按按，说："大家冷静，一定要冷静，大家说的有大家的道理，但学校也得有学校的规矩，尤其像咱们这样的成人培训学校，没有一点压力，也是不行的……"同学们又是一片嗡嗡的嚷嚷声：

"就算末位淘汰是对的，我们要问的是，各班末位淘汰学员为什么一直变来变去？"

"对，让校方公布学生真实成绩！"

"我们选代表，到教务处查看戴五狗同学的考试成绩。"

……

焦克等大家静下来，深沉道："咱别的就不说了，总之一条，闹事是一定不许闹事的，但是，戴五狗同学呢，我尽量争取挽留下。"

散会后，焦老师悄悄把戴五狗叫到一边吩咐："反正你天天照常上你的课就是了，千万别声张，也别叫同学们瞎嚷嚷，那是在帮倒忙。还有，我向你透露个消息，学校要筹建体育场，可能要向社会集资，你让你父亲在这事上积极点，大方点，懂我的话吗？"

"懂！"戴五狗感激地攥住焦老师的手，半天不放，噙着泪表态，说他一定要使劲学习了，说是努折脊梁骨也要争取考到倒数第二名。

焦老师拍拍戴五狗肩膀："唉，你看学校给点压力，对你来说也不完全是坏事嘛。"

焦克的承诺大约有了着落，戴五狗没有走，学生处、教务处都没人来查过。后来戴五狗就更踏实了，原来其它班的末位学生，也没有一个被真正淘汰掉。

20

戴五狗主动请了全班同学和课任老师一顿客，据说六桌饭就花了6000多。当戴五狗把厚厚一叠钱搓成扇面摊给吧台收银员时，把几个老学员都看得傻眼了，硬铮铮60多张百元大钞，眼皮也不眨就扔出去了。

席终人散，周尚文就和韩向东、王天翔嘀咕，其实这顿饭不请完全行。花那么多钱难道就图热闹一顿？你戴五狗可以继续留校，一是班主任出了力，二是你老子使了钱，这些同学有什么可感激的？

人和人的差别真是太大了，不该开销的一激动就瞎开销，该开销的倒是任你咋样怂恿鼓动挖苦胁迫，横竖拔不出铁公鸡身上一根毛。戴五狗宴请的油水还没有消化完，舍民们就又开始鼓噪下一次饭局的人选了。韩向东一提醒，一屋子眼睛就齐刷刷看住周尚文。

周尚文一愣怔，发觉自己又成了这类话题的众矢之的，赶紧把憨笑捧给嗷嗷待哺的家伙们，一个劲赔不是："过几天，过几天一定会好好招待大家一顿的。"

韩向东朝周尚文拧了一脖子，说："你他妈的这老一套不好使了，新官躲，老官拖，一拖再拖就是老奸巨猾官僚主义惯用的伎俩嘛，咋么，你想把我们拖到毕业离校人去楼空那一天吗?”

金浩瀚紧追不舍:“你周老哥也鬼精得过份了吧,奇遇老情人你就该请你没请;大作发表在2001级中文一班首期黑板报上,又该请你还是没请;尤其多次得天独厚黏上大美女这样的大喜事,你又搪塞推委一直到现在也不见个动静啊。”

王天翔忿忿说:“严监生、泼留希金、葛朗台!”

史大可严肃道:“周老哥,我说咱这,这样累计下来,你欠下哥们四五顿了,我看我们就给你点特殊政策,折合成一顿得了。但你得给大家个准信儿。”

周尚文只是恒久地憨笑着,频频地点着头,诺诺地应允着:“一定,一定的,一定的。”

嚷嚷过后好多天,还是看不出周尚文一丁点行动的苗头。眼看就明日复明日地拖没影儿了,一直到快放寒假了,左等右等还是没动静。望穿秋水的舍民们只得蠕动蠕动馋兮兮的嘴唇,咽几口干唾沫,准备打点回家,向老婆报到了。

周尚文的确也有他的苦衷,也不是舍不得请大家一顿客,只是清点了一下枕头里秘藏的钱,仅仅剩4张百元票子了,赶回家还得给老婆孩子买点衣服,几次和栗晓慧约会还是让人家女人家埋的单,把大老爷们的面子都丢尽了。周尚文望着大家伙,也不便解释,横竖对不起大家就是了。

周尚文突然觉得家中的老婆很让他有些想念了。那天,老班一宣布放假,他居然有点儿归心似箭了呢。当然,胖墩墩的小儿子,更让他想得不行。小儿子一定又长高了吧?

周尚文想请个城里同学帮他给老婆孩子挑选挑选衣服,他首先想到了门若娜。可真的要付诸行动了,他还是放弃了这念头,倒也不单单是张不开口,他觉得就像奇缺资源,或者像好不容易筹措起来的积蓄一样,不到必要的时候,是舍不得轻易动用的。

最后,周尚文还是叫上了栗晓慧,正好栗晓慧也要上街买衣服。二人并肩走上大街,栗晓慧把胳膊长驱直入在周尚文的胳肢窝里,周尚文就像一辆破拖车,只管运行不看路,只是跌跌撞撞跟着主车拉到哪里算哪里。

从早8点商店刚刚开门,一直转到天黑开灯,按栗晓慧的说法,这一整天就为你周尚文服务了,她自己连一件衣服都没买成。周尚文这才知道,往身上披挂一件衣服,敢情也如此学问深奥含糊不得啊!那像老婆说的单单是个尺寸问题、颜色问题哪。简直就和焦克分析的作家作品创造心理相差无几了,说是得有学识的、文化的、美学的、感觉的诸多元素哪!

栗晓慧不光问到身高肥瘦,问到脸型、发型、步态、性格,还问到学历水平,问到家庭出身,问到文化背景。是端庄型还是活泼型,是前卫型还是优雅型……周尚文也不敢有丝毫差错,尽量回答得客观准确。栗晓慧眼睛亮亮地闪了几闪说,前卫衣服肯定是不适合穿的,只能按照正统服装考虑了。可周尚文又嗫嚅出忐忐忑忑的意见,说是她一直就太正统了,最好还是尽量变变样子吧,时髦是要时髦一点,但还不敢过分了。

栗晓慧皱皱眉说，知道了，知道了，你老婆这种类型的衣服是最最难买了。但这也没难倒聪明睿智的栗晓慧，从她挑选的苛刻标准看，她一定有了成竹在胸的设计了。她是那么的有耐心，那么的不辞劳苦，那么的百选不厌。她拖拽着周尚文从这家商店出来，再进到那一家商店，先远远的的看一顿，再到跟前细细的瞅摸，瞅摸好后就亲自试穿。她穿起那件衣服都好看，周尚文都看得入了迷了，她却还是说不行。也不顾售货员怎么厌恶，一扭身就急匆匆地赶往另一家商店，投入又一轮的精选。

半下午的时候，栗晓慧总算选定了一条裤子。栗晓慧试穿起来，吸引来一片赞赏的啧啧声。那是一条特宽的咖啡色裤子，你说它特宽，看上去又是那么合身。柔滑的质感，沉甸甸的垂感，把那本来就顺溜的双腿修饰得越发楚楚动人。敢情裤子在女人身上，就像文章中的一个点题的段落一样举足轻重，一样画龙点睛啊！栗晓慧又对着镜子转了几圈，说，就它了。可是周尚文一听价钱，吓坏了："老天爷，一条裤子就 280 元哪?"望着栗晓慧对自己挑选水平自信的眼光，又不好意思说没钱，伸手到贴身内衣里揣摸钱的当儿，额头上已淌下几颗汗珠儿。就在这时，突然听得一声叫喊："嘿，周老师!"

周尚文一愣怔，两位本校的女老师已经站在他面前了："啊，是你俩啊。"

"周老师，放假了吗?"

"啊，什么时候来泽西的?"

"昨天来的。"

"有事?"

"来买过年衣服的。"

"啊，啊……"周尚文通红的脸上热汗缓缓滚落下来。

那两位女老师硬把看见栗晓慧的惊诧掩饰在谈话里。栗晓慧呢，正往下脱那条试穿的裤子，怕站不稳，一手就紧紧拉住周尚文的手。周尚文更慌得不行，但他一松手，就会影响到对方的稳定性。不但不能撒手，还得小心翼翼尽职尽责哪，一边却心乱如麻地想，糟了，其中一个女的和他老婆刚好在一个年级的学科组，这，这，这可咋办呀?

"周老师，你忙吧，我们到那边看看。"

"这，这是我们班同学，我请人家帮你嫂子买买衣服呐。"

那两位老师瞬即消失在人群里，周尚文失魂落魄地呆在那里。

"你可真是的，"栗晓慧无奈地看住他，"和同学相跟买买衣服，还把你慌成个那，况且还是给你老婆买啊。"

周尚文一边擦着汗，一边修复着窘态："不是的，我没有的。"

"这可真是天下本无事，庸人自扰之。"

由于裤子严重超资，上衣就难以按照预想的挑选了，但栗晓慧说，上衣降低一点档次也就那了，鞋子可是含糊不得的，好裤子一定要配好鞋的。见周尚文深深探向内衣的手，只捏出几十块钱，栗晓慧只好拿出自己的100元，才凑够那双尖头半高跟皮鞋的钱。

到挑好孩子的衣服时，周尚文就只有㖞了红脸一下一下挖胳肢窝，而挖不出钱了，栗晓慧只好再给他拿出 200 元钱，才算把孩子的衣服买齐全。

原本还打算买好衣服后，再营造 2001 年的最后一个销魂的夜晚，也因为周尚文乱了心思，而打消了念头。连在校园岔道口分手的那一刻，都没有进行一下年终的最后吻别。

同学们都放寒假走了以后，308 宿舍里，又发生了一件意想不到的事情，但那是第二年正月开学以后才听说的。

归心似箭的周尚文是第一个离开宿舍的。毕竟是提着鼓鼓囊囊的一大包，回去关爱老婆，讨好老婆，向老婆献爱心的。几乎是兴奋了一路，甜蜜地想像了一路：老婆会不会被新奇的衣服搞得笑没了眼睛？一定是接了包裹就一件件地往出抖衣服，抖出来就试穿，就照着镜子欣赏自己的崭新模样，就发现自己身上敢情也蕴藏有摩登元素哪！都活了多半辈子了咋么就晓不得摩登摩登哪？再不能这样活啊，再也不能这样活，从此重新做个摩登媳妇，决意要使自己的外形与老公的审美情趣相匹配啊……想着想着，周尚文脸上就泛起笑意了。龙春娥她王八蛋一定会被他的关爱感激得惊眉诧眼，屁颠屁颠给他端来洗脸水，端上热腾腾的洗尘汤面来！

可是，昂贵的裤子到底将在老婆身上产生咋样的奇特效果呢？周尚文动用了所有的想像力，硬把栗晓慧试穿时的样子粘贴到龙春娥双腿上……土气老婆果真能像栗晓慧那样修长而又性感吗？还有那怪怪的鞋子，真能把佝偻的身子弄挺拔吗？一下子就凸显出胸脯和品位来吗？想像越是不确定的周尚文就越是想急着回家看看效果究竟咋么样。

周尚文风尘仆仆回到家，像载誉归来的功臣似的，将鼓囊囊的编织袋往茶几上一放，就庄严地打坐在沙发上。所有功劳业绩统统装在鼓囊囊的包裹里，也写在踌躇满志的脸庞上。端了老婆递来的汤面吃，一路的想像在胸中激溢得更厉害，一边吸溜汤面，一边就催促老婆："先试试吧，光你一条裤子就 200 多呐。"

"什么什么，200 多买一条裤子？200 多买一条裤子？"老婆吃惊得像遭了土匪洗劫，"我没听错吧？"

"就这还是中档货呢。"

"听听，还是中档货呢，听你这话，像是还嫌不贵呐？"

"唉，人家一根裤带还几千呢！"

"听听，你听听，才半年，半年五六个月，人要坏咋就坏得这么快呐？"

周尚文像遭了兜头一盆冷水，半口面条噎在嘴里，说不出话："你……"

"你也是的，俺娘母子们在家里抠抠掐掐一分钱掰开花，你倒好，花钱也不趁咱甚家呢……"

周尚文按捺住火气，尽量耐心做思想工作："想开点吧你，一转眼就爬 50 了，更啥也穿不出去了，人活个什么呀，还不就是个衣食住行，衣还是排在第一位的呢。"

“呀呀，你听听，坏了，坏了，大真是变坏了呀!”老婆说着就往开抖包裹，一手下去，先就提溜起那条裤子来，一看，脸色更难看了：“你说，你说，你说你买的这是啥衣裳，你叫人们看看，不是我说，你叫学校的老师们都来看看嘛，你这是想把我打扮成港台歌星呢，还是妖精小姐呢？哎呀呀，你看看，你叫学校的老师们都来看看嘛，这，这是好人穿的鞋？哎呀呀……大真是变坏了，变坏了呀!”

“你……”周尚文急得脸色青紫，嘴巴哆嗦，不知如何解释，好像缺课很久的学生，这一课不知从那里补起。就退一步想，意识跟不上，强硬执行还是必要的，毛主席那句话就管用，理解的执行，不理解的也要执行就是了，于是倔声道：“你穿你的吧!”

“除非你要了我的命!”

“你，”周尚文嘴巴圆张，两眼大瞪，“你，你先试试看，人家穿起来效果很好的。”

“人家？人家是谁?”

“我，我让人家售货员给试了试的。”

“人家好看，那你就给人家好啦。”

“你这人真是……”

“我这人咋，那你不就是比量着人家买的吗?”

“真是不可理喻啊!”

“快快快你给我拿得远远的，这流氓衣裳，眼不见心不烦。”

周尚文干瞪眼，什么也说不出。

第二天，周尚文老婆自己到县城街上，买了一条35元钱的裤子，50元钱的上衣，连上一双人造革皮鞋。全身上下还没超过150元钱呢。过年那天合合身身地穿在身上，还幽默地讽刺周尚文，不算，没有靠人的命，还是自己动手，衣裳合适哪。周尚文想，老婆说的也对，自己喜欢什么穿什么，自己心里踏实才是第一位的，还能为了满足别人心里舒适，不管人家自个儿舒坦？思想观念、审美嗜好那是说变就能变了的？这么多年就这么过来了，谁又能改变了谁呢？

不过周尚文的表现也不是一文不值，孩子的衣服还是得到老婆首肯和赞扬的，尤其表扬了他给孩子买的MP3，贵是贵了点，但给孩子无论哪方面的投资她都是大力支持的，尤其智力投资更认为是非常值得的。也许她是看孩子对新玩意儿爱不释手把玩不已，才那样说的？她对新玩意儿的来源问题却压根儿没有怀疑和追究。孩子突长了半颗脑袋，衣服买得居然不大不小正合身，这更是值得表扬的。其实孩子衣服也是很新潮夸张的，但她却毫不犹豫地强加在孩子身上了。孩子呢，也不具备鉴别能力，任大人把他妆扮成什么都是一副心不在焉的样子。爱美意识也许就是从这个时候开始萌发的?

这个年过得总归还是很美满的，两口子毕竟久别胜新婚。每每做爱做到高兴的时候，周尚文就在枕头边耐心规劝老婆接纳新潮裤子和鞋子，让她哪怕穿上一会儿也让他看看，说她接受不了时髦服装就是拒绝现代文明。老婆就拿出更充分的理由反诘，说她是拒绝腐朽没落，拒绝小资习气骄娇二气的。你周尚文还有什么说的？好在高档商店有个好处，年前买的，年后还可以退掉，只要没有穿过，商标挂牌都在就行。周尚文赌咒发誓说绝对没有穿过，人家说这是腐朽没落小姐妓女的衣服，把几个售货员逗得笑了好大一阵子。

开学第一天，栗晓慧就急匆匆跑来关注她的设计效果，周尚文只得慌称：“啊呀，穿起来真好看，把个土老冒整个儿脱胎换骨了呢。”

栗晓慧却不知怎么就看出来了，盯住周尚文眼睛问：“怎么，接受不了吗？”

“哪里呢，她说很好嘛。”

“那说明你对她的介绍有误差，我的设计绝对没问题的。”

周尚文脑袋沉沉地低下，没有说话。

栗晓慧很有些难为地说：“我一再让你客观真实，可你……对老婆粉饰加工，什么意思啊？那怎么办呢，我给你去退了吧。”

周尚文说：“已经退掉了。”

栗晓慧要走了，周尚文一把拉住她的手，说：“还有个事我想告诉你。”

“阿，说吧。”

周尚文犹豫一会，说：“我和她完事后，她老说我和别人有过，你说你们女人咋有这鉴别功能啊？”

“是吗？那你……表现异常？”

“也没有呀。”

栗晓慧摇摇头：“那不可能呀。”

“啊，那也可能是她王八蛋冒诈我呢。”

“要么就是你有异常举动。”

周尚文皱眉想了一会说：“要说异常……我……我就是让她举起腿来试了试……”

栗晓慧恨其不争道：“那你这还不是自我暴露吗？”

周尚文恍然道：“嘿呀，可不是哪！”

21

刚开学那几天，同学们都在嘀咕腊月学生们走后，308宿舍里发生的那件事。至于什么事，周尚文就怎么也打听不清楚了。悄悄问韩向东，韩向东说我还想问你呢。又问王天翔，王天翔扳起老黄脸说他从来就没有包打听的恶习。后来才隐隐约约得知与冯格、李三儿有关连。可冯格还是无事人一样，有板有眼地张罗着开学后的班务工作。脸色表情连一丁点儿办了坏事的迹象都看不出来，正经得就像凝固了的石膏像。李三儿呢，依然是从一而终地苦楚着脸，一声接一声地叹他的气呢。

倒是新一年的团聚，给宿舍里增添了几分喜庆气氛。舍友们一个一个轮着审问，和老婆干了几次。老家伙们的汇报都惊人地相似，都说是第一次是早泄，第二次就阳痿。

而后就都挤压在一起笑成一团。

审问完老家伙，就开始审问小家伙。大家最惦记的是和漂亮小媳妇操蛋是咋样的颠莺倒凤趣味无穷？于是就都把矛头集中向史大可。韩向东、周尚文一人扭了一只胳膊充当刽子手，主审官是金浩瀚。金浩瀚那问得叫个又黄又酸，问了动作，又问感受；问了次数，又问使用了什么花样。史大可倒也直言不讳，不光客观陈述，还加油添醋地渲染夸张，而且还辅之以形体语言，把个金浩瀚听得又是惊，又是喜，又是向往，又是嫉妒。听着听着，突然一呆，长叹一声，就仰天倒在床上一动不动了。

韩向东和周尚文释放了史大可，就准备开始审问金浩瀚。史大可也挽袖子抡胳膊的，准备大刑伺候了。可是看了看金浩瀚，就都迟疑不前了。史大可凑到金浩瀚脸上看了看，问："嘿，不是猝死吧？"

金浩瀚又叹一声："生不如死哪！"

史大可揣他一脚："你这疯疯颠颠的家伙，怎么也说这半死不活的话，影响大家伙情绪哪。"

"我……我和狗日的提出离婚了。"

"啊？"一屋子人都惊呆了，连同冯格、李三儿都张开了眉眼，支棱起耳朵来。

大家还想听听事情的缘由，金浩瀚却更深地叹一口气，一翻身，脸朝了墙根，什么也不说了。

一直旁观的王天翔，这时就义不容辞地站了出来，他的动作庄重而且威严，他从上铺嘶臀裂胯地攀援下来，手里还拿着标志过年生活水准的半盒硬云烟，责无旁贷地打坐在了金浩瀚的床沿上。把一支烟塞在了金浩瀚嘴唇间，亲自给点燃，就开始开了细致入微的思想工作："你听我给你说说，年轻人，嘿，年轻人啊，我们毕竟是过来人了，过的桥比你走的路也多了。你听我给你说啊，你们说我封建，其实我一点也不封建，我只是比别人考虑问题实际一些罢了。你听我的，没错，你们在外面花花草草的，这可以，眼不见为干净，老婆不知道，你照样可以当你的好男人，但是，年轻人，这婚姻家庭可是万万散不得，万万散不得啊……"

金浩瀚一骨碌坐起，抿灭了王天翔孝敬的烟卷，大声道："快快快你该去哪里去哪里念经去吧，要说我金浩瀚也算是天不怕地不怕的人，可我就是怕你这种人了，啊呀呀，亲戚朋友，单位领导同事，一正月嗡嗡嗡，嗡嗡嗡都是你这种声音，好不容易躲开了，可以叫耳朵清净了，咋么又迸出你个老道统？行行行，你们是好人，行了吧？但我老实告你说，我喜欢坏人，真的，我喜欢坏人。连看电影看电视，我也是一看见那些满口仁义道德的家伙，我就恶心呕吐，哦呸……"

老黄脸一下子刷了个煞白煞白，受惯了拥戴的正人君子尴尬了更尴尬。像是在启动恼羞成怒，却还要往脸上堆砌笑意。笑又笑得不自然，眼底两侧皮肉一动一动地抽搐着，嘴角也一撕一撕地蠕动着。

周尚文虽说是责备王天翔，其实是给他解围："你这人，两口子的事，就像鞋和脚

的关系，你那些大道理，就跟干部们开会讲的话一样，空对空，没人听。”

王天翔就着台阶下了地：“哼，世道坏了，好心没处使了！”

冯格出来主持公道：“老王哥的话是没错的，听听也好，不听也好，何必犯恼呢？你老王这边呢，天天讲五四新文化运动，你听到鼻子里了？你不看当时的那些热血青年，革命的道理还不知接受了怎么一点点呢，就先喜欢上婚姻自由了。你想啊，连那个时候的男女都要冲出家庭，自由组合，现在都21世纪了，就你那些大道理还能服了人？”

史大可帮腔道：“就是的，饭不好吃，可以勉强吃，婆姨不合适，就得赶快离，离得越迟，越后患无穷！”

金浩瀚一巴掌拍在史大可腿上：“就冲你这句话，今中午这顿饭我请定了。你这句话才真真算得上鲁迅说的铁屋子上凿了个喘气的窟窿，算得上沉闷中的一声呐喊。走，哥们，谁给我投离婚支持票，我请谁！”

韩向东首先举手：“我支持！”

周尚文也拍手说：“我更支持！”

意想不到的事又发生了，李三儿突然举起手：“对，该离就离！”

放假后的事儿总算打听出了一些眉目，据说那是两人蓄谋已久的事了。

冯格和李三儿的关系到现在仍然是个迷，是亲戚，还是朋友？是出于班干部责任，还是二人之间有什么默契？这从一开始就是个很有意思的悬念，只是这悬念太悬乎而又玄妙了，舍友们逐渐就失去了探究的耐心了。直到腊月放假后发生了那件事，人们才把这老话题又勾起来。

枯燥乏味志趣消沉的李三儿，怎么会想到找个小姐玩？堂堂正正不苟言笑的冯格，怎么会参与这种事情充当那么一个不光彩角色呢？

谁都是一听就频频地摇头否定，连说不像不像，绝对不可能，纯属胡诌八扯。况且，事情的缘由又是一个人传的一个样子呢？有人说二人是玩“3P”；有说是冯格只管安排布置，屋里的事儿没有亲自掺和；有的说让冯格跑腿张罗，伺侯李三儿寻欢作乐——这事根本不可能，两人换了位置还差不多；有人分析是冯格看李三儿和人不交往保密系数高，就拉了他来站岗放哨，这倒也不是没有可能的……事情越传越离奇，越传越离谱，便越是没有可信度了。

否定了还不到一分钟，舍友们就又头碰头嘀咕开了，你说是不可能吧？无风咋能起了尘？越是听起来不像的事，便越不可能是编造的。要是给金浩瀚、韩向东连同周尚文这些色鬼系列的家伙们编造一些桃色故事还差不多，谁叫他们平时就前科累累，取材加工的材料多多呢？谁会无缘无故编造一项与是非无干的冯格和李三儿呢？

但有一点很明显，这两人的关系好像更亲密了。下课回宿舍路上，二人总是肩并肩头碰头嘀咕着什么，一边低声耳语，一边偷眼看着周围动静。发现身后有怀疑的目光，二人就闪电一样分开，没事人一样各走各的路了。舍友们就愈发怀疑地相互使眼色，认

定事情的种种可能性。

这件事就这样很久地处在揣测的层面，没有个澄清的机会，更不可能有结果定论了。不过这倒是件很值得玩味的趣事儿，就像未写完的《红楼梦》留下的诸多谜团一样，不但可以让文人们写续集，还可供学者们来吃考证饭。

但是接下来，舍友们对冯格、李三儿谜团的津津乐道很快就被宿舍里发生的另一个焦点新闻给湮没了。

那是开学后的第三个礼拜的周末，金浩瀚老婆就气度轩昂地走进了308宿舍全体舍民的视线里。一下子，大家伙都愣怔了。紧接着，金浩瀚这纸老虎的本性就原形毕露了。面对突如其来的女人，他先是全身的尴尬不自在，既而就努噘了一脸凶相将圆睁的怒目瞪住空气，一副外强中干虚张声势的熊样子。

金浩瀚老婆叫霍蓝玉，齐脖子的短发，目光炯炯有杀伤力，深蓝色西服套装穿得齐齐整整，一看就是个教师队伍的领导人。尤其是她那沉着镇定临"危"不慌的气度，更使老家伙们心服口服。面对金浩瀚的虚张声势，她压根儿就没当回事。她说，"看看德行，"说着走到金浩瀚床前把提包搁床上，自己也稳稳坐下，朝所有人点头致意一番，说："跟我生了气走了的嘛，这不，过年的衣服也没带，你不怕人笑话，我还怕人笑话呢，谁能过一回年，又穿着旧衣裳到学校呢。"

"我不穿，不穿！"金浩瀚怒目继续瞪着空气，把声音发得既狠毒又张狂。

"你叫大家看看那德行，是你们不知道俺家这口子呢，一百辈子也长不大，别说平时过日子了，过一回年都甚心也不操一丝丝，不用说像别人家男人给老婆孩子买衣裳了，他的衣服我给买上还扭裂着不穿呢，嗯吆，就跟个孩子一样。过一回年呢，咱高高兴兴的。不知道是哪一根筋不对了，一回家就跟我生气，嫌我不耐烦吧，这衣裳又没惹你，肮里肮脏的就来学校了，就不怕人笑话。"

"过年穿什么新衣裳？农民意识过年才穿新衣裳呢，农村妇女才把过年搞得那么庸俗呐！"金浩瀚冲着空气喊。

这时间，金浩瀚老婆已经打开包裹，抖出新衣服："农民意识就农民意识哇，你也就是泽西教院这半年才讨厌了农民意识吧，你当你彻根儿就是城市意识呢？不管咋吧，我当你一天婆姨，就得尽我一天责任，等你把我一脚蹬了，你就八抬大轿也请不来我管一管你了。这一段时间，就当是美国总统交接期，该干什么还得干什么吧，你们说是不是呢？"

舍友们都频频点头，佩服这女人真真的一张好嘴巴，难怪选拔当校长呢。

冯格把金浩瀚叫出门外，低声说："不管你以后怎么打算，人家大老远来了，伸手不推上门亲，该招待还得好好招待，现在离婚也不是你这种离法，耍耍脾气，使使小性子，屁事也不抵。哼，这弟媳妇厉害着呐，你那两下子，不是人家对手。"

金浩瀚一拧脖子说："我连看也不想看球她。"

冯格瞪他一眼："什么水平呀，实在是你那老婆有点城府哪，要遇上个二百五女人，

就你那德行，早跟你大吵大嚷起来了，嚷嚷得全学校都来看热闹了。”

金浩瀚老婆住了两天，也是金浩瀚度日如年的两天。他用了种种方法，给老婆发出让她快点走的信号：他板了恶相不和她说话；他把她安排在最糟糕的旅馆，让其一个人独守孤灯忍受寂寞；他把打回的饭盆狠狠地往桌子上磴得面汤四溅；他把她自作多情的过年衣服，试了试就扔床旮旯看都不看一眼……但霍蓝玉都很宽容地吸收消化了。金浩瀚的所有伎俩，就像射出的炸弹，一颗颗地跌落在了泥浆里，连个轰然的暴响也听不到，积蓄了满肚子翻江倒海的怒火横竖没个喷发的机会，把个老金憋闷窒息得比死都难受。

金浩瀚老婆呢，却像在打理她的学校工作一样，井井有条地进行着她的预先计划。第一件事，她先拜访了班主任焦克。

她把特意带来的一包地方过年的特色食品麻糖，轻轻放在桌子上，说：“都是自家做的，你尝尝吧，市场上是买不到的。”

“你看你这……”焦克还没有练就出收受礼品的老道沉稳，看着那个食品包，觉得全身别扭不自在。

而金浩瀚老婆已经开了正题：“我是金浩瀚的家里的，也是教书的，在一所乡下中学管点事。”

“嗷，你坐你坐，嗷，乡下中学校长，不容易，不容易的，又是一个女人家。”

“唉，我们那学校是个山区小学，能把人留得住，不要流散了，就算是干得不错的了。”

“唔，也有生源流失现象？”

“岂止是流失呢，简直都快散伙了呢，有钱的都往城里学校转，没钱的呢都念不起失学了。”

“不都是就近上学吗？”

“唉，公家可想的好呢，你说就近吧？生在村里的孩子难道就只有上破学校的命？公家办的好学校就只有城里孩子上？可你说不强调就近吧？那村里的学校就招不上学生了，公家也难呢！”

焦克点点头：“唔，是这样的。”

霍蓝玉突然问：“我们家老金又犯错误了吧？”

“犯错误？没，没有啊。”

“焦老师，我都知道了，说是还给他记着过呢？”

“啊？那事啊，那是一场风波，稍稍把握不住就可能卷进去，不过，那已经过去了，老金还是个很有思想的人，还写了论文呢，稿子发出去了，也不知道有没有回音？”

“是吗？”霍蓝玉撇撇嘴，“他还有那本事？”

“怎么，他没跟你说？”

“我们家老金是个性情中人，不成熟，嘴又不稳，要不是他那德行，咋能这么多年

了还是个纯纯粹粹的教员呢？是你不知道呢，到哪里也让人不放心，在他那所学校也是常跟人家领导闹别扭，最后呢，还得我去给往平摆呢，来了这里更让人担心，你看嘛，人家比你小的，比你老的那么多人，人家就都没事，咋就单单处分你金浩瀚呢？”

“唔，这……”焦克重新看了这女人一眼，听这语气，就像个中学生家长在谈孩子情况呢，“但是，他一个男人家，你管他呢？”

“你看你，要不我就觉得我得来和你谈谈呢，要还是他们学校的领导同事，就都知道他金浩瀚没有我这个把方向的是不行的。他们学校的校长就跟我说过，他要不是我，早不知闯上什么乱子了呢。”

焦克摇摇头：“唉，没必要没必要的。”

“你看你，要不我就说我得来跟你坐一坐呢，你这样说，更让我不放心了。”

“没事的，都 30 多岁的人了，何必你一个女人家为他操这心呢？”

那女人的眼神愈发疑惑了，她把身子探前去，声音低了一个八度：“其它我都无所谓了，我主要是想来和焦老师了解了解，我们家老金这半年，是不是有什么……我是说……他这人有个毛病，狗改不了吃屎的……”

焦克终于搞明白这女人的来意了，但作为一个成人班级的班主任，他又能说什么呢？他又能知道些什么情况呢？

“要说我们家老金，以前是有这毛病，但还从来没有和我提出要离婚，自从去年腊月回到家，就和我不理不答的，到今年正月要开学走了，憋了一正月的话算是迸出来了，说要跟我离婚呢！”

“啊，这……”下面的话，焦克不知道该怎么往下说。

“咱这吧，你也忙，我就不多说了，事实肯定是有事实的，我已经和你们班同学了解了，我就求你焦老师一件事，请你劝劝他，替我监督着点他，管着点他，我离他这么远，真真的被人家捉唬了，骗了，蒙了，也在瞎洞子里呢。焦老师你一开始那句话说得实在好，你说我一个女人家不容易，到底是知书达理的大学老师，一下子就叫你说准了，伤不尽的心呢，又是家，又是孩子，又是单位，这也就不说了，苦就苦点吧，谁叫咱就这吃苦的命呢？可是宁叫身受苦也不要叫心受苦，你说你在外面花花草草的，俺也就看不见，忘一半，甚也不说了。这倒好，弄来弄去要跟我离婚了，叫我咋能不伤心呢？焦老师，全当我求你了，你就可怜可怜我一个女人家这么不容易也行行好吧，我这个家庭的事可就托付给你了……”说着就带了哭腔，哭着就要往下跪。

焦克好不容易才把她拉起来。忙不迭连声说“一定尽力，一定尽力！”

金浩瀚老婆的第二件事是，请 308 宿舍的舍友们撮了一顿，当然包括金浩瀚，饭桌上倒是什么也没说，只是劝各位吃好喝好，咱就为过了年高兴。饭后舍友们说，老金呀，这个女人不寻常啊，比你这大老爷们都大方着哪。老金却扁了嘴说：“球毛，她要不是回她学校能报销，她比谁都小他娘的气。”

第三件事是和金浩瀚长谈了一次，谈了些什么，当然谁也不知道，只是把老金谈得

黑着脸垂头丧气了一个多礼拜才慢慢泛过来。

22

电话铃声虽然能给寂寞的人带来希望和激动，可这一次的电话来得特别奇怪。无论谁接了，那边都是迸一个字："谁?"等这一边报上姓名，那边立刻就挂断了。金浩翰接了三次，史大可接了两次，周尚文和韩向东也各接一次。大家都以为电话也有像垃圾短信那样的东西，干脆都不去接了。而冯格和李三儿压根儿没像他们几个成天生活在等待中，任铃声怎么响，从来不会像他们几个屁颠屁颠地抢话筒。

电话还在耐心地响着，那边好像不打出个名堂来决不罢休似的。

王天翔被电话铃响得心烦，左右看了看谁也不去接了，只得启动了贵体，脸上挂着讨厌的表情，动作缓慢得足以让人窒闷而死……

"喂?"老道统蜡黄的老脸，"唰"地红了。一下子，老家伙们的耳朵就都支棱起来。

"啊，啊，可我……"老道统耳朵听着电话，眼睛一左一右地看着周围，嗓子眼已有些哆嗦，"可我……唉……这事……啊，啊……记下了……"

周尚文用脚踹一下韩向东，韩向东点头会意，并把嘴巴努捏一下子，提醒周尚文重点段落在下面。

金浩瀚和史大可一下子来了精气神，结合各自接听过的经验，开始了对那边奇怪女声的揣测。

一直到第二天，周尚文和韩向东才算瞅了个其他人不在的间隙，扭了王天翔胳膊开审：

"说，是不是小肉墩?"

"说什么呢。"

"不回答?不回答那就一定是!"

"不是，绝对不是的。"

"那是什么人?"

"是，是俺孩子他妈。"

"撒谎，孩子他妈你脸红什么?"

"我，我哪里脸红了?狗才脸红呐。"

强攻不行，只得用计谋。吊塄瓜脑袋里也没有多少创造性，苦苦憋嘛了半天，拿出来的还是那老套伎俩："你不说实话，我们就不给你往出拿，我们手里可是有老肉墩给你寄来的信呐。"

"什么，你们……"老套的伎俩却把老道统给套住了，像惊尸了似的一骨碌坐起，"你们咋能做这种事呐?咋能偷看别人的信呐，你们懂一点法律不懂呐?"

周尚文很佩服老杂毛，轻而易举就使老道统上当了。

王天翔急得都快哭了，韩向东却越发来了劲儿。舒舒服服躺在被卷上，拿起一本书，很专心地学习起来了。

“好我的老哥，老兄，老，老爷，行了吧，快给我吧，快给我吧，这可不是玩儿的呀……”

见韩向东卖着关子不理他，王天翔只得使劲扳了周尚文的腿乞求：“啊呀，这可不是玩儿的，好周老哥唉，你快帮我跟老韩要上吧，老韩听你的话嘛。”

周尚文见老道统急得厉害，便也皱了眉心，很同情地替他向老杂毛求情。“嘿嘿嘿，快给了人家吧，半辈子了，就这么点花花事，也叫你们搅扰得弄不成。”一边又假装和老道统掏心窝子，“你呢，也没必要跟弟兄们保密，俺俩的秘密都不瞒你嘛，说吧，是不是小肉墩的电话？”

王天翔苦着脸说：“唉，你们都知道了，还问什么呀？”

周尚文和韩向东快速地交流了眼色，继续追问：“都说什么了？”

“能说什么呢，她又不是不知道李三儿就在身边呢，光说我要是不接电话，她就一直打下去。”

“那他为什么不让接电话的人给叫你呢？”

“这还用问嘛，那样的话，你们不就都知道是她了吗？你们知道了李三儿不是也知道了吗？”

“唉，假如要是李三儿接了呢？”

“嘿，这还不好办啊？李三儿接了就接了，就说是找李三儿就是了嘛。也许她就知道李三儿压根儿不会接啊。”

韩向东又问：“是不是要和你约会？”

“呀呀呀，你们把个约会就想像得那么容易啊，就问了我过年好，还说让我招呼李三儿，说是李三儿身体和性格都不好。”

“就这？”

“就这嘛，真的就这嘛，怎么，可以给我了吧？”

“就没说以后怎么再联系？”

“这……”

“你看你，不老实交待是吧？”

“好好好，我说，我说，就告了我个电话号码，说是李三儿是个哑巴嘴，大事小事不跟她说，就叫我打电话告告她，你说这叫个啥事儿，你汉的事叫我打电话给你说，你当我王天翔是吃上饭没事干了？”

“我看你真是挤牙膏，挤一点，说一点，我看这封信你是不想要了。”

老黄脸越发蹙缩成包子状：“真的就这些了，你想啊，就那一小会儿，能说个什么呀？她又不知道李三儿在场不在场，你们实在想知道，那以后我和她打电话时，你俩跟上我，行了吧？信呢，该给我了吧？”

韩向东和周尚文突然“哈哈哈哈”笑得仰天伏地满床上打滚，笑得流泪咳嗽打喷嚏，笑得岔了气……

周尚文和韩向东咋么解释是逗他玩的，老道统都不相信，一直追着撵着向两个老家伙逼要那封信。他说这可真是有天没日头了，只许你俩放火就不许我王天翔点盏灯？你俩招蜂引蝶眠花宿柳，我王天翔咋你们了？见人家有点风吹草动，就接受不了了？就想着鬼法子搅扰人？真是的，塞在我枕头底的信你俩偷看了，现在邮局寄给我的信，都逃不脱你俩刽子手？

两个老家伙越解释，王天翔越不信。直磨牙了半上午，周尚文才揭晓了澄清事实的办法：“你给小肉墩打个电话不就明白了？”

当局者王天翔才算猛醒过来。“啊吔，可不是哩，都被你俩狗东西弄糊涂了！”刚刚缓和了的老黄脸突然又警觉起来，“我，我要是给张变池打了电话，就是狗。”

确认了老道统和小肉墩的情况，周尚文和韩向东像侦破了一桩大案似的欢欣了一会儿，接着就提心吊胆起来了。

“啊呀，不好，这两人来真的了！”周尚文面带惶恐。

“这可真是始料不及啊！”韩向东声音发颤。

“啊呀，得赶快制止。”

“可不是哪，惊动了李三儿可是了不得啊！”

可是，当这两人开诚布公向王天翔摊牌了当初是韩向东搞的恶作剧，并向王天翔提出后果很严重的警告时，老黄脸上却堆满讥讽表情，说：“我想你俩都听过狼来了的故事吧？第一，我王天翔做事从来用不着别人给我指手划脚，生活错误我永远不会犯；第二呢，我看你俩就别在我身上费心了，我这点点事儿还值得你二老这么废寝忘食啊？第三呢，你二老如此对本人含辛茹苦心血用尽，耽误了学习，累坏了身体，我王某人拿什么报答你俩呐？”

周尚文、韩向东愕然相对。

23

甬道旁垂柳泛绿的那段日子，焦克的大作也乘着徐徐春风走入校园里。1000 册书，50 个牛皮纸包，班里的男生搬了半天才从邮电局的送货车上搬运到焦克老师的办公室地上。

焦克迫不及待地解开牛皮纸包，装帧漂亮的一本本书豁然暴露在同学们眼前。焦克拿起一本书翻看，手还有点儿发抖。看那样子就像第一次看到自己呱呱坠地的儿子，明明知道要有这一天，却还是新奇得让人激动万分。那是一种亲切的陌生，一种隔膜的爱惜！

搬运完洗了手的同学们，也各自拿起一本来，横看看，竖看看，反看看，正看看，无论怎么看都是一本真真正正的书，有棱有角的，厚厚的，封皮亮旺旺的很有质感。打开扉页，也和所有的新书一样散发着幽幽的书香味儿。所不同的是写这本书的人就在眼前站着，而且就是成天给自己上课的焦老师啊。是自豪吗？好像是，又不像是。尤其是周尚文们那几个老家伙，心里更有些难以捉摸。捧着焦老师刚刚问世的新崭崭的大作看，居然不表现出一些儿惊喜，一些儿敬佩。嘴角那儿好像还有微微的一丝儿不屑。这些个成天捧着书小心翼翼按书中的信息给学生授业解惑了10多年的人，好像也就是在那一会儿，对书一下子失去了神秘感。周尚文看看书，再看看捧着自己写的书本把玩不已的焦老师，眼睛里注满疑惑与忧虑，好像在担忧，人类进步的阶梯原来就是如此平淡无奇地产生的？人类智慧的海洋是不是在一天天地被稀释？

尤其不像话的是金浩瀚，他把书哗啦哗啦翻了几页，就轻轻撂在那里了。他的这个动作，使得焦克老师嘅了一张通红脸。但焦克并不恼火，而是虚心地请教："怎么，感觉没有新意吗？"

金浩瀚却问："焦老师，印了多少本？"

焦克怏怏的说："不多，就1000册。"

金浩瀚又问："是学校给出资的？"

焦克说："学校本来就有这部分专款的，只是咱们学校多少年了，一直也没人写。"

"嗷，那么你们评职称没论文是怎么过关的？"

"啊，评职称啊，唉，大学里但凡是个人，就都有几篇变成铅字的东西的，但那，那，那不能算得上是专著吧？"

金浩瀚阴阳怪气道："不简单啊，要不是你焦老师，这泽西教院的学术空白，还不知道何年何月才有人填补呢？"

焦克很有些难堪了，但他接着就转换了话题："是的，泽西教院的教师素质是不行，可要是有泽西教院学生能搞出像样的东西来也行呀，青出于蓝嘛，唉，金浩瀚，你的书稿有没有下落？"

金浩瀚不屑道："我吗？宁肯不出版，也决不自己掏钱出书，唉，焦老师，我可不是说你的书写得咋么样啊，我还没有看，没有发言权，也许你写得很好，但是，自资印刷出版，这，这，这就会使人对出版物产生误解，现在社会上，是个人就想出一本书，只要有钱，小学生作文也可以出版的。"

冯格实在看不下去了，忿忿道："老金你这些话就背时了，你以为不是自费出的书就质量高？那可不一定，比如那些所谓的少年作家、美女作家，还有所谓的名人出的书，完全靠出版社炒作的所谓畅销书，倒是好书了？"

金浩瀚自觉有点失言，嘴巴歪了一下说："我，我也不是一味否定嘛。"

冯格继续着刚才的话题："正相反，许多学术著作，由于不是面对社会上一般读者群，所以就不会有好销路，出版社也不可能赔钱给印刷出版，那倒是非得靠资助扶持，才可以变成传承文明的载体的。你老金不是有能耐嘛，不是早就说大作不鸣则已，一鸣惊人嘛，怎么老不见动静啊?”

金浩瀚恼羞成怒道：“我说的不是你说的那个意思，我的话恐怕不是你在短时间内可以醒悟的。”

“行呀，我们是庸人俗人，我们是燕雀安知鸿鹄之志，你金浩瀚是埋在土里的夜明珠，行了吧？哼，可笑，大言不惭!”

“我还坚持，不鸣则已，一鸣就要惊人，要搞学术，决不在茫茫文字海洋里凑数！哼，诸位你就等着瞧!”

第三天，焦老师的书就人手一本在班里发下来了。定价是 26 元钱，但焦老师说对自己班同学只收批发价，一人只出了 20 元钱。

书发到手里，可以慢慢品味了。凭良心说，书还是写得不错的，尤其关于文本文学也将像唐诗宋词元曲一样走向没落的预测，还是很有见地的。周尚文这么一说，宿舍里同学也纷纷跟着赞同。冯格也附和，咱们首先应以有写书的老师而自豪。现在媒体里介绍那些准名流的时候，总是先把此人曾经就教于某某大家先哲摆在首位，好像只有这样才算是有了名利场的准入证和注册商标。你说要是焦克老师某一日窜红学术界，跻身名家行列的话，那么泽西教院中文一班的全体同学，还不是有沾不尽的光？大家应该幡然醒悟当面受教于著书立说的老师，是多么的荣幸，多么的自豪才对啊!

舍民伙们也纷纷点头，说冯大班长说得很对。只有老金脖子一拧一拧的转不过弯来，像在和谁生气闹别扭似的，绷紧驴脸，“吭吭吭”使劲地咳着嗽，算是对所有赞赏焦老师这本书的人嗤之以鼻，报之以蔑视。

周尚文一边赞赏焦老师的大作，一边又赞同老金的否定。他自己也暗暗想，原来写出书的人就是焦老师这样的？焦老师学识是不错的，是所有任课老师里讲课最有深度的。但周尚文还是有些觉得写书的人，还应该更加超常卓越皓首穷经，更加学富五车满腹经纶。老实说，周尚文对一些在电视栏目里做客的著名学者和作家，并没怎么认可和服气过，有些耍大牌的学者教授的陈词滥调，常常让周尚文听得失望皱眉，他甚至因此常常对中国教育产生怀疑与忧虑，让此一类人物执教于名牌院校，中国学术不萎缩掉才怪了呢？如此张狂傲视一切的人，怎么可能佩服焦老师这个乳臭未干的奶油小生呢？更何况，周尚文们一向赏析的都是遥不可及的名家名著，而现在拿来看熟人写的书，心理的视点定位就大大不一样了。像跑到厨房看了烟熏火燎的厨师做菜似的，对端上来的菜肴不但不那么垂涎甚至还有点厌食了呢。周尚文很想调整一下心态，使自己在打开书之前有个情感的预热，为焦老师的书铺垫一种认同感。其实作者倾吐在书里的思想情感，有时和在生活和工作中的所流露的完全不是一码事。以书看人，可能把人看得很高；以人量书，只会由于对人太熟悉而对其作品产生副作用甚至反作用的。

身边熟人出书，最直接的作用就是激发起同类人的写作热情。不是说一条街上有一家造起手表来，过不了几年就邻家女孩都可以造出手表来吗？既然焦克这个样子的人可

以写出书来，那么……那么自己为什么就不可以也来它一本试试呢？想着想着，周尚文就有些蠢蠢欲动跃跃欲试了。跃然地，窝囊佝偻的身子就鲤鱼打挺似的坐起，说干就干，马上动笔，一肚子知识早就在激荡迸涌寻找出口了。要干就干它部长篇小说，不，长篇太长，一下子鼓捣不完，那就先干他妈的一个中篇吧！对，就中篇了，开始动笔就是了。

周尚文一下子喷发出了创作激情，一下子买回6本稿纸，1瓶墨水，1支质量很好的水笔，还有1块硬铮铮的画板。因为他要在自己床铺上写作，像保尔·柯察金的那种姿势，仰躺在被卷上，画板横在胸前双腿上或者垫个枕头什么的，具体怎么操作还得在摸索中尝试。反正是决不能在教室搞得让全体同学发现，更不能让宿舍里这帮家伙知道，这帮成事不足败事有余的家伙只会把你讥讽、耻笑、挖苦、打击得信心和创造力丧失殆尽。任何天才都可能被平庸的同类扼杀在襁褓里或者胚胎中的。

这样，高高在上的二铺床面，就成了周尚文潜心写作的一块小天地，姑且算是躲进小楼成一统，管他春夏与秋冬吧。

展开稿纸，拧开水笔。眉头皱了半个钟头，稿纸格子里只点了几个墨水点。写个什么事呢？从哪里写起呢？不是说生活是创作的源泉吗？你说那些混迹当代文坛的美女作家、少年作家、名人作家没生活可以，你说咱们周尚文同志没有生活，那你是瞎说，这40来年的坎坷曲折难道白活了不成？酸甜苦辣什么事儿没有经历过啊？那么是学识还不够抖擞？是悟性灵性还不够？

好像有一种说法是，生活太丰富了，书看得太多了会窒息想像力。这话周尚文相信，什么也写不出，恐怕就是在心灵的某个出口处被猛然间调动起来的生活积累和知识储备拥挤得阻塞了。对了，应该放松一下，调节一下，让灵感从有意无意中自然呈现。对了，听说川端康成身边没女人就写不出东西，就文思枯竭，那么这样的方法是不是也可以拿来试一试啊？

那么，这一锅滚溢的豆浆汤，有谁才能像卤水一样点出清浊呢？栗晓慧吗？门若娜吗？设想了半下午与门若娜的浪漫场景，但他最终还是相约了栗晓慧。

周尚文领了栗晓慧到了他们曾经到过的茶座里，一袋瓜子和两杯淡茶就消费了50多元，谁知这样的代价激发出的却是另一种原始冲动……

“我好想你。”

“想我？哼，谁信呀？”

“天天忙得焦头烂额。”

“回去哄你老婆去吧。”

“你看你不信，要是单单应付常规课程，那倒也不忙，可我……”

栗晓慧眼睛一亮：“咋么，又捡起10多年前的事业了？”

“呀，你说得好准呀，心灵感应。”

“心灵感应？有吗？”

“有，绝对有！”周尚文眼睛诡诈了一下，赋予了“心灵感应”双关色彩。

“你指什么？”

“还用说吗，咱俩见一次面很难得。”

“嘿，这一次怎么这么主动啊？”

“走，我买单！”

周尚文强行拉了栗晓慧的手，到附近旅店登记了个两个小时的钟点房。二人进入房间，迅速上床脱衣，周尚文紧紧搂了赤裸裸的栗晓慧，将粗糙的大手摸向浑圆光滑的后背……栗晓慧一阵急促的呼吸，一阵瑟瑟的颤栗，一翻身跨向周尚文的身躯，毛毛草草地开始了她的老套路，将细腻柔滑的舌头伸向条条肋骨的胸脯，像犁铧耕耘土地一样，从土地的这边一垄一垄耕到那端，直到把板结的黄土深翻得酥松润泽，春意萌动……

完事后，周尚文像一片蔫皮似的匍匐在微微起伏的女体上，汗津津地喘着气，身子成了空壳，脑子也空荡荡像一团灰色的雾。就在这当儿，不知是从肚子里，还是胸腔里，还是脑袋里，突然冒出一句：我第一次遗精是一个昏睡的早晨，醒来时，锅灶上冒着热腾腾的蒸汽，窗外下着毛毛细雨……啊，这是不是一个小说的开头？算不算是突发的灵感？周尚文好一阵激动。

周尚文急忙披挂往回走，走一路，思路延续着床第时的思绪迸涌一路。好像是天助似的，奇思妙想一句接一句地排列在脑海里。他也没顾得身边还伴随着栗晓慧，只在分手时草草说了句“再见”，就神经不对了似的回到宿舍，飞速攀到上铺，支起画板，铺开稿纸，沙沙沙写了下去……

24

就在周尚文的中篇小说即将杀青的时候，王天翔老婆来到了308宿舍里。

当时，宿舍里只有埋头写作的周尚文和悲观得成天不上课的李三儿。

听得有人问：“王天翔住这儿吗”。周尚文从自己营造的故事里抬起头来。李三儿也从蒙头大睡的迷糊中睁开睡眼。他俩看见的是一个瘦小得不能再瘦小的女人。要说这女人眉眼，也还是可以看得下去的，笑嘻嘻的还很会说话。接了周尚文端来的水，小口地喝着，说她是来看病的，说要不是医院的医生一直催，她也不想轻易来打搅他的。周尚文说，你这话就不对了，有了病还是要早点看的，看迟了钱也化了，效果还不满意。瘦小女人却说，刚买了房子，又是老人又是孩子的，他又念书，咋敢在自己身上花钱呢。这句话把周尚文感动得眼睛都湿润了。

李三儿盯着瘦小女人只管看，麻木不仁的小眼睛里放出了好奇的光。

王天翔下课回来，一看见老婆瑟缩在下铺床沿冲着他笑，自己先就嘛了一张大红脸。好像来的不是老婆，而是猝不及防找上门来的婚外情人，影响了他一生的好名声似的。那冷汤寡水的态度，很让人看不下去。和老婆说话也不给个正眼儿："有那么严重?"

瘦小女人对自己的突然到来抱歉得不行："县医院医生也说呢，学校的老师们也催呢，要不我也不想来打搅你上课。"

"上球甚课呢，这还上球甚课呢?"

"啊，那……你要是学习紧了，那我一个人去哇，市医院要是说不要紧，我看完就回呀。"

"看完就回呀，看完就回呀，晚上呢?叫在那里睡呢?这是男生集体宿舍!"

瘦小女人红着脸，大半天才说："有便宜点的旅店没有呢?"

王天翔厌恶地左右拧转着脖子说："便宜旅店?多呢，最便宜也在二三十元呢。"

"那，那我……"瘦小女人用手背擦着眼睛说："那我去火车站将就一晚上哇。"

正要打饭走的冯格，突然发话："你这人怎么是这样啊?也不说嫂子是来看病的，即使是闲暇无事来转悠，也不能是这态度吧?一晚上二三十元钱就把你作难成那?"

"可，可……"

"可可可，可什么可，不想花钱登记，女生宿舍那么多市内同学的空床，连最不爱说话的李三儿，都能把老婆安排了，你就连这么点能耐也没有?"

"女生宿舍……可我和人家女同学们谁也没说过话……"

"你没说过话，宿舍里还愁个说过话的人?"

"可，可，我这人是，是，是从来不求人的……"

"德行，这事我给你安排。"

王天翔虽然态度恶劣，但他还是另打了一份3元钱一碗的猪肉烩菜来招待老婆。这在王天翔来说可是破天荒的，他顿顿吃的菜是从不超过5角钱的炒土豆或者炖白菜。王天翔把饭盆狠狠磡在小女人面前，说："吃吧，"瘦小女人听了，一点也不生气，只是歉意地微笑着，很不自在地小口吃着饭，还把饭盆里的猪肉都夹给老道统。

吃罢饭，周尚文偷偷把王天翔叫出门外开导："你他妈的，说你是陈世美吧，你是著名的老道统；说你心里有老婆吧，你又是那德行。你婆姨可怜巴巴地来了，又是有病的人，病人又心事多，你咋么能那样呢?你那熊眉眼我都看不下去，大家都看不下去。实在是你婆姨，要是我那母夜叉，早跟你破口了。叫石江南、戴五狗们帮你在医院找个关系，好好给看看，什么病都是宜早不宜迟。"

王天翔老黄脸皱缩成干核桃，一个劲摇着脑袋叹息："婆姨们就他娘的娇嫩，成天就听上县医院那些破医生抓起风来就是雨。"

周尚文一听更恼火了："咋么你是这人哪?对自己的婆姨，咋么一点同情心都没有哪?"

王天翔不屑道："这还用你说啊，我婆姨的病，我不给看你给看哪?"说着忿忿进了屋子。

冯格把王天翔老婆看病的事和石江南、戴五狗一商量，这两哥们一拍胸膛说，这简直就不算个事儿，在泽西市简直就没有他俩办不了的事。不光约好了专家，还联系好了需要检查的所有科室值班医生，戴五狗还牛皮哄哄地说要用他家的宝马车接送。第二天早饭还没吃利索，油光水滑的宝马车就呲溜一声停到宿舍楼前，戴五狗咋咋呼呼地进了308宿舍，生怕自己的能耐被埋没了似的，神吹联系医生的曲折经过。石江南也不断地插话润色，把个王天翔老婆感动得两眼泪汪汪的不住地说："太麻烦你们了，太连累你们了，都是跟上我……"

看病的过程顺利得惊人，检查的结果也让人目瞪口呆。中午一行人簇拥着瘦小女人回到宿舍，表情一看就不对劲儿，周尚文悄悄问王天翔状况怎么样时，老黄脸蹙缩得一团糟，眼睛里好像早已经偷偷流过泪，只用一声长叹作了回答。对老婆的态度倒是180度的大转弯，打回比猪肉烩菜更贵的好饭菜，说话声音也软绵绵得近乎凄凄婉婉了。

但是王天翔老婆还是微微笑着，默默地把王天翔该洗的东西都洗了，还洗了宿舍里所有人的床单、枕巾，把猪窝一样的宿舍收拾得利利索索干干净净，把地面上又脏又黑的历史沉积，也清洗得总算见了灰白色水泥的真面目。同学们下课回来，见自己宿舍居然也能够窗明几净到如此程度，就都百感交集得不知说什么好，看着那瘦小身子心里更是酸酸的。大家都从心底里怜悯她感激她，她却一见同学们回来，就赶紧往角落里退缩，生怕因她的存在打扰了大家的正常生活似的。

倒是王天翔沉不住气了，课也不去上了，饭量也大减了，老黄脸苦楚成死灰色。也不管是不是影响病人情绪，只顾一声接一声叹气，和李三儿的叹息声交相呼应，俨然一曲双声部咏叹调。

王天翔老婆好像对自己的病情一点也没觉察似的，还反过来劝王天翔："你去上你的课哇，我没事的，也不疼也不痒的，没事的，你也跟上我愁上病可咋办呀。"见劝不动王天翔，就央求周尚文、冯格，就算拉也把王天翔拉到教室去，还一个劲责备自己，说："跟上我看把他愁的，误上课咋补呢，再愁出病来可咋办呀？"

周尚文实在看不下去了，又把王天翔叫到门外做思想工作："你算个什么男人呢？唉声叹气的像个什么呀？大丈夫男子汉的，一点都不担事，还不如人家一个女人家呢。"

王天翔大幅度地摇一下头，长长叹一声气。

"哪天手术？"

王天翔哽咽着说不出话来："过年回去还好好的，闹过年闹得还精精神神的……"

"老唠叨这些有什么用，医生说手术后能不能彻底好了？"

王天翔摇摇头："现在的医生，谁给你说包好的话呢？手术是手术，手术了还说得化疗呢。"

"那就赶快做吧，还拖延什么呀？"

"唉，"王天翔一下子蹲下身子，两手掬住脸，话音带了哭腔，"要是有钱，扔就扔

了，可，可，眼睁睁就是钱也花了，病也怕看不好呢。”

周尚文恼火道：“听你这话，你是不想给花钱了？”

王天翔两手使劲拍打着老黄脸：“光是押金就得交整整15000哩。唉，你说这种事，咋就偏偏叫我摊上了呢？”

“那也得给做，好歹人家自已也挣着钱呢，纯粹的家庭妇女你又咋呀？”

“唉，没落在你脑袋上呢，我要是你，也会说你那几句劝人的话。”

周尚文也蹲下身子，拍拍老道统脊背：“手术肯定得做，尽心也得尽，这是责任、良心，不能有一丁点犹豫，困难肯定是困难，但钱从急中来，实在不行咱呼吁全校学生募捐。”

王天翔连连摆手说：“我这人可不乐意那样的，我王天翔窝囊是窝囊，但我到什么时候也不想给别人添麻烦，我一个人顶着就是，毕竟两个人挣钱呢，咱让人家给咱捐款，说不过去……”

周尚文又在王天翔后背使劲拍一下：“这还像个大男人说的话，人就这，走哪步说哪步的话，抖起点精神，你一副稀松邋遢眉眼，病人心里更难受。”

王天翔的事把班里也笼罩下厚重的阴影，每到课余时间，就都头碰了头低声嘀咕。啊呀，是吗？确诊了吗？啊呀，这可咋么办呀？贤贤惠惠的一个小媳妇，咋就得上这种病哪？女同学们还特意跑到308宿舍看望了王天翔老婆，回到教室眼眶里就都红红的。

周尚文、韩向东更为同龄人感叹，实在是个好媳妇，又贤良又勤劳，又通情达理，又善解人意，唉，真真的《窦娥冤》里的话“老天也落得个怕硬欺软”。而他俩的话就像所有文学作品的功能一样，除了同情叹惋散布悲观情绪以外，一点实际作用也不起。最后还是冯格的话产生了实质性作用。他在班里说，咱就不要说献爱心什么的大话了，那婆姨实在是个好婆姨，那可怜巴巴的样子，谁见了，不帮一把实在说不过去。同学们当下就100、200的往外拿钱，一会儿工夫就凑了3000多。戴五狗一家伙拿来5000元一叠钱，摔给王天翔，说：“愁什么愁，有这么些同学你愁什么愁？什么也别说，先把手术做了，时间就是生命，等你慢慢腾腾回了家，再慢慢腾腾凑起钱，什么也耽搁了，都是同学，有什么不敢开口的？”

王天翔感激得全身不自在：“这，这，这我……”

王天翔老婆更是热泪盈眶：“不用的，都是跟上我，连累得你们，真是的……”

王天翔接了钱，哽咽得说不出一句话，只用袖口一下一下擦眼泪。

戴五狗脖子一拧，说：“德行，这是借你的，随后还我就是，石江南已经和医院说好了，先交1万，大后天就能做手术，再想办法凑5000元，这么多同学，5000元钱算个啥事情？”

王天翔紧紧握着戴五狗的手直哆嗦，感谢的话一句也嗫嚅不出口。

紧接着，焦克拿来同学们凑的4000多，焦老师拿来2000元，加上王天翔老婆来时带的1000多元，除过预交的1万元押金，还有几千元可够其它开资，住院的钱基本上就凑齐了。王天翔老婆一个劲抹着泪说：“你们同学们咋这样好呢？咋就都是这样好的人呢？”

这天一大早，308宿舍的同学们都破天荒地早早起了床，都要一起送王天翔老婆到医院，连李三儿也很快地穿戴好衣服，也准备跟大家到医院尽一点责任心。戴五狗把宝马车开到楼下，同学们七手八脚帮着把该用的东西都搬上车。

可是，一会儿，到女生宿舍叫老婆的王天翔却一路仓惶地回来了，焦急得半天也说不出话来：“走……走了……走了，肯定是回了家了，你说这人，这不是专门跟我闹别扭吗？这不是专门跟我怄气吗？你们说这人，咋这样不理解人呢……”

冯格问：“什么时候走的？”

王天翔说：“女生们说，听见她早早的起床，还以为是准备去医院呢，可咋就能气儿也不啃就走了呢？”

韩向东疑惑道：“不可能吧，说得好好的嘛。”

“你们还都说她贤惠呢，恓惶呢，唉，一家不知一家的，不打道不伤心，脾气倔着呢，你们看，这明明是跟我怄气哩嘛，怄气哩嘛！”王天翔一边叨叨着，一边拿出老婆留下的一封信。

冯格抢过信，大家都围到楼门前的灯下看：

孩他爸：

只寻思来大医院看看，解除解除疑心就回呀。可是那天在医院里，从医生们的眼色和你们的表情里我就看出我得的是好不了的病了。那病我知道，看也是糟蹋钱。孩子念书正花钱，又赶上你也念书，买房子兑的债还有2万多没还，那有钱糟蹋呢？你们的同学都是好人，赶紧把人家的钱还了，咱哪敢再兑债呢？你千万不要担心我，现在我还好好的，能吃能动的，没事的，你千万千万不要发愁，愁出病来可咋办呢？以后家里大的小的还全凭你呢。

孩他妈

冯格读着读着就有些动情，同学们也都听得喉咙里哽了一块。冯格问：“回你们县是坐火车还是汽车？”王天翔答：“肯定坐火车呀，火车便宜。”冯格脑袋一摆：“上车，追！”

小车开到火车站，开往王天翔县里的车刚刚出站。大家又驱车赶往汽车站，同学们把站里站外，车里车外找了个遍，也没发现那瘦小的身影。

王天翔按按怀里揣着的钱，沮丧着脸嘀咕：“你说这，咋就能不声不响地走了呢，要不现在就在医院了。”

冯格训斥道：“尽说些没用的话，赶快回家，拉也把她硬拉回来！”

同学们把王天翔送上回家的车时，已是8点了。望着那辆大巴车笨重地扭摆着硕大屁股开出站口，脸上都挂出了久久的忧患与悲凄。

望着王天翔空荡荡的床铺，总让人惦念起那瘦小女人的笑脸。那女人既不漂亮，也不窈窕；既无风韵，更没魅力。可怎么就老让人想起她呢？连金浩瀚这样一贯以貌取人的家伙，也感叹了几次王天翔实在是娶了个好老婆，像这样的贤良老婆那你就性生活再不美满，也坚决不能提离婚！韩向东也说，人他妈的性生活有效期才有多长哪？可处亲戚为朋友周旋邻里关系却是一时时，一天天地实过哪。周尚文发挥说，性生活在人生这本书里，只是几个彩色插页；而密密匝匝的一张张铅字才是全书的主要内容哪！说得更生动一点，人在一天里，做爱无非是黑夜个把小时甚至几十分钟的事儿，而好老婆坏老婆的标准主要是在其余的20多个小时里检验哪。舍民们一致附和，可也是的，一个女人能把不相干的人都感动了，这的确是够难能可贵的。

周尚文凝神冥想的当儿，韩向东把话题转到了他身上："嘿，什么时候把你老婆也叫来，让大家伙观赏观赏。"

周尚文狠狠瞪他一眼："你咋不把你老婆领来让大家一饱眼福呢？"

韩向东长叹一声："唉，我老婆向阳花一朵，实在是拿不出手，对不起观众啊。"

金浩瀚不解道："什么向阳花？"

韩向东对如此简单问题，很不屑于注解："你就没唱过《社员都是向阳花》？"

金浩瀚大悟："唔，你老婆是农村妇女？"

周尚文说："唉，农村妇女里精明贤惠的好婆姨多的是，就是受了几天教育的这些一瓶不满，半瓶晃荡的东西最难理论了。"

韩向东反驳道："你要这么说，那咱俩换了！"

周尚文一本正经说："就是嘛，除了你吊塄瓜，其余人都是娶教员老婆的人吧？大家一定都有同感。师范那点教育，刚好够算计，够打小算盘，不说被知识陶冶得大智若愚通泰豁达了，连农民的纯朴善良本性都被调教得丧失殆尽了。"

韩向东连连摆手："你这是胡诌八扯，农村妇女刁钻促狭嘴尖毛长的太多太多了，还是我刚才说的，咱俩换了，叫你试上几天没文化老婆的枯燥乏味蛮不讲理，你就不唱这高调了。"

25

躺着坐着都感觉汗津津的燥热，这个夏天来得太快了，连一点儿升温的坡度都没有，好像在突然之间甬道两旁的垂柳和刺槐就全绿了。

城里的女同学相继都换上夏装，或裙装，或裤装，或宽松，或紧绷，穿什么都是那么得体好看，和校园花丛里相继开放的月季花一样，给生活凭添出许多色彩。装点了萧瑟的世界，也装点了空寂的心灵。

金浩瀚发现何玲的脸庞怎么一天比一天水灵了，后来才知道是定了包月美容。听说还报了减肥夜培班，那身条儿很明显地瘦俏了。是的，是瘦俏多了，但那绝不单单是因为脱掉了羊毛裤，金浩瀚见过何玲脱下的羊毛裤，和袜子一样薄。

每次何玲从教室门口到座位，或从座位出教室，那突变的身材总是有些招人眼目，那招人的程度几乎就仅次于大美女了。那么，也就是说何玲差不多已经超越二美女乔思思了？有这个可能吗？金浩瀚极其认真地把何玲和乔思思做了全方位比较，而且极力排除掉因有过皮肉接触的感情色彩，调动了肚子里所有新观点新论据，进行了最客观的分析，而后狠狠给自己宣布结论：就何玲了！

金浩瀚约何玲出了校门，刚刚拐过墙角，就迫不及待一把搂在怀里狂吻起来，一边气息混乱地嗫嚅："你他妈的太美了，美死你这老爸了，你他妈的咋么搞的一天比一天美了，你这不是成心让你老爸我是可忍孰不可忍吗……"

当时天并不算黑，过来过去的人老远就可以看见两个人在那里乱搞。但此时的金浩瀚已经老道得不再把路人当人了。

这天黑夜他们到高级饭馆消费了一顿，又跟着何玲到迪厅蹦达了个够，到宾馆登记时，已快 12 点了。

何玲说，没必要这么贵睡一黑夜。金浩瀚说，不，咱就是要玩潇洒，玩猖狂，要搞得色香味俱全，今朝有酒今朝醉，人他妈的还有几天活？

两人躺下后，何玲多次说到，美容院和减肥夜培班一个月就得花去她 400 多块钱呢，花了钱还买罪受，腰腿胳膊都快散架了，简直就是受刑呢，吃苦受累的你当是为了那个小狗呢？以前没见你金浩瀚时，寻思也没寻思过这些的。说着就用拳头使劲捶打着金浩瀚，都是你，都是你，把人家生生的害苦了！金浩瀚心里听得甜滋滋的，脸色却故意搞得恶狠狠地说："你看看，要不是我老金激活你的生活信心，那你还不就剩下吃饭和呼吸了？那简直就是一头猪了。人之哀莫大于心死矣！"

这一夜，金浩瀚没有再想起乔思思，何玲身上的柔美与温存足够他细细地品味了。

这几天，金浩瀚脸上又洋溢起红扑扑的光泽，这正中了那句广告词，一看就是恋爱中的男人。而好消息又总是在好的心情中接踵而至。

在一个神清气爽的午后，收发室老头给金浩瀚送来一个精美的大信封，拆信的时候，老金差点紧张得气吞声绝了。原来那是一封颁奖通知，说他的论文已获"亚洲华人汉文学术研讨会"的 2001 年度金奖，说是颁奖日期随后通知，先让他填写三封获奖人基本情况表格，另寄 3 张 1 寸标准相片，并准备一篇获奖感言，说已暂定他为获奖者代表发言人了。

老金简直给激动懵了，差点就像范进接到中举的喜报似的疯掉了……啊！啊！啊！老金好想痛痛快快叫喊一嗓子，好想在风里狂奔野跑个不亦乐乎！啊……

但金浩瀚还是硬性地迫使自己冷静下来了，老金毕竟不是轻易上当受骗的那种人，此类东西，他以前就收到几封了，只是内容不一样罢了。有的是论文集里用了他的文章，让他自个儿掏钱买一部分书。有的还说要给他出文集，让他把所有著作积集出版，只需他自销1000册书就行。有的是把他选入什么什么名人大辞典，只用他买5本书就可以入选……凡此种种老金见多了，什么玩艺儿，也太他妈的小儿科了吧？你以为你金老爸是泽西教院的教授讲师们啊，有单位出资，横竖不用自己掏钱啊。想在老金身上骗取一把？门都没有！

可是这一回不一样啊，通知上书名号里的印刷体，明明白白就是他大作的题目啊！这还在其次，真正激动他的是正文里关于他的文章的评语，简直是句句中肯，字字中的啊！文中还引用了他的多处经典论述，还有针对他文章观点、章句的客观点评，当然也包括对文章不足与疏漏的指出。之所以获奖的原因，并不是文章的完美，而是文章全新的观点，是近半个世纪以来，汉语文学理论领域里最最新奇、最最具有震撼力的论点。如此高屋建瓴客观公正的评价，怎么能让人不相信呢？说的如此准确到位有理有据，这怎么可能是假的呢？首先，人家是认真看了；其二，看稿的人一定是慧眼独具的高人；其三，压根儿没有提及要钱的事呀？其四，既然没有要钱，那为什么不可以试一试？横竖等他什么时候开口要钱，咱再退出也不迟啊，不就是寄了几张表格几张照片吗？

金浩瀚把表格和照片寄出，才把那封通知拿给何玲看。何玲看了说："看我也看不懂，不过呀，轻而易举就获个全亚洲华人奖，我总觉得不靠谱！"金浩瀚抿嘴笑了笑想，向此类人通报此类的高端学术事儿，纯属多此一举。

这样的话，金浩瀚就相约了乔思思，很谦虚地把已经被高人赏识的证明拿给知音看。

乔思思把那几张硬铮铮亮闪闪的纸片，正面反面细细的看了个遍，就大眼闪闪地露出几分佩服与激动："呀，可以呀，你！"

老金谦恭地等待着更好听的话语。

"不管怎么样吧，辛苦总算有了个回报了。好歹是真的了呢？不管是真是假总得碰一碰的。"

这些话让老金听得不是很过瘾，但心心相印的关照还是让老金激动万分。她让他别轻易放弃，建议他积极参与，这他妈的不就是同感吗？不就是赏识吗？不就是共鸣吗？不就说明她王八蛋与咱老金的心已经靠得很近很近了吗？

知音哪！金浩瀚心里狂跳着，差点一不小心就把乔思思拥抱了。乔思思也明明露出了配合的意向了。她说她从一开始就佩服他有胆有识有才华，说他有个性，说他风流倜傥，还说他超凡脱俗不是一般人，说话的时候好几次水汪汪地看住老金……但老金到底把自己给控制住了，成功男人咋么可以随随便便动手动脚有失体统呢？

308宿舍的电话铃声又把金浩瀚等待喜讯的心撩拨得悬到喉咙眼。可是金浩瀚一接，两眼珠差点惊得蹦出来，原来是门若娜相约周尚文！

周尚文慌不迭从上铺滚下来，抢过电话一边动用了全身细胞听，一边“啊，啊”地应答。半天听不见声音，又见宿舍里人都在笑，这才发现慌忙中把话筒给拿颠倒了。

周尚文全身神经紧绷，两眼直瞪，嘴巴圆张，诚惶诚恐得像在接圣旨。在舍民们一片惊疑的盯瞅中，周尚文脸庞红扑扑地离开了宿舍。

在校园甬道的林荫里，周尚文老远就望见那身很打眼的米色长裙，脚步愈发屁颠得加快频率，老远就向那边掬起笑脸。

门若娜说：“周老师，没事吧？”

周尚文说：“没事没事。”

门若娜说：“那咱出去走走吧？”

周尚文使劲按捺着狂喜的表情：“啊，好好好的，好的。”

这时，正是晚霞映照，树影婆娑，微风徐徐的时候，看哪儿都是诗意，看哪儿都有情调。

走过甬道，穿过草丛间碎石铺的曲径，谈话的主题还是不够明确。门若娜说老班又让办一期板报，实在不行还得烦劳大诗人给再写一篇稿子，说绝对要办出水平，说2001届中文一班的黑板报已经成了品牌了，这一期更要超过以往每一期才行。

周尚文满口答应，乐意效力，只是不敢保证收视率只增不减。门若娜说她不喜欢男人谦虚。周尚文急忙给谦虚作理论辩护，说谦虚不等于不自信，谦虚有时是蓄势待发的前奏曲。门若娜说你们有学问的人怎么说怎么都有理。

谈着谈着就走进了小花园刺槐林里，并排在一个石凳上坐下来。

门若娜秀眉一扬，开始了正题：“周老师，这句话在我心里憋了很久了，想来想去，还是跟你说吧。”

“唔，你，你说哇……”

“就凭你的学识，你的悟性，一定会给我个满意回答的，所以我……”

“唔，你说……”

“你说在你们男人的心目中，怎样才算是好男人呢？”

周尚文顿了顿：“这……好男人标准我也一下说不好，但不好男人我可以给你一锤定音说个准。”

“不好男人？那你就说说不好男人吧？”

“比如欺骗了你的那个人，就是坏男人。”

“那事已经过去了，就不议论人家了。”

望着门若娜满脸的清纯无邪，周尚文又一次感到自己的偏狭。

这时，门若娜话题一转，严肃起来：“周老师，我约你是想跟你说说我的事呢。”

“你说……”

“我，我……我说了你可不能跟任何人说啊！”

周尚文极力揣测着下文："那还用说啊。"

"答应我绝对保密啊！"

"啊，你说。"

"我在咱们班看上一个人！"

"啊！"周尚文惊得七窍全移了位置，"是——吗？"

"嗯。"

"咱们班？"周尚文脑袋摇得拨浪鼓似的，"谁呀？"

"你猜猜。"

周尚文屏住呼吸苦思一顿，说："咱们老班？"

门若娜撇撇嘴："你们这些人是怎么啦，都成了大俗婆沈菲伊了。"

周尚文更加吃惊了："是……是石江南？"

"石江南和人家老婆过得好好的……"

周尚文没辙了："那，那，那是谁呀？"

"你们心目中就这几个人啊？"

周尚文开始按课桌排序逐一扫描，第一排，第二排，第三排……全教室的人过了个遍，最后把目标锁定在金浩瀚："啊，难道是……啊呀，你……你……你相信他那亚洲学术奖？"

门若娜眼皮一扬："你说谁呀？"

周尚文松了一口气："我还以为是老金呢。"

门若娜无奈地摇了一下头："怎么会呢，金浩瀚有老婆嘛。"

周尚文又开始了新一轮的搜索："咱们班里，咱们班还有谁呀？"

门若娜有点羞答答道："是的，在好多人心目中，他是排不上位次的。"

苦苦搜索的当儿，周尚文瞬息闪过一个狂妄的念头……周尚文就紧张地想，世上的事儿，可能的事常常不可能，不可能的倒是往往有可能……60多人的一个班，扳着脑袋挨个儿过一遍，还有个谁呀？窦汉清、吴政鸣、王德熙、戴五狗这几个市里准帅哥？细细一想，咋么可能呀？况且也没一丁点儿迹象啊？那么……由此看来……不可能的事也许有那么一点点可能性？

"那么……"

门若娜长长的睫毛，一下一下扑扇着，急切期盼着正确答案……

周尚文觉得自己正在一丝丝地化作雾气，翩翩地升腾向天际，懵懂懂的脑门里渐渐叠出清晰的答案……那么？难道……于是，周尚文鼓足勇气，通红着脸开答："那么，难道是……小门你说我……我该怎么说呢……要不，还是由小门你说出来吧！"

门若娜看着周尚文答不出来了，失望地叹一口气，撅嘴道："不，我就是想从别人口里听到答案的嘛！"

既而，那狂妄的念头只给了老家伙一个妙曼无比的感觉以后，就像大晴天里的晨雾

一样渐渐淡定了，就像心潮翻卷过的一个暴起暴跌的浪头一样跌落了。周尚文被自己的想法吓了一跳，差点脑袋发热说出无耻的昏话。

看周尚文实在是说不出标准答案，门若娜只得失望地叹一口气，摇一摇头，说："说不出来也好，谜底一旦揭穿也就没意思了，周老师，那你就什么时候猜出来，什么时候告我吧。"

"啊，好的。"望着门若娜飘然远去的背影，那刚刚删除的念头倏地又升腾在老家伙的胸膛里：不可能与可能之间往往就隔一张薄纸啊……

在一个炎热的午休时间，栗晓慧又如期地思念起周尚文来了。10多天都不来一个电话，怎么回事啊？是病了还是怎么的了呢？栗晓慧辗转反侧睡不着，直感里总觉得有点不对劲儿，一骨碌下了地，就去找周尚文。她从女生楼顶着一路烈日来到男生楼，汗津津地推开308宿舍的门。周尚文却连句客气话都没有，慢腾腾地挪腾着身子往床下出溜，惺松的眼皮目中无人地耷拉着，嘴里还嘟嘟哝哝说："唉，热烘烘的跑啥呢，有啥，打个电话就行了嘛。"

栗晓慧一愣，就变了脸色："有啥？"

周尚文发觉态度欠妥，急忙说："我是怕你跑得中暑嘛，大晌午的，家里还热得受不了呢。"

栗晓慧气愤地盯住周尚文，冷笑道："哼哼，有啥？没啥的！"说着一扭身子走出宿舍。

周尚文一震，急忙追出："你，你等等，你听我说嘛，我是刚刚睡醒，还迷瞪着嘛……"

栗晓慧头也不回地说："那你继续睡吧，惊了你的美梦了，抱歉啊！"

"唉，你听我说嘛，听我说嘛……"

栗晓慧脚步飞快地下了楼梯出了男生楼，周尚文慌不迭地追了出去。午休时间，甬道上没有一个人。周尚文一把拖住栗晓慧，气喘吁吁地解释："是我不对，是我慢待了你，谁没有个懒散不活泛的时候啊……"

栗晓慧甩开周尚文的手："算了吧你，哼！"

周尚文又死死拽住栗晓慧的手腕，脸庞一抽一抽地扭曲着，解释的话自己说着舌根都不灵泛："真是的嘛，真是刚醒来半醒不悟的嘛，我周尚文对谁不热情也不能对晓慧你不热情啊……"

栗晓慧挣扎了几次没挣扎脱周尚文铁钳一样的手，只得就这样尴尬在烈日下，脸庞红彤彤地淌下几道汗……这当儿，周尚文突然发现栗晓慧的脸原来是如此的不耐看啊！是气恼了的缘故吗？是太阳暴晒的缘故吗？是汗水冲洗掉脂粉的缘故吗？是午休的睡意还残存在脸上的缘故吗？啊呀，用人工打造出来的青春容颜敢情这么不经磨损啊？周尚文甚至有点不忍心看下去了，这样挑剔地静观一个女子的青春衰变是不是太残酷了呀？

周尚文轻轻松开手，那边却没有立马走掉的意思。但她还是气哼哼地向后退出1米多远。

栗晓慧说："喜新厌旧是人的天性，我无所谓的，何况已经是吃重温的二茬剩饭了呢，可以理解，你也用不着解释什么的。"

也许心里果真有鬼？周尚文的确没勇气正视对面穿心入肺的眼光，他只得低了头龃龉："叫我怎么说呢，千句并成一句说，我周尚文要是对你有了二心，算我不是人。"

怔怔地过了一会，栗晓慧越觉得别扭，周尚文更是一副窘态，傻站着大半天也没话。太阳又这么烤人，气氛又这么僵硬，栗晓慧盯了周尚文一眼，说声"再见吧"，就扭身走了，她走得忿忿的，怏怏的，像在烈日里晒蔫了的一株秧苗。望着边沿渐渐模糊在日光里的身影，周尚文心里倏然涌起一阵奇怪的怜悯。

26

又是一个热烘烘的星期天下午，308宿舍突然进来一个女的，金色卷发，迷你短裙，后身露着半个脊背，前面露着半个胸脯。宿舍里的人倏然凝固成一组木头群雕，傻子一样僵硬在那里，所有嘴巴都像固态孔洞似的丧失了功能，没人想起来补救一句礼节性的话语，接待工作整个儿地陷入了瘫痪。

短暂的僵局过后，所有的眼珠就争相地活跃起来，一个一个挨着排查，将来者与宿舍里每一位一一对榫——这女人是来找谁的？

那女的依旧倚门站着，拿捏着一副对在场人鄙夷不屑的样子，把妖娆的腰身展示给苦忍性煎熬的家伙们，还把身子重心压在一条腿上，另一条腿成稍息状，向一侧斜探出去，把细腰和屁股挤压成夸张的性感曲线。

窝在被卷里的李三儿，突然惊尸了一样，忽愣坐起，两眼瞪住那女的，露出一脸惊恐与焦急，眼光随即投向冯格。

冯格也着着实实地吃了一惊，但很快就拿稳了情绪，瞬即站起，向门口直冲过去。那冲劲很大，脚步快得几乎损毁了一项庄重的形象。脸庞上板滞着恶毒，眼光里喷吐着怒火，眼看就冲向那女人了，闷热的屋子里已弥散出一些儿血腥味了，那架势明明就是要将那女的一拳揍死砸扁了……可是，大家却没有看到预想的结局，那一贯端正的脑袋没有扭转一点儿角度，甚至连眼珠都没向那女的斜偏一丝儿，就从那充满诱惑力的腰身旁边一闪身过去了，像躲避瘟疫病人似的，拚命地吸扁身子，不让圣洁的躯体与感染源有一丝一毫的接触。

冯格前面走，李三儿就跟了出去。同样是很坚决地不向那女的瞟扫一眼，同样是一副拒腐蚀永不沾的固执风范。

但是，疑点已然很明显了。他俩只能把自个儿拿捏得行端身正不露声色，那女的却一点都不考虑为维护同志的名声承担一丁点儿义务。他俩越是躲避着不看她，她越是放肆地向他俩挤眉弄眼。他俩前脚走出门外，门框里眨眼就剩下一个长方形的空档了。

“这是演的那一出戏?”金浩瀚脸上重叠着问号和惊叹号。

“这……”周尚文也试探着往起挑话头，“你说这……这……这两个方面可能有联系?”

韩向东自作聪明道:“这啊，这还不是秃子脑袋上的虱子吗?”

周尚文笑了笑，不置可否:“你们先猜猜那女的是个什么人?”

韩向东肯定道:“这还看不出来啊? 一看就是职业装嘛。”

周尚文摇头否认:“那倒不一定，城市里的女人，单凭打扮很难断定就是干那个的。”

韩向东反驳道:“也不单单是看打扮，一看就是全身淫荡细胞嘛。”

史大可探头到窗外，想居高临下追踪观望，但那三个身影只在茂密的树冠间闪动了一下就不见了，就也掉过头来参与讨论:“看看，去年腊月的传闻得到证实了吧?”

金浩瀚双手一拍:“嘿吔，可不是啊……”

韩向东满脸疑惑:“你说这，谁能想得到呢? 这两人咋么能和这种事儿联系得起来呢?”

周尚文惯用着他的诱导式:“你们也太富于联想了吧? 真要是你们说的那种事，像冯格这样老于世故的家伙，决不可能留下这后遗症，让这种人找上门来。”

金浩瀚却把话题引向反面:“也许是人家亲戚呢，不能因为人家打扮得妖冶一点，就胡猜人家是干那个的。”

史大可说:“唉，就是的呢，也许是人家老婆呢。”

金浩瀚说:“就是嘛，老冯年轻有为，又是正科级领导人选，人家要在刚分配的师范生里搞一个时髦女孩做老婆，也不是不可能的。”

史大可说:“这话我看有道理，怪不得老冯那么对女人不动声色呢，敢情身后有这样美满的性伙伴呐。”

韩向东对话题的跑偏有点忍不住了，忿忿道:“那么李三儿又是咋么一回事呢?”

话题一扯到李三儿，宿舍里又静了下来。

天快黑的时候，冯格和李三儿回来了。冯格还是板正得一如既往。李三儿却好像遭了劫难似的，脑袋耷拉得更低垂了，叹气的频率也更密集了。

金浩瀚总算等来了激动人心的电话，不但是很嗲气的女声，而且是那种很鸟语的普通话，而且一开口就要找金先生。把个金浩瀚兴奋得大半天才弄明白，自己居然就是那位姓金的先生啊。

起先，金浩瀚还吃了一惊，一下子联想到那天的骚货，还以为是有人在捉弄或者出卖了他。可是一秒钟以后，脸上就暴溢出荣幸的血红色。一边“咿咿呀呀”答应着，一边眉飞色舞扫视着身边的妒嫉者，原本是在床沿上坐着的，后来就热血冲动得站了起来，要不是电话线牵拉着，也许还要大叫大喊着疯跑起来呢。

老金挂了电话，飞扬着眼睛，等待着大家来发问。可是这些小心眼的家伙却偏偏咬紧牙关不说话，像一窝猪听到惊天的喜讯，一人木然着一张脸，一点儿反应都没有。史大可到底是老知己，见老金眉飞色舞激动着，就善解人意地问了一句，什么时候勾搭上的新女性。却把个金浩翰像遭了莫大污蔑似的板起一脸厌恶。生活在庸人的世界里，哪有什么知己可觅哪？

万般无奈金浩瀚只得予以直白说明："真他妈的麻烦，还要搞什么答辩呢。"

史大可回应："泡妞还要答辩？这可是奇了怪了。"

金浩瀚看也没看史大可一眼："说是还怕有人剽窃呢，笑话，我的文章我金浩瀚剽窃？"

史大可更是一头雾水："你，你在说什么呢？"

金浩瀚明显地把说话对象圈定在了周尚文："嘿，周老哥，答辩的内容还得老哥你帮忙呐。"

周尚文一愣："啊？阿阿……你刚才说什么？"

金浩瀚倒也很耐心："周老哥，咋说？帮帮你老弟，我看要答辩也是文学方面的，这事非你周老哥莫属。"

周尚文好像愣怔了一下："啊，你说什么，答辩？答什么辩？"

金浩瀚依然耐心地谦虚着："就是亚洲华人汉学协会那边吧，你说讨厌不讨厌，看上人家文章了，还怀疑作者不是本人，可能是看文章不是一般水平吧？说还要对证对证作者是不是冒名的，说要通过答辩来验证呢。"

周尚文一脸狐疑："到哪里答辩去？亚洲？"

金浩瀚说："不是的，说是叫我到电脑QQ视频上，那边给我留了一个号码，说叫我明天8点准时上网联系，说叫我准备准备，还说对我提问题的是亚洲最知名的国学大师……叫什么来着，你看我这猪脑子……"

周尚文想了想，说："唔，还是你那回事吧？那就是说可能是真的了？要不，怎么会这么费事呐？"

金浩瀚点头道："这几天，我也是一直半信半疑的，想呢，亚洲级的盛事，还能轮到他这老爸？理球它呢，可你看这，人家这样把咱当回事，你说咱能不理人家？"

"唔……"周尚文好像态度很诚恳地说，"那，那就赶紧准备吧，说叫我帮助你，你是讽刺你老哥我呢，你老哥我要有那能耐帮你，这好事还能轮到你小子？这么大的事可含糊不得，赶快去找找老班或者其他老师，让人家给你指点指点，再把仪容整理整理，别让国学大师看出你那穷酸样子。"

金浩瀚一拧脖子："切，老班，我还信不过他呢。"

金浩瀚把要表达的意思都表达到位了，就扬头晃脑出了宿舍，先找了乔思思"商量"答辩对策，又找了何玲分享了一下午快乐。吃了晚饭，他才找到老班焦克，让帮助解决解决电脑视频答辩问题。焦克痛快答应，就用他的电脑，还让沈菲伊拿来她的摄像头。

焦克和沈菲伊和好了？这是一个多么有趣的话题，但是，这时候的金浩瀚哪顾得理会这些凡人俗事呢？

第二天8点，金浩瀚准时坐在焦克电脑前。沈菲伊在键盘上鼓捣了一会儿，金浩翰就看见自己的头像醒然出现在荧光屏幕里，看着自己的样子和所有电视里见过的人物一样，充满活力，比镜子里的自己又酷又帅，自信心就愈发鼓胀得足而又足了。

沈菲伊又在键盘上敲打了一阵，突然压低声音说："好了。"接着还做了个让他进入角色的示意，就蹑手蹑足退出屋子。当时刚好8点整。

果然，耳机里一阵哗哗啦啦的响动，屏幕上就映出又一个真真切切的大活人。那人大背头，宽额头，胖圆脸，慈眉善眼微笑着，好像朝他点了一下头，耳机里就响起哇啦哇啦的问话："通通你的姓名、籍贯、学历、学位、学术造诣情况。"

金浩瀚突然紧张起来，"啊，好的，我叫金浩瀚，现在正专科修本科，学位……马上就是学士了……"这些难堪的问题搞得老金芒刺满背，不撒撒谎不行，可面对那么威严的亚洲学者国学大师，怎么好意思撒谎呢？谎是撒了，又寻思人家一定看出来了……不知咋的，全身就热烘烘的冒热汗了。

大师好像并没计较，点了点头，就开始正式提问题了。

"《无需护官符的原因——官员直接产生于官僚族系》这个命题是怎么产生的？"

"啊，这啊，这是我好久好久以前的思想了，自从废除科举制以后，中国官场几乎就又退回到魏晋南北朝时代的门阀垄断了，官员都是从官僚体系中直接提拔的，从婴儿起就诞生在保护伞里，谁都知道谁，哪还用得着什么护官符呢？这想法早就要写一写了，但一拖再拖一直没写，一直拖到去年的一天，想道：写吧，不能再拖了，就写了。"

"这样看来是你写的了？"

"这，这啊，这一点问题都没有的，绝对是我金浩瀚写的，"金浩瀚显然有些着急，生怕对方一旦不信可怎么办，"要么，我，我给你老看看我的原稿，我的原稿还是用笔一字一字写的呢……"

"那倒是没必要，那么可以基本认定是你写的了？"

"基本认定？先生，这绝对没问题的，绝对是我写的，你们可以派人来泽西教院调查的。"金浩瀚焦急得有些失态了。

"原稿就不看了，那你把文章内容复述一遍，行吗？"

"行的行的。"自己写的自己复说那还不是张嘴就来吗？可真要复述了，满脑袋却是一团乱麻不知从哪说起，一下子怎么也概括不出个简要的介绍来……尊敬的老先生啊，这是理论文章啊，这不是引车卖浆者流们的小说啊，可以理出个故事梗概来啊，"啊，这……"金浩瀚擦了脸上和脑袋上的汗，使劲地在一片空白的脑子里打捞侥幸残留的词句……嗯，是这样的，我的论点是批判中国封建官僚体制的，科举制虽然落后，但是要想真正融入官僚体系，还得科举取士的准入证呢。而中举的人进入陌生领域，要想混下去，就得有护官符。至于后来无需护官符的原因……啊，也许我解说得不够明白，但我的文章里论证得很严密的，你要知道写和说不是一回事的。金浩翰东一句西一句地拼凑着，自己写过的东西，咋么自己咋也说不好呢？

20多分钟的时间空白，总算给填充满了，只是听上去结结巴巴、语无伦次，没有个整体构架，像一堆旧房子上拆下来的破损建筑材料。老先生要是凭此断定老金是个剽窃者，那，那，那可如何是好啊？

“完了吗？”

“啊，写绝对是我写的，可隔了这么久，有些记不清了。”

“那好吧，答辩就到此了，嗯，是这样的，结果怎么样，我说了也不算的，答辩过程都录像录音了，我们还得上评委会研究研究，到时候会通知你的，好了，再见。”

“那我……大概多长时间就知道结果了？”

“这我也不大清楚，我们只是人家亚洲汉学会聘请的评委会成员，其它都得学会方面定呢，好了，祝你事业有成，再见。”

视频已是一片灰黑，金浩瀚怔在那里。突然疯了一样两手交替地在脑袋上捶打起来：“你他妈的白痴、傻蛋、大废物一个啊！”

金浩瀚遭受了自从进入泽西教院以来最沉重的精神打击，见人就叨叨，唉，眼看人家亚洲方面就认为文章水平不像是来自泽西这档水准地方的，偏偏又叫咱说砸了，你说气死人气不死人？咋就晓不得把原稿好好复习复习呢？好端端的机会，生生叫自己给葬送了。唉，天生没有出人头地的命。何玲听了，就安慰他说，砸锅就砸锅了吧，安安分分地活多好，飞起来也还得落在地下呢，扬起的谷子飘在天上的都是皮皮壳壳，把你搁架在云里雾里，别人看你高高在上的，其实呢，过得一点也不踏实。金浩瀚听得出，何玲这家伙不光是在拉后腿，还有点幸灾乐祸哪！

这结果他本打算不告诉乔思思的，但是积压了几天就耐不住了，拿捏着一副从高端放逐民间的苦楚，慎重其事地倾诉给乔思思。乔思思安慰说，咱当初就说的是试一试嘛，失败就失败了嘛。你想啊，亚洲的奖，哪能轮得上咱这些草木之人呢？

乔思思句句话说得都好，就最后这句“草木之人”实在是刺耳，你说说，自己写都写了，按程度本来已经不再是草木之人行列的人了呀！

周尚文突然想送门若娜一件东西，而且，这个想法越来越强烈，而且，立刻就想付诸行动。人家送孩子的那个MP3，后来打听了一下，就300多元钱呢。这事儿一直在心里悬搁了很久，也想不出一个妥当的回报方式。对嘛，按照来而不往非礼也的古训，回赠一件礼品，不是合情合理的事吗？

那么，送个什么呢？送衣服吧，自己是门外汉；送饰品吧，连最便宜的价格都把个周尚文吓得撕嘴咋舌。想来想去，周尚文决定送姑娘一本书，这不但是自己最熟悉的领域，而且那价钱也可以让他可以承受得起。

周尚文在包袱里狠狠捏出 3 张百元大钞，兴冲冲直抵泽西市最大的书市。他原本想送她一套杜拉斯的小说的，可临了一看，主意就变了。那全用文字堆积起来的一大摞书，让她劳神费眼的往完看，又觉有点太残酷了，那么送她哪一类书合适呢？一本时装书精美的封面一下子吸引住了周尚文……啊呀，那封面照片活生生就是她啊！那发型，那脸型，那灵气四溢的眼神，那窈窕性感的体型……是的，是的，就是她啊！但是，周尚文的推断马上就被扉页上的封面人物名字给否定掉了，原来那是一位中国的当红名模。

但是周尚文还是果断地买下了那本书，总归此类书对于她做平面模特业务会有所帮助的。

买好书，周尚文就坐在书店的小凳上如饥似渴地看起来，看着，看着，周尚文脑袋里灵光一闪，奔出一个想法：小门她要是也穿上这样的一件衣服，那不活脱脱就是这位封面女郎吗？那不就可以荣登此类书刊封面了吗？那样的话，回赠方略不就更加完善完美了吗？

周尚文一口气跑到一个杭派丝绸店。去年年底买衣服时，栗晓慧曾经望着那模特身上的小旗袍流连忘返，还说等春暖花开后一定要买一件穿的。其实，周尚文心里明白，栗晓慧那是在启发他逢春时节送她那件衣服呢。

周尚文又比照了一下，进一步确定封面女郎穿的就是这样的小旗袍。望着丝绸店里那个穿雪青碎花短旗袍的模特，周尚文胸中腾起强烈的观赏欲望，他迫切地想看到门若娜穿上这小旗袍后又将产生怎样的质变与飞跃。

周尚文慷慨掏出 280 元钱，哗啦哗啦点给售货员，提了包装袋走出丝绸店。

奇怪的是，周尚文不但没有像以往任何一次花了钱以后很久地懊恼后悔，甚至心情舒畅得仿佛有点像华老栓得了人血馒头似的，跨步也高远了，老脸也格外的泛红，连上了公共汽车嘴里还哼哼着调调欢欣了一路哩。

接下来的几天里，周尚文就很专一地考虑咋么送出去的问题了。这问题的确是个问题，好多天苦思冥想的所有借口，都经不起琢磨，经不起追究，连自个儿想着都脸红呢。咋么办呢？

周尚文的问题还没有思考成熟，宿舍里就接到王天翔的电话，说是他媳妇死了。

宿舍里的人都震了，喉咙眼都哽了一块。冯格代表班里前往吊念，班里同学都积极张罗买了挽幛、花圈等吊唁物事。308 宿舍的舍友们还每人另写了 200 元钱的葬礼，并选派了代表跟随班长冯格前往送葬，舍民们隆重推荐了韩向东和周尚文。

周尚文欣然接受了使命，立即准备第二天一早启程。尚未送出的礼物只得暂先藏匿。周尚文把那件旗袍的包装袋外面包了几层报纸，深深地压在提包最底层，上面塞满衣服，还把提包牢牢固固上了一把锁。

27

空荡荡的床铺，把宿舍渲染得愈发凄清冷落。金浩瀚肚子里本来还有很多个新颖的命题在那里排队等候发落，自从受了亚洲方面的挫折以后，也有些一蹶不振了。没有个事业胡乱追求着，本来可以浓墨重彩的人生，像被雨水冲涮了刚刚彩绘过的墙壁，成了一塌糊涂的一片。屋里又是这样的死水一潭，这样的平庸浅薄的史大可，这样的寡淡无味的李三儿。

去他妈的吧，开始堕落，正式堕落，此时不堕落更待何时？金浩翰也不回避屋里两位枯燥乏味的家伙，拿起电话就呼何玲，呼罢何玲就刷牙，刷罢牙就阖门而去，把个眼巴巴等着与老金交流女人问题的史大可活活扔在冰窟里。

史大可越来越发现老知己金浩翰果真是和他疏远了。好像就是自从涂抹了那篇狗屁文章以后，那颗脑袋就翘到天上了。吹牛拍马的时候总是直视着上铺的周尚文们，明目张胆把他史大可排斥在余光外。现在上铺的老家伙都不在了，金浩瀚这破喇叭就也没电了似的没声儿了。这不是明摆着不拿人当人吗？他妈的，你以为你金浩瀚是什么高尚家伙？放着老知己你不来促膝谈心，光管自己约了女人解除性饥渴，眠花宿柳夜不归宿，你什么东西啊？

这一夜，史大可好难熬。越是没个说话处，肚子里反倒憋的话越多。翻身坐起来躺下，躺下又坐起，昏黄黄的灯光下，左看右看，除了灰蒙蒙的空床就是个李三儿。李三儿就李三儿，李三儿也得想方设法说说话的。窝着满肚子被知己遗弃的恼火，拿出提包里最好的烟，试探性地跨过了“三八线”，款款攀上了孤岛一样的卧榻，并将双脚亲切地伸进了李三儿脏腻腻的被卷里。

李三儿动了动，没抵触。

史大可勇气又提升了一点儿：“来，吸根好烟。”

李三儿大约正在发烟瘾，迷迷瞪瞪坐起，刁起烟就“呲呲”地吸起来。

但史大可牢记王天翔吃那一鼻子灰的教训，老半天只是频频地提供烟卷的延续燃烧，想不起个合适的话头来。

史大可问：“瞌睡不瞌睡？”

李三儿说：“睡了一天了，还瞌睡个球？”

史大可问：“想不想喝酒？”

李三儿说：“酒在哪？”

史大可急忙到学校小卖部里买回两瓶玻璃瓶汾酒，几根火腿肠，几袋花生米。他先打开一瓶，平均倒在两个喝水杯里，说：“咱十口喝完，不能捣鬼啊。”

李三儿说：“行！”一仰头就灌下少半杯。

史大可不甘示弱，也猛喝一口，比了比杯子，还不够水平，只得再补了一小口。

二人连碰三大口，杯里的酒就差不多下到一少半。史大可脑袋已有些热烘烘的。晕糊糊的眼光里，李三儿喝了酒的样子看上去，红扑扑的很和善，就说："其实呢，我早就想跟你说道说道呢，可是你呢，老是那么深沉着。"

"唉——"李三儿这声"唉"拖得更悠长，"来，喝！"

这一口又下了一大截，史大可越发飘飘悠悠的想说话："唉，人啊，谁没个苦衷呢？有啥你跟大家说道说道，老一个人闷在肚子里，时间长了会闷出病来的。"

"唉，告谁呢，告你们？"

史大可点点头："啊，说道说道就心松了。"

李三儿乜斜一眼史大可："告你们顶个球用？"

史大可表示理解："是的，你兄弟我理解老哥你，有些事情是不能说道的。"

李三儿重重地在史大可肩膀上拍了一下："就冲你这句话，喝！"

史大可倏然感到心与心一下子走近了一大截，说："我就和他们说过嘛，少言寡语的人豪爽了更豪爽。"

李三儿说："少言寡语？狗才少言寡语呢，我年轻时，也是个烂嘴子。"

"唔，"史大可定定地看了看李三儿，李三儿好像更加和顺亲切了，就把话题向纵深处探寻，"是嫂子要跟你离婚？"

缭绕在同学们心头很久的悬念，一下子临近了揭晓的时刻，史大可有点着怕了，屋里的空气也好像一阵阵地凝结着……

李三儿又长叹一声，说："她狗日的，敢？"

"唔……"答案基本可以确定了。

"她怕我杀了她狗日的。"

"唔，是她要提的？"

"她狗日的敢？哼！"

"叫我也不能接受，好端端的离什么婚呢？"

"什么好端端的，咋说了半天了，还是好端端的，好端端的，这么不开窍。"

"那，那，那……那就是说嫂子她……她……她还有点情况？"

李三儿撇撇嘴，嫌史大可理解能力太差劲，不耐烦道："你瞧瞧你，咋你是这眼水呢，她那德行你又不是没见过，朝天躺在大街上，连狗也不会往她肚上爬！"

"唔，是嘛？"史大可愈发奇怪了，"那，那就是……就是……我说了你可不能恼啊……这种事情，不是她，那，那，那就是老哥你……"

李三儿一愣："我？我咋啦？我要是……我要是能好上人，早把她狗日的一脚踹了！"

"对嘛，这不还是老哥你看不起嫂子嘛？"

"哼，我看不起她，这世界上谁能看起她？我早就给她狗日的宣布了，只要世界上有男人看上她，她想跟谁好跟谁好，唤在我家炕上日得掉下大腿来，我还给她王八蛋请医生接骨补肾付赔偿金呢。哼!”

“啊，这……”史大可越听越糊涂了，“唉，与其这样……那……那你们……唉，中国人都这吧，巩固家庭第一，可以理解。”

第一瓶酒不经喝就底朝了天。第二瓶也转眼喝到快一半了。史大可使劲地定了定神，屋子仍在旋转，李三儿还在飘忽，自己也在晃悠。但史大可觉得自己一点都不醉，刚刚还在脑海里徘徊的问题，好像混浊的漩涡里浮起一块坚硬的木头，直直地戳开意识的堤坝，游移而固执地浮现在脑际……昏黄的光色里，晕晕乎乎地又看见那个倚门而站的靓女人……那个愈发撩人的问题一下子就蹦到嘴边：“嘿，三儿，有个问题，你老哥我……我……问错了，你可不要和你老哥见过啊。”

李三儿也显然喝多了，胳膊一挥，说：“说，有，有什么就，就说，咱弟兄们有啥不能说的，说。”

史大可顿了顿，却又突然来了个急刹车，把问题迂回到边沿枝节上：“你和咱班长是什么关系?”

“你问俺俩哪?铁哥们，虽不是一个县的，可师范是一个班，又是一个宿舍的。”

“唔，我说嘛。”

“他老冯要不是我，恐怕他早变成一堆干丧骨了。”

“啊，患难之交哪。”

“他在师范胃穿孔做手术，我给他输的血，那时候没血库，没有人跟他血型一样，他就死定了，他王八蛋又是日怪血型，恰恰还有个我也是日怪血型，你说说。”

史大可愣了愣：“你俩都是日怪血型?”

“什么血型叫不来了，A、B、C、D什么的。”

“还是命哪，没有你的话，你看看怕不怕?”

“命?说的对，是命。”

“命运还又把你俩弄在一个学校而且又在一个宿舍里。”

“唉，这都是他硬劝我来的。”

“是他叫你的?”

“要不是他拉扯，我才没寻思进个球的修呢，我主要是来躲她狗日的两年。”

“喔，可你俩平时一点也看不出是铁哥们，要不是……要……”史大可又想起那个露肚皮的靓女人和年底放假后的传闻……跳到嘴边的话却又把自己吓得震了一下，仓猝间，又急忙岔了话头，“不容易，有个无话不谈的哥们，不容易。”

“别看他常常一本正经，他王八蛋在我跟前?龟孙子!”

“看不出啊，看你俩不理不答的，谁能看出你俩是患难之交，无话不谈呢?”

“你说对了，俺俩是交心呢，哪像你们拉拉扯扯的，都是过过嘴皮子，糊弄糊弄面子。现在社会上流行的四种铁关系是，一起同过窗，一起扛过枪，一起分过赃，一起嫖过娼。”

“啊，”史大可又扎扎实实着了一愣，狠狠猛灌几口酒，迂回在嘴边的敏感话题，终于迸了出来：“那，那，那天那女人是什么人？”

李三儿也愣怔了一下：“那天？啊，你是说那女人……”

“啊！”史大可听见自己的心在突突地跳……

“那女人，那女人……你看着漂亮吗？”

“怎么说呢，还行吧。”

“什么叫还行，好，还是不好？”

“好，很性感的。”

“岂止是性感，整个儿专业水准。”

史大可惊得两眼大瞪，酒也醒了许多：“啊，是吗？”

“你要不要？”

“啊，这……”

“这球啊，要不要？你要，一个电话就来了，叫跟你睡一黑夜，咋样？”

“你，你说笑话呐……”

“说嘛，要不要嘛？看你平时咋咋呼呼的，原来也不是个干脆人……要不要嘛？你看看你……是倒是的，你媳妇倒是好媳妇，一看就是个贤惠人，可贤惠人玩那事不行，嘿，说说你媳妇吧，玩得好不好？”

“哈哈，你，你喝多了吧？”

“谁多了？狗才多了呢！叫你说说你媳妇，就是喝多了？说，说说嘛，你媳妇玩得好不好？”

“还，还行吧？”

“啊，”李三儿顿了顿，突然问，“那么你呢？你行不行？”

“我，我，我怎么说呢，也还行吧？”

“还行，是吧？啊，那你给我描绘描绘，怎样个感觉。”

“你，你喝多了，三儿。”

“描绘描绘嘛，怎样个感觉，咋你这么小家子气呢，看你平时削天砍地的，一到关键时候，咋就屁也逼不出一个了？”

“不是的，那，那事情可叫怎么描绘呢，人都差不多吧，我咋样，你也是咋样吧……”

李三儿突然双眉倒竖，恶毒地瞪住史大可。史大可吓得酒醒了一半，急忙点头陪笑，哼哼哈哈的且说且退，却见李三儿端起杯子，一仰脖子，少半杯酒咕噜噜全下了肚。接着又要夺史大可手里的杯子，才被史大可使劲夺下。

两人睡下不久，就听见李三儿的嘤嘤哭泣，时不时还间杂着悲声的号啕：“呕呕呕，啊哼哼哼哼，嗯哈啊，呕呕呕呕……”

时间已经后半夜了，李三儿的哭声还在时断时续地绵延着，听得人好好心酸，好好恐怖啊……

史大可梦里响起一阵敲门声，一激凌醒来，敲门声还在继续着。看了看顶头的空床，以为是彻夜未归的金浩瀚，就很恼火地深深闭了眼睛，准备重返睡梦里。敲门声却又响了，响得忐忐忑忑，还间杂有叫唤声，再一听，还是女人的声音。史大可急忙挪腾着下地开了门。门口站着的果然就是一位女同志。满屋子的酒气酸腐味直熏得她皱了眉眼："呀，什么味呀？好能睡呀，快晌午啦。"

史大可赶紧穿衣服，叠被子。

那女人刚进来，急忙又扭身往出退："呀，还没起床呀？"

史大可赶紧点头谦让："进来吧，进来吧，没事的，想你也是哪位嫂子，都是兄弟，没事的。"

那女人羞怯地进来："呀，好臭呀，猪圈一样咋住呢？"

史大可一边收拾屋子，一边答："啊，啊，你坐，你坐，昨晚喝了几杯……给你倒点水吧？呀呀，对不起，暖壶里都空了……你是哪位嫂子哪？"

"周尚文他上课去了？"那女人用提问代替了回答。

"啊，你是我周嫂子啊，你咋迟不来，早不来呢，恰恰瞅了个这时候来呢？"

"那他，他咋啦？"那女人担心地四面看看，从空着的床铺上认出了周尚文硕大的铺盖卷。

"我们宿舍一个同学的老婆死了，他代表我们送葬去了。"

"唔，是这啊，把我吓了一跳呢。"

"我尚文老哥稳当得多呢，是我们的良师益友，你就放心踏踏的吧。"

"男人们一离家，一离老婆，心就飞到半虚空了。"

"嫂子你这话说得倒是真理，但这话说的是像咱这一类人，说实在的，像咱这种人是不能叫老婆放心的，但我们尚文老哥可是正儿八经的大好人哪。"

"是吗？"周嫂子并没有因这些宽慰的话而放心。

史大可一边观测周嫂子，一边想，为什么她就是周尚文老婆呢？为什么周尚文老婆就不能是她呢？既然她已经是了周尚文老婆，那就说明前世后世所有因素都决定了她就该是周尚文老婆的。这样一想，眼前这个人就越看越像周尚文老婆，甚至还看出一点夫妻相，看出诸多共有的特质。史大可还看出那双觑觑的小眼睛里含着某种过人的敏锐与穿透力。他的拙劣奉承，弄不好反而会露出疑点的，甚至起了反作用的。

但她始终微笑着，微笑着吃完史大可给她打回来的饭，微笑着认真把家打扫了一遍。她偷偷指了指蒙头大睡的李三儿。史大可对她眨眨眼，摆摆脑袋。她立刻就明白了，大白天捂在臭被窝里睡觉的肯定是个日怪人。

所有来过的老婆像统一开过会似的，接下来就开始洗衣服。她把周尚文的床铺打开，臭气冲得她差点窒息死。肮脏是肮脏，但她并不嫌。她把被褥抱到楼下，重见了天日。把脏被罩脏床单脏枕巾一股脑儿按在脸盆里，然后就开始找脏衣服。她把床头的提包搬到空着的下铺上，用自己身上的钥匙开了锁。提包里的一团团皱巴巴的脏衣服都被抖出来，西装、夹克、裤子、衬衫……最后掉出一个报纸包……

这当儿，屋里只剩下一个蒙头大睡的李三儿，但她并没注意那个报纸包里是什么，她把那些脏东西按到脸盆里，加了洗衣粉浸泡着，而后坐在床沿歇了歇。这时候，她才顺手拿过那个报纸包，一层一层往开打……她先看见一本时装书，抿抿嘴想，想用一本时装书腐蚀得我接受你的流氓裤子？没门！把书狠狠抛一边，底下露出一个漂亮的塑料包装袋，她还是没在意，以为里面装的是钱。为了更保险，就再用包装盒之类的东西藏在里面的，这是很对的。但是钱也得看一看，还剩多少了，还得给留多少，心里总得有个数呀？伸手进了包装袋里，怎么里面是绵绵的，一往出拿，一块雪青色碎花绸面亮汪汪的直耀眼，一抖，原来是一件衣服……啊呀，还是一件如此瘦小短窄的花旗袍，一件标标准准的流氓衣服……

周尚文老婆一下子懵了，两眼发直，满脑袋轰隆隆地响，眼前的墙壁也旋转开了……啊，谁的？这，这，这是谁的？哪个流氓女人的？

恰好这时候，李三儿从被窝里坐起来，穿好上衣，恶狠狠瞪着她，示意他要穿裤子。而她却木头人一样愣着，没有觉察。

也不知过了多久，她发现屋里只剩下她一个人了，才将那瘦小旗袍按照原来的折痕折叠好，装进原来的包装袋里，包装袋上面放上那本时装书，然后用报纸一层层包起来，而后放回到提包里。

等金浩瀚、史大可回到宿舍时，周尚文老婆脸上已经挂出微笑了。她擦擦额头的汗，很利落地收拾起刚洗完的衣服，还把地上洒的水拖干净。

金浩瀚和史大可招待周嫂子刚刚吃完晚饭，门若娜和乔思思就进了宿舍里。

当时周尚文老婆正在冯格铺上坐着，刚刚擦了吃饭沁出的汗珠儿，就看见了进来的两个妖女人，一个露着全胳膊，一个还露着前胸脯和后脊背，呀，这是他同学？周尚文老婆警惕地皱皱眉。

金浩瀚介绍："这是我们班的班花，人称大美女和二美女，今晚负责招待嫂子就寝工作。嘿，你俩可要无微不至招待我周嫂子啊，一旦有不周到情况，老周大哥回来，拿你们是问！"

"没问题的，就让嫂子睡我的床铺吧。"乔思思说。

"睡我的床铺吧。"门若娜语气更肯定。

史大可继续嚷嚷："嫂子，你看看我周大哥在班里威信咋么样，啊？连嫂子来了，都是这么争着抢着要接待哪，哪像咱老婆来了，磕头作揖求人家，在人家铺上睡一黑夜，人家就是不答应嘛。"

金浩瀚调侃道："你这才是冤枉煞我两姊妹哪，你他妈的晚饭都吃不及，就急急慌慌到旅店登记去了，小别胜新婚的小媳妇，你舍得叫在女生宿舍守孤床睡冷铺啊？"

史大可说得更损："哎吔，和老婆登记，这很正常嘛，哪像有些人，老婆来了打发

在女生宿舍，老婆走了倒是彻夜不归，大家说这不是去登记旅店眠花宿柳，难道能睡在大街上啊?”

乔思思瞥一眼金浩瀚：“我说你们都算了败兴吧，叫嫂子看看你们这德行啊，回去更不放心咱周老师了呢。”

史大可说：“我周老哥，绝对叫嫂子百个放心，万个放心的。”

金浩瀚说：“唉，就是，我周大哥那一代人，你就是用八匹马拖也拖不下水去的。”

史大可说：“这话对，岂止是八匹马呢，拖拉机也不能把周老哥拖到那种地方去的。”

这俩张烂嘴子越嚷嚷，反而让周嫂子越疑惑，越提心吊胆了。身边是这样的妖女人，又是“登记”，又是“那种地方”，又是“彻夜不归”什么的……还有那件妖冶的流氓衣服……还有，为什么一来就一个劲为他打掩护？这不是此地无银三百两又是什么呢?

这黑夜，周尚文老婆咋也睡不着，被褥这样的香软柔绵，她却觉得如卧针毡，身子挨哪儿哪儿不舒服，明明是一股臭女人的骚腥味，像置身在腐朽没落香风毒雾的粪坑里。

周尚文老婆住了两天，做完了一位探夫妻子应该完成的所有事情，就向史大可、金浩翰告别说她该走了。金浩翰挽留她说周老哥快回来了，再等一两天吧。她说该做的都做完了，等他做甚呢，又不是没见过？听起来还很幽默，但起身走的那一刻，看上去总有点怅然怫然，又有点毅然决然的。史大可和金浩翰直向她乘坐的出租车招手招到拐弯处，往回返的时候揣测说，你看看，该办的事情没办成，把个人就弄得傻不愣登魂儿都没了。

周尚文老婆刚走。周尚文们就回来了。三个人脸上挂着疲劳，眼里还残留着悲切。从他们没完没了的叹惋絮叨中得知，他们几个都被送葬场面感染得流泪了。韩向东一句接一句悲叹，唉，喉咙眼噎的一疙瘩咋也散不开，那小媳妇到临死时还是一个劲嘱咐老道统快把同学们凑的钱还了，一个劲叮嘱王天翔找一个贤惠老婆，伺候老人抚养孩子。没有不夸奖的，没有不伤心流泪的。你说这老道统咋这么克妻命呢？周尚文叨叨的时候还带着哽咽，还说是好人一生平安呢，唉，好人命不长啊！你说这，好端端的人家，房子刚刚修起，那媳妇还死攒上钱准备明年装修呢，老道统一毕业，一上高级职称，你说，多好的人家，孩子又是好孩子，一直是班里第一名……

丧葬的悲情气氛还在进行着，金浩瀚、史大可就冷不丁拦腰插入有趣的喜剧情节，有关周嫂子性饥渴而来又空腹而去的有趣话题，早在喉咙里痒痒了。

他们也没看见上铺的嫂子她老公是咋样的震惊，咋样的如雷轰顶，就信口嚷嚷开了。他俩争着表功，他们是咋样咋样热情招待了嫂子，咋样咋样给嫂子端饭安排睡觉，但是无微不至的关怀还是没能留住嫂子。说也是的，嫂子千里寻夫，一路上早早就为床第之欢热好身了，来了却扑了个空，你说嫂子她该有多么失落啊！

这两家伙一人一句的嚷嚷个没完，周尚文却早是一脸煞白了。急慌慌打开行李卷，刚刚洗过的被褥里已是一片清香味。拿出钥匙开提包上的锁，手哆嗦得咋也对不准钥匙眼。提包里洗得干干净净的衣服，叠放得齐齐整整……周尚文心里大叫一声，啊呀，糟了！

当着奇怪地瞅着他的韩向东，周尚文不敢往外拿那包东西。但已经发现报纸包已经被人动过了，不仅折痕不是原来的，包裹的方法也不是他惯用的了。周尚文整个儿给吓懵了。

韩向东越看越觉得不对劲儿，就把吊塄瓜脑袋探过去表示关怀："你咋啦？是这两天受了暑热了吧？"

周尚文摆摆手："不是的，啊，啊，也许是的，实在不舒服呢。"

韩向东用手摸摸周尚文的额头："好像有点烧，赶紧吃药吧，是的，是中暑了，你把藿香正气丸和氟哌酸配上吃吧，保管你一吃就好了。听我的没错，来，我给你买去。"

韩向东立马就要为老弟兄奔走，周尚文才硬把他拉住，说他从来就不爱吃药，躺一躺就好了，没事的。

谁知周尚文这一躺不但没有躺好，还躺得果真发起烧来了。这可真真的应验了那句话：是病不是病，三天躺成病。周尚文的病情越躺越具备了真实性，连下床吃饭上厕所都有点气息奄奄的了。

第三天，周尚文老婆就来信了。

信的内容如下：

周尚文同志：

我去探望你，恰遇上你参加同学妻子葬礼去了。但你宿舍同学热情接待了我，我还受到你的那么漂亮的女同学的更热情的招待，可见你在同学们中混得多么吃香，多么滋润啊！

该洗的东西都洗好了，该铺展的也铺展好了，该叠放的也都叠放好了，我的责任也尽到了。我也就能做做这些凡人俗事，也没什么高雅情趣，我倒是想等你回来，可又想呢，等回来又能咋呢？比比你身边那些个时尚妖艳的女同学，看看我这身手，土得掉渣渣，俗得起皮皮呢，只能给你丢人败兴呢。咱那能适应了你们那里改革开放的气候呢。这我也就理解了你为什么给我买那样的过年裤子了。是的，就是你一正月絮絮叨叨的那些话，你是与时俱进呢，一日千里呢。可咱呢？原地踏步也踏不利索了，甚而至于还倒退呢，老寡妇照镜子呢，一天不如一天呢。差距肯定是越拉越大了，我也得赶紧做好我的思想准备呢，预防人家那一天说一声不要了，好歹也得盘算盘算我以后的路路该咋样走呢。

别的我就不说了，你心里明白就是了，我这人性子你知道，我要等你回来，淘起气来，丢人的也是你。不管你把我当人不当人，我还得顾及顾及你的面子呢。

人不是面团团，不能按照别人喜爱的模子换样样。人除了骨头架的，还有气撑的呢。那你就按着你心中的模子，不，已经定制好的模子换人吧！

我也是抱着孩子跑当铺，人不当人自当人呢，说这些作甚呢？

保重吧。

祝你越活越滋润。

孩子他妈

周尚文读完信，朝天躺在床上，瞪了半下午顶棚。也不知道下一步该咋么办。和自己担心的一样，那件旗袍果然酿下大患了，可以想见她当时气成什么样子了。无论那款式，那花色，那大小，都是她深恶痛绝的腐朽没落款式，加之那条裤子的教训，她是无论如何不会相信是给她买的了。那么，你不是给自己老婆买的又是给谁买的？怎么解释？怎么平息这场风波？写封回信编个理由解释？那只能是越描越黑，何况压根儿就想不出个唬弄的理由啊？不回信就这样耗着……那不是更加重她的疑心吗？

周尚文整整苦思闷想了两天，姑且拿出了一套方案，虽觉可信度还是不够牢靠，但也只得这样一试了。信则已，不信拉倒。她要是为此些些小事闹得就此决裂各奔东西，那他妈的倒也不是什么坏事情！

但这一方案的弊端是，降低了旗袍一事的保密度。周尚文得像一出闹剧的编导似的，按照自己的案头编排选择一名演员，与他倾情配合。想来想去，周尚文选中了为朋友两肋插刀的戴五狗。

周尚文把戴五狗叫到饭店，小菜小酒请了一顿。说他最近遇了件麻烦事，说他给相好的买了一件衣服，偏偏叫老婆发现了，得想办法糊弄糊弄。很简单，就说我是给谈恋爱的年轻人暂时保存几天就行了。但这事得弄圆情，弄不圆情她不信的。想来想去全班里就你小戴最靠实，咱班谁都知道你小戴是个为朋友两肋插刀的仗义人，这也不用你咋。很简单，我给我老婆写信就说我那件衣服是给小戴你保存的。可是光我说了怕她不信，还得附上当事人的证明材料。这就得麻烦你老弟了，很简单，我起上个草稿，麻烦你誊一誊就是了。周尚文说完后，眼巴巴看住戴五狗问："小戴，你说呢？"

戴五狗一拍胸膛说："就个这啊？啊呀呀，这还值得这么神神道道的啊！"

周尚文紧紧握住小戴的手，晃了大半天。

周尚文将自己写的信和戴五狗誊写的证明材料一并寄出，却怎么也等不来回信。是相信了他的搪塞？还是根本就不理他这一套，像鲁迅说的对待无耻者的最好办法就是无言呢？

管她呢，爱信不信。

28

焦克的第二篇论著又写不下去了。现在，他和沈菲伊已经进入了婚前的预热，两人同吃在一起，偶尔也同住在一起。具备了家庭的雏形，也就具备了家庭的一切纷扰。更使焦克心烦的是中文系要补一名系主任。原系主任也不知吝啬那点余热干什么，突然提出要提前 2 年退休了。那怕是再推迟 1 年，焦克对前程的所有铺垫差不多就可以相继搞定了。党员再有几个月就转正了，所代班级也以优异成绩毕业了，又一本论著也出版了，教授职称也评上了（一旦有了行政职衔就会影响职称评定的），他和沈菲伊的小家庭也组建完备了。最最主要的是在这期间，或许可以谋取到一个系里副职，到时候由副职升正职就水到渠成了。中文系的副主任还一直空缺着，而这个可设不可设的虚衔，又不十分引人注目，只要工作成绩突出，校领导或许就会作为给予你的奖励委任给你，何况在他接任中文一班班主任时，周校长和他谈话时就隐隐约约透露过这方面的意向呢？

现在，一切都乱了，预想中的目标就这样提前遭遇了，怎么办呢？

沈菲伊看焦克忧心忡忡的样子，说："学术上已经有了点眉目了，就老老实实写你的书不好吗？"

"不是你想得那么简单。"

"简单点有什么不好？你为什么老爱往复杂的圈子里凑热闹呢？"

"也许，等我们真正走进家庭，走进现实，你就不会再这么想了。"

"我一看学校那些所谓中层小吏们，就脑胀，就恶心！"

"这我也有同感，但是现实毕竟是现实。"

"我觉得，你的价值还是在学术方面。"

"在中国你一条腿走路是不行的，要在泽西教院站得住脚，学术要搞，行政职位也得有，否则的话……"

"你呀，你要一旦穿上仕途的红舞鞋，你就得在另一个舞台上一直狂跳到死的，在那个乱纷纷你方唱罢我登场的舞台上，你得像挤公共汽车的人一样削尖脑袋，夹扁身子为争得一席之地而丑态百出啊，那时候的你，不仅庸俗，还得腐败呢。"

焦克想了想："是的，哪个圈子也有哪个圈子的不正当竞争，你以为学术界就是一方净土吗？我那本书，说到底不就是自费印刷的吗？要真正在学术圈里立得住脚，谈何容易啊？"

沈菲伊扑闪扑闪长长的睫毛，没有说话。

"再说了，你替我设身处地想一想，老主任一退，剩下的就我们这茬人了，徐冉？胡海涛？方圆里？这些人什么水平你也知道，还老是那么牛哄哄的，那要是小人得志了？那你我可就窝囊死了。"

沈菲伊怔怔地摇摇头，又点点头，说："那，那你说怎么办呀？"

焦克有点焦急地说："抓住时间就抓住机遇了，这可含糊不得，听说胡海涛活动得很紧呢。"

"胡海涛人家市里组织部门有人，咱有谁呢？"

焦克接连吸了3支烟，还是没有想出一个可以靠得住的人来。沈菲伊也为不能在自己亲属里提供出一个得力人选而惭愧内疚。

但很快，焦克就从石江南那里得到重要信息，说是泽西市组织部李副部长和冯格是党校同学，而且是住同一宿舍，还说冯格提拔正科也是靠了这位李副部长的。希望的火苗像加了汽油一样，在焦克胸中一下子燃得很旺，焦克第一次感到代这个班，实在是幸运得很。

焦克立刻就找来冯格，说："你焦老师这个事儿只有靠你了，除了你，实在是没有别的门路，拜托你了。"

冯格看上去很有些难为，皱眉想了想说："李部长在我的事上的确费了不少心，我的事眼下还没着落，我再跟人家提要求，实在是有点张不开口，可你焦老师说了，学生只得尽力了。"

不可能的是不是都有可能变为可能？这个问题常常把周尚文激溢得想入非非，脸红心跳……但老家伙急于约见门若娜，绝没有把这想法向前推进一点点的意思。他必须把那小旗袍送出去，等不来老婆的信，他越担心老婆再来个突击检查可就完了。

在一个很宜人的黄昏，周尚文约出了门若娜，借口说回答上次的问题。门若娜眼睛一亮，等着周尚文作答。周尚文却说，要把揭晓答案仪式搞得慎重一点，就领门若娜到了街上一家小酒吧。

落座时，周尚文把腋下夹着的那个报纸包，偷偷掖在脊背和座椅靠背之间。

周尚文点酒点干果的作派已经很老道纯熟了，挺胸凸肚的还把翘起的二郎腿一上一下晃悠着，嘴里大咧咧吆喝："两杯'红粉佳人'，两个爆米花，两袋那个什么的奶油瓜子。"

"来，喝！"周尚文举起高脚杯。

"说啊。"门若娜焦急地等着答案。

"酒吧真是好地方，灯红酒绿的，一来这里，人和人距离就拉近了。"

"有感觉了吧？"

"有，有，有的。"

"记得那一次领你进酒吧时，看你诚惶诚恐的那样。"

"可不是呢，也不知这算是进步了，还是堕落了？"

周尚文偷偷摸了摸座椅上的报纸包："我现在敢大胆承认了，我有贾宝玉情结，泛爱主义，怜香惜玉。"

"这很正常嘛，周老师你快说答案吧。"

“啊呀，班里男生……”

“你该不会把你上次的答案重复一遍吧?”

“老实说呢，我把咱们班的男生反复在我脑子里过了几十遍了，得出的结论是，没有一个能配得过你的!”

“可他偏偏就是咱班的呀。”

周尚文皱了半天眉头，说：“除非你降格以求，以次充好了。”

门若娜好像有点生气道：“不，他是最好的。”

“当然了，情人眼里出西施，爱就应该是这样的，但旁观者清啊。”

“爱怎么可以相信旁观者呢，这可不像你周老师说的话。”

“咱们班任何一个人做了你的对象，都让我……都让我为你惋惜……都让我不放心……我毕竟是过来人了。”

“不，周老师，要单看爱情的履历表，我才算得上过来人呢，你尽管年龄比我大，但你的爱情经历不会有我的丰富的，你们那代人就知道找老婆，哪懂得什么爱情呢?”

周尚文一怔：“啊呀，经你这一说，我在这方面还真是小儿科呢。其实，我并没有想出答案，只是想和你坐坐，每次和你坐坐，总能使我衰老的心又年轻一次。”周尚文说着，一手偷偷摸了摸身后藏着的报纸包。

“我每次听你说话，都像变得睿智了呢。”

“啊!”周尚文的手偷偷伸进礼品袋，心就突突跳起来，“我，我那天在书店瞎转，看见一本时装书封面上的女郎，那活脱脱就是你。”

“时装书封面女郎，都是一些当红名模，哪能轮的上我们这些无名之辈啊。”

周尚文又狠狠灌下几杯啤酒，胆气更加一阵阵地壮起来，一下子就把那本时装书捧到门若娜面前：“你看嘛，你看这是不是就是你?”

“啊，你买上了?”门若娜接过时装书，仔细看了看封面，说，“你太高抬我了，我能有人家这风采啊?”

“有，有过之而无不及!”

门若娜努努嘴：“这是中国模视双栖明星于娜啊。”

“不管她是谁，你要是穿上她那衣服，就跟她没两样。”

门若娜好像抿嘴笑了笑，把时装书退还给周尚文。

周尚文说：“你别再给我了，我买它的目的就是为了让你看看是你不是你，现在它的使命已经完成了。”

门若娜把那本书搁在面前的饭桌上：“那谢谢了。”

“你要不要我就不管了，你不想要那你扔了也行，但我希望你要上，里面有些图片上的衣服你穿上更好看，就拿封面女郎这打扮吧，对你来说，太有参考价值了，你要穿上这身短旗袍，那你就更加超凡脱俗了……”周尚文一边说着，一只手已经触摸住那柔绵绵的面料了，勇气也鼓得足够了。一切都到火候上了，门若娜却伸过手来，使劲夺下周尚文的酒杯："周老师，你喝多了！"

周尚文一惊，愣愣地左右看看，冷静回想刚才是不是失态了。

周尚文觉得背上一阵发冷，睁了眼看时，发现一条灰色的路已在前面飘忽。周尚文趔趄了一下，发觉有人搀着他的胳膊，啊，是门若娜，是门若娜一直在搀扶着他的。

门若娜一直搀扶着周尚文走进学校大门才撒开手。分手时已是星光满天了。门若娜说："周老师，没事吧?"周尚文说："没，没事的。"

后半夜，周尚文一醒，立刻就想起了小旗袍，心里一急，就急慌慌地到处找起来，总算在床头乱堆的衣服里摸到那个报纸包，不光小旗袍在里面，连那本时装书也在里面了。

29

金浩瀚跟何玲如胶似漆了一段以后，就有点开始厌倦了。尤其是在旅店登记通宵的那一黑夜，算是让他彻彻底底看清了何玲的真面目。何玲纯粹就是一个性工具，完事以后连一分钟都不用，就鼾声如雷地睡得死猪一样了。而且那鼾声还很难听，开始是"呼噜噜噜……咯儿"，"呼噜噜噜……咯儿"响得你窒息憋闷，烦躁恼火。没办法，只得调整心态，强迫自己适应噪音，尽量使感知节律与那鼾声节奏相吻合，这样的不知过了多久以后，还真是在一片混响声中有些迷迷糊糊就要进入沉睡了。枕边的音调却突然起了变化，像电闪雷鸣迎来急风暴雨似的，一会儿"呼哧——，呼哧——"的如狂风大作；一会儿"咝咕——，咝咕——"的如钝锯锯木；一会儿又"吱——，吱——"的像幽谷鬼叫……那一黑夜没有一骨碌起来把她王八蛋掐死，全靠了老金的涵养了呢。

鼾声要多难听有多难听也就罢了，睡相还很难看，脸扭曲着，嘴巴圆张着，乍一看，就像一具死尸。加之做爱时忸怩磨擦和汗水的清洗，把人工伪造的面色统统褪落殆尽，又关闭了意识清醒时的扭捏作态，把个女人最真实的原型就这样赤裸裸地败露在凌晨的微光里了。

既然已经发现人家这么不经赏析，好聚好散也就算了。可就在这一夜以后的某一天，何玲突然提出要嫁给金浩瀚。这可把个老金给吓坏了。

何玲说："反正你得娶我，你不娶我就是不行。"

金浩瀚嘴巴张成空洞，呆了。

"你把人撩逗得时时分分都想你，一时一刻也离不开你了，自从跟你做了我就再也不想跟俺老公做了，现在你把我弄得我连看也不想看我老公一眼了，你说，你说这可叫咋办呀?"

"这，这太突然了，太突然了……"

"咋你还说太突然呢?做那事时你不是也说就跟我一个人好，说是一天也离不开我了嘛，我也是听你说了我才这样寻思的，我也是想了好多天好多天才作出决定的嘛！你当我跟你说这话容易呢，我家孩子可亲呢，我家房子你去看看是什么房子，怕你乡下人看了眼热煞呢，我家老公也不是太差到哪里，你说我作这决定容易呢？好几黑夜都睡不着觉呢！”

“你，你听我说，咱这样好不好，咱先不要来不来就破裂家庭嘛……实在说呢，咱就这么相好几天还行，真正要走到那一步，那，那，那实在是不容易的，不容易呀！”

“你看你，我原来可是安安分分守家恋夫的，俺就是要一辈子安安稳稳闹俺人家的，可都是你说得俺动了心的。又是家庭是人类的异化呀，又是中国人一辈子闹家庭，目的性一点也不明确呀，还说守家就是守着一堆物质，明明没有感情了，可还是要死守。你还说这是典型的中国式婚姻，维护了一堆物质，牺牲了个人幸福。想也是呢，就说俺老公吧，倒是看着也不丑，可就是咋看咋不打眼，哪像见了你就心跳呢？跟他办那事儿也是千篇一律的没一点点新鲜感，可就是还是要守着。维护没感情的婚姻就是瞎凑合，就是惰性，就是对自己不负责任。我也是越寻思你的话，越觉得有道理，我好不容易算是想通了，你倒好，反过来装痴作傻倒说什么太突然了？”

“你听我说，你先听我说嘛，你先不要动情绪，唉，咋说呢，人生道理是人生道理，说说可以，要是来个理论联系实际，那可就不是那么简单了……”

“我不管你说什么，我这人就这，定了就定了，撞到南墙不回头，你也不用再编上又一套人生道理来日哄我，我就要你一句话，什么时候跟你老婆离婚，给我个准时间，我这人说话算数的，肯定不会离在你后面的。”

“啊，这……”金浩瀚整个儿懵了。

“真是的，你又不是跟我说过一回，说你看也不想看你那婆姨，没女人味，不温柔，不性感，母夜叉，还有什么王熙凤、吴月娘。要说我对我家那口子，还没像你恶心她恶心到那程度呢。我都能舍得离了，你犹豫个鬼呀？”

“我，我，啊呀，你听我说嘛……”

“咋？觉得我不新鲜了是不是？”

“不是的，你听我给你说嘛……”

“不是觉得我不新鲜了那就好，其他都好说，你就是真觉得我不新鲜了也迟了，你当我是家什什你想用就用一用，不想用了一扔拉倒？哼哼，没门！我告你说，金浩瀚！”

金浩瀚只得勉强应允：“啊，那好吧，那我想想，行吧？我想想。”

何玲在金浩瀚嘴巴上狠狠亲了一口：“可以，磨拖几天是可以，但想推脱，没门！金浩瀚！”

这以后的好多天里，金浩瀚都是失魂落魄度日如年，天天下课后头也不敢抬，埋下脑袋就慌不迭地逃离教室，生怕一不小心遭遇何玲逼问的眼光。何玲这王八蛋敢情不光龌龊丑恶，而且还可恶可怕哪。想想？想想个球？简直就是越想越恶心！别说是和她结婚过日子了，连相处了的这段日子，都后悔得心都想掏出来呢！可是，拒绝又拒绝不得，给你在校园里撒泼闹腾起来可咋办哪？

30

不到一个礼拜时间，周尚文老婆就接连寄来三封信，措辞一封比一封激烈，火药味一封比一封浓烈，催他立刻回去办离婚。不过内容倒都很雷同，说既然那臭裤子是给龙春娥买的，那你现在珍藏的瘦小旗袍呢？又是给哪个妖精买的呢？还说是给别人保存的，告鬼信吗？怕再编成是给龙春娥买的不灵吗？龙春娥是装了一肚子气回来的，容忍了再容忍，宽慰了又宽慰。又想呢，明明人家有了人了，这可容忍个什么结果呢？年尽腊月的你在家里忙死忙活呢，人家才是挂上美人儿逛商店，压马路呢。人证物证都抓现行了，你还有什么说的呢？从今以后井水不犯河水，你走你的阳关道，我过我的独木桥就是了。

周尚文被这些信搞得一封比一封气愤，像受了三节火箭加速度的推动力似的，周尚文的恼火一个劲儿上窜出大气层窜上太空，忽然又开始向下跌落。大约像以往生气一样，被她的恶言恶语激得火冒三丈，有时甚至闹到拳脚相加，等火头过去了，就会顿生怜悯之心，就会觉得她凄惶可怜。懊悔愧疚得不行，可又转不过弯来；想认错赔不是，却又拉不下面子。表面上看似面目可憎狰狞恶毒，其实心里早是稀松得一滩烂泥了。

现在，3 封信就在枕边扔着，带着情绪的字迹还像骂街女人一样张狂着，周尚文却咋也恼怒不起来了，甚至比以往任何一次都觉得她是那么的孤独无助那么凄惶可怜……是不是该回去一趟？

回家干什么？给她低头哈腰？说软话下软蛋？切，信上周密细致的解释她都不信，直接和她磨牙弄舌，那不是诚心找气受吗？哼，不回！不回就是不回！

周尚文表面上犟着，心却乱得很厉害，饭吃不香，觉睡不好，神不守舍的样子还是被韩向东看出来了。周尚文只得把情况向唯一可以倾诉的老朋友细说一遍。韩向东一听就恼火了，大声斥责你他妈的在外面做了负心事，还不许人家说几句过头话？都面临人生最大烦心事了，还能在教室稳坐得住？赶快回，立即就回，回去低头认罪负荆请罪，给老婆低头不算低，能屈能伸大丈夫！自己弄下的缝隙还得你自己和上稀泥来抹平。你老东西扪心自问你亏心不亏心？给老婆下跪磕头捣蒜都不愧！你还有什么理由犟到底呢？咱玩儿是玩儿，跑偏是跑偏，就是现在流行的那句话，外面彩旗飘飘，家中红旗绝不倒。事不宜迟，刻不容缓，最迟明天就得回！

周尚文一下一下拧着脖颈嘀咕说，回？回去干啥？回去受她王八蛋的气？我不回，不回就是不回，她要咋？哼！可是第二天一大早，周尚文就急匆匆启程回家了。

周尚文在车上揣测一路，发愁一路。想像了种种见面后的尴尬与难堪，她会像案件调查组一样对所有的疑点细节追根究底？直问得他哑口无言老老实实伏法认罪？或者是一场持久的冷战不问吃不问喝不跟你说话？或者是根本不跟你白费口舌，干脆一刀两断办理离婚就是？

可是，当周尚文忐忐忑忑推开门进到屋里时，眼前的一幕把他吓了一跳。他像走进一幢破败的空屋子，旧衣服凌乱地堆着，灶具横七竖八扔着。灶火灰沓沓的好像很久没生了，锅碗也好久没洗了，锅台角搁着吃剩的半碗方便面，小勺儿歪斜地插在里面……啊，这，这，这是孩子吃过的？周尚文心里一酸，眼眶里浸出一层泪水。

龙春娥蒙头捂在被卷里，周尚文第一眼就看见了的。她一定也觉出有人走进来了，也知道走进来的是个什么东西了，要不她怎么会将自已拿捏得那么僵如铁石呢？

周尚文故意将呼吸搞得气哼哼的，他要让她听出他很气愤，很恶毒。他要给她来个下马威，要从气焰上压倒她。这样还有一个更明确的目的，就是用愤怒气息搞出一些动静，也好以此来惊动起她的反应。

可是周尚文气哼哼的深呼吸，没起了一丁点儿作用。鼻腔和气管都被使劲的出气吸气拉动得沙哑发干了，那被卷还是铁铸了似的一丝儿都没动了一动。周尚文朝被卷怒目而视了一顿，还是没反应，就一屁股跌坐在灰沓沓的沙发里，点上一支烟，狠狠地吸起来，“咝——呿——，咝——呿——”，听上去更愤怒，更狠毒！这样的一连吸了9根烟，事态还是一点儿进展都没有。换来的只是一次被卷的小小翻动，和一声悠长而悲痛欲绝的呻吟与叹息。

周尚文看了一下，实在是僵持不出个所以然了。孩子眼看就放学了，再看看那凝结在碗底的方便面，心里就一阵发酸。有什么办法呢？一切为了孩子，为了孩子一切就是了。周尚文硬用人工装填起来的满肚子气愤与恶毒，随着一口悠长气息的最后吁出，所有的思想武装也就彻底解除了。

周尚文缓缓站起来，开始收拾屋子，烧火做饭，还准备做顿好饭，给孩子美美改善改善。周尚文买回猪肉和豆腐。锅里已热腾腾地冒起热气了。锅里有了热气，屋子里也有了生气。周尚文专了心做饭，被卷里的老婆暂时忽略不计，一切等孩子回来开了饭再说。以往生了气以后，良好的表现往往可以使僵局化解一半。周尚文试探着再次捡起以往的经验，全身心投入在辛勤的劳作里。周尚文辛苦劳碌的样子，看上去还是很有点可怜巴巴的，很是能够感动人的。为了使经验凑效，周尚文还很夸张地加入一些表演的成份。眉眼温顺得一塌糊涂，腰身弯曲成一副老黄牛样子，还使劲地把眼角堆蹙起苦楚和伤感。厨艺进行得一丝不苟，额角挂下一道道汗珠。单看看这受苦受难的被压迫人民样儿，不感动了所有天下人才怪呢！

这时，一位女老师走了进来：“吆，周老师，你回来了？呀，你可是回来了，回来就好了呀。我可好是有第四节课呢，我家电饭锅里还焖着大米呢，下了课回家看了一下，才过来，周老师你回来就好了，那我就走了……”

一腔无名火嗖嗖蹿到周尚文脑门，喷发到眼珠。此刻的周尚文幸好低垂着头，专心瞪着炒瓢里“嘟嘟”泛泡的菜沫，要是一眼盯扫到那喋喋不休的嚼舌妇，不把她吓个半死才怪呢。这嚼舌妇就是去年腊月和栗晓慧买衣服时在商店里撞上的那女的。那三封信

上的雷同内容不是她搬弄的又是谁？

“这就好了，你回来了就好了，到底是周老师啊，一回来就给春娥姐做好吃的了。周老师，我龙老师是说气话呢，说是要催你回来离婚呢，你可别当真啊。你是男人家可别跟我春娥姐见过啊。我春娥姐是得病想亲人呢，才说气话呢……”

“病了？”周尚文停下搅拌的炒勺，吃了一惊。

“怎么，你还不知道？”

“什么病？”

“呀呀，你还不知道呢？春娥姐病得可厉害呢，一口气都没有了，全身软得往学校走还得歇好几歇呢，一夜一夜睡不着，医生说是大虚症。不过也不能怨你，就怨不在一起嘛。两口子不在一起可真不是个事儿呀……”

这时，床上被卷里发出瓮声瓮气的哽咽声：“我死我的，与人家有什么关系呢，等办了离婚，我死我的，让人家娶人家黄花闺女……”

“姐，你少说一句吧，周老师是不知道嘛，要是知道，早就回来伺侯你了……”

“我这又丑又老的黄脸婆，厮守在人家身边算个什么呢？又不摩登，又没情调，这不是成心叫人家恶心？干干脆脆死了倒也省事了，倒把人家解脱了，可你说这死不死活不活的，往什么时候拖累人家呀？什么也不用说了，离婚了就什么问题也解决了。”龙春娥哭诉着一骨碌坐起，突然就大放悲声哭号起来了，“……解决了，就……就……呕呕呕就……什么问题也解决了呀，啊呵呵呵，嗯哼哼哼哼……”

“春娥姐，春娥姐，你咋是这呢，眼看身子有病，咋还敢再生气，你不要哭，不要哭了，春娥姐……周老师他也难……”那位女老师一边劝说，一边也坐在床边陪着流眼泪。哭声又惊动来临近的几个同事，七嘴八舌才把龙春娥劝得止住哭声。周尚文死气活气没有开口，一副认罪伏法的样子，默默听取着老婆的委屈控诉。

哭声止住，规劝的同事就可以乘势撤退。恰好，孩子又放学回来。有一位德高望重的老师且走且劝地说：“你看孩子多亲呢，这孩子可是懂事呢，见他妈病在床上不能做饭，也不哭也不闹，悄悄地冲上方便面吃了，就悄悄地上学了。你看孩凄惶的，还闹别扭生气呢？春娥你也不要再闹了，风言风语听不得的。周老师这不是回来了，回来就好了，你看这家也给你收拾好了，饭也做好了，还费心耗手的给你炒了这么好的菜。吆吆，周老师还有这一手呢，五颜六色的还怪香美呢！这就对了，好好表现表现，好好给春娥看病，再不许鬼吵鳖闹了啊，赶紧招呼孩子吃饭哇，我们走了再吵可不行啊！”

周尚文满脸感激地把劝架的人送走，开始了尴尬的殷勤服务。他把 4 个菜碟端上茶儿，分发出 3 双筷子。先给孩子盛了饭，第二碗饭也上了茶儿，并且也恭恭敬敬地搁上筷子，第三碗饭的数量质量明显最低，搁在自己面前，以表示要亲手把幸福奉献给老婆孩子，自己甘居家庭最底层劳苦人民，俯首甘为默默奉献的老黄牛。

孩子显然闻着饭菜的香味，但他看了看有点陌生的爸爸，又看了看窝在床上的妈妈。懂事的孩子是在等待大人一起就餐。

周尚文先低声对孩子说："俺孩先吃吧。"

孩子还是没有动筷子的意思，低声叫了一声："妈，吃饭吧。"

周尚文抓住良机，紧随着孩子的尾声，向老婆发出第一声呼唤："凉啦，吃吧！"

孩子也跟着喊："妈，吃饭吧。"

"俺孩吃吧，猪肉菜不敢冷了吃。"龙春娥虽是劝孩子快吃饭，但这等于对周尚文的操劳成果和竭忠尽孝露出接纳的苗头，是不是也表示了向负心汉的让步与妥协态度？

龙春娥虽看不出要吃饭的意向，但她毕竟哼哼唧唧的准备下床了。周尚文一眼看出她是要小便，急忙把便盆双手捧到适合位置，同时硬邦邦地说了一句话："就在家里吧，上厕所再感冒了怎么办？"

龙春娥想拒绝周尚文的服侍，但虚弱的身子难以使她的斗争坚持到底。加之好多天没吃一顿可口饭菜了，饥饿的人很难抵挡饭香的诱惑；加之周尚文的强制执行，愤慨的僵持就顺势儿转化成扭捏，扭捏当然是要扭捏到底的，但饭是总得吃的，斗争形势还没有发展到需要绝食的程度。龙春娥先进行了排泄，而后就在周尚文的强制和孩子的呼唤下，颤颤巍巍地进入餐区，并且很不情愿地接过了筷子。但她还是找了个很好的介入方式，她要让周尚文明白她主要是来招呼孩子夹菜的。龙春娥一边把盘中醒目的好菜夹到孩子碗里，一边气哼哼唠叨："俺孩吃吧，吃了好好上学去，妈妈下午去民政局办理一个手续，以后妈妈给俺孩做饭，啊！"

孩子好像并不理会妈妈的唠叨："妈，你吃你的吧。"

龙春娥勉强夹了一小口菜噙入唇间，算是正式吸纳了周尚文的劳碌结晶，恶劣气氛也从这一刻开始有所缓解。

那小旗袍的落脚点问题，像连接两人关系红线上的一个薄弱环节，一碰就会断裂似的。龙春娥好多天没有问及，信上絮烦的内容暂时也没再提起。眼下，治病是首要任务。龙春娥的身体情况急需治疗，周尚文也需要一个竭忠尽孝的奉献机会，这也正好使两人僵局有了一个缓冲的过程。

看上去，周尚文是真真的为老婆的病情着急，也许王天翔老婆的结局提高了他的警惕，生命是多么的脆弱，无常是咋样的随时都可能降临啊！他关怀备至地将病人从出租车搀上搀下，搀扶着经过了一个又一个病检科室。医生说需要做的检查他说做，医生建议没必要做的检查他也要坚决做。心脑电图、内窥镜、彩超、CT……就县医院有的那些玩意儿，一个个挨着折腾。王天翔老婆就是因为嫌检查太贵耽搁了的，王天翔出丧了老婆的凄凉景象他也亲眼目睹了。只要有人在，钱算他娘的什么呀？

县医院检查的结果是没有器质性病变，说是可能是神经衰弱、神经官能症什么的。可能？什么叫可能？一个人的生命怎么能用可能这样的词来糊弄？将如在如此含糊的判断里一旦含有万一情况怎么办？周尚文当下就表态说："这是什么狗屁医院呀，简直是他妈的屠宰场！走走走，咱到省城大医院。"龙春娥推委说："不去不去的，我算甚人呢，还值得到大医院糟践钱呢。”周尚文就恶着脸呵斥：“人贵重还是钱贵重？婆姨们就知道个钱，钱，钱，连买命都舍不得，还能舍得买什么呢。”龙春娥就嘀咕：“人贵重是贵重，那也看人家是甚人呢。”周尚文赶紧避开敏感话题：“要走咱明天就走，一时一刻也磨拖不得，孩子先托付给邻居。”龙春娥心里本来很热乎，可还要假装不情愿：“你是不打算闹这个人家了，可我还要和俺孩儿活呢，省城我是不去的。”周尚文知道龙春娥是在扭捏，不再说话了。

周尚文给焦克写了一封续假信，就领着老婆上了省城。在省人民医院直接就挂号到神经科，神经科确诊的结果是植物神经紊乱，和县医院所说的差不多。确定了没有要命的真病，周尚文松了一口气。但医生说，这种病吃药的效果并不好，最主要是靠调理情绪，尤其不能生气，不能受刺激。值班的大夫问了一下经济情况，就强烈建议他们到省人民医院附属的神经科疗养院住院治疗。周尚文当下就拍板定了主意，打了出租车就直奔郊区神经科疗养院。

龙春娥嘟囔了一路，说这是瞎糟蹋钱呢，说周尚文明明白白是不打算闹这个家了，要离婚也得把这些年的积蓄都糟蹋完钱才死心呢。可看得出来龙春娥内心里还是高兴的。

那个疗养院像个环境优美的小公园，亭台楼阁，林荫绿草，小桥流水，曲径通幽。第二天一早起来在园中溜达一圈，病情就减轻了一半。一个礼拜以后，龙春娥就说好多了，执意要回。但周尚文又给予否决。龙春娥就当真生气了似的埋怨，两个人一天就200多元块，你是真真的要拆毁这个家了。周尚文大着胆子很男人地训斥：“你给我安安的住着，真正要得上一个倒霉病，几万几万白白扔了，病还好不了呢，多听听心理医生的开导，多参加参加院里组织的娱乐活动，开阔开阔脑筋，扎养扎养身子，什么时候该回，人家院里会通知的。”

后来的几天里，龙春娥老看见周尚文时不时的就呆住了，就叨叨说，人心是不能二用的，你身子是在这里陪侍我龙春娥呢，其实呢，心早不知道飞到哪一国了呢？周尚文解释说，才和宿舍的人打了电话，说这几天正期末考试呢，说是缺考了要惩治呢。龙春娥半信半疑地撇撇嘴。过了一会儿，龙春娥又试探着触动敏感话题，你看我说啥了嘛，咱要在泽西，又能看病，你又不耽误上课，可就是要来省城呢。

在疗养院一直住了48天，龙春娥脸色红绯绯的像换了一个人。不仅身体好了，思想观念也在城市病友们的种种说法中，产生了不小的变化。最明显的一点是初步接受了牛仔裤。那得感谢那位很要好的同室病友潜移默化的作用。那位病友虽然和龙春娥年龄相差不多，可人家打扮得就跟年轻人没什么两样。那天，那位病友正好穿着牛仔裤和韩版短袖衫，龙春娥就露出羡慕的目光说：“你咋就穿上什么也好看呢？”周尚文看在眼里，听在心里，当下就到商场买回同样的牛仔裤和韩版短袖衫，龙春娥就在病友们的说服劝导和强烈攻势下，很不情愿地穿了起来，病室里立刻就是一片掌声。穿起来也就穿起来了，她虽一个劲叨叨说咱就不是穿这种衣裳的人，但病友们几句话就把她说服了。

说都是你自己束缚自己呢，你现在穿上这衣服了，不也就成了穿这衣服的人了？没多大一会儿，大约就感觉出时尚衣服的美感了，时不时的还偷偷垂眼看看自己的腿。对自己眼底很顺溜的双腿也十分珍惜了，或坐或蹲都舍不得打弯儿。

出了院，周尚文又陪着龙春娥转了一天商店，买了一身虽不很时尚，但也不古板的休闲装，还给孩子买了衣服和吃的，第二天高高兴兴踏上回家的路。

这天，已经是泽西教院放暑假以后的第十六天了。周尚文勤勤恳恳地陪伴老婆渡过一个尽管心里藏掖着艾艾怨怨，但又不乏恩恩爱爱的假期。有几次高兴的时候，龙春娥就旁敲侧击地谈到"购买衣服"的问题，周尚文就告诫老婆："你也太高看你汉了，你对你汉我是情人眼里出西施。在城市里，像我这背锅邋遢土哩巴叽的德行，谁看得上呀？咱这样说吧，我所有的解释要是有一丁点假，那叫我下学期开学，就死在上学路上。"龙春娥慌不迭就过来捂他的嘴，一边惊呼："烂嘴，烂嘴！"

31

王天翔返校时，已经是开学后的第三周了。丧妻后的凄凉还残存在老黄脸上。温馨的小家一下就衰落成了一所灰塌塌的空房子。孩子还在上小学，他咋能扔下孩子光管自己逍遥自在来求学呢？白天谁给孩子做饭？黑夜谁与孩子相伴？把孩子托附给年老多病的爷爷奶奶，又不放心。

走进久违的宿舍，王天翔感觉恍如隔世。肥硕硕的被卷使他哀伤，洗得干干净净的床单衣服让他落泪，舍友们同情的语气与目光更让他觉得自己实在是悽惶。拿出廉价的烟抖抖瑟瑟分散给宿舍所有的人，算是对大家同情与关怀的回报。舍友们一边吸着烟，一边陪上几声安慰与叹息。他就愈发认为自己是世界上最不幸的人了，一声似叹息又酷似哭号的声音就由衷发出："唉！别人都好好的，就我，就我……人生三大不幸，咋就偏偏把一大不幸落我王天翔头上呢！中年丧妻，中年丧妻呀，唉，唉——"

王天翔依照老婆的嘱托，把钱统统还给同学们。还钱时，一边说着千恩万谢的话，一边一声接一声叹气："唉！唉！你看你们都好好的，就我，你说这人生一大不幸咋就……唉——"

周尚文劝他："老是唉声叹气的也不是个事儿，人死也死了，活着的人还得好好活呢。"

王天翔一听就黯然神伤："唉，这还咋好好活呢？里不是里，外不是外的，咋好好活呢？站着说话不腰疼呀！"

"那也不能祥林嫂一样，见人就是叨叨那一句话吧？"

"唉！没落到你脑袋上呢……昨晚上梦见她了，梦见还是在医院看病呢，说是她的病治好了，脸红红的，老是笑，老是笑。唉，要命的鬼，我就是骂她糟践她，她也老是笑，你说她是不是来世上成心气我来了，成心叫我后半辈子落她亏欠……唉，唉！"

“我给你做个心理分析吧，你的哀伤叹气，与思念亡妻肯定有关系，但也不能排除里比多在起作用。”周尚文态度极诚恳。

“什么里比多?”

“三句并两句说吧，思念老婆肯定要影响情绪，但这种低落的情绪，也不能排除潜意识里还有个东西在困扰你的心情，说白了，就是性欲望。”

“啊，你倒能说得出口啊，我都这样了，你还拿我开玩笑。”

“这不是开玩笑，是正经话，我是看你伤心欲绝的样子，想帮你改变改变心情。”

“我，我可没顾得想这些……”

周尚文正和王天翔专心复习课文，准备补考，金浩瀚却硬把周尚文拉到一个僻静的地方，非要向他诉说诉说离婚进展情况。

周尚文惊问：“已经正式提出了?”

金浩瀚爽然道：“提出了，放暑假第三天就提出了。”

“啊，我看你又像今年正月那样，瞎嚷嚷一顿吧?”

“今年正月也不是瞎嚷嚷，没有那一次的前奏，也不会有这一次的进度的。”

“你老婆同意了?”

“还老婆老婆的呢，现在我一听人说她是我老婆，心里就烦。”

“已经办理手续了?”

“起码在我心里已将她休掉了。”

“啊，还是原地踏步嘛。你那老婆？要踹掉她，怕你没那么容易。”

“差矣，貌似强大的敌人都是纸老虎，第六天……嗯，是第六天，啪，我把写好的离婚起诉书往桌子上一摔，你猜咋？她王八蛋哭也哭不成个调调了。”

“你起诉法院了?”

“起诉法院了，和风细雨走民政局不行。我说，你离也得离，不离也得离，不顺情顺理地离，那咱就上法院，你再不答应，就分居，分居够两年，法院就可以判决离婚了，她王八蛋一听。切！能干呢？厉害呢？女强人呢？切！稀松邋遢纸老虎一个！”

“你可要明白，离婚事业恐怕比学术道路也艰难曲折啊!”

“就让祖国人民等着胜利的消息吧!”

“没有本事的人是离不了婚的。”

金浩瀚在周尚文肩膀上重重拍下一巴掌，说：“老周啊，你说，新世纪最大的好处是什么?”

周尚文皱皱眉：“新世纪最大的好处?”

“对，我看看你和新时代差距到底有多大吧。”

周尚文把脑袋歪左边想想，又歪在右边想想，还是想不出。

“不行了吧，老周大哥哎？那就听我给你说，新世纪最大的好处就是咱男人值钱女人不值钱，离婚男人更是香饽饽。”

32

一辆银光闪闪的本田车“哧溜”一声，在周尚文前方停下。一条修长而黑亮的美腿从打开的车门里顺然伸下……周尚文双眼一亮，心里就是一阵颤动……啊，是她。

周尚文的直感极其地准确：车里果然走下了风采绰约的门若娜。

门若娜穿着飘逸的短裙，超越膝盖的黑皮长靴，从校园甬道上走过，穿过一片惊羡的行人，穿过一片瞠视的眼睛……她走得步履匆匆，加快频率的步态看上去更是那么的富有弹性，那么的风采流动，那么的神韵飞扬……

跟随着门若娜走进教室，周尚文肌体里“嗖”地荡起一股从未有过的美感涌动与创作冲动：

啊！她穿着超长统的皮靴，穿着超短裙的小裙，披着秋阳，迎着金风，穿过惊羡的眼光的海洋，越过惊叹的飞沫的浓雾，从花丛映衬的甬道走过，从草坪间的曲径上走过……是的，她迈的不是标准的猫步，但她走得比模特更好看。模特们的步子太夸张太机械太矫揉造作，是专门扭捏给人看的。而她不是，她天生就是这样子的，是纯天然纯绿色的，她只是原汁原味地迈动着双腿，完成着必须走完的路段……就这，就很自然地具备了观赏价值，就很顺理成章地让每一个看到她的人赏心悦目心潮涌动。在将至的秋色里，在草芥般芸芸众生里，她是那样的超凡脱俗，那样的楚楚动人，那样的把灰黄的校园点缀得焕然增色，那样的使半死不活的人群黯然失色。看啊，她的栗色秀发是怎样的随风飘动，她的短裙是怎样的赋有动感节律……尤其，是她那穿着黑皮长靴的频频闪动的双腿……是长靴把她的双腿凸显得那样修长与俊美，还是她的双腿赋予了长靴灵气与优雅？长靴包装了双腿，又大大超越了腿型，它具备了腿的形状，却又比腿更完美，更无暇，更富于质感，更赋予诗意。它使纯天然的肢体超越了所有世俗的拙稚，使原本就俊俏的双腿更臻于艺术的完美，更充溢出性感的生动，更加勾人眼球勾魂摄魄。婷婷迈动的双腿又使得那超长的靴型顿生灵气，动感激溢，魅力四射……是的，最时尚最前卫的衣服不给她穿还能给谁穿啊？她要是不设法把自已装扮亮丽，那将是怎样的日月无辉，山河失色啊！那将是文明的倒退，人类的悲哀啊！国人将为之痛惜，世界也会为之痛心疾首啊……是的，她就是造物主专门为满足人类视觉而精心打造的一件工艺品，是上帝赐给芸芸众生的一道风景线，先天就注定了她的公众性，她绝不能沦落为任何个体私有，决不能的！正如那位哲人所说：世界上最大的悲剧，就是让所有男人牵肠挂肚的丽质尤物突然嫁人。

……

周尚文像中了邪似的，沙沙写着……赞美的话语像洪水决堤一样奔涌而出，一泻千里。写得两手发紧，脸庞发红；写得心脏加快，热血沸腾……

韩向东侧目看了看，发现这老家伙不像是在记笔记。当时，讲课的是胡海涛。他从开始上课到此刻，都没有讲一句正题话。他把近来郁积的满腹牢骚统统发泄给他的法定受众，这是他的话语权。他所喋喋不休的仍然是官场如何如何腐败那一套，他说得情绪很激动。他说官场昏庸，世事黑暗，像他那样关系不硬的好人，哪有出头之日。倒像他就是屈原、海瑞受了莫大委屈。听他那意思这个系主任的缺位顺理成章就应该是他接替，他的党龄最长，工龄最长，尤其从70年代泽西教院初创时期，他就在艰苦环境里奉献了，一直默默无闻苦干了这么多年，没功劳也有苦劳了，干椽子也该熬出油来了……

胡海涛既愤慨又委屈地讲说着，周尚文激情而发奋地书写着……

韩向东探头向王天翔挤挤眼，偏偏王天翔又在皱眉发怔，压根儿没发现他眼角传递过去的信息。韩向东见两边的人都在人模狗样地假装听课，就轻轻戳了一下前面的史大可。史大可扭后头来，顺着韩向东的眉目指引，就发现周尚文伏案奋笔的奇怪样子。史大可信手一抽，就把笔记本夺到手里。周尚文刚要伸手抢夺时，胡海涛的眼光就扫了过来。

周尚文一时冲动写下的这篇心迹斑斑的心理罪证就这样落在了“东厂”爪牙的手里了。

史大可看完，默默转给金浩瀚。金浩瀚看完后，感到可笑得不行，就伙同石江南、戴五狗奇文共欣赏，疑义相与析了半下午，文中所赞美的主人翁，当然是谁都一看就明白了，问题是咋样才能使这个美好故事的开局不至于在他们手中终止呢？

史大可主张在班里宣读。

金浩瀚摇摇头，觉得太没有创意。

石江南说，这样的好文章应该让全班同学共享，他负责打印发放。

金浩瀚还是不甚满意。

戴五狗一直不表态，他好像对如此有意思的事儿很漠然。

最后还是金浩瀚想出了好点子，他说班里这期黑板报该他组出了，正愁没内容呢，这不正是极好的稿子吗？

史大可、石江南拍手称绝，只有戴五狗憨着脸不大同意，认为这有些不大厚道。

周尚文的赞美诗刊登上黑板报时，加了个题目：《长靴与美腿》。

2001届中文一班黑板报底下又簇拥来熙熙攘攘的读者群。有大声朗读的，有低声嘀咕的，有认真转抄的，也有嘻嘻哈哈笑得弯了腰岔了气的……

当时，周尚文就夹杂在其间。他听王天翔说他的大作又上黑板报了，并没在意，以为是这之前写的那一篇稿子呢。急匆匆跑到黑板报近前一看，一下子就恼炸了。就忿忿地骂道，这是捉弄人，陷害人哪！但同时，他就看见门若娜向他瞟来的眼光……那眼光里分明隐含着几分赞许，几分感激啊。

紧接着，周尚文的判断就得到了确定，门若娜正从簇拥的人群向这边走了过来，一直走近了周尚文：“周老师，我哪有你写得那样好呢？”

“啊，这……我是写在笔记本上的，是他们掠夺去的。”

“管他呢，是文章就有一份社会责任嘛，才登了个黑板报上你就着怕了，要是登在刊物上那又该怎么对付呀？”

“那，那不一样的，刊物面对的是陌生读者，可这……你看看周围眼光……”周尚文被四周熟悉的和陌生的眼光刺得一截截往下萎缩，“咱走开这里吧。”

“没事的，我只想和你说，省里一家生活杂志要上我的照片，就是你写的我穿的那双靴子的照片，我看它校样上配的那篇短文还没你写的好呢，你要是同意，我就和编辑部商量，换上你这篇文章吧？”

周尚文几乎激动得忘了答话：“啊，那没问题，太没问题了……”

“那太好了，那我现在就开始抄了。”

“你抄？哪还用你抄啊，我要把它再精雕细刻得更精致一些，这太粗糙了，我马上就修改，千古文章未尽情啊，好多好多意思都没有表达出来呢！”

“那太谢谢你了，周老师，那你什么时候就写好了？”

“今晚 8 点 30 分吧，我到刺槐林等你。”

“那就麻烦你了，周老师。”

周尚文仓猝得连晚饭都吃不成了，其实距离 8 点还有差不多一个钟头呢，就心也颤抖，身子也哆嗦了。一份油花儿漂动的汤面，硬是强迫自己扒拉了不到一半，就擦了嘴巴，认真刷了牙齿，洗脸时香皂“吱嘎吱嘎”地抹了三四层，还换上和老婆在省城逛商场时买的乳白夹克衫。

秋月下的刺槐林幽静而温馨，依然是微风习习，依然是秋叶沙沙，有草虫在低鸣，有恋人在窃语。周尚文仰望天光舒舒坦坦吁一口气。他看了看手表，距离八点半还有半个小时。

周尚文看第七次表的时候，那边就出现了柔美的倩影。“嘎嗒，嘎嗒……”一阵靴跟敲击石子路面的脆响，一缕融心化骨的香气推近了周尚文的耳畔和鼻息。月色里，他看清了她的飘飘卷发，短裙长靴……

“周老师，我准时吧？”

“准时准时，我也是刚来。”

“给。”门若娜将一只手伸了过来。

周尚文仓惶将双手捧出，接过一个牛皮纸袋儿。

“破小卖部就这点葵花籽儿。”

“你，你看你，又破费……”

“破费？”门若娜笑道，“只可惜了这个词了呢。”

“告你怕你笑话呢，越是想写好，便越不会写了，锤炼打磨了一下午呢，还是觉得不咋满意。”

“肯定行了的，就像黑板报上那就足行了的。”

周尚文把那篇千锤百炼的赞美诗端端正正递向了门若娜。门若娜接了，装起，并没有立即走开的意思，而是边嗑着葵花籽，边向着石子路的那一端走去。周尚文附着在倩影的一侧，呈并肩状并列前行……

总算看到个空着的露天石凳，门若娜坐下来，周尚文也蹭着边儿将屁股挂在石凳棱角上。

“周老师，我来泽西教院，你对我关心太多了，真的，我太感激你了。”

“你又说见外话，我才应该感激你呢。”

“你感激我什么呀?”

“我，我心灵的细胞早休眠了，是来泽西教院才激活的，准确点说，是，是，是被你激活的。”

门若娜好像认真地想了想，皱眉说：“我啊？我只会给你添麻烦的。”

周尚文心跳得好快好快，身子哆嗦得好厉害好厉害。事情还会往那一步发展？难道不可能的真有可能……但是，这已经足够了。就这样并肩坐着，披着月光，嗑着葵花籽，低声咕哝着话儿，多有情调，多有诗意。足够是足够了，可是潜意识里，还是有一种不满足的感觉一阵比一阵剧烈，一种躁动的欲望一阵比一阵明朗化。老家伙狂妄地设想着一个大胆的举动——将她狠狠地拥抱一下子……

门若娜呢，好像说了许多许多的话。她说了自己在爱情上的几次失败遭遇，说到她热衷的平面模特事业，说到焦克对她的照顾关怀，说到沈菲伊时就有些忿忿的，大俗婆不是说了绝情话嘛，怎么又厚着脸皮主动找焦克认错了呢。她最后说，以后只要有刊物选登她的照片，配画的文章就让周老师来写……这些话有些是重复的内容，有些几乎是淡而无味的。可又是那么句句悦耳中听，句句倾心入肺。美人儿的话就应该是清水一样清澈透明，越是傻傻的淡淡的，越能显出诉说者的天真烂漫纯洁可人啊！让那些头脑狡猾思想复杂的精明女士们见他妈的鬼去吧！

她说着，他“啊，啊，啊”应允着，有时还很虚假地发出惊叹语气：“是吗?”“啧啧。”“啊呀，你看看!”

然而，她的话语来得太密集了，滔滔不绝的诉说，就像润物细无声的春雨一样，一丝丝地倾心入肺，将周尚文胸中升腾的冲动全给一点点地淋洗冲涮涤荡殆尽了。

在二人世界里，也许无声的空间更容易在萌发爱的壮举。

在互道“拜拜”的时候，门若娜又塞在周尚文衣袋里两盒中华烟，一边说写文章不容易，也没什么谢你的，顺便在小卖部买了两盒烟，不成敬意。周尚文还没反应过来，两盒烟已经硬鼓鼓地塞在衣兜里了。

周尚文又一阵久久的心旌摇动，爱的方式虽未能由静态升华到动态，但是周尚文认定，送出小旗袍的时机已经成熟了。

就在门若娜扭身走开的当儿，周尚文突然说：“小门，我，你，你看你又是MP3，

又给我烟，我，我也没个什么给你的，还是上次我给你看的那本时装书封面人物，我，我总想看你穿上那小旗袍是什么样子，就，就，就给你买了一件……就是仿照的那样子买的，你可不能说不要啊……也没别的意思，收了你的东西，总觉得过意不去，来而不往非礼也，要不，我心里一直不踏实的。"

静静的过了一会儿，门若娜说："那好吧。"

"那我……明晚我给你拿来，还在这。"

"好的，拜拜。"

33

据史大可和金浩瀚跟踪的情况回报，王天翔这几天活动神秘，常常偷偷摸摸跑到学校电话亭打电话，给谁打，舍友们相互挤挤眼睛，心照不宣。谁知接下来的事态就更把舍民们惊诧得不行了。

就在送出小旗袍的那晚上，周尚文告别了门若娜正激动得不能自已，脚步轻狂地在刺槐林间溜达的时候，就听到路旁的假山根发出李三儿熟悉的叹息声。在这样幽静的早秋月夜里，那声音听上去是那样的悲怆苍凉，那样的古怪凄绝。循声过去，就看见了时亮时息的烟头火星。乘着高涨的兴致，就冲着火星走了过去，并和罗锅着腰龟缩在假山根的李三儿并排坐在一起。

也许是李三儿还没对周尚文产生过太多的讨厌？当李三儿定睛看清不速之客是周尚文时，不但给他挪出坐暖了地盘，还主动地递过来一支烟。

周尚文顿时涌起一股莫名的感动，细细想来，李三儿还的确可以算是个很好的人，从来不关注别人的私事，更不随便传播闲话，任你咋样吃喝嫖赌堕落腐败得一塌糊涂，他都漠然以对不闻不问，对谁都造不成任何危害，谁能说这不是很好的人呢？

谈话的铺垫并不是很顺当，而李三儿却敞开了心怀。那些话甚至让周尚文听得猝不及防，无言以对。周尚文甚至有些发愁，这些话储存在肚子里既不能消化吸收，又不能分解排泄，只能让在肚子里窝着一天天地发霉腐烂消失殆尽。

李三儿肚子里的话也像是憋到了一个极限，到了非倾吐不可的时候了。随着烟头火星的明明灭灭，他的叙说也断断续续……

像李三儿老婆为什么敢肆无忌惮地给与老公同住一室的王天翔打电话此类事情，也就在这一时刻，才得到当事人的最详实解释。周尚文态度平和地"唔，唔"应允着，脑袋虔诚地频频地点着。李三儿就这样在周尚文的敬意里，让忠实的倾听者跟随着他的叙说，渐渐地走进了心灵密室的深处……啊，原来每一次王天翔咕咕哝哝的电话，他都知道那一端是他的老婆啊？可是他……他咋么能够木然漠然得那么无事人一样哪？渐渐地，周尚文刚刚产生的好感就肃然升级成一种由衷的钦佩了。

李三儿悠长地叹了一声气，宣告了叙说的终结。

朦胧的月色下，李三儿的脸色依然没有一点表情，如此触动灵魂的隐私公开，居然没有一丁点情感的波动，好像他倾吐的不是他自个儿的秘密，而是在读念一篇与之毫不相干的经文似的。

自始至终，周尚文紧盯着李三儿的脸，李三儿木然着，他也很崇敬地茫然着。他知道一点轻微的惊怪，都可能使李三儿警惕地摁下话语的按钮。其实，周尚文内心里早惊异得一塌糊涂了，他太想认认真真重新审视一番，这个默许自己老婆和人私通，却又自吞苦果而佯装一无所知的人是咋样一个怪家伙呀！

中文系以系搞讲座，由焦克牵头，这是不是荣升系主任的好前兆？2001 届中文一班的方阵里，一片窃窃私语。周尚文依据经验分析，认为有门。而冯格一向平板的脸上，已然挂起奔走有功者的傲慢。

就在这当儿，在学生方阵的边沿地带，周尚文看见了久违的栗晓慧……啊，她不是已经毕业了吗？咋么还在学校？周尚文奇怪地盯着栗晓慧，恰好就与栗晓慧久违的目光遭遇了。

讲座的开场程序也由焦克主持，冯处长属于坐阵领导，仅表示讲座级别规格以及领导重视程度，或者在最后作作重要讲话什么的。冯处长庄严地端坐正中位置，他的左侧是焦克，右侧是特邀来进行学术报告的日本汉学家江腾山由季女士。而中文系其他教授讲师则一律坐在学生阵营前排，相当于享受特殊待遇的听众。

不过大部分同学的关注点却不在焦克这边，一个三流成教大学系主任的荣升秘密，远没有冯处长右侧目标更具有新闻性和轰动性。首先，她是日本人，任你怎么看都是标标准准的日本人，皮肤白而透亮，眼睛小而深邃，还有被戏称为日本国籍的水泡泡单眼皮。其次，她怎么看怎么像个当代大学生，一身休闲装，一头黑色的披肩发，还有那腼腆微笑时的小酒窝，还有下意识的小动作。再其次，她这么一个小不点，怎么可能是个研究中国现代文学专家？研究赵树理专家？她那娇小的身子和壮实的焦克，恰好成对称地摆在冯处长两侧，刚好形成一组对比的并列关系。但最终要靠肚子里的真货，靠学术水准决定两边的比重的。同学们好奇的目光从右边平移到左边，再从左边平移到右边，像用来调整心灵天平的砝码，都想早早看到一个权衡的结果。更像内行的票友观赏偶像的演出，各自心里都竖着各自的标尺，都急切地要看看那娇小身子里到底能装载多少货色。

焦克的开场白也太长了。还是他上课时的那些话，还是土地革命不仅使农民翻身做主人，还带来了妇女解放、思想解放，带来新婚姻观的确立。还有“5·23 讲话”繁荣了解放区文艺云云。这些话中文系各级的同学都不知听了多少次考了多少次了，此刻再听当然就都表现出腻烦情绪。听众席里一片“嗡嗡嗡”声，有的还很夸张地伸懒腰打呵欠。但焦克还是异常耐心地沿着他准备好的讲稿发挥着。也许他是想让小日本看看中国学术有多厉害？也许是要提前给可能发生的异端邪说来个暗示性的思想定位？也许是要在气势上先给资本主义来个下马威？或者是想趁冯主任在场的难得机遇好好展示展示自己的学识水准？

由于焦克的开场白集中在赵树理的代表作《小二黑结婚》，江腾的讲座也顺接了这个话题。

江腾的讲话一出口就把场面给震了。“嗡嗡”声一下子就静悄悄的。

那小女人一口标准而流利的普通话。

小女人首先说她在赵树理家乡和小说生活基地住了一个多月，包括来回差旅费全部是自己掏腰包，从没有报销一说。你说这奇怪不奇怪？她有她任教的大学或科研机构，她那机构里难道没有项目经费？怎么能让一个弱女子为了科研任务承担此项开销？看来资本主义果然没他妈的一点人性啊！

小女人说她在小二黑故事发生的当地做调查，问那里的人小二黑生活的当时当地为什么叫解放区。那里的人说因为穷人分得土地了。

小女人说她又问，那么分得土地就是解放了？那里的人回答是。

小女人说她又问，那么妇女算不算也解放了。那里的人回答说当然是解放了呀，要是不解放婚姻怎么能自由呢？

小女人说她又问，既然是妇女解放了，那么妇女应不应该懂得人性解放，懂得热爱新生活？那里的人回答说那当然是了，婚姻自由了就是新生活了嘛。

小女人说她又问，既然解放了的妇女应该懂得新生活，那么三仙姑喜欢穿戴打扮算不算懂得和热爱新生活？为什么解放了的妇女对三仙姑积极向上的生活方式都那么嫉恶如仇？为什么送来解放的共产党的区长还带头讽刺挖苦三仙姑？

小女人最后的结论更离谱，她说她在赵树理故乡作了一个多月的调查才弄清楚，这里的人把解放仅仅理解为自己享有了利益再分配的好处，这让她大为吃惊。

小女人的讲话越讲越不着调，这首先吓坏了正襟危坐的冯处长。他像全身进了芒刺似的，开始蠕动个不停。冯处长侧目看看滔滔不绝的江腾，想制止又不敢，一怕失礼，二怕影响国际关系。不制止又觉作为坐阵的最大学政，有责任遏止异端邪说在学生中灌输。实在没办法，就扭头瞪住牵头人焦克。意思是看看你闯的这大乱子？焦克虽然也嗅出那边的讲述有些儿出格，但他却依然听得那么津津有味那么全神贯注。冯处长单单用眼光的锋芒难以把书呆子从迷途中唤醒，就气得一下一下地拧脑袋耸肩膀，一口一口地吁长气，好像要把接收的不良信息，像汽车尾气筒一样统统喷吐掉？还是想像无线电干扰台一样把外来电波搅和了？

江腾用很高亢的音调结束了讲话，听众席里爆发出久久的掌声。掌声是从 2001 届中文一班阵营里响起来的，带头的是金浩瀚和周尚文，但也就是在相差不到一秒钟的时间内，掌声就异手同声地响彻整个方阵了。冯处长想用恼火和怒视把掌声镇压下去，可是不行。他使劲努捏的凶恶表情，反而把掌声激起几次声浪的高峰。

焦克也许是太专心地听那边讲话了，也许是太在意自己首次主持全系讲座的规范作派了，端坐得连余光也没有向冯处长那边注意了一下。也许干脆就是个书呆子，不懂得处处分析领导眼色行事，更不懂得时时把握政治风向了？掌声响完，焦克就按着原来的安排进行下一个议程，由学生投递纸条提问。焦克说完，同学们就纷纷埋了头写纸条。冯处长蠢笨的脑袋突然跳出了新发明，倏地站直身子，一手叉腰，一手平直地指向全体听众："纸条上都写上自己名字，不写名字的不予答复！"

各班把纸条递给焦克，焦克要把纸条传递给那边的江腾女士，必须经过中间这个过滤器。看老冯那样子，俨然就是铁面无私的新闻检查署。也不管那边国际友人等待得有多么尴尬，也不管下面愠怒的目光连成一片汪洋大海。他向焦克凶恶地瞪了一眼，就狠狠从焦克手里抢过那一大叠纸条，然后开始一张一张审查，审查通过的，就转给江腾，通不过的就掖在胳膊肘压着的笔记本底下……

江腾大约看出了同学们的不满情绪，她一张张地接了老冯递过来的纸条，并没有开始翻看和解答，却一脸天真地看着这位官员欲盖弥彰的表演一个劲发笑。老冯见江腾老看他，就把身子扭得背对了江腾，可是由于带着情绪扭动，扭动得有些过火了，就将多半个侧后背给了听众。听得会场里有嘘声，他也决不讨好听众而放弃原则，决不能把有碍国格的提问落到资本主义手里去。

老冯的审查进行到一多半的时候，江腾很有礼貌地朝老冯绽开了天真的笑脸，就在老冯仓惶还礼的当儿，只见江腾小姐轻轻一抽，那叠被挎压在审查官铁臂底下的纸条，就全部拿在江腾小姐的手中了。老冯的审查等于帮助国际友人进行了一次质量的筛选，无需对那么多纸条一一过目，单用对老冯精选的问题一一回答就可以了。江腾还向冯处长欠了几次腰，等于对处长的劳碌表示了谢意。

其实，那些纸条上的问题并没有什么出格的，江腾小姐都一张张地解答完了，同学们也没发现哪一条会引起什么社会动荡和国际纠纷。但你得佩服老冯的眼力，被他珍藏起来的纸条里，还真有一些很有意思的问题呢。诸如你们日本妇女以牺牲自己一生来相夫教子这算不算解放？诸如江腾小姐对中国现代文学这么高成就的研究，但是改嫁之后是不是就荒废了？诸如大家在日剧里看到的家庭伦理、男权主义，那在日本怎么理解妇女解放？最尖锐的问题也就是问江腾小姐对参拜靖国神社怎么看。还有日本国家本位主意那么严重，是不是还算一个封建主义国家。日本军国主义幽灵阴魂不散，是民族根源还是当局导向等等。江腾都作为重点问题作了仅代表个人观点的回答。

最有意思的一个问题是，你喜欢三仙姑吗？将如你喜欢她，那也就是说你不仅喜欢她的穿衣打扮，还喜欢她的好吃懒做，装神弄鬼，好逸恶劳吗？将如不喜欢，那是不是对刚才"解放妇女"的定论的自我否定？这个问题刚刚由江腾读出，就爆发出热烈的掌声。江腾的回答也很巧妙。首先她说如果一定要她在喜欢和不喜欢里作选择，那么她的回答是不喜欢。日本人民崇尚的也是勤劳自立，像连续剧《阿信》中的阿信，就是日本人民普遍崇尚的形象。但不喜欢仅仅是自己的审美取向，不能以你的标准强加于人，更不能对其讽刺挖苦，尤其代表人民的政府官员，更不能出面干涉个体生活嗜好。个体可以有好恶选择，但代表社会各基层的官方，则应该对所有个性表现方式给予理解和宽容，应该容许多元价值并存。这样的取舍态度才是博爱的，大度的，和谐的呢！

又是一片久久的掌声。

最后，全凭了冯处长的结束语才把场面冷却下来，他让老师们和同学们取其精华去其糟粕。让同学们拒腐蚀永不沾，要牢牢树立社会主义人生观。

江腾认真地听完冯处长的慷慨陈词，微笑着说："冯处长你是怎么了呀，我从南方到北方，在10多所大学里都是这样讲的，都没问题呀，那里的大学领导还都带头鼓掌呢！"

江腾上车后，周尚文突然从队列里冲出，跑上前去递给江腾一个什么东西，还嘀咕了几句话。返回班里后，金浩瀚们就围上去审问他又搞了什么阴谋。他说是让江腾签了个名，还拿出笔记本让大伙看。在笔记本扉页上，果然有江腾用歪歪扭扭的汉字写的名字和通讯地址、电子邮箱等。韩向东和王天翔就一同攻击，说看来这家伙是想当汉奸走狗日本特务投靠军国主义了。

就在周尚文以笔记本里的留言掩盖了更大的秘密的当儿，栗晓慧恰好走了过来。还未等他搭腔的当儿，那依然动人的身影就擦肩而过走向远处了。

后来，周尚文才了解到，栗晓慧报考了泽西教院办的第一届硕士研究生函授班，这段时间正是面授的日子。老天爷想方设法又给他撮合来了老情人，周尚文却怎么也高兴不起来，反而像身边隐藏了卧底似的有点儿犯愁。

34

这天下午，席灵秀颠着一身肥肉又来了。一进来就抖出一件羊毛衫让韩向东试穿，还一个劲嚷嚷说看看我容易呢？一针一线打一打这得多少时间呢？说在她老公身上她都没有这么费心过呢。说就知道你韩向东说看不起我是假的，跟我闹别扭怄气我也不跟你见过，男人再大也都是老小孩性子，我席灵秀要跟你一般见识我成什么人了？任你跟我耍态度不给我好脸色，做做样子让宿舍里人看看你牛就是了，作为女人当然得维护你大老爷们儿面子的，我难堪就难堪点吧，谁叫我生得贱呢？别人不知道你是甚的人吧，我席灵秀还不知道你韩向东是甚的人？叫你丧良心你也丧不了。真是的呢，你也不低下你那西葫芦脑袋好好寻思寻思，就靠你韩向东心良面软的，就能凹了脸一笔抹了这么多年的老情分？我说对了吧韩向东？嗯，你说嘛韩向东，我说得对咣咣的吧韩向东？哼，不怕你不肯当着这么多人承认，我要不把你说得头对脚对了才怪呢。行呀，你韩向东要是另找上个年轻漂亮的，那你就说你的话，我掉头就走连头也不回的。咋说？没找上吧？料死你西葫芦脑袋吊塄瓜也没人待见的。你还告人不喜欢我这身肉呢，告你说吧韩向东，为啥我能吃这么肉呢，心宽着哪！闲心不操，吃一轱辘懒膘。

席灵秀的絮叨接近尾声时，狠狠朝韩向东悬挂在上铺边的双腿掐了一下，命令道：

“快死下来试一下吧。”

宿舍里的人都被席灵秀逗笑了。韩向东恭恭敬敬地聆听完，规规矩矩地下了地。一试，很合身。席灵秀一边帮着把毛衣给拉拽展，一边说，你看咋说，韩向东，合合适适的吧？我席灵秀能量死你的身子，更能料死你的心。韩向东就在舍民们的说笑声里露出了穿在身上暖在心里的美滋滋笑嘻嘻状，还厚颜无耻说：“你说的句句是真理，你没这样伺侯过你老公，我老婆也没给我打过这么合身的羊毛衫。知寒着暖还是我肉妹子。这倒可以，天气一天天凉飕飕，妹妹的毛衣暖乎乎。”

韩向东笑嘻嘻地接待了席灵秀，还笑嘻嘻地和大肉包并列在史大可下铺上。大肉包一屁股就占去半支床，身子动一动就摇晃得上下铺吱吱嘎嘎地响，韩向东就也跟着一起共振。两人就像同乘着一条随波漂流的船，只管享受摇荡，却不知要行向何方。

“走吧？”席灵秀说。

“啊。”韩向东答。

“你们大家瞧瞧，这么辛辛苦苦了一回呢，总不怕失口了说是慰劳慰劳我。”

“我说我不慰劳了吗？”

“拉倒吧，韩向东，谁不知道你是铁公鸡鬼抽筋呢？不跟我动不动就耍小孩子脾气，我席灵秀就谢天谢地了呢。”

韩向东约会完了回到宿舍，屋里家伙们就一窝蜂嚷嚷开了，说那胖女人要不是肉太超重和脸盘面积太超标以外，无论从哪方面说都是一个好女人。又豁达，又通情理，对人又这样关怀备至。你说你吊塄瓜去哪里再找这样的好女人？

韩向东哼哼地笑着说，这可真是嘴是两片肉，能左又能右，前几天像开批斗会一样耻笑我韩向东相好了个大肉包是千不值万不值的，是你们这些王八蛋；笑话我审美水准相当于唐代古人的，也是你们这些王八蛋。等我听了你们的屁话，开始冷落大肉包了，你们这些家伙又都屁股嘴巴打颠倒了，又是老肉包这也好那也好了。你这些臭嘴巴还有没有个准？

舍民们倒是一致认为何玲就是做情人的标准材料，可是谁又能把做情人的热度永远保持在一个恒温上呢？看何玲近来的样子，那简直就是正宗老婆的身份了。前天买来两盒软云烟；今天又用保温饭盒把热腾腾的饺子提来了。上一次来时穿着一身牛仔服，脑袋上优美地摆动着下垂感很好的马尾巴；这一回来又换上短得不能再短的超短裙和束腰羊毛衫，发型又烫成了爆炸式。而且一进来就揪着鼻子将金浩翰换下来的内衣裤扔在垃圾袋里，很矫情地扁捏着嘴巴说，你金浩瀚到底是乡巴佬，都什么年代了还穿晴纶内衣呢。乡巴佬男人又娶了个乡巴佬婆姨，算你今辈子完了。你们男人没个城市化老婆来引导，你那生活品位就赶死也提不高的。说着就把带来的包装盒三下五除二拆开：“金浩瀚你感觉感觉吧，看看高档纯棉是啥感觉，金浩翰你好好感觉感觉纯棉跟乡巴佬老婆买的又寡又涩的化纤的反差有多大吧！”

何玲的情感越升温，金浩翰的脸色反而越冷淡。见何玲热气腾腾地进来，金浩翰就发了愁，眉棱骨拧起大疙瘩，专门地一声接一声叹长气。何玲呢，好像是从大肉包那里借鉴了经验，对多愁善感的男人不但不计较，好像越发同情善待了。就也默默陪坐在床边，很专心地听叹气。

金浩瀚这家伙是干什么都是光有个轰轰烈烈的好开头，学术事业是这样，婚恋事业是这样，连发愁叹气都是虎头蛇尾的。大约10多分钟以后，叹息声就渐渐低沉以至彻底悄无声息了。何玲见那边叹息声中止了，她这边的情感表达才开始了。先是低垂了头，偷偷抹眼泪。然后很突然地把泪眼瞪住金浩瀚，瞪得那么狠，而后眼皮一扑闪，将泪眼深深封闭住，就像戛然关闭掉刚刚开演的悲情电视剧一样果断。何玲的这一眼很厉害，一切的一切全浓缩在这眼睛的狠狠一瞪一扑扇里。这里边有委屈的倾诉，有怨恨的发泄，有哀伤的流露，有娇嗔的责备……接着就扬起头，擦干净眼角的泪痕，就准备告辞了："无所谓，即使咱俩就这拉倒了，我也有责任调引你懂生活会生活，谁叫跟你有过这段交情呢？哼，还想找比我有层次的人呢，去哇，去找去哇，就你这浑身上下从里到外一袭化纤衣裳？哼，除了我傻不啦叽的何玲，谁看得起你土不啦叽金浩翰呢！"

何玲说着就要起身走，金浩瀚一把就将她拉倒在自己怀里了。其实，金浩瀚早尝过那双眼勾魂摄魄的厉害了。他明明知晓那是在玩矫情技巧，可又觉得那矫情也很能感动人。感动了再回想，又觉得那深邃的眸子里的确全是真情感。好长时间金浩瀚才发现自己就稀松在何玲这双眼睛上了。那家伙一颦一闪都那么怪怪的。像对对眼又不是对对眼；像有点斜视又不是斜视。两只眼珠的视点好像不在一个焦点上，可又聚光聚得那么毒。像看厌了一切似的很漠然，突然盯你一眼又是那样直穿心肺。金浩瀚像是在做一道选择题一样，把何玲身上所有错误项都排除掉了，最后就剩下这双眼睛怎么也没法从心里删除掉。这也是他一次次下决心要和何玲作了断，可一见面又稀松邋遢下了软蛋的原因了。说是被真情打动也好，说是被矫情迷惑也罢，矫情和眼泪不也和女人的化妆整形一样有它的作用力吗？明知道是虚假的，可美好的错觉还是会俘获心灵的啊！

何玲的确把金浩瀚带动得脱胎换骨地城市化了。当着大家伙又抱又吻，已经非常的恬不知耻而且自然老道了。他俩的亲密表演，大大地刺激了宿舍里包括冯格、李三儿在内的所有人，也大大刺激了周尚文。周尚文从上铺探头在床沿边，看了一会儿金浩瀚和何玲的摸爬滚打，突然就觉得看人家亲热实在是没意思。缩回脑袋，一仰身躺在被卷里，眼前就浮现出门若娜，但接着就重叠出栗晓慧……还徘徊什么呀？再过几天函授班的面授就结束了。

总算瞅了个宿舍没人的间隙，周尚文就赶紧给栗晓慧打电话，想邀她见见面。可是却遭到栗晓慧坚决不客气而且含针带刺的拒绝。她说："你是哪位呀？那位周尚文呀？啊，是嘛？记忆里好像有过这个人，但是那一页不是已经被撕得破败不堪了吗？啊，啊，啊对不起了……"

挂了电话，周尚文整整发了一下午呆，后悔得一下一下用脚跟捣床：嘘嘘唏！悔之晚矣！失去时才知道那份情感实在应该珍惜啊！

35

308宿舍这一段时间又热闹了。席灵秀、何玲的频频光顾给灰暗的准光棍窝点缀了色彩，给枯燥的生活平添了趣味，激起一个又一个争论的话题，掀起一轮又一轮热烈的论辩。像一部闹剧已经发展到了一个高峰，而紧锣密鼓的渲染还在一个劲往起掀，紧接着，又相继走来了金浩瀚老婆霍蓝玉和李三儿老婆张变池。

金浩瀚老婆最显著的变化是烫了头发，烫是烫了，可看上去不但没年轻洋气了，反而连当初端庄齐整的女领导作派也丢失了，加之又特意穿了一身大红休闲运动衫，差点就让舍友们误认为是泽西公园里晨练的退休老太太来找人了。

穿着是努力向休闲随意贴近了，可这一回却远远没有上一次来得那么潇洒大方。脸灰灰的，眼圈红红的，进来也没像领导走进群众中似的将眼光覆盖了所有人。直直走到金浩瀚床边坐下，凄凄切切半天也没说话。

这一回，金浩瀚看来是下了狠心了，一看见霍蓝玉进来，就把身子一骨碌扭得脸朝了墙根，狠狠地挤住眼，还用枕头把脑袋捂了个严严实实，拼命要把感觉器官全部封杀关闭掉。

舍民伙们总觉得上次吃过人家的饭，这样不闻不问地干耗着实在有点目不忍睹，就主动搭讪着说一些礼节性的接待语，并帮着打圆场说这一段学习太紧，老金身子有点不舒服。霍蓝玉向大家点点头，说：“没什么的，他就这人，多少年都过来了。”

枕头底下突然发出瓮声瓮气的叫喊：“哼，多少年都过来了？多少年都过来了，不代表以后的多少年还要过下去！”

霍蓝玉好像不想当着大家的面吵，深深吁了一口气，嘴角微微抽动了一下，没说话。

金浩瀚这下来劲儿了，上半身一骨碌竖起来，开了正本：“我早已向你霍蓝玉正式宣布了，这婚是离定了，离定了！也不是你说的我变心了。说实在的，根本就不存在变心不变心那码事。我心里压根儿就没觉得你是个好老婆，那来的变心那码事呢？至于你说我看不起你了，那你更是大睁眼说瞎话，你好好回想回想，是你霍蓝玉从来就看不起我，还是我看不起你？我在你眼里曾几何时算过一位堂堂正正一家之主？切，谈什么一家之主呢，哪怕把我当过一个平等男人呢？有过这么一天吗？我金浩翰像模像样做过一天男人吗？家里大事小事你说了算吧？我花一分钱还得你审批吧？我身上的钱超不过100元这是事实吧？我能自作主张在饭店招待朋友一顿吗？我能像别的男人一样随便领家里朋友吃顿饭吗？这一切不是我胡说你吧？你什么时候考虑过这个男人也还有他相处的人际圈子？你什么时候考虑过这个男人在亲戚朋友中间也有个脸面问题呀……”

“你，你让大家听听，大家听听……我……我又是为了谁？省上钱还都不是花在这个家里吗？我拿到我娘家了吗？你凭什么住那 4 间二层楼？你凭什么看等离子宽屏电视机……我，我七八年了就那年教师节发的那身蓝校服，我像别人家女人光管自己好穿好戴过吗……孩子转眼上高中，你金浩瀚也念书……你让大家评评理……我，我霍蓝玉省吃俭用为了谁了，为了谁了……”霍蓝玉一边诉说一边巴望着屋里出现个明辨是非又能伸张正义的包青天，她最后把求援的目光落在貌似清正廉明的周尚文身上。周尚文先是吓得扭偏脑袋，可又被这信任和求助，折磨得他满身芒刺如坐针毡。觉得这样无动于衷袖手观望太不像话了，可真要让他站出来说点什么，为被冷落妇女愤然疾呼的话语还真是没有一点思想储备哪。

霍蓝玉见周尚文回避开她的目光，而后才看出对面的冯格才是镇得住场面的人。冯格刚好对弱者的控诉产生了义愤，很同情地向霍蓝玉频频点着头，对她的诉说表示认可，并狠狠地瞪一眼金浩瀚。这对于即将被遗弃的软弱妇女是多么巨大的道义援助啊！

霍蓝玉却被冯格的理解同情搞得越悲伤了，说着说着就带了哭腔：“……我只晓得一心一意为这个家，一个人担上那么大一所学校，我没明没黑吃不是吃睡不是睡，顾了外面顾家里，我为啥呢，为啥呢？还不是为你这个家，为孩子，为你金浩瀚呕呕呕……嗯……哼哼哼……你金浩瀚好好按住心口想一想啊哼哼哼……”

“我早想得不想了，房子归你，行了吧？电视机、冰箱、全自动洗衣机，所有家俱全归你，行了吧？”

“你们大家听听，他就是这么绝情……”

“唉，瞧你说的，要离婚咋有不绝情的……”

冯格又狠狠瞪一眼金浩瀚，并用耐心倾听的态度给软弱妇女以抚慰。这更给了霍蓝玉莫大的勇气与正义的力量，她一下止住了哭泣，斩钉截铁说：“不管你说成啥，你说不出个所以然，这婚离不成！”

“千句剁一句，没感情！”

“咋么偏偏现在就没感情了？为什么来泽西教院一年就没感情了？你让这位同志说说，这到底是为什么？为什么？”

霍蓝玉眼巴巴盯着冯格，想听他说一句有助于她的话。只要是个正常人，就都会责备尘世上斩不尽杀不绝的陈世美。冯格也的确准备要义正词严来一番是非标准的判定了，可是还没等他咳好了嗽，周尚文人等就都相继逃离现场了。这对于即将形成的受教场面，无疑是一种瓦解，即使你传播的是放之四海而皆准的真理，面对不断溜号的听众，也会丧失演讲信心的。

失去了所有声援的可能，霍蓝玉彻底陷入了最尴尬最窘迫的二人世界里。满腹正义更无处诉说了，只得孤立无依地听取世界上最无理的谬论了。

“咋回事？叫你弄明白咋回事，还得给你补 10 年课呢，恐怕 10 年课你霍蓝玉也不会明白的。来泽西教院懂得自由比婚姻比爱情更可贵，懂得人的个体价值比家庭更重要，更懂得了大老爷们儿在家庭里的自主权是何等的重要啊……”

“……这就是你这一年学上的道理？你让人听听，你把你这话说给世界上好人听听……”霍蓝玉看了一下，世界上好人都离自己太遥远，自己的绝对真理只得面对歪理邪说了，“千句剁一句，就是你金浩瀚有第三者了，有了相好的了！”

偏偏就在这时候，第三者就进来了。恰好这几天何玲和金浩瀚的关系又有了新进展，进来的劲头儿还带着一路兴奋的加速度，手里还拎着装小吃的塑料袋。看样子是要和老金共进午餐的……何玲的急刹车毕竟来得太迟了，当她发现两颗眼珠正毒毒地瞪向她时，距离老金床边仅有不到1米之遥了。何玲一愣，啊，是他老婆？

在她确定了盘踞在老金床上的女人就是金浩瀚老婆之前，霍蓝玉就认定了眼前的妖精就是勾走她男人心的那个人了。

金浩瀚在霍蓝玉身后使劲给何玲使眼色，让她快走开。可金浩瀚的鬼眨眼更确定了何玲的初估，何玲不但没有撤退，反而撑起脸面装起城市女人的大方来了：“嫂子，刚来?”

霍蓝玉气得脸色青紫，双肩一耸一耸，一句话也说不出。

“嫂子，一起吃吧。”

“你……你是……”

“唔，你问这……来吧，边吃边说，这个问题你不问，我也得向你摊牌呢!”

“啊呀，世道就是不一样了啊，大真是成了婊子粉头的天下了啊!”

“唉，嫂子你这话可不对，婊子粉头那纯属商品，那不会产生感情的……”

“唔，金浩瀚说跟我没感情，原来就是跟你有感情了?”

何玲一边将塑料袋里的食品盛在餐具里，一边漫不经心说：“嫂子哎，这，这还不是秃子脑袋上的虱子吗？我回答你呢，对你的打击更大；不回答你呢，你问呢……再有什么过不去的事情，也得先吃了饭再说吧。”

霍蓝玉已经气冲冲走到门口了，却又突然来了个果断迅疾的向后转。哼，就这样走了，不等于给了狗男女方便吗？不等于对奸夫姦妇作出让步吗？那不等于宣布了自己主动出局吗？哼，想得倒美！霍蓝玉不仅身子转了180度，态度也瞬息阴天转晴，而且很响亮地“哈哈哈哈”笑了1分多钟，大大咧咧回到金浩瀚床前，说：“你看我多不好，来不来就跟大妹子你动真的了，其实呢，大妹子你看就是个好人，这一年我还得感谢大妹子你替我照顾他呢……你看嘛，看你也是个细心人，你买的这些都是他爱吃的，单凭这也看出你们感情了，这我也就放心了。”

霍蓝玉这一手很厉害，反倒使何玲和金浩瀚都没辙了。霍蓝玉主动拿起筷子，反“客”为“主”道：“来，吃吧，看菜都冷了……啊，够不够啊，不够了咱到外面吃去，外面有的是大鱼大肉。”

“啊，到外面……不用了。”何玲偷偷看了看金浩瀚，让他拿主意，这可叫怎么办哪?

金浩瀚就像个打足气的皮球，你越拍它反弹力越大，你不给它反作用力了，它也就成了个搁那在那的玩意儿了。他看出何玲好像示意他走开，可又不确定，稀里糊涂地就入席了。何玲看了一下，也为难地屁股挂着床边儿坐下来。

“来来来，吃，大妹子，”霍蓝玉动作幅度很大地夹了几口菜，又无缘无故大笑了一顿，大咧咧道，“呀，我说缺点什么呢，这热闹场面咋能没酒呢？老金，去，买两瓶酒去。去吧，愣什么呢，去买去吧，来咱一家家好好喝一顿。我倒是看来，这以后咱这一家家也就是这了，分不开了。这没啥，世界大了，什么事都会有的，以前不也是三妻四妾的？那又咋过呀？现在包二奶的不也多的是？我看咱这吧，你们好你们的，想咋好咋好，想好到什么时候也成，你金浩瀚毕业以后，你就把大妹子领家里一起过也成，养在一别里也成。但是有一条，婚我是不离，你金浩瀚要是实在不想要我，那也不用兴师动众的离婚，我给你死了，你只用给我办办丧事打发了我，那不省事多了？来大妹子，你吃你吃，别客气别客气，都一家人了还扭捏什么呢？以后咱这个家就数大妹子你着重呢……”

金浩瀚一愣一愣拧着脖颈。何玲撅着嘴走也不是，在也不是。

周尚文们探头探脑回到宿舍时，何玲已经不在了。霍蓝玉又回复了上一次来时的作派，金浩瀚又萎缩成一堆窝囊废了。霍蓝玉住了3天，继续着女主角的责任，洗衣服，洗床单。虽然相互少言寡语冷眉冷眼的，可夫妻间的责任还都各自尽力地完成着。据说霍蓝玉还单独请何玲吃了一顿饭，说还给何玲小孩买了贵重玩具。这霍蓝玉玩的是什么鬼花样，金浩瀚苦楚出一脸病态也没估摸透，这他妈的算是妥协了，还是让步了，还是更胜一筹了？或者有更长远的阴谋？

霍蓝玉刚走的第四天，李三儿老婆就一身肥肉颤抖抖地来了。小肉墩来的这天早晨，王天翔吱嘎吱嘎洗了一早上脑袋，还换了一身新西装。周尚文在他腰眼上戳戳问：“今天来？”老黄脸一红说：“你可能瞎说呢。”周尚文低声道：“瞒什么瞒，祝你人到成功啊。”王天翔笑嘻嘻说：“你真能瞎说呢。”

小肉墩进来直直走到李三儿床前，用并拢的手指头戳一下被卷说：“嗯呀，你可是不知哪一天睡死呀。”

李三儿迷迷糊糊坐起来，眼睛继续闭着说：“不叫你来，不叫你来嘛，咋又死来啦？”

“你管我呢，我来不来跟你有啥关系呢？”

“唔，那随你。”李三儿说着又倒头捂在被卷里。

这当儿，老黄脸一直红彤彤地放着光，不时侧目偷偷看着颤抖抖的高胸脯，明目张胆地激动着。

小肉墩在李三儿床沿坐定，宽大的脊背把龟缩的李三儿挡了个严严实实，这就可以和老道统肆无忌惮地挤眉弄眼了。

王天翔见李三儿又彻底沉醉在昏睡里，直盯住肉嘟嘟的圆脸盘，就色胆包天地问起

话来了："来了？"

小肉墩却向他摇摇头，示意他别说话，还向身后昏睡的家伙挤弄了一下眼珠。

以后的几天里，吃饭时，舍友们去吃饭，王天翔也跟大家一起去吃饭；上课时，舍友们去上课，王天翔也跟着大家一起去上课。黑夜，冯格又把张变池安排在女生宿舍里。尽管周尚文、韩向东、金浩瀚、史大可几个轮流跟踪盯梢，可还是没有发现老道统和小肉墩有过私下约会……也就是说，小肉墩这趟来得实际意义到底在哪里，一时半会还弄不大明白。浪费上这么多开销，总不至于像歌里唱的那样，就是为再看对方一眼吧？还是行动太隐秘诡谲，这几个臭卧底压根儿就发现不了新情况？

倒是李三儿看上去，比上一次热情了一丁点儿。不仅主动给打回饭，还主动把小肉墩用过的饭盆都洗了呢。

但是第四天傍晚，盯梢的史大可就发现情况了。他见冯格和老道统诡秘地走进刺槐林里，急忙就跟踪过去探听。在渐浓的昏色里，两个黑影的边沿黏合到了一起，说话的声音低得像丝丝气息，一句也听不清。史大可只得跃身跳入近旁的一道壕沟里，而后向那边迂回过去。史大可撅臀裂胯总算是挨过去了，却连窸窸窣窣气息声也没有了，探头看时，早没人影儿了。

史大可一口气跑回宿舍时，王天翔和小肉墩连同李三儿已都不在了。

这下子更使史大可的消息增添了复杂性和荒诞性，也不管金浩翰的胃口已被吊往半虚空，也顾不得听听大家伙对情况的分析，就独自担当起侦探任务，义无反顾地冲进渐渐傍黑的昏色里。

史大可心急气喘地跑向校门口，望着朦胧天色里游走的人群，不知该追向何方。但是天下事难不倒侦测英雄史大可，他根据冯格和老道统走失的方向，详细分析情况，就向校园东侧野鸳鸯聚合的那片庄稼地摸索过去……一下子，史大可就从双双对对的野鸳鸯群落里，分辨出了肉滚滚的浑圆身躯……一切都像预料的一样，小肉墩前面还走着一个人，那身影的轮廓分明就是王天翔！

史大可急速潜入玉茭林里，蹑着脚，提着气，使劲将身子收缩到无形……一片片玉茭叶便都驯顺得无声无息，都像具备了灵性似的帮着他顺利穿行，而决不让惊动"敌人"。史大可神不知鬼不觉地接近目标，视觉奇怪地产生了红外线功能，居然可以在渐黑的天色里，看清玉茭地里的一切……倏地，史大可差点吓得拉在裤子里。没看见小肉墩和老道统，却看见昏黑背景前，很醒目地闪动着一个小火星，接着就听到与小火星闪烁节奏吻合的叹息声……啊，那是李三儿！

那么，李三儿是来捉奸的？

那么，现在就是捉奸的最佳时刻了，咋么还纹丝不动啊？

难道是相伴而来的同路人？

史大可耐心地盯着小火星的闪动，听着枯燥的叹息，也不知过了多久，伴随着叹息声的戛然而止，小火星也暗然熄灭，李三儿站起身子，又音色雄浑地长吁一口气，而后走向夜色的归途。

确认李三儿走远后，史大可就急速向另一侧的目标探寻过去，使劲把全身注意力都集中在听觉上，但是，已经听不出什么动静了。再走近看时，只剩下空旷的暗夜，哪里还有老道统和圆鼓鼓的身影啊？

史大可怏怏地回到宿舍，百思不得其解，就悄悄把“敌情”汇报了周尚文。周尚文若有所悟地点点头：“看来……果然……”

史大可焦急地追问究竟怎么回事。周尚文只是一味地微笑着感叹：“老道统啊，老道统！”

第二天，小肉墩就打点回家了。看上去兴致很高，圆盘的肉脸笑得花一样。冯格招呼李三儿和小肉墩上了出租车，出租车开动了，冯格向车窗里的小肉墩招手告别，小肉墩却只管把脸仰向高处，望眼欲穿地张望着。冯格仰头看时，三楼大开的窗户口，探出的正是木然呆望的老黄脸。冯格微笑着点点头，又摇摇头。

36

像世界上所有的事情一样，高峰期过后总要紧接着一个萧条期。308 宿舍热闹了一阵子以后，又跌入了冷清的低谷。前些日子不光有诸多老婆相继密集地光顾，还要加上那些杂七杂八的情人们频频来添乱凑热闹。可是这几天不知是咋么的了，像是专门开会统一过思想要制制这一窝活光棍似的，所有老婆和情人突然间就一个鬼魂都不见了。好像就是从李三儿和他老婆走了以后的这一个多月，日子过得就是这么清汤寡水索然无味。何玲自从霍蓝玉走后还没来过；韩向东的那位大肉包也多日没来了；栗晓慧的研究生函授班也早已到期离校了，即使人家不离校也和这光棍窝没什么瓜葛了。加之宿舍里缺失了李三儿的频频叹息，就好像正在进行的戏剧停止了鼓点，更像是陪伴了一辈子鼾声如雷的老婆，突然不在身边睡不着觉一样，舍民们成天空落落的像缺少了什么，正式陷入了难耐的寂寞惆怅百无聊赖。

可就在这几天的某一天里，收发室老头把一个精致的大信封送到了 308 宿舍里，大信封上工工整整印着港台印刷品上流行的黑圆繁体字：金浩瀚先生亲启。

当时金浩瀚正在沉沉昏睡，听见收发室老头说有他的信，声儿也没吭一声，他还以为又是霍蓝玉那些让他恶心呕吐的规劝信呢。史大可替他接了信，惊叫道：“嘿呀，老金，老金，香港的信！”

金浩瀚一骨碌跃身而起，“一骨碌”这个俗词简直没法表达老金当时是咋样的翻身起来过程，从昏睡到从史大可手中夺过信，大约不到一秒钟，或者半秒钟，或者是几分之一秒钟。

金浩瀚连自己也惊得愣怔了，呆傻了。盯着信封上粗壮黑圆体的名字，老金一向满不在乎的脸上缓缓滚下两行泪……我成功啦？是吗？是的，是的，我成功啦！我成功啦！啊！金浩瀚心里，也不知是在向苍天发问，还是向全世界呼叫？这个声音像山谷里的回声一样，在耳朵里，脑袋里回绕个没完……

老金拆开信封，周尚文第一个探过脑袋，史大可、冯格、韩向东也都围了过去，一圈眼睛都齐刷刷，鼓凸凸盯向信纸底部，上面落款确确实实是亚洲华人汉学学会评审组，而且盖有三枚红章大印，而且都是古朴凝重的繁体字。而后才跟着金浩瀚的阅读速度，从开头看内容。那内容的大概意思是论文经过评审组多次评阅争论，最后审定，认为此文观点新颖独到，一反亚洲汉语文学界人云亦云沉闷乏味的文风，以大开先河之气魄，以清新泼辣之笔触，以大手笔之文势，给亚洲学术界注入一剂清新剂。堪称亚洲新世纪之开山之作，首当向世界各国汉语界隆重推介。虽然文中尚存稚嫩之笔，但也属美玉之瑕疵。故经评审组研审投票表决，决定给予该文之作者二等奖励。特奖给奖金 38 万元港币。括号里还注着，若是内地获奖者也可按折合人民币数额兑领。

冯格、韩向东、史大可都震了，周尚文这位有资格堪称同类人的人更震了，老金震惊得程度那当然就不用说了，这回是真的要像范进一样，双手一拍就叫喊起来了。

但老金还算能撑得住，硬是镇定下来了。他在自己床沿缓缓坐下来，双手紧巴巴捧着那封信，表情庄严而绵善。是的，一切都得按公众人物来严格要求自己了，绝不能表现得雀跃轻浮喜出望外。老金硬是板正着脸把信从头到尾反反复复斟酌几遍，优质的纸张在手中哗啦啦地翻动着，虽然自己很认真地研读着，同时还要尽量照顾让大家伙都可以读得到，一边很有礼貌地让每一位朋友在他两边坐下。而后又在提包底层翻出藏匿很久的好烟，给好友们每人打去一支，并亲自拿打火机逐个给点燃。周尚文们“嗞嗞”地吸着烟，相互传阅着优质的信纸，各自的神情都好像很异样，或疑惑，或茫然，和成功人士分享快乐的动静非常不明显。

看老金的样子像是急于想听听周尚文的说法。可周尚文紧皱着眉头深思着，嘴巴里只是吐着缕缕的青烟和“吁——，吁——”的气息。

最后，还是老金先说话了：“这，这可信吗？”

没人回答。

老金见谁都没个态度，只得由自个儿延续话头：“我他妈总觉得这不像是真的，老周大哥你给我看看这是咋回事吧？”

周尚文接了信，又重新撑着架子看起来。一边胳膊擎着信；一边胳膊平伸出去，食指一点一点弹着烟灰。这样的阅读过程和架势本身就是个吊人胃口的关子。

周尚文的阅读架势整整维持了近 20 分钟，才释然放松，两边胳膊自然回复到生理自然状态，开始发表言论了：“我看……这个嘛……”

金浩瀚的耳朵“咯噔”一下支棱起。

韩向东们的眼睛也都“刷拉”一下全张大。

“嗯，这个问题是这样的，按常理说……当然，我倒不是对你老金水平有怀疑……按常理说你冷不丁一下子就得个亚洲级别的奖项，好像有点值得怀疑。你想嘛，也没上什么刊物，也没在任何学术会议上交流过，咋么就可以引起亚洲学术界关注呢？再说了，你这论文是咋么到了这个机构手里的？可你说不可能吧？看看这硬铮铮亮旺旺的纸质，这硬邦邦的红章大印，尤其这有板有眼的评语，对了，还经过电脑视频答辩，这邮戳也的确是香港的，咱还有什么理由不相信呢？”

舍友们齐声嚷嚷：“你这话说跟不说一个样。”

金浩瀚却松了一口气：“我也是怀疑呢，可又想……”

周尚文早看出金浩瀚不愿意听到否定的话，就坚定了语气说：“怀疑是怀疑，但去还是得去，一旦要是真的呢？你不去，那要不后悔死你后半辈子才怪呢。可是，去……呀呀，全部费用就得8000元钱哪！你一旦汇出去……”

冯格说：“瞧瞧你吧，8000元钱还把你吓成个那啊，你要知道这可是去香港啊，你看看上面这条款，来回飞机、星级宾馆、出境手续办理、会务费、伙食费等乱七八糟开支，8000元钱还算贵啊？”

金浩瀚频频点着头：“可也是的。”

史大可说：“全当到香港旅游了，这还犹豫个什么呀，你要拿不定主意，那我替你去，咋么样？”

韩向东说：“人家资料上有相片，又在视频上见过面，想得你倒好，要能顶替，还能轮得上你史大可？”

老金虔诚地听着大家围绕自己争论不休，脸上笑嘻嘻的，一狠心，又打出一排子上等烟。

其实老金压根儿就没有对此事怀疑过，他貌似认真地听取周尚文们的建议，那完全是出于对落伍者的心灵抚慰，是成功人士必须保持的低调和谦逊，是从云端鸟瞰芸芸众生的慈悲和宽容。家伙们的惊羡和眼红嫉妒，老金看得明明白白，但这都是可以理解的，决不能和可怜人们一般见识斤斤计较。越是被鲜花掌声簇拥的时候，就越是应该谦虚谨慎，戒骄戒躁，越是应该有苟富贵莫相忘的博大胸怀才是啊！

不过，发愁的事还是挺闹心的，单是汇款就得8000元钱，除此以外至少还不随身另带五六千？真真的一文钱逼到英雄汉，手里没钱腰膝软哪，不跟霍蓝玉要还有什么办法啊？金浩瀚细细追想了一下家里的积蓄，认为起码还应该有三四万的存款。可问题是霍蓝玉这只铁公鸡能批准他这次行程吗？每次开学给金浩翰带的2000元钱学费，都点钱点得两手直哆嗦呢。连合理合法开支都这样抠门，如此不着边际的巨额消费，嗜财如命的管家婆能予以准支吗？

尽管金浩翰手里持有要挟霍蓝玉的杀手锏，你他妈的胆敢不给钱，立马就离婚，但真要向管家婆开口要钱时，心里还是有点惴惴的。

趁宿舍没人，金浩瀚拨通了霍蓝玉：“我吧，能是谁？赶快给我打闹两万块钱……是的，两万……我有急用，对，急用……我要参加一个国际性的学术会议……是的，国

际性的，会址在香港……什么，什么，不可能？这怎么不可能，这硬铮铮的通知老师同学都见了，整个学校都为此事舆论哗然了，你怎么还认为不可能？嗷，我金浩瀚在你眼里就那么不成器？那么一事无成？那么没有一点儿可信度？什么什么？没有那么多？切，笑话，我金浩瀚再糊涂也还算得清个加减法，切，没有？开会的日期是10月3日，到时候给我汇来，汇不来也行，你看着办……这是我金浩瀚人生路上一桩最大的事情，你在这样的事上都这么不以为然，不当回事，漠然处之，无动于衷，那，那，那你看着办！"

金浩瀚忿忿挂了电话，对着电话机大声斥责："你他妈的还想巩固婚姻？你他妈的对老子如此人生大事都这态度，还，还，还谈什么爱，谈什么家庭？我操你个妈妈的铁公鸡霍蓝玉！"

金浩瀚气得喘了半天气，又英勇无比地拨通霍蓝玉电话："你是给不给……什么什么？还推委是不是？不是推委是什么？不是推委是什么？明明有钱不给你他妈的不是推委是什么？哥儿弟兄在这样的时候也应该同喜同乐解囊相助，你他妈号称老婆都这么漠然置之……少罗嗦，就要你一句话，给不给……那么好，这桩婚姻就此了结，彻底告吹！我金浩瀚也就是给你个将功补过机会，我实话告你说，老子不缺这几个钱，你真正给我，我还不一定要呢……"

与霍蓝玉说了绝情话，等于自己断绝了经济来源。那么，还有什么办法呢？金浩瀚首先唯唯诺诺向戴五狗讲了到香港领奖需要钱的事，说只要帮他解决了暂时困难，等领了奖金回来所有债务立马加倍还清。戴五狗当下就答应了5000元，说你老金有这等好事，弟兄们义不容辞该帮助你，可巧你老弟又偏偏要筹办婚事，要不是这样的话，还能给你老金多解决点。金浩瀚紧握着戴五狗的手感动不已，说，人遇上难事才能考验出谁是真正的哥们哪！你小戴才是我老金真正的哥们哪！

可是接下来的1万多又去哪里搞去呢？何玲手里有点私房钱，这他是知道的。可是在这样的时候去求何玲合适吗？稀里糊涂黏上何玲，本来就大错特错了，在这时候再让何玲帮助了自己，那不等于给了何玲施舍的机会吗？那不等于拿自个儿作了抵押吗？事实老婆还没推脱干净，再和何玲越陷越深不能自拔那可怎么办呐？

可是一文钱逼倒英雄汉哪。万般无奈，金浩瀚还是约见了何玲，一见面就直奔主题。

"按说我来钱的门道有的是，但做人你得讲个良心，困境中相处的好朋友，成功后也绝不能抛弃，最有权利和我金浩翰分享成功的人只有你玲玲一个人。"

"行了行了，我都快恶心得吐了，有什么屁就快放吧！"

"好，那我就直说了，玲，既然是咱俩共同的事，那有困难也得共同解决，是不是？"

"怎么，让我给你铺垫开支？"

"你瞧你说的多不好听，什么'我给你'，是给咱们，咱们！"

“哼，你都快蒸发到天上了，还求我这红尘女子帮你？”

“按说我家里是有钱的，她霍蓝玉倒是一听我有如此大事，立马就想送钱过来的，切，你说我老金在这样的时候能要她王八蛋的钱吗？”

“嗯，跟我借钱，还是看得起我何玲哪？我借给你钱，还得千恩万谢你金浩翰哪？”

“那就看你理解了，反正这机会我说什么也得先给你，这事能不能解决，你看着办就是。”

何玲想了想说：“我给了你钱，算什么呢？况且，你老婆也和我约法三章，让我离你远远的，我又看出你是个花心大萝卜，我也下决心要离开你了，我为什么要借钱给你呢？”

“不给也成，但你以后可别后悔！”金浩瀚说着，忿忿离去。

何玲一看，急了，慌忙一边追，一边喊：“老金，老金你等等，等等啊，咱好商量嘛……”

追上金浩翰，何玲当下就答应了15000元，但她说：“你让我别后悔，我郑重其事告诉你金浩翰，我不后悔。但你也别后悔！钱我给你，但我是以老婆身份给你的，接受了钱就等于接受了我这个人了，到时候你要反悔了，我就和你一起死！”

第二天下午，金浩翰就按照那个精致信封上的地址，照数寄出8000元人民币。

37

金浩瀚走后，周尚文迷迷瞪瞪了一个礼拜光景，才又重整了旗鼓，扬起再度崛起的风帆，而后就刻不容缓地投入了又一轮的创作决战。题材是一个真实的事例，是他上一次回家时听社会上人纷纷议论的。说的是一个山村因为禁伐山林而断了财路，靠山吃山了多少代的村民日趋穷困。在这种情况下，某青年雄心勃勃走马上任，拍着胸膛向乡领导表态定要在他手里带领乡亲们走向富裕道路。可就在他上任不久，突然遭受了一次山林火灾，可就是这次火灾使这个村子因祸得福，真正应验了火烧财门开那句俗语。大面积被烧的死树桩可以随便砍伐，在绝对禁伐林木的今天，这些木材就成为最抢手的奇缺商品。于是这个村子就在这一年内脱贫致富，成为乡里县里致富典型。

周尚文觉得这个事情很有意思，是一个很切中时弊的讽喻题材。虽说是一场救火战役，实则是对全县干部群众工作责任心和工作效率的一次大检阅。在这场救火中，县领导到了，乡领导到了，县里分管领导以及林业部门、消防部门、其它所有参与单位统统云集于这个蛰居深山的小村落。这个村落一下子就成为浓缩了的社会大舞台。小说的思想定位是，森林资源的大破坏促使这个村子一夜暴富，人们却只顾庆幸于无需任何审批就可以大肆砍伐的滚滚财源，陶醉于余烬带来的鲜花和荣誉光环，而对于大面积损毁掉的森林资源却漠然得惊人，有人甚至调侃地祈求再来一次大火……

文学总归是伟大的事业，更远大的目的性一直就在未来生命里闪烁着，匡时济世忧国忧民的想法在胸中一刻也没停止过——那么，干吧！堂堂周尚文那一点比不过一个吹牛拍马的金浩瀚？

没明没黑地折腾了10多天，总算把个东西写写完了。写起看了一遍，像吃自己刚刚炒的菜似的，味觉嗅觉都麻木了，看得一点感觉都没有，几乎是硬着头皮才看完的。周尚文让焦老师和沈老师给看了看。这两人看完后，相互使着眼色，推脱着最后评判的责任，都不想由自己的嘴巴把这位苦心孤诣的事业型学员说得心灰意冷灰眉鼠眼。焦克倒是说了句实在话，他说他一向是看名家名著的，对这种还未变成印刷品的东西，实在是没有鉴别能力。但焦老师很热心地给周尚文推介了一位在京城一家月刊社担任编辑的大学同学，建议周尚文去找找这个人，并当下给周尚文写了一封推荐信。

周尚文第二天就直奔北京，找到那家月刊社，把稿子连同焦老师的推荐信，恭恭敬敬捧给了那位编辑老师。那位编辑老师脑门亮旺旺的没头发，一看就是文学艺术家。望着宽大额头上高屋建瓴的眼睛，周尚文只觉得自个儿一节节地在缩小。

但是有了老同学的推荐信，到底不一样。编辑老师和周尚文了解了几句焦克的最近情况，就拿起稿子觑了眼看起来。大约看了不到半页的光景，亮旺旺的额头就微微地摇晃了。周尚文悬在半虚空的心一下子停止了跳动，在沃尔沃长途车里一路飞升的希望也随之跌落……

超脱尘寰的编辑老师把稿子从眼底平移开，亮旺旺的额头继续微微摇着，一边开始了掷地有声的评点……这是咋样的一个宝贵时刻啊！这个时刻不仅饱含着此行的含金量，而且凝聚着几乎是此生的全部期望值啊！可他妈的这两个狗特务偏偏在这个时候进来了，好端端的事情就这样给搅黄了。

这两家伙无论穿戴，无论行踪都跟电影里的狗特务活脱脱一个样子。一个穿着中式绸衫，一个戴着墨镜，蹑手蹑脚鬼鬼祟祟的，进来以后还侧着身子听了外面半天动静，而后三颗脑袋才撮合到一起。

这几个人好像在嘀咕一件很机密的事情，由于眼里压根儿就没有这个土头土脑的多余家伙，又从编辑案头的稿子看出这个乡下佬的身份，诡秘的交谈也就没有回避周尚文。周尚文也就势儿收抿了肩膀，耷拉下眼皮，瑟缩成一副憨厚麻木的傻模样，叫谁看了都不会再把他当个有知觉的人来防范的。

尽管这几个人声音很低，但却一句不漏地接收进了周尚文的“录音机”了……周尚文很快就听出，这几个人嘀咕的是一件什么事情：最近月刊社要调整领导班子，有几位到龄的副主编要退下来，需要补进几位年轻的。按工作实绩和资历，第一人选就应该是这位编辑，可是副主编候选人名单里偏偏没有他。其原因据他们当时很幽默的调侃是：寡妇睡觉上面没有人。好在人选未公开之前，上级部门还要在月刊社走走民主程序，说要经过民意摸底推举候选人。也就是说这位编辑老师也不是绝对没了机会的。依靠上面没戏，还可以依靠群众的，而要依靠群众，就得发动群众，不，准确点说是活动选民。

这两特务式人物就是积极的活动分子。听这俩活动分子回报，可能舆论是一边倒向这位编辑的，可是编辑老师看上去好像还是忧心忡忡的。一个劲地摇头感叹，说现如今靠群众远远没有靠领导保险，靠领导一个人说了就定了，靠群众那么多人实在是难以心往一处想，劲往一处使。再说了，上面既然早内定了，下面也得和上面保持一致的。一旦活动败露了，日后别说上副主编了，怕连这小小编辑也叫炒了鱿鱼呢。但是那两个特务家伙赌咒发誓说："只要咱按民意把人选搞定，它上面不采纳也得给群众个说法吧，我们舍得一身剐，也得把班子里推上咱的人，否则的话，咱们师院派以后更难立脚啦。"

周尚文看了看表，都快12点了，只得自动告辞。编辑老师让他把稿子留下，他给慢慢看。周尚文抿嘴笑了笑，从编辑老师桌子上拿了稿子，折叠起，放进挎包里，说："算了，我回去改改再说吧。"

编辑老师不解道："你看你，大老远送来嘛。"

周尚文谦恭了半天的腰身，缓缓地直了起来，嘴角露出一丝讥讽的褶皱，摇了摇头，退出了那个遥望已久的神秘而又神圣的文学殿堂。

在返程的车上，周尚文差点就把提包中的稿子，一家伙抛到车窗外呼啸的风里去了。

可回到泽西教院，周尚文还是把稿子打印了一份，寄给了东瀛之国的江腾山由季。一方面可以把希望的日子无限地延续下去；另一方面还可以减轻 960 万平方公里土地的一点垃圾压力，也算为泱泱大国环保工作做一点点贡献吧。

就在周尚文小说稿寄出去的 10 多天以后的某一晚上，参加完国际会议的金浩瀚先生凯旋而归了。

金先生的谦逊与低调一直保持到现在，这让每一位舍民都很感动。他走进宿舍的时候，熄灯的钟声已经响过了，只有挑灯夜读的王天翔床头点着一支蜡烛，跳动的光线只能照着屋子上半部分的墙壁和顶棚。这样的话，承载盛誉的金先生只得被整个儿地湮没在烛光的黑影里了。成功人士的腔调倒也不怎么张扬和喧闹，说话倒像比以前还稳当，"嘿，咋倒都睡了，来来来，吸根烟，吸根烟，尝尝进口烟是啥味儿。"说着给每人扔去一根烟。

周尚文从被窝里坐起来，一边吸着进口烟，一边使劲地观察着黑影里的成功者。成功者却没再向大家发放第二支进口烟，就只管他自个儿一根接一根地吸，吸了大约 5 支还是 6 支烟，很平静地躺了一会，而后就开始吱嘎吱嘎洗脑袋，而后又吱咕吱咕地洗脚板，洗涮完又吸了两支烟，再后来就抖开被窝睡觉了。睡觉的呼吸节奏倒也很匀称很平缓，丝毫没有被胜利激荡得兴奋过盛彻夜无眠。

第二天早晨，同学们洗了脸，吃了饭，都去上课了，美梦中的金先生还没起床。中午下课回来，金先生已经端坐在自己床沿向舍友们致以微笑了，表情一点都不张扬，举止也很稳当，但是目光锐利的家伙们，立刻就发现成功人士脸色有点憔悴了。

史大可进门就嚷嚷，老金你他妈的领了巨额奖金也不让弟兄们和你同喜同乐同庆一番？咋的啦？大真是汉刘邦进了函谷关，人一得势就开始人模狗样做人了，吓得你气儿也不敢大出了。不行不行，这一顿客你非请不行，说吧，什么时候请？

成功人士只是微笑，不做答复。

冯格盯着老金看了片刻说，老金你瘦了，到底是好出门不如歹在家啊，是旅途劳顿，还是水土不服？

成功人士含含糊糊说，都有点，都有点的。

韩向东和王天翔可能是冲着那顿宴请的，都争相地吹捧成功人士。韩向东说，啊呀，老金你这名利双收的家伙，在如此激动人心的时刻，还能够和我们共享平庸，实在是不容易啊，啧啧，你们名人到底有修养啊。王天翔强调的是修养的内在缘由，说，什么是修养？修养就是含蓄，就是内敛，富的人不露富，出名的人不张扬，为啥说人怕出名猪怕肥啊？老金你做得很对，你越是处在荣耀的光环里，越是应该韬光晦影。

成功人士依然谦虚地微笑着接受称颂。

周尚文的怀疑和推断到底难以确定。看不出明显的失败迹象，看不出受挫后的一蹶不振，连一声长吁短叹都没听到。已经过去一个多礼拜了，脸上的微笑还那么一如既往地浮现着，努力地保持着矜持而低调的高尚风范。

又过了几天，周尚文终于瞅了个没人的机会，很不礼貌地打听起老金国际会议的事宜。老金笑嘻嘻说，嘿，就是个那吧。周尚文就直击奖金情况。老金依旧笑嘻嘻的，说，很讨厌的，说是发港币呢，我说我不想要港币，人家说那就等兑换成了人民币随后寄发吧。你说讨厌不讨厌？周尚文眼睛里诡诈地发着光，频频地点着头。

而老金已经彻底地融入了泽西教院的学习生活，与俗人们同吃同住同运转了。俗人们说足球，他也说足球；俗人们说伊拉克战争，他也说伊拉克战争；俗人们谈女人，他也很积极地谈了几个新近听来的黄段子。

又过了几天，金浩翰就还了戴五狗的5000元钱。舍民们又嘀咕，也许可能大真有奖金寄发来了？

是不是寄来奖金谁也说不准，但老金对何玲的态度正在飞速地加温。

金浩瀚对待何玲的态度果真是谦恭得多了。现在何玲一来，老金就忙不迭地让座递水，诚恳地问这问那。举止规规矩矩的，说话绵绵善善的。有几次都是何玲一来就娇声娇气地呻吟着，说她上课坐得腰疼，老金就给她从腰到腿认真按摩。按摩完了，何玲干脆脱了鞋在老金床上躺得舒舒服服，老金就伏下身子，一只胳膊横亘在对方胸脯上，胶合成如胶似漆状。

随着时日一天天地重叠，金浩翰参加国际研讨会的热点新闻，也就被平淡无奇的常规日程渐渐地覆盖了。金浩翰也不再用少言寡语和严肃的表情防卫来自各方面的刺探了，人也回复到参加国际会议前的样子，该说说，该笑笑，该吆五喝六就吆五喝六……

38

新近归来的李三儿却有点儿阳光起来了。一来就破天荒地拿出烟给舍友们散发。脸颊上一抽一抽的像是在使劲地按捺笑意。还有更奇怪的是和王天翔亲近得超过了冯格。有人还在饭店碰到过这两人同餐共饮，两颗古怪的脑袋亲密地连接在一起，嘟哝什么很神秘的事情。

这多奇怪啊？首先，这顿饭是谁请谁的？是老道统请的李三儿吗？是为了表示第三者的的歉疚吗？可据撞了现行的人说，从王天翔脸上一点也看不出付钱买单后的苦楚样子，甚至还洋溢着占了便宜的洋洋得意呢。那么，也就是说是李三儿宴请的王天翔了？那样的话，这事不就更蹊跷稀奇更具戏剧性了吗？还有更有意思的是，基本具备情敌属性的两个人，能交流什么样的话题啊？是李三儿把老婆作为商品而转让的交易吗？是在采取不战而却人之兵的战术想让老道统鸣金倒戈吗？或者干脆就是一场充满复仇杀机的鸿门宴啊？难道……难道这两人果真有可能在一起共同探讨对同一女体的不同感受吗？

在后来的几天中，大家就从李三儿买回的物件中判断出了一些情况。舍友们偷偷打开李三儿行李卷旮旯藏掖的包装袋，发现里面又是孕妇滋补药，又是宝宝衣胎教光盘什么的。翻看的家伙们都惊得眼珠子朝了天，同声低呼：啊呀，小肉墩怀孕了!?

据冯格透露，焦克的系主任据说已成定局了。从他上课的兴致也可看出一些迹象。《文学概论》恰好讲到他最感兴趣的批判现实主义这一块，他把契诃夫许多著名中短篇小说逐一讲得津津有味。他说契诃夫的小说结构最难捉摸，也最难套用现成理论分析，难以理出外在结构，难以概括出明显的叙事线索，但你又不得不佩服情节推进得绵密有致，人物是怎样的生动鲜活。讲了几天契诃夫，兴致还是高涨得不行，接着又整整讲了10多天《金瓶梅》。他说《金瓶梅》在庸夫俗人眼里是淫俗；在高人雅士眼里是最深广的现实主义杰作。听他那意思，《金瓶梅》一书简直是天下第一奇书，几乎可以和《红楼梦》媲美了。讲的时候还带着激动情绪，先用书中的有趣故事把同学们吸引得支棱起耳朵，接着就引出即兴的评讲。他说，没有看过的，必须在毕业前补上这一课，堂堂中文系学生，不懂《金瓶梅》怎么能行？不读《金瓶梅》怎么了解封建社会市井生活？怎么了解官场上下勾结和官商勾结的内幕？怎么更深层次地对照分析当今暴发户滋生发展的社会意义？再看看那语言是怎样的率真质朴自然流畅生动形象啊！人物是怎样的呼之欲出跃然纸上啊！那诗话是怎样具有对社会对人生的高度概括性和深刻的揭示性啊？他还说他的下一本论著就是要全方位论述《金瓶梅》，还说争取在毕业前让同学们读到此书。

连周会上，焦克也没再像以往一样强调这强调那，批评批评那，而是沾沾自喜地回顾这一年多以来，咱这个班是怎样的出类拔萃，同学们是怎样的有水平，学术氛围是怎

样的不一般。尽管在初级阶段出了一点小小的波折，但最终还是以好的整体素质重塑了集体形象，尤其以优良的考试成绩为班级争得了荣誉。说到兴奋处，就满脸红光地看住同学们，说，光阴似箭日月如梭幺，一转眼这一年又快完了，咱们就要在泽西教院度过第二个元旦了，一元复始，思绪万千哪！咱们一定要把这个元旦搞得热热闹闹，还要搞出中文系的特色来的，首先要搞一个高质量高水平的晚会，要吸引来全系甚至全校的老师同学观看，要赢得好评赢得赞誉赢得掌声，要展示出我们班的不同凡响绰约风采。同学们，大家说怎么样啊？

同学们也都被老班撩拨鼓噪得张狂起来，激动得又是掌声，又是尖叫。

门若娜自然是晚会的组织者，班宣传委员的职责是一方面，更主要的是她那艺术身躯还从未在班里有过一次全方位展示，全班同学多么想看看舞台上的门若娜是怎样的风韵绰约婀娜多姿啊！又是责任，又是众望所归的压力，可以看得出，这担子压得大美女不轻，亮丽的眉宇间颦蹙起隐隐的愁云，轻盈的步态也多了几分迟重。

要是单单压她个节目，让她在舞台上摆姿势、独舞、领舞都成，可让她承担整整一场晚会的策划编导，还真真的把个女孩儿家愁煞了呢。门若娜找焦克想推脱，推脱不掉。让冯格另选别人，冯格又强硬地责令非她莫属。她又偷偷跑到市里一些文艺团体找业内人帮忙，可人家业内人士一听是一个班里的晚会，就都笑着摇头推辞，面对一伙丝毫没有舞台经验的人，那就活神仙也没法搞的。他这一说，搞得门若娜更紧张更发愁了。就像以往有了烦心事一样又找到周尚文倾诉。她说就咱班这几个人啊，就是搞个自娱自乐的联欢晚会都有问题，还想搞上学校礼堂，还想让全系以至全校的人都来看啊，你说焦克这门外汉不是大睁眼说瞎话吗？一没独唱演员，二没舞蹈演员，更没语言类节目演员，这，这，这可怎么办呀，我的周老师唉？

周尚文却怔怔盯着对方颦蹙的眉头，一个劲地想，难怪古人要把西施、崔莺莺都要写成病眉微颦的样子啊……

门若娜说完，想听听她周老师有什么好的建议，却见她周老师盯着她的额头傻愣着，就说："你看，你们男人们听了也发愁吧？"

其实周尚文并没沉迷得停顿了思维。听得对方问话，急忙把眼光平移开审美视点，就庄严了脸色开始思索。思索的时候，他点起一支烟，把脸侧转向斜上方，成深谋远虑沉思状……也许是门若娜急切等待答案的急躁心情使她崇敬地巴望着解惑者？也许真的像周尚文这自美家伙奢想的那样，是他的侧影吸引了大美女的凝视？在单位的时候，就有老师们说他的侧影有点像鲁迅或者高尔基，这曾经使老家伙时不时美滋滋地想，按照中国相法的迷信说法，面部轮廓能够具备伟人的一个侧面形象，那是不是说明心理结构也有相似部分啊？尤其在这样橘黄色的夕阳里，在如此斑驳的林荫里。她对美好事物又是那么本能地敏感，心灵又那样的常常沉溺在纯审美情绪里……这样的话，像她这样的性情中人，能对这样一尊思想者的侧影浮雕无动于衷吗？

在周尚文侧目的余光里，他早已发现门若娜对着他的侧影吃惊地凝视着……周尚文硬是撑着不让内心的激情澎湃暴露出来，甚至还暗暗使着劲儿，拼命地使既成的造型定格凝固，并且轩昂而且傲然地亮相给它的欣赏者……那么，这之前周尚文如此的美好角度她还未曾发现过吗？还是生活中所有的最佳上镜状态都逃不脱她的职业眼光？也就是说，我们的周尚文先生早已经吸引大美女了吗？

周尚文估摸着让自己凝固到一个审美疲劳的极限以后，瞬即又转换成一副胸有成竹的模样，说："你真是通灵透顶了，你咋一下就找准我呢？我并没有透露过我搞晚会的经历啊？你是慧眼独具看出来的，还是咋么知道的？"

门若娜吃惊道："啊，周老师，你搞过晚会？"

"啊，啊，"周尚文将错就错，把刚才的自我标榜伪装成是无意失口，"唉幺，你看你看……我这烂嘴，真是的……"

"啊，周老师你搞过晚会啊？那你见我愁成这样，还不主动帮帮小妹我啊？"

周尚文狡黠地微笑着，说："哪里敢啊？在我们县里是山中无老虎，猴子称大王，这是大学校园哪，咱那些下里巴人的东西哪能拿得出去哪。"

门若娜调皮地噘嘴道："你要是再推辞，我就把这理解为卖关子、刁难、要挟了。"

"不不不，我哪里敢那样想呢，我只是担心怕水平不行。"

"其实，我从一开始就应该想到你周老师的，文学和艺术是相通的，张艺谋不是还导演芭蕾舞剧和运动会开幕式吗？有悟性的人对什么都是一通百通的。"

周尚文心潮激荡得那简直是没法形容了，但是老道的家伙表情依然一如既往地冷峻着。一边让全身所有细胞沐浴着明眸的普照，一边设想着晚会的方案……过了一会，老家伙拿捏成一副业内人士状，说，搞晚会嘛，要简单也简单，要复杂那也没个准。难就难在还想上档次，还不让外请人。不过呢，也不是一点办法也没有，材料就是这些材料，菜还得炒出色香味来，我看啊……周尚文把思谋成熟的方案顿住，把勇气鼓得足足的向对面清澈透亮的眼睛直视过去，恰好对方的眼光也向这边水汪汪地投射过来，这样的话，4只眼球就在这万分之一秒的时刻对了光……

"我看啊，咱这桌饭菜只得粗粮细做了。"

"粗粮细做？太有意思了，你说，你快点说啊。"

周尚文的晚会方案主旨是，老形式，新内容，拙稚中求新奇，滑稽里寻雅趣。门若娜不解地摇着头。周尚文就拿腔弄调给于解释，比如唱歌吧，会唱的那你非得唱出水平，可咱班会唱的就那么几个人，那就专门发挥五音不全的特点，跑调跑得越离谱越好。比如语言类节目，咱这些人不说演小品说相声了，三句半我看都弄不好的。那咱就借鉴荒诞戏的表演模式，就像《等待戈多》里的角色那样，专门让他傻不愣瞪，蠢笨如牛。或者就来对口词、三句半一类的过时节目。比如舞蹈，咱老腰笨腿的跳不出青春气息，那咱就搞老节目四老婆、四老汉的表演唱，或者来个《老两口学毛选》，咱可以改成老两口学蹦迪什么的。门若娜怎么也想像不出这周老师说的到底是怎么一个样子的演出形式，就疑惑地皱皱眉，摇摇头说："你说的都是些什么呀?"

周尚文说："你别急，咱这节目俗是俗，但咱要组合得起伏有致，动静相宜，整体连贯，还要主题突出。搞得即像音乐剧，又像滑稽戏。一个目的，好看！一定要好看！富丽堂皇的东西不一定好看，比如大腕云集耗资数千万的春节晚会，还不如群众参与的一些综艺节目好看呢。再比如那些耗资数亿的所谓大片，简直就是展览在故宫博物院里的龙袍，珍珠金线堆积得倒是多，但绝对没有构图简洁的时装好看。现在的受众对脱离百姓的象牙之塔早已经审美疲劳了，咱搞一场俗得掉渣的节目，我想会好的。大俗就是大雅，说不定会收到意想不到的效果呢。"

门若娜还是半信半疑地皱着眉："那，那就按你的了啊，周老师。"

"你觉得不可靠，可以不采纳。"

"不，我就按你的，这场晚会好不好就看你周老师了，你可不能光说不练啊。"

周尚文假装很难为地先是点头，接着又一下一下摇起头来："按说我是搞晚会搞得伤了心了，在县里我已经发誓再也不参与这类事了，可，可谁叫我又看见你这发愁的样子呢?你说你们女孩子遇上难事，堂堂大老爷们袖手旁观不管不顾，那，那，那还算人吗?"

"周老师，算命的说我这辈子走那里都有贵人帮扶我呢，我在泽西教院的贵人就是你啊。"

周尚文鼻翼一动一动地喷吐着厚重的气息，将秋阳下的浮雕努捏得越冷峻。

看了周尚文的策划书，焦克总觉得有点四不像，捧着策划使劲地想象了一顿，还是没有想明白，就点了点头说，唱唱跳跳一类的事嘛，我毕竟是个门外汉，但是有一条，一定要搞得它棒棒的，一定要让全校领导老师学员看看咱们班是怎样的藏龙卧虎群芳吐艳啊！

这一段日子，排练节目就成了2001届中文一班的主要任务。按照周尚文的铺排，门若娜先把各个节目硬性分派下去，让他们各自排练，排得了更好，排不了也得自想办法，反正到时候验收就是了。话是这样说，门若娜哪里能逃脱干系，这个节目组刚刚把她拉去编排，那个节目组的人就蛮不讲理地把她绑架到作为排练场的宿舍里了。还派人在门口严格把守，排练不完一个章节决不放行。其实呢，她自己就放心不下，人家不来叫她，她也要主动到排练场亲自执导。又都是些没有一丁点艺术细胞的家伙，腰腿胳膊僵硬得像干柴棍。这哪里是导戏呢?简直是在摆弄劣质玩具变形金刚呢。刚把腿的站位固定好，胳膊又反弹回去了；硬把胳膊拿捏得差不多了，腰身脖子又扭歪得不成样子了，更不用要求面部表情目光视点什么的了。把个门若娜焦急得什么似的，除了分组的节目，她还要负责主线人物的排练，她自己还有节目，还要背诵主持词，还要张罗舞台布置、灯光音响。虽然有戴五狗领着吴政鸣、王德熙、窦汉卿等一大群小伙子屁颠屁颠随时待命奔走效力，但还是把个大美人劳累得瘦了一圈，累歪歪的样子更像个病西施了。

晚会策划就像一个工程的图纸，门若娜就像工程的总工程师。按照策划方案程序，一项一项奔走张罗，一项一项部署落实。从宏观把握，到所有细节，有一处心操不到也放心不下，生怕一着不慎搞上豆腐渣工程。周尚文看着门若娜被自己糊弄的策划书累成那样，心里着实愧疚难受，想为她分担一些操劳，又见活跃在门若娜周围的都是戴五狗等对文艺充满热情的年轻人，自己参和在里面实在是没意思。但是最后，周尚文还是忍不住从幕后窜到了前台，承担起排练难度最大的语言类节目的导演。从对句到舞台调度，再到动作表情的精雕细刻，周尚文这导演做得还是满像模像样的。

门若娜很有些不放心地来到语言类节目排练场看时，周尚文正端坐在正面，嘴角斜叼的烟把一只眼熏得眯缝起来，脑袋微微歪着，一边看剧本，一边这个那个地让演员按照他的要求做戏。这个小品是由戴五狗和乔思思扮演两口子，戴五狗正要打点行装到泽西教院上学去，乔思思见老公又照镜子，又抿头发，越看越不放心，就用反话刺激他，让他到了教育学院看有年轻漂亮的就再找上一个。戴五狗就捶胸顿脚地赌咒发誓，说他要有了离婚的想法就是狗。让人想不到的是乔思思这样俏丽的女人，却笨得要命，台步走不了，台词像背诵，表情更不到位。戴五狗倒是做作得满像回事，也许扮演这样卸载老婆的角色正是他的本色，迫不及待离开老婆的潜台词表现得惟妙惟肖淋漓尽致。把个门若娜看得又惊又喜，眼光里饱含着无限的满意与赞赏。

2002年的元旦就这样在忙碌的排练中到来了。忙碌把生活填充得如此的充实，充实得连女人都顾不得想了。其实，这是一段多么难得的日子，门若娜在遵循着周尚文的设计操作，周尚文又为门若娜的使命而尽心竭力。周尚文的构想是晚会的灵魂，构想的实施者不就是灵魂的肉体吗？那么，周尚文与门若娜的这次默契配合，不正是灵与肉的合二而一以至浑然一体的机会吗？共同的目标总会使心与心更贴近的，只可惜对业务太投入太执著了，心里就想着只有把节目搞好，才是重中之重，才是硬道理。人一旦沉迷在戏里，就无暇顾及戏外的事情了。那些把身边女演员搞到手的电影导演，一定是把勾引女演员当作第一目的，而把导戏当作手段与手腕的。

下午张贴出晚会海报，学校礼堂内座无虚席。第五排位置是焦克请来的校领导，周校长和校党委书记并列坐在中间，两边有冯处长等成对称状坐在两边，焦克和沈菲伊分别坐在校领导们的最两端。这既是陪伴领导，又显示了晚会的主办者的显赫身份。等校领导全部到齐，焦克就站起来向舞台入口处的冯格打个手势，音乐声骤然响起，大幕徐徐拉开，一个设计新奇前卫的舞台就豁然呈现在观众面前，单这个别致的开场就牢牢吸住了观众的眼球。

随着音乐的变奏，接着是一阵彩色的烟雾和灯光频闪，等灯光再大亮时，舞台上高高低低的台阶式圆柱体上，已经散乱而有序地出现了人物，或坐着，或站着。观众还在莫名其妙的时候，一阵歌声突然从遥远处响起，好像一股视听的洪流轰然冲下舞台，湮没了整个观众席，一阵雷鸣般的掌声骤然爆响。主持人在音乐与掌声的漩涡中出场，石

江南穿着一身白西装，门若娜穿着一袭短旗袍……门若娜震了全场观众，震了校领导，震了焦克和沈菲伊，尤其震了周尚文……啊，那身旗袍正是周尚文送给她的那件啊！是的，是的，那花色，那款式……

晚会收到意想不到的效果，笑声不断，掌声不断，领导上台接见了全体演员，拍着焦克的肩膀夸奖说搞得不错不错，看来你说得很对，你们班就是有人才哪。接着就握住门若娜的手夸奖她有创意有创意，看你就是个新潮姑娘，只有前卫的思想观念，才能搞出这样形式新奇而又主题突出的晚会来的，咱这节目上它省电视台我看也是不成问题的。门若娜却左顾右盼地寻找周尚文，并向校领导介绍说这台晚会的主要策划人是他们班的大才子，她最崇敬的周老师。可是她周老师却早溜到台下观众席里了。像周尚文那样灰眉鼠眼的家伙一旦扎人堆里，哪里还能看得见呢？

在即将走散的一片起立的人旮旯里，周尚文直直地盯着台上校领导们挨个儿握演员们的手和门若娜的手……周尚文心里涌起一丝被遗忘的失落感，但很快就豁然开朗了，这不正是他周尚文所希望的吗？他的所有努力不就是为了小门的这一刻吗？这才叫化作春泥更护花啊！……尤其，那一袭俏丽的短旗袍，又是那样的合身得体，那样的凸显线条！周尚文又想起那篇讴歌长靴的短文要义：它是那样的把她展现得完美无缺，她又是那样的赋予它生命的活力。这不也正象征了晚会策划的灵魂与总导演肉体的最完美的融合吗？敢情她是如此地珍视它，如此把它当回事儿，把它穿在了这样隆重的场合，这是多么的感人肺腑催人泪下啊！

39

晚会刚开始，同学们就发现冯格不知道哪里去了，台上台下的同学们都有些忿忿然，如此跟班里举办一场婚嫁喜事一样的的大事情，你堂堂大班长咋么能溜号了呢？看完晚会回到宿舍，舍民们才发现李三儿也没去看晚会。

后半夜的时候，冯格和李三儿蹑手蹑脚进了宿舍。李三儿悉悉窣窣的声音，比以往迟重拖沓的动作明显地加快了节奏，最让大家奇怪的是恒常持久的叹息声就在这一刻彻底地关闭了。李三儿一边脱着衣服，一边还哼哼唧唧着一首过时的曲调。冯格冲过去恶狠狠给了他一拳，李三儿才赶紧终止了咏叹。李三儿虽然乖狗儿一样地躺进被窝里了，但还是有按捺不住的惬意与欢畅从呼吸声里颤动出来。

舍民们一个个都支棱着尖利的耳朵，耐心地接听并细心地推测着这欢快的呼吸声背后的秘密。

倒是周尚文一点儿都顾不得去多想李三儿的情况，他还被晚会里生动的场面久久地激动着，脑海里的景象很难像舞台上一样，只要一切掉灯光，场景就被黑暗彻底湮没。差不多后半夜了，新奇动人的场面还在眼前一遍又一遍地浮现，观众席里的掌声笑声还在耳朵里一次又一次地回响，尤其是门若娜动人心魄的音容笑貌，尤其那短小旗袍的曲美动感，还是那样生动地活跃在他的浮想联翩里，活跃在他的情感世界里……

渐渐地，绮丽的图像上面就重叠上朦胧的迷雾，一场甜美柔情的梦境初具了轮廓：一个淡黄色的透明空间里，门若娜真切地立在身边，周尚文很鲁莽地就将胳膊搂了过去，而且清清楚楚地感觉到臂弯里纤柔的腰身，而且一点都用不着什么思想准备，就觉得娇柔的红唇已经黏合上了自己的嘴巴……

好梦一旦储存在心灵的胶片里，就和亲身经历过的事情一样成为美好的回忆。

每年的元旦就好像是旧历年的一次预热启动，从这一天起就正式进入了一次时空的大搬迁，辞旧迎新就像从一所老屋搬往新居，旧屋子翻搅得乱七八糟不成样子，而新屋子里却还没安顿妥当。老地方还不能彻底离去，新环境也未能安心入住。人心被搞得空荡荡乱糟糟的，时空感乱了，生物钟也停摆了。这段日子，也像两座屋子之间的一个过道，谁都没有把它从心里划归那一边的居所。你说它是新年伊始？感觉上又明明处在年末岁尾，满世界都匆匆忙忙地准备折叠起这段剩余时光，而准备另外开始一个新的年头。你说它是一个年头的扫尾阶段？又时时处处充满了新的一年已经开始的诸多迹象。一来二去，这段日子就成了两国之间一块地界不明的疆土，那家也把它算在疆域内，事实上又那家也没彻底归属。

在这段新旧年重叠的日子里，同学们一边焦头烂额地迎接着期末考试，一边匆匆忙忙地备办着年货。周尚文又一趟一趟地上街买衣服。给孩子买好以后，说是铁了心不给老婆买了，可是不知咋么搞的，又大包小包地给买回来了。

李三儿也破天荒地投入了过年的准备工作，也像模像样地从街上提回一个又一个的衣服包装盒。不光有几个系列的宝宝衣，还有几件超肥大的女人衣服。望着李三儿投身于正常人行列，舍民们又可笑又奇怪。李三儿一走出宿舍，就都像特务开碰头会似的捏着嗓子探究李三儿巨变的原因，一致认为虽然李三儿自从这次返校以后，哀叹声明显地少了，但那要命频率的彻底关闭，却是从晚会后的那一黑夜，彻彻底底回复了正常人的样子，正常得让所有人都奇怪得难以置信，难以接受。

紧接着，同学们就各自承载着各自的故事回家去与老婆孩子过年去了，李三儿的故事也随着舍民们的暂时分离，而失去了媒体关注的热点价值。

一直到开学舍友们又聚到一起的时候，有关李三儿的悬念才又勾起且听下回分解的欲望。冯格带来的消息却把所有人都震惊了：李三儿死了。

死因是吃过量了一种什么药，导致心脏病突发猝死的。据说李三儿这个年过得很高兴，不光是和老婆关系好了，还破天荒地领着老婆走了亲戚，看望了朋友。同事们一边为他惊讶，一边替他高兴。家里人更是像庆祝一桩大喜事似的为李三儿两口子的和好而欢欣祝福，鞭炮礼花放了一茬又一茬，亲戚朋友请了一桌又一桌。李三儿还把院子里屋子里挂起闪闪烁烁的彩灯和花花绿绿的彩挂。族人们只知道三儿媳妇肚里有喜了，对于另一方面的事却谁也难以知晓。

也许是好日子来得太仓促了，仓促得人五脏六腑都调整不过来，就像冰冷的杯子突然注入热汤一样爆裂了。李三儿死的那天是正月初十。早晨，张变池喊他起来放“十不动”鞭炮，喊了几次也没动静，就伸手到被窝里拽时，身上冰凉得把她吓了一跳。喊叫了几声，也不应声。急忙又伸手拉拽时，李三儿一动不动，急忙掀开被子看时，发现李三儿身子已经硬邦邦的，这才发现李三儿是死了。据帮忙入殓的老人们说，看那僵硬的程度，恐怕是前半夜就没气了。

这消息把308宿舍以至整个中文一班都震懵了，这人怎么这么没福气呢？才抖擞起精神做了几天人，怎么就悄没声儿地走了呢？人咋就这样不经活呢？好多日子，同学们都迷迷瞪瞪的，话少了，笑声少了，连市里那几个从不知忧愁为何物的家伙也安静了许多。当然最受打击的是冯格，一项气宇轩昂的架势也有了几分佝偻与憔悴，像被一种隐匿的罪责感沉重地压迫着。有几次早晨起来，同学们看见他眼睛红红的像是偷哭过。

在刚开学的这一个月之内，冯格就背着舍友们请了两次假。后来大家才知道他是去了李三儿家，一方面是去安慰李三儿的家人，更主要的是去李三儿坟墓前哀悼。这情况是史大可从冯格日记里偷看到的。冯格记起日记来，也是这学期以来的事。也许是不能向任何人倾吐的愧疚悔恨只能往日记里发泄？谁知道呢？

40

每一次开学，都像开始了一部连续剧的下一集，突发的情节自然有出人意料的效果，可上一集的悬念更让人牵肠挂肚。李三儿的悲情渐渐淡出以后，金浩瀚的离婚事业又成为近一段的焦点。

在开学不到一个月的时间内，金浩瀚已经请假回了三次家，可以看得出这家伙的离婚前景十分喜人，高兴的程度一次比一次有所递增，尤其这一次返校后欣欣然的样子，更像是就要迎来解放区的天似的，几乎又和刚刚接到参加国际研讨会通知时差不多了。

和何玲的关系也和以前大不同了，不隔几天就和何玲手牵着手上街逛商场，而且还不再是光看不买，所买的东西还都不是打折降价的，给何玲买的小裘皮夹克、咖啡色真牛皮靴子、纯羊毛披肩，据说都很昂贵。这个礼拜天回来，何玲手指上已经戴上亮闪闪的钻石戒指。种种迹象表明老金已经把何玲按正式的婚前老婆对待了。何玲也显然地以婚前老婆来事了，每每出现在308宿舍时，也不再像以前对待约会时那样精心着装打扮了，有时甚至穿着膝窝里皱巴巴的休闲裤子，口红眉毛都不涂抹就蔫皮黄脸地来了。恋人之间见面时如果不再注重外表伪饰，那就说明这二人的关系已经由外在形式进入到实质性的高度了。

就眼下看，这俩人的小家庭的模式已经初具雏形。他们把生活空间延伸到了李三儿的空铺上，多半个床面上摆满了方便面包装箱、鸡蛋、火腿肠和固体酒精炉，像小孩子过家家一样在上面做饭吃。抠门得连最基本的锅碗瓢盆也不舍得置办，就一个超大饭盆，两双筷子。顿顿吃的也就是各种牌子的方便面外加两个鸡蛋或者两根火腿肠。方便面煮熟后，俩人就各自拿了筷子头碰头就着一个饭盆吃，有时两边嘴巴共同扯起一团方便面，撕扯半天也撕扯不开，嚼在嘴里的面又不能吐出来，只得继续拔河一样往两边用力，再加上两双筷子的横夹竖挑，一团面条才算一分为二被两边嘴巴分别抽吸利索。金浩瀚把费尽周折收拾到嘴巴里的面条吞咽下肚子里，就嚅动着嘴巴瞎唱："生活是一团方便面，就像那解不开的小疙瘩呀……"何玲嘴巴里的面条还没咽下，被他这南腔北调的一逗，"扑哧——"一声，满嘴饭渣就成扫帚状喷发出来，一小部分喷到金浩瀚脸上，一大部分则喷洒到饭盆里。金浩瀚擦了脸，继续将筷子伸进饭盆里夹面条。何玲大叫一声："别吃了，里面喷饭渣了。"金浩瀚则挑起一筷子面条说："切，和我亲嘴时，唾沫子不知道直接往我嘴里输送多少了，喷这点饭末子就嫌脏了？"既而，故意把咀嚼声"吧唧"得更香美。何玲就皱着眉说："啊呀，我自己嘴里嚼了的我都嫌肮脏呢，真真的老农民吆。"金浩瀚就狡辩："切，不是老说是我不真爱你嘛，你看看我这连你嘴里吐出来的饭渣子都吃得这么香美，这能说我不真爱吗？人跟人要亲，鼻涕也不恶心，对吧，玲！"何玲却眉头皱得更深地说："好恶心幺。"

在爱的杠杆作用下，两颗脑袋就又碰到一起，汗水涔涔地合伙吃面条。这俩人吃面条的场面，让舍友们看得很是感动，都嘀咕说这简直就是他妈的活人版的《一碗阳春面》，都感叹艰难条件就是能把人与人的距离拉近，心与心的间隙黏合啊！

金浩瀚的被褥自来泽西教院还没洗过一次，已经很油腻了，稍稍一掀动就是满屋子汗腥味，但是何玲也不嫌，和金浩瀚钻在被窝里一抱就是一下午，后来连同学们下课回来也不管不顾了，好像是作秀给同学们看似的，反而搂抱得越紧巴了。有几次连黑夜都不回家，两人就肆无忌惮地搂抱着与舍友们同室共寝了。

王天翔人模人样地按捺了一段时间，到底忍不住了，就试探性地与寡妇新秀张变池通电话，听出对方还在为丧偶伤心，更深入的话题也没法进行，只得重复地安慰死的已经死了，活的人还得好好地活。安慰的话不但不能把对方安慰宽心，反而把自己搞得更烦心，思念老肉墩的心思也愈发强烈了。

望着老道统红扑扑的脸庞，周尚文也有点心旌摇荡了。可理想中的美人永远是一个愉悦身心的崇高理想，虽然可以激励着 40 岁的心脏永不衰老，可镜中的鲜花终究是可望而不可及的，要解决眼前困难，为什么不回归到触手可及的栗晓慧呢？这几天不正在研究生函授班冬季面授期吗？而且很快就到结束的日子了，等栗晓慧下一期来泽西教院面授时，2001 届的学生就毕业离校了。周尚文突然觉得与栗晓慧的相约机会也十分的珍贵。他很后悔，从开学到现在这么些天了，咋么就没有抓住机会呢？

想到这里，周尚文就立马翻身下地直奔函授班女生宿舍，厚着脸皮约出了栗晓慧。

周尚文赌咒发誓地向栗晓慧表态说都是你太过敏太多心了，我周尚文土老冒一个，能与你栗晓慧碰撞出这样一段浪漫史，我窃喜庆幸还来不及呢，咋么会有冷落你的可能

呢？可我对你就不一样了，说实在话，要是见面频繁一点，也还感觉不到咋么想你，可是都相隔这么长时间了，你不知道我是咋么想你呢？栗晓慧虽没被他说动，但她还是跟随着他出了宿舍，到了饭店，与周尚文共进晚宴了。

情人间闹别扭，只是将奔流不息的江河暂时堵截，等到情感的积水壅塞到承受的极限，决堤而出的波涛就会更加汹涌澎湃不可收拾。俩人吃饭的当儿还别扭着，栗晓慧行动上顺从着周尚文的安排，但态度上仍然犟着。栗晓慧一边小嘴地吃着饭菜，一边讥讽地扑扇着眼皮，一针见血地指责周尚文，你什么意思啊，又饥不择食了吧？怎么？美味佳肴够不着，姑且拿方便面胡乱充饥？

周尚文虔诚地微笑着，倾听着，诚恳地接收着所有怨恨与批判，很配合地让对方把自个儿剖析得体无完肤……

等栗晓慧把一肚子怨气重复地絮叨了三遍，也就度过了井喷的高峰，周尚文这才开了腔："是的，我承认你说得都是对的，我也给你做了自我剖析了，我一生都在学习鲁迅解剖自己严于解剖别人，我这人的确是你说的那德性，见了美女就眼珠儿不转，有美女爱上我，我也难以保证坐怀不乱身心无动的。但你在我心里的位置毕竟很重要，这也是真的。"

栗晓慧撇撇嘴，没有说话。

"你可真能保密啊，上研究生班的事，一点都没对我透露过。"

"值得吗？学业上的进取，有时可能是失落者的平衡砝码。"

"真的，我应该向你急起直追，目标始终如一。"

"哼，见美女就爱的泛爱主义者，说白了就是花心萝卜的同义词，能目标始终如一？"

"泛爱主义者，一旦选定爱的目标，反而更专一，比如贾宝玉。"

俩人走出饭店，已是满天星光。周尚文边说边走，栗晓慧并行不悖地走在一侧，一直走向了周尚文预谋的陷阱。

走进登记的房间，堵截已久的河水就轰然决堤。周尚文刚一搭手，栗晓慧就软瘫了一样贴在周尚文怀里，激动得气都喘不上来，抱起来就吻成了一团糟……

登记的两个小时很快就到了，周尚文想续成一个通宵，但栗晓慧坚决地拒绝了，说面授结束还要考试，这几天还得抓紧复习。二人出了旅店，回到校园，在甬道的岔路口，周尚文紧紧拉着栗晓慧的手，深情道："哪天走？我去送你。"

栗晓慧长叹一声道："没那必要。"

"为什么？"

"有情的送别，太凄凉；无情的送别，又太勉强。"

"我俩咋么能算无情呢？"

"有吗？"

"你瞧你，又说这话。"

“算了吧，我们还是不见的好。”

“商人才重利轻别离呢，毕业离校没送你，我难受了好多天呢。”

“真话?”

“绝对!”

“那好吧，我下一礼拜天离校，我等你。”

“好的，好的。”

在朦胧的月色下，栗晓慧近距离地盯了一会儿周尚文，突然抿嘴而笑：“算了吧，性伙伴关系，有那必要吗?”

望着栗晓慧哀怨的背影，周尚文感到一丝隐隐的伤感。

41

转眼到了李三儿的尽七日，冯格又请假到了李三儿家一趟，大约是帮助安排尽七祭奠的事。回来时，冯格后面跟着小肉墩张变池。

张变池还是没有一丁点瘦的的迹象，还说李三儿死得折了她半条命，气得她天天只吃半碗饭呢，谁信呀?真是为李三儿伤心，咋么连百日祭祀还没做，就挺着怀孕的肚子急不可耐地跑城里来了呢?李三儿的遗物，冯格都已经给她捎回去了。李三儿的所有赊欠，冯格也都给办理妥当了。你借口是来处理李三儿后事，这不是大白天说梦话吗?别看你硬挤出几滴眼泪，但那正好应验了那句话：女人的泪水都是鼻涕找错了出口的地方了。

舍友们虽然对寡妇新秀的表现颇多微词，但小肉墩的到来，还是给308宿舍带来了情趣。韩向东率先打破了悲凉气氛，说：“弟媳妇哎，《红楼梦》里都说‘君生日日说恩情，君死又随人去了’，况且又是走进新时代了，就没必要学李纨坚持节操，落得个‘枉与他人作笑谈’了。叫我看呀，远跑不如近搜索，你看咱这宿舍里谁合适，来我给弟媳妇你说合说合，你说呢?”

张变池肉泡泡的眼睛就越发笑成了一条缝，在韩向东大腿上狠狠拧一把，说：“把你死鬼吆。”

见小肉墩的悲伤已被叠压在欢悦的红晕里，韩向东愈发得寸进尺：“嗨，弟媳妇哎，你看你哥哥我咋样?”

张变池笑弯了腰：“好死鬼吆，好死鬼吆，我要是答应了你，那你老婆咋处理呀?。”

韩向东好像很严肃地说：“嗨，你看你这弟媳妇说的也是，只要你看上哥哥我，那我立马就换。哥哥我早就想换片子呢，就是怕找不上个合适的哩。”

张变池也板正了面孔：“那你看我合适了?”

韩向东认真说：“嘿，瞧你弟媳妇说的，哥哥我为你寝食不安了多少个不眠之夜了，你知不知道啊?”

张变池也认真地说："那行，那咱就一言为定了，你要敢推脱，可不行咹！"

"好的，好的，那咱就一言为定了。"

"你要敢反悔，我一刀废掉你！"

"啊，好的好的……"

"说，什么时候回家处理老婆去？"

"好好好，今下午，今下午我就回家踹老婆。"

韩向东在下铺开玩笑，上铺的两个老家伙，一个笑得绷也绷不住嘴，一个早气得老黄脸变了形。而下面的玩笑却越开越接近了色情性和可行性。韩向东嚷嚷着就要和小肉墩先进行婚前性行为，说要试验试验两个物体的吻合度。王天翔终于到了忍无可忍的程度，一骨碌翻身坐起身，一出溜下了床，恶狠狠瞪一眼吊塄瓜，又恶狠狠瞪一眼小肉墩，脖颈一拧，叮咚叮咚就走出门，并把门板拍得"轰隆"一声巨响。

屋里的舍民们相互挤弄的眼色一下子连接成了因特网。周尚文鬼眼眨眨地鼓励着韩向东。金浩瀚和史大可如饥似渴地观赏着吊塄瓜将咋样操练小肉墩。韩向东在大家赞赏的眼光里得寸进尺，不仅将吊塄瓜脑袋款款伸向肉挺挺的胸脯，还将一只手肆无忌惮地探向浑圆腰身。话语里愈发添加了黄色素，说算命的说他这辈子命里全是肉女人，老婆肉，相好的肉，这不是遇上你弟媳妇还是个肉。看来哥哥我这辈子就是吃荤的命了，想做个素食主义者都不行。

小肉墩看出王天翔的醋意，反而变本加厉地撩逗韩向东："那咱就说定了啊，大丈夫说话可不能反悔啊，一言既出驷马难追啊，这可是哥哥你先跟俺求婚的啊，俺还正发愁俺孤儿寡母的没个着落呢，这下可是好了。那从这会儿起，俺就是你的人了啊！今晌午的饭哥哥你就得接管起来了啊……呀呀，你看看，你看看，咋一下子就傻瞪了呢？你说啊，说啊，今晌午的饭咋呀？说啊，说啊你，咋一顿饭就把你吓得稀松了啊？不用你鬼眨鬼眨那两只眼，想推脱我啊，没门！就是没门！就哥哥你了，活是你的人，死是你的鬼了……"

张变池一个劲儿地发挥着，把个韩向东搞得傻不愣瞪，再也接不上话茬儿了。

王天翔的老黄脸气得紫青了一天一夜，还气哼哼地向周尚文嘀咕，说我王天翔要再和张变池这狗日的说一句话就不是人。张变池见老黄脸气得越厉害，向韩向东的桃色攻势反而进行得越主动。故意黏着韩向东让管她的饭，还要韩向东给她买订婚戒指什么的。韩向东被吓得节节败退，下了课连宿舍都不敢回来了。

第二天吃完早饭，韩向东就慌不迭地准备抱着脑袋逃遁。金浩瀚急忙向张变池挤挤眼睛，张变池会意地一笑，将粗壮胳膊一横，拦住韩向东的逃路："咋？又溜呀你？韩大哥唉，自家说上的话，咋你自家也不认账了呢？光是说了话就不见行动啦？咋你是这点出息呢，一顿饭就把你吓得傻瞪了呀？俺还说是把俺这160斤肉托付给你哪？韩大哥唉，"见老黄脸青紫得快爆裂了，越发来了劲儿，"嗯，韩大哥，是长是短说句话嘛，到底咋呀？嗯？说嘛，到底咋的呀？”

韩向东尴尬得入地无门，左冲右撞的半天，也撞不开张变池横在面前的胳膊。舍民们紧绷的嘴巴再也噘不住了，都“嘿嘿哈哈”的爆笑成一团糟。恰好上课钟响了，张变池才高抬起横亘的胳膊，韩向东才在大家伙的簇拥中仓皇逃离宿舍。

王天翔一骨碌翻身坐起，“霹雳吧嚓”出溜下床，“叮咚叮咚”就要冲出屋门！

已经走到门口的冯格，一转身堵在门口，冲着王天翔训斥：“嘿嘿嘿，咋么？赌气走呀？德行，什么男人哪！”

看着小孩子一样的王天翔，张变池又好气又好笑，说：“嗯呀呀，还真是跟个小孩子一样呢。”

王天翔脖子一拧，老黄脸越发朝了天。

“咋，真恼啦？嗯呀呀，大真恼啦唉！”

王天翔鼻孔里“呼哧呼哧”喷着气，脖子一下一下扭动着。

张变池见冯格态度恶劣地瞪着老道统，急忙拽了拽王天翔胳膊低声说：“算了吧你，过两天我就得走呢，不能再拖了，要说甚赶紧说道说道哇，走哇，走咱到外面坐坐哇。”

王天翔一扯胳膊，甩开张变池的手。

张变池一下子变了脸色：“哎呀，真是的，还真恼了呢，还是高中老师呢，大学生呢，还不如俺们婆姨们呢。李三儿倒是个气门芯，咋你也是这么个懵头疙瘩呢？你到底是要咋呢？你是跟我去不去哇？要去就走，不去就拉倒。”

冯格像看一堆臭狗屎似的，楸着鼻子斥责：“你真是给我们全国中年大学生丢尽人了，人家女人家都这样了，你还扭捏个啥呀？”

王天翔胳膊一耷拉，老黄脸也微微泛了红。

“去去去，到大街上随便拉一个男人，抵不住这么一颗驴脑袋？还用你这么低眉下眼的哪，看看值不值得哪？真是的，这世道还真是颠了倒了呢！”冯格恶狠狠摔下一句话，离开了屋子。

张变池一边忿忿往出走，一边说：“愿就来，不愿就拉倒，真是的，还真是颠了倒了呢！”

王天翔虽然随着张变池跟进了，但老黄脸依旧愤然地朝着远方的天，坚决不看她狗日的一眼，哼！

一出校门，张变池就“哩哩啦啦”地开了本，说你看看你还大老爷们知识分子高中教师呢？实在是肚里有了你的不索利了，要不就你这副样子，哪个女人能看得上你呢？咋你是这样的一个半脑子不机明呢？咋你连个玩笑话都醒不下呢？你一天价咋给孩子们教课呢？敲笸箩还震得簸箕响呢，说王八还震着鳖呢，你是甚的个脑子吆，也不想想那些话是说给谁听的？我能来不来就把我这百八十斤肉托付给个不相干的人？你可真是的吆……

王天翔脖子一拧，吆喝道："你你你一个劲色迷迷地看吊塄瓜你当我不知道？吊塄瓜低德下贱往你身上凑，你一个劲儿往上黏，你当我看不出来？你都快捧住吊塄瓜啃了，再进一步就解衣宽带了，你还不承认？你还狡辩抵赖倒打一耙呐，反倒笑话我小心眼呐，哼，简直岂有此理，岂有此理！"

小肉墩斜眼瞥着憋涨得青紫青紫的老黄脸，肉肉的脑袋无奈地摇晃着，说："啊吆吆，越看越是个半脑子吆，幸亏还没跟了你呢，真要是跟了你还不知道要把人管成个甚呢？"

王天翔脑袋大幅度地拧了一圈，叫喊道："你张变池真要是成了我的人，那颗西葫芦脑袋吊塄瓜早让我一拳砸成肉泥煎饼就着大葱狼嚼虎咽到肚子里化作一堆屎拉茅坑里了。"

张变池眼皮扑扇扑扇的，上嘴唇一翘一翘的。表面上气恼着，其实是在幸福着陶醉着，她还从来没有感受过男人为自己如此吃醋的全新体验哪！

午饭时，青紫的老黄脸回复了本来面目，但仍然不给她张变池好脸色，并且很愤慨地宣布说"今中午我得喝酒，我又没带钱"，张变池忿忿嘀咕说"什么男人呢"，却一甩头挺着胸膛走进饭店，点了三个菜，一瓶酒，说："给，喝死你！"王天翔"气呼气呼"地吞吐着鼻息，正襟端坐于主席位置，气吞山河地嚼着菜喝着酒，以此来给不守妇道者以最无情的惩戒，也好还自己以公允。

王天翔煞费苦心的惩罚性大嚼大咽，对于张变池却一点作用也没有。看着老黄脸由黄泛红继而又涨紫，心里就热乎乎地想，冯格兄弟说得对，这人好共事，一喝酒就脸红的人都是些玻璃肚子，有什么心思也藏不住，都露在脸子上。哪像李三儿，越喝酒越是白脸奸臣，打道了多少年也还是看不清摸不透，深不是浅不得。这样一想，就倾心掏肺地开了话匣子：说别看你动不动就发脾气，其实你是个好心人，俺后半辈子托付给你这样的人，也就凑凑合合了。俺是个没工作的人，需要人养活，还有肚里的劳什子，转眼也就是个人了，等生下来以后，俺娘母子们孤儿寡母的，没个男人可咋活呢？肚里的人是你王天翔的人，俺张变池也就只得是你的人了。要不是跟上这颗肚，俺张变池还不是想找个甚的人，就能找个甚的人？可现在说甚也赶不上了，生米煮成熟饭了，一拳头捣在肚里就是了，人的命，天造定。但是有一条，是你王天翔来李家，可不是我张变池嫁你王家，还有，孩子以后必须是姓李。愿就这样，不愿就拉倒。

王天翔喝了几口酒，满脸的恼怒早被奔涌的热血淹没了。肚子里翻腾的话按捺也按捺不住了。肉嘟嘟的脸盘儿让他美滋滋的；一点都不见外的叙说更让他热乎乎的。让他倒插门的条件虽然有点太苛刻，但任她女人家咋唠叨，咱不答应她就是不答应她。

半下午，王天翔酒醒后，才回想起事情的严重性。急忙苦着脸去求冯格降低条件，谁知冯格的态度更坚决，说张变池要离开李家另嫁他人，还找你王天翔这柴干巴黄脸驴吗？要愿？就这！要嫌条件不合适，那我就给人家回话，怎么样？王天翔窝着脑袋思考到天黑也没思考出结果来。冯格愤然起身，说"算了算了，那我就给人家回话了"，王天翔急忙拉住冯格说："那那那就这吧，就这吧。"冯格说："就什么就?"王天翔说："就，就，就，到女家就到女家。"

张变池在住了一个多礼拜。老家伙们建议王天翔领上张变池去登记旅店，说这样一方面可以增进感情，另一方面还可以提前发现黏合问题，却遭到老道统厉声斥责。王天翔颤抖的食指频频从周尚文脸前晃荡到韩向东眼底，再从韩向东眼底平移到周尚文脸前，措辞十分严厉地说：你们俩，对我们这桩婚事，耿耿于怀、怀怀在心，横加干涉、百般阻挠，竭尽挑拨离间之能事！从中作梗不成，又另耍花招，千方百计想把我王天翔在张变池眼里的形象毁掉。你俩也不睁开眼看看我王天翔是何许人也？我王天翔南京路上好八连，身居闹市一尘不染，想用资产阶级香风毒雾把我拉下水？居心何其毒也！

韩向东讥讽地撇撇嘴说：算球了吧，老道统，你是下口的狗不哇哇叫，当年抗日游击队都可以利用青纱帐与日本鬼子神出鬼没迂回闪躲，如今的青纱帐也可以用来作罪恶勾当的遮羞布。

王天翔脖子一拧一拧地承受着污泥浊水，先是一副忍辱负重的样子，而后又提升为宽大为怀的姿态，像获胜者对待落伍者似的抿嘴而笑，说，唉，你看我，和你俩计较个啥呢，有差距的人之间出现一些不平衡心理，是可以理解，可以理解的嘛。哼，你们就等着吃我王天翔和张变池的喜糖吧，啊！

果然像王天翔说的那样，有一天晚上，王天翔提留到宿舍一大包香烟喜糖，一边点头哈腰地分散着，一边说变池这几天在宿舍里给大家添麻烦了，谢谢大家了，谢谢大家了。完全是一副张变池当家人的口气。家伙们一边分享着甜蜜，一边嚷嚷着说，不行不行，这样的安排太简单化了，起码得搞一桌像样的酒席和一次像模像样的洞房花烛夜才是。

42

金浩瀚说收发室有封日本来信，是周尚文的。周尚文一听，脑袋里"嗡"的一声，差点晕倒在地。深一脚浅一脚的走到收发室，拿起那封耽搁了很多天的信，他在收发室就看了一遍，半路上又看了一遍。拿回宿舍，静了静心，又全神贯注地细细研读一遍，对信中稚嫩的中文内容还是有些疑惑。愣怔了半晌，又一口气找到焦克老师让帮助辨析。焦克看了半天，也难辩真伪，就领他到外语系一个日文老师那里去辨认。日文老师把信封、信纸边角上印刷的日文内容认认真真甄别一遍，说，信里的内容他不好乱下定论，他只能肯定邮戳、信封、信纸倒还真是出自日本的。

邮戳、信封、信纸真是日本的就没假吗？金浩瀚的亚洲研讨会通知信函上面，这几项内容不也真真切切的都是香港的吗？

金浩瀚更是一个劲嚷嚷："你瞧你，我遭遇你同样问题的时候，你还笑话我头脑发热呢，我当时还是第一个吃螃蟹，先过河就得先涉脚呢。可是你呢？你已经有了我这前

车之鉴了，接了个日本信儿，你咋也拿着个信封封屁颠屁颠让这个看了让那个看呢？看你那样子好像还美滋滋等着好事呢，切，没有门的事儿！好事绝对轮不到你我之辈身上的！但愿你汲取教训，趁早死了那心思。你也不想想，连香港同胞都来欺负我们了，侵略成性的日本帝国主义咋能恩惠于你这么一个灰眉鼠眼的土老冒啊？"

周尚文兴冲冲的样子被一盆冷水浇了个透心凉。说的也是，国家主义灌输得个个傲气十足的大和民族东方富国出版社，咋么会看得上他这么一个山区县中学教师的文章呢？自己本来就疑惑，宿舍里家伙们又众口一词奚落：纯粹是瞎扯蛋，咱们 308 男生宿舍是咋么着了，如此吸引世界上跨国骗子关注哪？韩向东解释道："苍蝇不叮无缝的蛋，要不说狗屁文章呢，没有狗屁味，骗子咋能寻到咱门下来呢？"

周尚文被舍友们挖苦得有点恼火，就起来反驳，你们他妈的扎人堆里就找不见了，身边的人都引不起注意，别说引起世界人民关注了。再说了，我的稿子是直接给了江腾小姐的，信的落款签名也和江腾在他笔记本上的签名是一种笔体，她又是学术界高层人士，咋么有可能参与骗局呢？我这信和金浩瀚那通知根本就不是一回事。也没说让我交什么费用，更没说是让我到哪里哪里去领奖什么的，只是告知我，我的一篇小说将被她译介到日本了，最多也就是不给我稿费罢了，骗我什么呀？

舍民们立刻群起而攻之，幼稚，幼稚，知识分子典型的幼稚病。轻信，太容易大脑发热，太容易被假象冲昏头脑了。一个江腾小姐就把你个老奸巨滑给迷住了？你以为骗子是横眉立眼的江洋大盗啊？骗子的最大特点就是首先要从外貌上取得你的信任的。美女咋么，美女就一定不是骗子吗？美色外表不是更具备欺骗性吗？切，江腾，江腾咋么？江腾就不可能是骗子吗？冒充讲师到处演讲的骗子还少吗？假的国际友人没有过吗？暂时不让你交高额费用就可信吗？说不定更是一个放长线钓大鱼的特大圈套呢？说到底骗局的诱导过程其实也很简单，首先就是在你眼前晃荡一个诱饵，而后让你一步步走向陷阱。老金不是还假惺惺地搞什么视频答辩吗？不也是让你觉得门槛很高很高，很难准入吗？你能说咱们老金不是精明透顶的人吗？老金不是也曾经怀疑过吗？但他最终还是被人家牵着鼻子进了圈套了。为什么老金这样的精明家伙也会上了当呢？其中一个重要原因就是你俩都对自己没有正确估价，甚至有点不知天高地厚，以为自己是天上少有，地上绝无的宝贝疙瘩。今天涂抹个论文啦，明天划拉个小说啦，这不是正好把虚荣心暴露给骗子吗？其实，防范欺骗最好的防疫针就是自己要知道自己有多重，把自己实实在在安装在适合你的位置上，以不变应万变，那才会风吹不动你，水冲不走你，谁又能骗了你哪？你自己就轻飘飘离开大地母亲了，骗子不来找你又找谁去呀？你看看收发室里那些铺天盖地的破信封，又是联系出书的，又是联系会议的，又是发什么什么奖项的，那不都是你们这类人自己招来的吗？你再身子一失重，你不上当受骗才怪了呢？还有个最好的鉴别真伪的办法，那就是，你老金也好，老周也好，连小小泽西教院，以至你们那山区小县都显露不出你们来，在全省全国更是门都没有，咋么有可能在国际上有露脸的机会哪？啊，我的先生们唉！一句话，把痴心妄想侥幸心理一拳头砸在肚子里，把那不值半分钱的信纸付之一炬，脱胎换骨，回归人间，苦海无边，回头是岸，做个正正常常的人。懂吗，尚文老大哥唉！你还常常说人劝人好为人师呢？聪明一世糊涂一时啊！当局者迷啊！

周尚文哑然默然，半天无话。

周尚文又把那封信看了半晌，横竖看不出破绽来。那只是一封普通的发稿通知，咋么会和骗局联系在一起呢？尽管有金浩瀚亚洲国际研讨会一事，但那也不能硬性类比啊？接下来又会咋么样呢？让他预交巨额出版费吗？也通知他到某地领奖什么的骗取连带费用吗？周尚文脑子里堆积了一个又一个疑虑，但接着又一个个都被否决掉。就这样瞎揣测是什么意义都没有的，结局只有等到结局的那一刻才能知晓的。

周尚文一折一折地折叠起那张信纸，就像收拾打包起撩人的希望一样寒心，像经历了一次心灵的腾飞与跌落，经历了一次痛苦的认命似的。难道这辈子只能这么灰眉鼠眼无声无息地一边吃着人人都可以吃着的饭，一边呼吸人人都可以受用的空气，活到死的那一天不成？

周尚文忿忿地想：这怎么会是假的呢？江腾小姐怎么可能骗人呢？她那么美，那么纯真，孩子一样的性格，绝对不会骗人的。再说了，此时的周尚文，最需要的不正是能使梦想姑且延续吗？即使是欺哄癌症病人的假药，不也可以给苟延的生命以一点生活的信心吗？即使对病情毫无作用，也可以使病人在生的希望中走完最后的时日呀！

金浩瀚又接到法庭传票，说就要下判了。金浩瀚对何玲说，等着吧，这回是真的有盼了，等从法院大门走出来时，就是解放区的人民了，到时候你可别耽搁了我啊。何玲说，你离你的去哇，我跟我老公离婚就跟按电钮一样，哪时要离，一按电钮就离了，哪像你们这些农村人，离个婚嘛，简直顶得上八年持久战了呢。财产孩子早商量好了，我老公还有点等不及了呢，就等你的了。金浩瀚很有些疑惑，摇摇头说，怎么可能呢？夫妻离婚就相当于家庭的一场改朝换代，咋就能那么简单哪？简单得像按一个切换开关哪？这条路要是太顺畅太轻而易举了，那离婚的美好理想可就大大地打了折扣了。

何玲望着一时语塞的金浩翰，说，你这个人是怎么回事呀？是不是真正到了见真兑现的这一天了，你又后悔了呀？金浩瀚低头想了想，觉得自己的思想总是太深奥，总是难以被人理解。就连连摆着手说，我的意思是……唉，什么事太容易了，并不见得是好事，没有了艰难曲折性，也就失去了目标本身对你的吸引力了，即使达到目的，成就感也不那么明显了……算了算了，不说了，不说了。

何玲扑闪扑闪向上翻卷的深蓝色假睫毛，尖声叫喊起来：金浩翰你说什么呀，离婚还有成就感哪？

但金浩瀚还是谅解了何玲的愚蠢，尽管难以达到与自己对话的悟性高度，但也得检讨自己的表述的确有点缺乏通俗化。金浩瀚翘着嘴角望着何玲微笑了半天，总算找到深刻道理浅显的讲解方式：那咱这样说吧，你说你现在一按按钮就跟你现在的老公离婚了，到时候你跟了我，谁知道你那时一不高兴了，也一按按钮就把我也给切换掉呢？

何玲的假睫毛大开大合地扑扇了一下，就完全明白了：啊，你早这样说我不就明白了吗？你和我说话还嘬什么狗臭文呢？不会的，跟你金浩瀚我何玲绝不会的……唉……谁知道呢……这种事你让我现在就赌咒发誓又有什么用呢？

调侃是调侃，但金浩瀚还是对何玲有点担心，孩子七八岁了，都可以随便按下离婚按钮，半路夫妻更他妈的没个准。

倒是这次的法庭宣判利索得和按按钮一样，大约一节课时间就把十多年的婚姻关系给彻底解决了。孩子跟了霍蓝玉，金浩瀚负责一个月 180 元钱的抚养费。孩子是最棘手的问题，耽搁这么久时间，多半是因为金浩瀚不放手孩子。和其它家庭不一样的是，金浩瀚的孩子不恋母亲而恋父亲，法官们多次征求孩子意见，孩子都是愿意跟爸爸，金浩瀚也据理力争想把孩子留在身边，但最后还是判给霍蓝玉了。至于房子财产，金浩瀚早表了态，随便，既然你霍蓝玉觉得这一堆物质都是你弄来的，那你就全拿走，愿拿什么拿什么。霍蓝玉也不是见东西就拿的那种人，她只说盖房子她实在是出了力，叫她离开自己亲手缔造的房子，那这个婚就离不成。房子归霍蓝玉这一点已是铁板上钉钉，没有商量的余地了。其余电器家俱等，她就不很看重了。金浩瀚又想，房子都没有了，要那一堆东西也没个地方搁，就也全部放弃了归属权。至于存款，金浩瀚到底也弄不清底细，也就没法成为摆上桌面的一项理由，他在法庭上嚷嚷了几次，都被人家说成是理由不充分而不作案由处理。金浩瀚直到走出法院大门，在感受到自由的那一刻，他才猛醒自己几乎是卷铺盖出门，已然是孑然一身无根的浮萍没着没落，确乎就是个流浪汉了。

但是比起精神的彻底解放，物质上的损失又算他妈的什么呀？说到底，家庭还不就是那一堆身外之物吗？被那几间房子几件家什一堆坛坛罐罐束缚住，那还有好活的一天吗？不过奇怪的是，金浩瀚尽管这样想得很开，看得很淡，但也还是愉快不起来的。有关冲出围城的诸多格言警语也不能使他从消沉里走出来……金浩瀚着实感到了一种从未有过的失落感和漂泊感。最实际的是中午饭到哪里去吃？晚上在哪里落脚？农村老家他更不能回去，他老爹要是知道他已经背着他办了离婚，打不折他一条腿才怪呢！

金浩瀚最终还是厚着脸皮，回到现在房主已明确为霍蓝玉的那个家。他进门进得理直气壮所向披靡，他完全有资格在这所房子里再耀武扬威一番的，房子里含有他的心血汗水，这也就不提了，最重要的是这房子里有他的亲儿子。他来不是看房子，是来看儿子的，这不就是他可以一脚踹开门的最充足理由吗？

金浩翰连看都不看霍蓝玉一眼，直直走到儿子跟前说："儿子啊，来爸爸看看你，"孩子好像已经感觉到一点家庭变故了，忸怩地喊了一声"爸爸"，就紧紧地抱住他，眼里泪盈盈的，一句话也没说。金浩翰把小儿子紧紧一搂，咋也止不住泪蛋儿扑拉扑拉地往下掉。

霍蓝玉到底是霍蓝玉，大大咧咧做了一桌丰盛的饭菜，让老金再吃一顿最后的午餐。老金为了和孩子多呆一会儿，只得抱着孩子在饭桌边坐下来。但毕竟笼罩了盛宴将散的悲凉，尽管两人想在孩子面前装作没事人一样，但已经搜索不出可说的话语了。霍蓝玉问："哪天走？"金浩瀚答："下午有车就走。"霍蓝玉说："走不了还可以在楼上住。"金浩瀚说："走不了再说。"孩子突然插话："爸爸，你跟我妈离了婚了？"两人一震，什么也说不出，谁也再没咽下一口饭。

老金离婚后，何玲的离婚进度并没有像她说的像断电一样，顺手一按按钮就成。前前后后也经历了20多天的周折。尽管他们算是协议离婚，而且早已做了充分的物质的和精神的准备，但他俩的离婚一嚷出去，在单位和社区里，还是像一石激起千层浪似的，成了人们交头接耳的重大新闻。有的啧啧惋惜，有的摇头不信，亲朋好友都来询问规劝：是什么人造谣说你俩要离婚呢？什么人吃上饭没事干成天就造这种损谣呢？什么什么，真要离了？你说你俩这是发哪门子神经了？夫妻俩感情好好的，家庭好好的，怎么就想起要离婚了？是念培训班好上人了还是怎么的了？你看看，你看看，何玲你一开始要上成教学校，同事们就劝你不要去不要去，你就是要去就是要去呢，谁不知道你何玲是个活心子人呢，见了长得帅的后生就怕你招架不住呢。你看看这不是言中了吧？你不听人说，成人教育大学院，老婆老汉配种站，三天两头住旅店，半年就把离婚办。你看看你还真是叫人说对了呢？

双方的父母更是气得跳楼上吊，四张嘴就哆嗦着一个词，疯了，疯了，简直是疯了！两边亲家协同作战，决定采取行之有效的措施，让婆婆负责控制男方，岳母负责监管女方。这两位老母亲对自己的执行能力有点不自信，还动用来办事能力说服能力都干练利落的社区负责女同志。公公和岳父则趁其隔离监控的间隙，盗出钥匙，搜出户口本、身份证、结婚证等办离婚手续时需要的相关证件，严密查封，强行扣压。这样的僵持了10多天，何玲和老公才算表了态，说不离就不离吧，俺们也并不是非离不可，都是你们听到风就是雨的，还把风雨张扬得满城都是。真是的，你当是什么事呢？不就是不离婚吗？不离婚能死了人吗？这还不容易啊？

双方老人又观测了他们几天，见二人已然和颜悦色温情脉脉，紧绷了几天的心弦才算渐渐松弛下来。恰好在这几天中，何玲胆结石发作了一次，疼得满头大汗，老公在一旁也急得大汗淋漓，送何玲上医院时，把何玲背进背出，把个小个子丈夫压得跌跌撞撞东倒西歪，他竟是那么的无怨无悔赴汤蹈火在所不辞，这样的具备老黄牛精神的好老公，哪里寻？哪里找？医生说最彻底的根治办法是做手术。何玲老公毫不迟疑地表态说，五六千块钱？五六万也得做！那慷慨解囊的样子，把4位老人都感动得瞠目结舌，何玲也紧紧拉着老公的手，小鸟依人地顺从着。要不是几位老人坚持，能消炎就先消消炎再说，不到万不得已的时候不要做手术时，何玲现在还躺在手术台上呢……假如要是那样的话——这场离婚游戏也许就不可能进行下去了？

如此感人的一幕，虽然感动的覆盖率不是很高，但起码把双方老人都感动得脸上掬出美滋滋的笑容，双方老人也就在这美滋滋的微笑中丧失了警惕性——也不能怪人老心

不乖的缘故，即使叫来眼光最具穿透力的国际神探，也不可能把这感人一幕中的两主角，看成是行将分离一对夫妻啊？

医院回来，戒备并没有立即解除，由于家窄锅灶小，坚持蹲守的老人实在是有些不大方便，双方的老爸就先撤离了岗位。接着何玲的公婆也放心地离开。现在就剩下何玲的母亲一边伺侯着还在养病中的女儿，一边继续着观测和规劝的任务。

何玲的胆结石剧痛属于急性发作，输了几天液，也就没事儿了。何玲的母亲也准备打点回家了。临走时，望着女婿对女儿无微不至的看护照料，望着女儿娇柔地依偎在女婿胸膛甜蜜的样子，叨叨说，你看这多好，本来就是恩恩爱爱和和美美的两口子，真是不知道跟上什么鬼了呢。看俺外孙孙亲的，咋舍得把好好的一个家拆毁了呢？你们离了叫俺孩子怎么过呢？你看这多好呢，房子也装修得这么舒适，女婿这么好的人，你说你还有什么不足意的？还有什么不美满的？哎呀呀，真你是疯了呀，疯了呀，你再发神经闹离婚，你看你娘我给你死下死不下！

就在何玲母亲撤离后的第六天，何玲就和老公办了离婚手续。只是还在一个家住着，维持着离婚不离人的现状，蒙蔽着双方父母罢了。

已婚的人为了和第三者走到一起，就不得不抛弃自己的另一半，可是当你一旦凭借着情人的吸引力与敦促力和另一半离异以后，突如其来的轻松自如，就会使其觉得像从一个围堵的四合院走向一片无边的开阔地，看到四面八方都是可走的路，处处都是更诱人的全新生活等在不知名的地方……或者可以这样说——是具备了一次全新选择的机会，而选择又往往是伴随着犹豫与彷徨的。再比方说吧，当你先买了一件衣服以后，又发现了更合适的，就千方百计把已经买好的这件衣服退掉，而一旦退货的目的达到以后，再面对这之前看好的那一件时，当初的选择就不一定非要坚持不变了。既然第一次选择不怎么理想，那么之后的选择就一定正确吗？已经有许多事实证明，自己的眼光是不足信的，此一时彼一时，眼光受当时的心境左右，而心境又受眼光的局限，这两样东西的确没一样可靠的啊！前面买定后面又后悔的事儿还少吗？当初深思熟虑定夺好的事情到头来合意的又有多少啊？当你再次伫立在为其退货的这一件衣服前面的时候，再看看周围琳琅满目的商品，就会发现比这一件更漂亮的东西太多了。不是有句话叫瓜园里拣瓜，拣得眼花吗？即使这一件仍然是此时的最佳参考，也不免再进行一轮认认真真仔仔细细的挑选啊。让热昏的头脑好好冷静冷静，让在牛角尖里钻久了的眼光再定醒定醒，让直奔目的急慌了的脚步先放慢下来，走着瞧一段再说，不是更稳妥吗？

此时的金浩瀚，就是这样的心情，他觉得自己的离婚实在是下了昂贵的赌注，他不能满足于一般性的收获，更不能赔本亏血。何玲是跑不了的，她能走到哪里去呀？

金浩瀚国际研讨会受挫的心情，本来就没有一蹶不振永远消沉下去，事业的险途虽不能走得通顺，婚姻的常人通道可不能再草率从事啊。已经用半辈子的生命质量换了一次沉痛教训了，好不容易才争取来新一轮的选择机会，怎么可以马马虎虎被单一目标迷惑得重蹈覆辙呢？离掉霍蓝玉再娶个何玲是不是合算？这可得好好核计核计。何玲的性格脾性肯定是比霍蓝玉好多了，但这是远远不够的。

当何玲离婚受阻的那段日子，老金的这种想法并不怎么明显，当时还一个劲担心何玲离婚不成把自己耽搁了可怎么办，还心急火燎地一次一次给何玲打电话。

现在，何玲总算离弃掉老公如愿地凯旋归来了，老金心急火燎的心情却开始冷却了。

当何玲兴冲冲地带着离婚喜讯扑入金浩翰怀里的当儿，金浩翰也曾被突降的喜讯激动得把何玲抱起来，恨不得马上就洞房花烛夜呢。

这天黑夜，两人又在旅店里度过一个销魂的夜晚，也就是这黑夜的狂热之后，老金热到顶点的情感，又一次开始降温以至于冷却了。

但老金绝不会立刻就按下切换的开关。选择不能太草率，放弃也不能太鲁莽的。他得给她设定一个得体的位置……是若即若离吗？是不离不弃吗？好像都不准确……对了，应该像把下载的美女图片另存在U盘里一样，而后再向无边无际的网络世界搜索寻觅……

43

金浩翰固执地认为，乔思思当初和他的关系不能发展的一个主要原因，就是因为自己是有妇之夫，而此时此刻的老金呢？这个问题不是已经不是问题了吗？

金浩瀚向乔思思塞了两次纸条，都没回应，就一次又一次地给乔思思打电话，乔思思为了避免这厚脸皮家伙再往手机里添加可疑号码，只得答应和他见一面。

虽然已进入夏天，但黄昏里的刺槐林仍然弥漫着丝丝凉意。金浩瀚坐在甬道边石凳上，一根接一根地吸着烟，不知是怎么搞的，像第一次相约似的一样紧张。

乔思思硬是等校园彻底湮没在夜色里，才躲躲闪闪地迂回近刺槐林。静静的夏夜里，高跟鞋敲击石子甬道的节奏一阵阵地加快，金浩翰也被那节奏敲打得全身哆嗦起来。

“坐吧，即使你不来，我也理解……”金浩翰很低沉地嘟哝。

“什么人呀，都快结婚的人了，怎么回事呀，”乔思思就那么站着，越说越气恼，“什么人呀，怎么你那样不考虑别人的感受呢？你往我手机上打电话，你知道有什么人在我身边呢？要是我了老公在呢？要是何玲在呢？真是的……”

“你骂吧，你应该没头没面地揍我一顿才对头呢，你要是见了我就一刀子捅死我，那我才是真真的圆满了呢……”

“算了吧你，你的这一套你不觉得用腻了吗？有意思吗你？你拿这一套去哄何玲去吧？尽管厚脸皮是你这类人的入场券，但在我这儿不好使！”

“不管怎么，你坐下再说嘛，”金浩瀚伸手狠狠一拉，把乔思思拉坐在石凳上，“哎

吔，你坐下吧，吓死你呢，不就是见见面嘛？好长时间没说说话了，话不说会闷得难受的，就你这被我弄得满肚子气吧，我不给你提供这个发泄的机会，你不是还得憋闷在肚子里吗？你淋漓尽致地发挥了这一顿，不是很解气吗？我这个废气接受包，就是专为你造就的，你就痛痛快快地骂吧，不骂出来，对身子可不好。”

“啊呀，真真的是林子大了，什么鸟都有啊！”

“你还是先骂吧，把肚子里角角落落的存货，都彻彻底底地清扫出来，骂吧，等你骂完了，我再给你解释。”

“说完了。”乔思思说着就要走，金浩瀚又一把将她拽住，用手臂的力度死死把她固定在石凳上。

“听我说完你就走，行吧？”

乔思思没有吭声，但也没有再要走。

“我要见见你，也并不是就要怎么怎么的，不管这所大学水平高还是不高，你我总算是大学生了，理解问题起码不应该再等同于一个平庸的中学教师或者师范生了，小说电视都看得不少了，眼界也该开阔一点了吧？男人女人不往那种关系上发展，就不能见见面说说话吗？”

乔思思舒了口气，听上去还是气哼哼的。

“我并不是向你求婚的，我这样说你就放心了吧？不管怎么说吧，你我的关系总是超越了一般同学一点点吧？这你得承认吧？”

“我没觉得。”乔思思狠狠道。

“你没觉得是你没觉得，我可是深深地铭刻在心里的，就算是这事儿是单方面的，但这也是我的一种权利吧？就像追星族们非要把你当作心中的偶像一样，你总不能把追捧你的人一脚踢开吧？我呢，你就姑且算作你的一个粉丝什么的，你也没必要制止我狂热地追你，捧你，爱你吧？即使是偶像明星也还得时不时地开一开与粉丝的见面会吧？那一位偶像明星要是有对粉丝有不敬言行，那不被铺天盖地的媒体骂臭了才怪呢？就像时下流行的那句话，我爱你是我的权利，和你没关系，这你听说过吧？”

“我看你课本里的话倒没记住几句，这方面的东西倒是收拾了不少。”

“说句心里话，不论到什么时候，你都深深地印在我心里了，这没办法，从一开始你就让我着迷了，你也在我事业上给过我鼓励，我在事业上要是成功了，那我首先要感谢你的，只可惜我运气不好，我只承认我是运气不好，到什么时候我都不认为是水平的问题，关于我的学识与思想，你也有过客观评价。说句实在话，我要是真在事业上走出一条路子，我会全方位地向你展开进攻的。只可惜伯乐难遇，我只得暂时骈死于槽枥之间罢了，也就没脸再见我心中的偶像了，更不用说再进一步的奢求了。是的，我只得退而求其次了，但任何重叠涂抹的色彩，都遮盖不了最艳丽的你。其实，我见你的欲望是非常强烈的，但是我……唉，怎么说呢，一直把这一刻拖到现在，也许是离婚后的轻松自由，给了我勇气……”

“就知道你会这样，终究要和婚姻扯上的……”

“怎么能不扯上呢？你也不想想，爱的终结目标到底是什么呢？不是浪漫地双双殉情，就是结合到一起嘛。我仅仅把这作为一个目标还不行吗？哪怕这个目标遥远得永远实现不了呢……”金浩瀚说着说着就带出了情绪，声音颤颤的有了点哭腔了。

乔思思突然质问：“听你的意思是又打算抛弃何玲了？”

“啊……是……是这样的，这事儿你得这样理解……”

“我理解了，绕来绕去就是你离婚了，又回到人生的初始状态了，你就不再看好何玲了，是吧？”

“也，也不是的，其实从一开始我……我……我就……”

“好了，何玲和我是无话不谈的朋友，她是个敢爱敢恨的人，为了她爱的人，她可以不顾一切。今天，她为你离家弃子都走到这一步了，你怎么能说得出这样的话啊？”

金浩瀚半晌无话。

“我郑重宣布，你绝不能做对不起何玲的事，其次，我更不可能做对不起朋友的事。”

金浩瀚只剩下了粗声的呼吸。

天越黑了，校园很静很静。过了好大一会儿，乔思思说：“行了吧？我走了，我老公该来接我了。”

“好吧，我还可以见你吗？”金浩瀚的声音更悲凉了。

金浩翰听到的只有高跟鞋敲击石子路的声音渐渐远去……

周尚文又接到日本出版社的信，说他的一篇小说已被选入《2000年以降に中国の小説（日本語は訳本）》，书已正式排印，将于7月底出版发行，稿费已经寄出，让周尚文查收。数额是9万日元，还附有日本版税的计算公式。

周尚文揣起信封，心情的潮水一浪一浪地涌动着，但他硬把激溢澎湃的情绪给按捺住了，绝不能再喜形于色，绝不能再把激动浮现在脸上。自己的事儿，自己装着就是，是喜是忧一切都得成了事实再说。上次忍不住把惊喜让舍友们分享，结果并没有像那句名言说的那样，把一个人的快乐变成许多人的快乐，反而给大家增添了不少难以名状的复杂情绪。

那么，不与别人共享，自己独享不是也很好的吗？熄灯的钟声早敲响了，周尚文一点睡意也没有，如此的好心情绝不能让灰暗的睡梦埋没掉。周尚文想象着小说在异国轰动的场景；想象着诸多先在国外引起注意接着就会在国内热起来的事例……那样的话是不是还得接受采访呢？是不是还得被一次次地请到电视台的访谈栏目里做嘉宾呢？啊呀，那样的话，那不是一路窜红出大名了吗……周尚文莫名其妙地一骨碌跃身坐起，点燃一支蜡烛，点起一支烟，很爽地将烟雾喷向美好的夜晚，也将激溢奔涌的情绪抒发向美好的人间。

周尚文美滋滋地歪了脑袋吸烟的当儿，斜瞥见王天翔也在辗转反侧地想心事，一侧的腿和胳膊很张扬地裸露着，这等于告诉周尚文，他的身心也正在燃烧着。周尚文一看有了谈心的伴侣，就豪爽地抽出烟卷，向王天翔抛了过去。

王天翔将烟卷塞在嘴里，像从花蕊一层层地泛开花瓣，将笑意从嘴角向整张老黄脸一圈圈地扩散开来。

王天翔说："又有什么喜了？"

周尚文说："你才有喜事呢。"

王天翔说："又有国际性大喜？"

周尚文一震，这狗日的是咋么知道的："说什么呀，没的事儿。"

"比老金又进一步了？是东渡日本，是吧？"

这几天来，周尚文一听"日本"这两个字就激动万分，但是这国际性大喜还是被自己的城府给包裹住了："没有的事，我看你老道统倒是满脸是窃喜啊，咋么，要结婚了？"

周尚文把大喜的排球回击给对方，一下子把老黄脸给撞击得朱颜四溢，一边笑嘻嘻，一边还要羞答答："唉，没他妈一点意思，老了老了，你说还得走这一条路呢。"

周尚文吃惊道："嘿，这狗日的，都进行到这一步了？"

王天翔推推周尚文，示意他别让宿舍里其他人听见。

"这有什么，到时候哥们还要去喝喜酒闹洞房呐。"

"唉，难哪，什么事都难哪！"得了真喜的人都想玩一玩低调，硬装出一副发愁相。

"你他妈不付出一点点艰难曲折，就想重新品尝一轮新婚燕尔？"

"唉，有具体问题哪……"

"不就是男到女家嘛？那就到呗，反正你是有工作的人，在单位买上房子安上家，谁说得清是男到女家还是女到男家哪。至于双方老人，你谁到谁家还不都得全权负担？"

"话是那样说，没到了你头上呢？"

"那都是次要的，最最重要的是你对女方满意不满意吧？"

"哼哼，哼哼哼……"老道统用鼻子发着笑。

"那一身肉膘很美吧？"

"你死鬼吆。"

"说说嘛，性生活很美满吧？"

老道统虽然激动得说不出话，但听得出，幸福得都快休克掉了。

"哎吔，都是过来人了，还把你羞成个那啊？这方面的话是不能不分场合乱说，但你起码得有个交流的小圈子吧？否则的话，恐怕你那点直接经验是远远不够的。"

王天翔低垂了脑袋，笑道："是好着哪，那感觉实在是好着哪，就你说过的那话嘛，一个女人就是一个世界。"

周尚文还是听得不过赢："光是好着哪，好着哪，太抽象了，上了这么久文学课了，

连这么点事儿都不能叙说生动啊？没有细节就没有真切感啊？”

王天翔虽然羞于启齿，可又有点不吐不快，最后还是狠了狠心说了：“啊呀，就就就是那样的……咋么说呢……软绵绵的，细腻腻的，整个身子都是严丝合缝的……啊呀，不单是这啊，还有……还有……啊呀，这叫咋说呢……就你说的那个话嘛，一个女人的的确确就是一个世界啊，真的是哪！”

周尚文和王天翔越说声音越低，越说越来了劲儿。嘀嘀咕咕的一直到了后半夜。有前列腺肥大的韩向东已经下地尿第四次了，这两老家伙还在叽叽咕咕地耳语窃笑。韩向东偷听了一会，只听出是在谈黄话，他哪里知道周尚文是把远东的窃喜，移接到老道统的房中密事上借题发挥互动开心哪。

近几天里，308 宿舍的居民们相继都有了喜。周尚文接到日方出版机构的汇款单，并到邮局领取到硬铮铮的一叠日元，除留了几张作为留念外，其余都兑换成了人民币。金浩瀚当然自不用说了，头顶着解放区的天，认真品尝着二度青春的自由，三天两头地洗脑袋换衣服。史大可问他是不是又勾搭上新女性了，金浩翰只是窃笑而不答。王天翔已经正式张罗结婚了，老黄脸时而一抽一抽地激动着，时而红扑扑地微笑着。

变化最显著的要数一向一本正经的冯格了，好像也被什么暗喜催动得整个儿地变了形。冷冻了一样的脸庞也像被春风吹过一样消融了，一向紧绷的嘴巴也动不动说出一些很失威信的酸笑话。望着冯格失重的样子，舍民们轻而易举就把色运和财运否定掉了，那么剩下的当然就是官运了。像冯格这样枯燥乏味的家伙，除了升官进爵，还有什么事儿能把他激动得那么轻飘飘呢？

揣测估摸的事儿很快就得到证实，说这家伙果然是升官了，和以前就传闻的那样，还真真切切的就是他们县的教育局局长了，说组织部已经下了函，这边一毕业，那边就可以走马上任了。接着就有更显而易见的迹象了，已经有他们县的中小学老师大老远跑来说事儿了。308 宿舍也因此猛增了客流量，时不时就有人提着高档的包装盒探头探脑地蹩进来，问冯局长是不是在这里住。随着职务身份的渐渐公开化，诡诡秘秘地来找冯局长谈调动的人也一天天地密集起来了。

宿舍里气氛空前地温馨和谐，谁见了谁都是笑嘻嘻的，谁都是动不动就拿出好烟来慷慨发散。韩向东和史大可虽没有什么突降的好事儿，但是这两家伙倒也不计较，接了四面飞来的烟卷儿爽快地吸着，乐呵呵地向各位表示衷心祝贺。

恭贺喜事光有烟熏嘴巴肯定是不行的，史大可就率先嚷嚷起来，别光一根一根地拿破烟来糊弄人，咱这，谁有喜谁请客，先从大喜开始挨个儿请。大喜当然要数冯格了，当今社会能在县里搞到一个正科一把手，那可就是得了一方天下的啊！啊呀呀……那简直就是……就是……咱们冯大班长这喜事来得是咋样的不露声色？咋样的谈笑间乌纱帽翩然而至呀？同学们打心眼里为大班长的本事折服，为大班长的成就庆幸，连班主任焦老师都在课堂上啧啧赞叹了多次哪！

周尚文、王天翔、韩向东几位老家伙就异口同声感叹，是的是的，像咱几个纯教员憋破脑袋瓜也思寻不出这事儿该往那里使劲儿呀，咱成天自以为是的那点聪明都用在什么破地方了呀？都在世上磨蹭了多半辈子了，还一直没搞清人间正道是什么呀！

冯格倒也没推辞，当下就让舍民们点地方，就泽西市里最好的酒楼酒家随便点。一屋子人吵吵了半天也没结果，最后还是电话打来石江南和戴五狗，才定下来到最豪华的“银河雀渡”大酒家。

已经有好久没有在一起聚一聚了，见面后都高兴得不行。说也怪了，上课不也是天天见面吗？怎么见了面还是有久别重逢的感觉呢？那么那种公事公办的日常聚集，人与人之间是熟视无睹呢，还是视而不见呢？

“啊，高兴！”“嗨，痛快！”同学们嚷嚷得一片。

“叫我说，普天下就是同学最亲，其余什么都是假的。”韩向东仿佛在铺垫一个从抒情到议论的过渡段。

“太对了，市场是利益关系，官场是利用关系，情场是男女关系，都他妈的不干不净，就同学关系最最纯洁，最没有杂质。”金浩瀚责无旁贷地把话题引向纵深。

“太对了，咱们同学一场，苟富贵，莫相忘啊！冯大哥啊，我妹妹师专毕业后找不上工作，就到你们县找你去啊，到时候可别门难进，脸难看啊。”乔思思突然迸出这句话，也不知是玩笑还是当真。但冯格却貌似认真地听取了，同学关系最便当的就是可以把实质性的谈话从玩笑切入。

接下来一窝蜂的嚷嚷就都有了二重性。县里的说，以后哥们到了市里办事，哥们姐们可别给乡下土老冒闭门羹啊。市里的说，怎么会呢？免不了我们也会到诸位县里，看看原始森林呀，买点山货呀什么的，到时候你们也别嫌麻烦啊。乔思思乘胜追击，一口咬定她妹妹的工作问题就靠死冯大哥你了，绝对再不找别人了，你冯大哥要是办不了老同学这点事，那怨我妹妹她命不好就是了，你就别拿党性原则什么的来糊弄我了，正因为有党性原则这一道道楞坎难以逾越，才能显出老同学的情谊嘛，才能显出你冯大局长的价值所在嘛！

同学们都把实质性的话题适时地切入最佳有效时段，史大可和戴五狗就在话题的段落划分处，插进一个个排比式感叹句“啊，这才叫同学情啊！”“啊，这才叫真挚啊！这才叫铁哥们哪！”周尚文也被酒灌得思路回到老本行，把整个酒桌上的谈话当作一篇文章分析起来。他说刚才各位的话语穿插，让他联想起《白杨礼赞》或《荔枝蜜》等文章结构。史大可和戴五狗的吆喝，简直就是这类文章里的“啊，白杨树……”“啊，荔枝蜜……”，用这样的句式间隔地连缀和点缀着文章的段意和音韵。你看看咱们中文系哥们的谈话，一不小心就把谈话组织成一篇浑然天成的夹叙夹议散文了。韩向东立刻反驳：狗屁，什么浑然天成，简直余毒深远，遗害不浅，结构简单得让中学生一学就会，一写就假。周尚文又回击：但你又不能不说人家那是绝美的文章，咱几十年一成不变的美誉都是段落清楚，层次分明，中心明确，形散神不散，以诚挚的情感写出了白杨树或者荔枝蜜对应物的美好特点。韩向东明明听懂周尚文说的是反话，但还要直着脖子质问：那那那就是诚挚吗？你要把中学生教会那样的诚挚，那那那咱中国的中学生首先学会了那样“诚挚”地作文，其次就学会了那样“诚挚”地做人，你能说国人毫无公德意识的表现与此类文章的潜移默化没有关系吗？我们独特的教材，培养出了独特的国民！

周尚文望着韩向东的激情演讲，“呵呵呵呵”大笑一通，说：“来，不管他‘诚挚’的概念咋么阐释，咱同学们的诚挚可不能有半点虚假，来，为咱同学的诚挚友情，干！为咱们今生有缘在此相聚，干！连干三杯！人和人关系，同学和同学关系，朋友和朋友关系……关系……这关系拿这么维系呢？一个字，诚挚，诚挚啊！咱们的《兰亭集序》也应该落脚到诚挚这个中心思想上啊！”

周尚文的话像人云亦云的所谓文眼一样，一语中的，切中要害，都嚷嚷得一片：同学之间需要真诚，人民需要真诚，国家需要真诚。啊，真诚！你距离我们还有多远？啊，真诚的感情基础是单纯啊！要呼吁真诚首先得呼吁单纯啊！我们的国人文化意识里还残留有多少单纯啊？冯格对大家的瞎嚷嚷一点儿都没反感，还提议大家像电视剧里铁哥们表示诚意一样，手按手重叠到一起，齐声喊一句话：“手拉手，心贴心，同学友谊到永远！”。

一直闹腾到11点多，宴席总得散伙的。同学们相继离席后，还是有点依依不舍。石江南提议不论男女，来一次轮番拥抱，立刻就嚷嚷得一片说同意。王天翔虽然吓得连连后退，但也在周尚文和韩向东的绑架下强行执行了和女同胞的逐一相拥。冯格认真检查了执行情况，还一个劲给老道统做思想工作：这是文明礼节，你别往邪里想就不会这么不好意思了。同学们都纷纷簇拥了老道统赞许，嘿，咱们老王同学要与刚来那会儿相比，那已经是脱胎换骨今非昔比了呀！

金浩瀚和何玲履行了拥抱义务，下一个就挨上拥抱乔思思了。老金两只迷矇的醉眼一下子放出了光，一家伙把乔思思搂了个水泄不通，老半天老半天都不松开紧箍的胳膊，最后干脆把那轻俏的身子抱离了地面。何玲不但没反感，反而笑容可掬地一边欣赏拥抱艺术，一边使劲鼓掌哩。

周尚文乘着千载难逢的机遇和昏昏然的酒劲儿，扎扎实实地抱紧了门若娜，老家伙全身热烘烘地朝着娇美无比的身子黏了上去……啊！这是咋样的从未体验过的感觉啊，这是咋样的轻柔细软融肌化骨啊！同样是骨肉组成的躯干，咋么是如此地天壤之别啊？是香软吗？纤柔吗？亲密无间吗？倾心交融吗？周尚文一只胳膊斜搭在裸露的肩上，一只胳膊恰好缠在纤细的腰间，那位置的安放就像天造地设的一样自然吻合，天然镶嵌……啊！难怪女人的细腰是那样的让人痴迷，让人心碎啊！敢情视觉美感产生的内因，原本就是因肢体欲望的驱动啊？周尚文又暗暗往双臂上使了使劲儿，反正全身热烘烘的，脑袋晕呼呼的，似觉非觉，似梦非梦……但是，那边却丝毫的反感都没有啊！那怕一丝儿的相斥躲闪都没觉出啊！甚至可以清晰地感觉到那高耸胸部的推波助澜啊！老

家伙牢牢捕捉住了这一刻甜美中所饱含的信息，便愈发来了劲儿，乘着嘴巴与耳朵近距离的方便，脑袋瓜一热，就把藏掖了多日的喜讯嘀咕给了对方："我的书，真的要在日本出版了。""啊，是吗?"她立刻就为他惊喜，为他祝贺，与他同喜同乐，与他分享成功喜悦……啊！这不正是那种最最纯洁的诚挚吗?

冯格也喝多了，一桌饭开支了3000多元钱，买单时根本没有像金浩瀚、周尚文这些吝啬鬼那样的两手哆嗦表情尴尬。尽管冯格和吧台索要了正规发票，但同学们还是嚷嚷着感激了一路，说单看大班长这出手，就是当局长的料。

回到宿舍，舍民们还是不想睡。不知道是谁把话题引到了李三儿，一下子就勾起冯格的话头，有酒兴的作用，也有大喜冲昏头脑的因素，也许是想在毕业离校前给旷日持久的疑团一个解释?他像揭开一部友谊史一样，讲起了他和李三儿的深交过程。他一遍又一遍地重复强调李三儿是咋样的命苦，咋样的没能体会到男女床第之事，而更痛苦的是默默承受各种猜疑的眼色，却不能把这种事诉说向身边的任何一个人。唯一可以倾诉的对象只有他这个远方的同学。冯格说，在师范时他俩常常合睡一个被窝，那时的李三儿根本不是现在这性格，也是人缘很好的一个人，交朋友也很慷慨仗义的。可是师范毕业后的第二年，就遇了一次车祸，后来就成了性无能。他怂恿他来泽西教院上学，也是想帮他治一治这个顽症。冯格说他领他看过不少大医院、小诊所、心理咨询师，药也吃了上万块钱的了，还是无效，他天天黑夜出去就是背着大家吃药的。后来是他在街上书摊上买了一本叫《圣床》的书，就是谈一个女人是咋样用她的爱心温存和按摩治愈性无能患者的，可是咱们这里又去哪里找这种女人呢?所以……后来……冯格虽然酒还没怎么醒，可一说到找按摩小姐的事，就吞吞吐吐的说不下去了。

不过剩余的谈话空白，同学们也从冯格断断续续的叙说里，链接起一个故事的线索。故事大概是这样的：冯格经过曲折的途径，才算是找到一个既温柔又心地好的小姐，他让那位小姐看了那本《圣床》。那女的悟性还是很不错的，就学着书上描写的方法，给李三儿进行了多次生理与心理的按摩与抚慰。加之李三儿又配合着吃了进口的一种药，奇迹还真的就出现了。第一次品尝到那事儿的李三儿，差点乐疯了，赶死似的回家和老婆尝试。可是乐极生悲，就像西门庆一样死在了那种事上了，据分析，死因也是像西门庆一样吃多了那种药了。

最后冯格一个劲捶打着自己的脑袋说："是我害了三儿呀，怨我呀，怨我呀，可也怪了呀，你说吃那种药的人也不是你李三儿一个人，怎么就你李三儿心脏病突发猝死了呢?你说你不是命苦又是什么呢?三儿呀，三儿，你可是世界上最最命苦的人啊!"

听完冯格的讲述，舍民们这才发现，敢情冯大班长也是个有血有肉的好人嘛，能够把朋友的苦衷这么当回事儿，这不是诚挚又是什么啊?最使舍民们感动的还是和舍民们敞开了心底秘密，仿佛把隔离很深的鸿沟突然间给填平了似的，让大家油然感到无间的同学之情。恰好老家伙们的酒兴儿还在身子里燃烧着，就统统斗胆地拥挤到相邻却又陌生的床铺上，感动万分地拉着冯格的手，继续着饭桌上的主题：哥们，好人！这才叫真挚啊！这才叫真诚啊！

第二顿宴请本来说好是王天翔做东，可王天翔一拖再拖，说要等张变池来了一起请。周尚文说老道统是想一直拖到毕业离校。王天翔就顶撞周尚文，敢情你把小日本出书的消息藏掖得严严的，就是想拖到同学们都走光呐？

两个吝啬鬼眼看是靠不上了，最后大家只得同仇敌忾地把矛头指向金浩瀚。老金你离婚获得新生，这得请吧？和何玲的婚事已经成为不争的事实，这是最明朗化的喜吧？

在舍友们的强大攻势下，金浩瀚丝毫没有退路了，只得面对嗷嗷待哺的一圈嘴巴表态："好吧，请吧请吧，不就是一顿饭嘛。"

人还是原班人马，只是饭店的格次一落千丈，就在距离校门口不出100米远的一家中不溜饭店，老金就拿来糊弄人了。

饭菜档次实在是不行，但大家都谅解了老金，让他节省点钱财，也算是在经济上资助了他的婚姻大事吧。

可是问题来了。当何玲挨金浩瀚坐下来的时候，他却借口到吧台要说调整菜单，回来后却坐到远离何玲的另一边。冯格做东的那次，这两人也没坐在一起，当时同学们还以为是客观组合形成的。现在是老金做东了，两个人都经历了中国式艰难曲折的离婚历程终于走到一起了，这也是这次宴请的核心内容，同学们还都急着要把这顿酒宴，闹腾得像洞房花烛夜一样呢，可是，老金他怎么能这样呢？

冯格说，这不行，你以为同学们是来吃你这桌破饭菜的吗？大家来的目的，就是要来给你俩庆贺新喜的，也是为推动你俩早日走上红地毯的，嗨，你俩倒好，一个东一个西的天各一方，这是给谁不好看啊？

"哼，你们问他吧。"何玲的话，使一桌人一愣，同学们这才发现了问题。什么什么？这怎么可能哪？

"什么？你老金还想玩弄我何姐？"戴五狗倏地站起，直指金浩瀚鼻子，"你，他妈的你试试！"

"老金，是不是？"石江南也双眉倒竖了。

"是不是呀？"几乎是异口同声发出疑问。

这当儿，金浩瀚闪电似的瞥了一眼乔思思。乔思思的头一直低着，垂挂下来的直发，遮盖住了半边脸庞。

金浩瀚故意吆喝着上酒上菜，回避着群起的质疑与追问，掩饰着尴尬的神情。但这只能拖延到酒菜上齐的那一刻，问题是回避不了的，周围一圈眼睛都在愤怒地盯着他。

"没有啊，没有的事啊。"金浩瀚吞吞吐吐地回答。

"不对，这舌头软不拉叽的，一定有问题！"

"是的，是有问题！"

"既然没有的事，那你就口气硬邦邦地向大家表态起誓。"

“还有更明显的，为什么不和我们何姐挨着坐?”在一片嚷嚷中，还是戴五狗切中了要害。

“对了，大家都别乱嚷，听老金回答。”冯格又担当起主审法官的角色。

“真没有的事嘛，你们大家都是好意，可真没有嘛……”金浩瀚脑袋低垂着，回避着同学们的眼睛。

“别说与庭审无关的话，说，为什么不和何玲并列坐?”冯格追问。

“我，我没在意嘛，我只顾招待大家吃好喝好，胡乱就坐下了嘛。”

“那你说你今天宴请大家的原因是什么?”

“知道的，我要是不知道这，那我何必破费呀?”

“就回答原因是什么?”

“不就是我和何玲的事嘛?”

“承认你和何玲即将步入红地毯，是吧?”

“承，承认承认。”

“也就是为了这桩喜事，才有今天的喜宴，是吧?”

“承认呀，我怎么不承认啦?”

“既然承认是喜宴，同学们也是来为你俩贺喜，你见没见过喜庆宴会上，新郎新妇坐成这格局的?”

“那，那，那我坐到一起就是了嘛……”

在冯格的威仪震慑下，金浩瀚乖乖与何玲并列坐在了正席位置上。但刚坐下一会儿，就针扎似的站起来说他是东道主，这样坐着咋么招待大家哪?

戴五狗突然一拍桌子，大声道：“这顿饭，我做东，你他妈的老老实给我坐着，接受祝贺。”

一阵热烈的掌声，顿时响彻餐厅。

金浩瀚尽管坐在何玲身边了，但是看上去还是很别扭，明显地缺乏了情感的黏合剂。

戴五狗看了一下说：“金浩瀚你小子给我主动点，要是我何姐的问题，那我和她理论；要是你小子有了二心，我给你说，我戴五狗可是什么都做得出来的!”

戴五狗的仗义执言，又引起同学们一片叫好声，门若娜、曾丽菲，包括乔思思都在景仰地望着他，准备随时给予他掌声和道德支持。男同学们更是为他摇旗呐喊声援助威。

接着，冯格就从法官身份转换成了婚庆主持人，他说：“你听见了吧，老金，这是公理，是道义。你离婚同学们不但没责备你，甚至还给与你理解和支持，为什么？就因为没有爱情的婚姻是不道德的婚姻，这是我们社会主义婚姻法的立法基础，是马克思主义的婚姻观。但你和何玲是有爱情的，你俩的过程大家是都知道的，你敢说你金浩瀚和何玲没有爱情吗？啊？都到这一步了，你金浩瀚居然背信弃义始乱终弃把良心扔给狗吃

了吗？啊！不行，无论你们哪一方胆敢主动提出离异对方，我们一千个不答应，一万个不答应，同学们说是不是?”

同学们齐声喊：“是——”

“我现在代表我们2001届中文一班，郑重宣布，金浩瀚、何玲必须在我们毕业前走向红地毯，吃不了你们的喜糖，喝不了你们的喜酒，同学们绝不解散，同学们说是不是?”

“是——”接着又是一阵久久掌声。

接着冯格又像主婚的牧师一样，向双方发问，愿不愿意爱对方一辈子，能不能忠贞不渝永不变心，双方都在大家的胁迫下作了答复，还在同学们的强迫下，喝了交杯酒。

散席时，金浩瀚硬是不让戴五狗为他埋单，戴五狗却早把一叠钱扔进吧台，一边说：“你他妈的就赶快为婚庆积蓄攒钱，你他妈的胆敢再犯花心，看我废了你王八蛋!”

44

那天，正上现代文学课，焦克老师突然一脸慌张地冲进来，把正在讲课的沈菲伊老师和冯格一起叫走了，教室里一下子嚷嚷了起来。有人嘀咕可能是有关老班升迁系主任的事，但到底是怎么回事，却谁也说不清楚。谁都像在质疑，却又都像在传播。

下课后，消息进一步得到澄清，果然是老班荣升系主任的事彻底地黄了。

同学们都在为焦老师忿忿不平，这不是拿人的尊严开玩笑吗？焦老师哪一条不够格？在中文系里提拔人，无论年龄优势，还是文凭和说学术优势，有谁能比得过呢？凭什么不明不白就把人拿下了呢？既然不够格那就不要拿着顶戴官翎在脑袋上试大小嘛，现在你把人家仕途希望的火苗都熊熊地燃烧起来了，怎么又兜头一盆冷水给开涮了呢？

后来才听说周校长也是叫苦不迭，原来周校长在这件事情上和同学们也是同仇敌忾的。他还把电话打到市委组织部质问，到底是怎么回事，已经成定局的东西，为什么说变就变了呢？组织部的口气闪烁其辞，对正面质问不予解释，只是给周校长做思想工作，组织上的决定服从就是。听上去好像还怪难为的。周校长又反问，什么组织上的决定，难道你们不就是“组织上”吗？组织部的回答是，你老周今天倒问起这些了，当初提拔你到泽西教院时，也有人这样质问过组织部呢，这情况你周国诚同志不是不知道吧？

周校长挂了电话，反省了半晌，也觉得自己的话太过火。赶紧又拨通组织部电话，承认刚才的话说得不够妥当，都是因为事情太突然，脑袋一时间转不过弯来，并表示一切听从组织安排就是了。挂了电话就叫来后勤处负责人。吩咐说新调来的系主任马上就到了，吃住行一切待遇完全按照副处级标准，住房要起居室与会客室分开的套间，至于车的问题，只得暂先用退下来的那辆“普桑”吧。

焦克气懵了，茶不思饭不吃，蒙头钻在被窝里，像是大病一场，脸色苍白，全身无

力。

沈菲伊一遍又一遍唠叨，我说什么你都听不进去，就说在上面没宣布之前，你先不要管系里的事，看看你吧，当真是没当过个芝麻小吏，屁颠屁颠的，又是学校信任啦；又是学校正是需要人和考验人的时候啦；又是等正式宣布了再工作，那就成袖手旁观不负责任的小人啦。结果呢，你看看这下子厉害不厉害？像捏个小爬虫一样，轻轻一捏就捏一边了，还招惹了一世界笑话。真是的。天生不是当官的人，硬要削尖脑袋往官场里钻呢。咱死心塌地搞咱的学术多好，还成天批判中国是官本位啦，中国迟早要毁在这套官僚体制上啦。到头来呢？敢情你一旦涉足这条路，官瘾也像毒瘾一样这么顽固啊？

焦克没有反驳，好像是很耐心地听着。被卷里不时发出身子翻动的声音和长长的叹息。沈菲伊看了看被卷里扭曲的轮廓，喉咙里顿时哽了一块，眼圈里就涩涩的沁出泪水，唠叨也换了一种语气："只顾气，气，气什么呢？气出个病来，那不又是系里现成的话柄儿吗？起来吧，起来吃点饭吧……以后的路还长着呢，遇这么点事就一蹶不振了，你还算个男人啊……"

沈菲伊掀开被子，又是喊又是拽的让焦克起来无论如何吃点饭。焦克有气无力地支撑起身子，皱缩的眼角残留着半寸长的一截泪痕。沈菲伊心里酸酸的一股，一下子抱住焦克就哭起来。一边像安慰孩子似的开导："咱不气啊，咱还得抖起精神做人，啊！不就是个破系主任吗？无官一身轻，咱还能专心搞咱的学术呢。不气啊！"

焦克也像孩子一样偎依在沈菲伊怀里，好像在乖乖听任心理医生给疗治心灵的创伤。也只有在心灵伤痛的的时候，才真切地感受到沈菲伊成熟的温存与智慧的恩爱。焦克感到一种倦鸟归巢的疲倦，一种停泊港湾的静谧，更感到一种隐隐的母爱的柔怀与宽厚。

金浩瀚对乔思思彻底失望以后，本想向校园内几位醒目的美女进行一轮试探性攻势，满腔的希望刚刚燃起个火苗儿，就叫冯格和戴五狗兜头一盆冷水，给彻彻底底浇熄灭了。冯格说："也就是傻不拉唧的何玲才会被你老金诓骗住，你说你老金有什么过人地方？地位呢，金钱呢，你有吗？房子呢？车呢？这些最起码的吸引女人条件你有吗？是的，现如今换老婆的多了，娶小蜜的多了，包二奶的多了，可人家那是什么人？是高干，是大款唉，我的老金唉！你这人最不成熟的地方就是不知道自己有多大能耐。一个普通得不能再普通的中学教员，想娶绝色丽人？哈哈哈哈……我的老金唉！我也就怪了，何玲是看上你什么了呀？"

戴五狗接过话茬："能看中个什么？看中老金的性功能了呗，看中老金的大鸡巴了呗，你不要不服气，你想想，你老金除了性功能和性工具超长发展以外，还有什么啊？他妈的你就抓紧点吧，等何玲一旦觉醒悔悟，肯定不会嫁你这么一个不着边际的穷光蛋的。"

万般无奈，老金只得在同学们的四面堵截和万炮齐轰下，乖乖地把那颗想入非非的

狼子野心，重新叠放回现实的心窝里，正式进入了婚姻的程序：拜见双方父母，吃订婚饭，互赠订婚礼品，购买婚礼一切用品……

老班特许了俩人婚假，何玲跟金浩瀚回了一次家，还真像戴五狗说的那样，果然有点觉醒悔悟的苗头了呢。

何玲把眉头皱成一撮向城里同学们诉苦：啊呀，那是个什么鬼地方呀，整个一个山旮旯，路不是路，房不是房的，还把他牛的不想娶我呢？要叫我跟他，除非他调进市里，反正我是不跟他到那穷山沟沟里的。啊呀呀，还成天价牛哄哄的呢，半辈子就弄了一座房子还叫前任老婆给独吞了呢！家要是在县城里倒也算了，离县城还有几十里呢，简直就是智取威虎山里的夹皮沟，他娘还是个罗锅子，啊呀呀，真是不堪入目哪。

城里几个要好的同学听了，也都表示同情理解。这是实际问题，是不得不考虑的，但后悔话也就是只能说说了。当初人家徘徊时，你何玲还急成那样子，还哭哭啼啼的求这个拜那个的给你劝说金浩瀚呢。现在人家死心塌地了，你怎么反倒活心子了呢？

戴五狗一听就双眉倒竖大声训斥说："不行，你要胆敢说半个不字，我老戴就通不过，墙是一堵，话是一句，你要想让老金办调动，这倒是可以考虑。就一个字，赶快结婚！"

其实，何玲也就是唠叨几句，像买东西挑毛病一样，可以使价位挑剔得一减再减，也好把不知天高地厚的家伙拾掇得低眉顺眼一些，不但让他不敢再看不起我何玲，还要让他俯首贴耳甘心情愿做老婆的老黄牛！石江南和戴五狗们也都同意何玲的说法，都点头说，是是是，对那家伙就得用这一招，他俩还建议何玲把这态度坚持到永远，要让那颗不知天高地厚的脑袋瓜永久地耷拉在胸口窝抬不起来才行。

金浩瀚见何玲态度有变，反倒着急了。衣兜里装上好烟，见同学们就散，让给他说好话劝说何玲。戴五狗接了金浩瀚的烟，脸仰得高高的，说，嗷，这敢情你倒着急了？当初我说什么了？什么事都是宜早不宜迟，夜长梦多嘛，你看看这，有什么办法呢？人家不愿意到你那破地方，你当咱是孙悟空，一口气就能把你那地方吹得改天换地了？不行就另找一个吧，到泽西大街上看看，比何玲又年轻又妖艳的美眉多的是啊。

金浩瀚一听更急疯了，直起脖子叫喊道："你你你，戴五狗什么人呀？什么仗义哥们呀？啊，还两肋插刀哪！现在我老金都这样了，你他妈的还幸灾乐祸哪？你，你！"

戴五狗摊摊手，做出毫无挽救的手势。金浩瀚狠狠拧了戴五狗一脖颈，就去找石江南，石江南也按原计划进行，说这事儿呀，基本上是没有挽回的余地了。

可一看金浩瀚快急疯了，就悄悄给老金透露了机密，说，你就赶快准备办你的婚事吧，但你永远要弄明白自己是个什么层次，什么级别啊。

金浩瀚一块石头落了地，催办婚事的主动性积极性一下子升温了几百度，原来说的三金，一家伙升级为五金；原来说好的黄金，也说全部要买成白金。所有衣服被褥日用品化妆品也要统统由廉价改为高档的。最显而易见的是对待何玲的态度，那叫个无微不至，体贴入微，毕恭毕敬，俯首贴耳。

何玲虽然还坚持撑着冷冷的态度，人却早是妻子的角色了。金浩瀚为表诚意，一个劲儿地要给购买的东西升值，何玲只是抿嘴笑着，接受了心意，却没有让胡乱开销。说五金一样也没必要买了，自己原有的三金还都在身上戴着，只要换个新样儿就是了。有那么多钱，还不如叫办调动花呢。把个金浩瀚感动得一胳膊搂了何玲，眼泪都哗哗地下来了。

教室里好像蒸笼似的快速提升着温度，校园东侧的那片刺槐林也都挂起一串串槐角，同学们准备毕业考试的复习也在递增着节奏，老师们上课的神色也随着考试的临近而行色匆匆……身边的一切都在提醒着同学们毕业的时刻正在一秒秒地迫近了。幻然再现的二度青春梦也将恍然惊醒了。周尚文一掐算，距离毕业离校仅仅剩下一个多月了呀。

可是，样书怎么还不来呢？要等到毕业以后，那一本本凝结着智慧与荣耀的样本，可就只有展示给老婆龙春娥同志了呀，那恐怕招来的只能是一顿白眼撇嘴或者挖苦讥讽了。

周尚文对满教室同学争夺样书的喜人场面不知道设想了多少回了：大家一片争抢传阅，一片赞叹祝贺……周尚文在泽西教院的一切努力，都好像在为了这一天做铺垫似的，为这一天而奉献着心血，为这一天而积蓄着惊喜。

可是周尚文的节日没有盼来，别人的好日子倒是一个又一个地接踵而至了。金浩瀚和何玲已经办了结婚手续，王天翔也在冯格的带领下正式到小肉墩家登门认亲了，紧接着，又一个突然的消息震惊了整个班级，震动了整个2001届中文系，甚至轰动了整个校园：门若娜也要结婚了，她的神秘郎君也浮出了水面，那个人物原来是戴五狗！

舍民们都被这消息搞懵了，门若娜怎么可能嫁给戴五狗啊？戴五狗他咋么可以娶门若娜啊？这上帝老天爷咋么可以这么对人类不负责任啊？这丘比特月老红娘们是不是都脑袋里进水眼珠都变核桃啦？这事太让人不能接受了，想一想就气不打一处来，这简直是把美好的东西撕毁给人看啊！

可是一切已成定局，戴五狗和大美女就这样毫不顾及人类的忿忿不平就闪电式地结婚了！

周尚文简直气炸了。面对如此之事实，咋么可以睁一只眼闭一只眼啊？咋么可以眼睁睁看着鲜花扎根在牛粪甚至是猪粪上啊？强烈的责任感和正义感冲击得老家伙坐卧不宁寝食不安，咋样才能够拯救濒危物种于水深火热之中啊？

可世界就是这样的世界，个个都是这样的昏庸麻木，背地里嘀咕着忿忿不平话，在戴五狗和门若娜宴请同学们的酒桌上，却竞相地说着祝贺比翼双飞白头偕老的混账话。周尚文越听越恼火，咕咚咕咚就喝下十几杯酒。

“来，干！”周尚文把盛满酒的杯子直直戳到戴五狗鼻子底下，“说在嘴里的话，都是假的，我的话都在酒里！”

“好，痛快！说吧，几杯?”

“祝三杯，贺三杯，敬三杯!”

“九杯是吧，好，痛快。”

刚刚碰了三杯，周尚文的豪举就被冯格、石江南们制止了。到好像个个都是戴五狗的保护神，都嚷嚷说你周大哥在这种场合玩豪爽可就不好了，全班人都像你这样九杯九杯过，主人怎么能受得了啊?

敬了戴五狗，就挨上敬门若娜了，翻肠倒肚了好多天的话，终于到了振臂一呼的时候了，可是这帮家伙太讨厌了，不但不帮着伸张正义，反倒团结起来共同对付挺身而出者了。有的夺了他的酒杯，有的责备他不分场合，把个周尚文搞得很没面子。

周尚文被奚落得完全丧失了打抱不平的信心，肩背一耷拉，瑟缩在一边。连同被酒精燃旺的一肚子义愤，全被轮番祝贺的家伙们斜压过来的腰身和横在头顶上的胳膊，湮没得毫无出人头地的机会了。一直到散席，他的身子才从一片人体的倾轧里挣脱出来。

但是不行，决不能眼睁睁看着单纯得白纸一样的心灵被哄骗，被涂抹得缺失了方向感。得赶快大喝一声：小心悬崖！

刚好戴五狗喝成一团稀泥，需要人护送。冯格和石江南一边一个搀扶着戴五狗走向宝马车。搬动戴五狗上车，是一件很费劲的事儿，这就给了周尚文可趁之机。就在大家七手八脚推搡戴五狗进车门的当儿，周尚文闪电式地挤上前去，双手端了屁股，肩膀扛住后腰，紧紧附着在了戴五狗的身上。戴五狗被塞进车里，周尚文也乘势跟进。就这样，周尚文削尖脑袋混进了护送的队伍里。

其实车里已经严重超员了。冯格和石江南扶架着戴五狗，三个宽大的屁股已把后排座位挤了个水泄不通。门若娜还拉上顺路的乔思思和她挤坐在前排单座上。谁也没注意到，这位尚文老大哥是用了什么缩身术才容身在人体如此叠压的间隙里的啊！

车子开了很久才到了戴五狗的家，同学们下了车，看到的是一处座落在城郊的小别墅。屋子里的气派更把个周尚文看呆了，那宽敞的大客厅，那从二楼环绕而下的楼梯，那凝重豪华的一切家居物事……这样的景致周尚文只有在电视剧里才见过。

门若娜已然是这屋子的主人了。她径直地领大家进了客厅，上了二楼卧室，熟练地给戴五狗从壁柜里拿睡衣，熟悉地给大家从冰箱里拿水果饮料，娇嗔地吩咐戴五狗的父母没事儿的，只是多喝了几杯，让二老放心早早休息……周尚文身子一激凌，眼睛一睁，白亮柔和的灯光底下，梦幻似的场景一下子刷新得异常清晰……周尚文恍然觉醒，此时此景的自己是咋样的无聊无耻，咋样的尴尬窘迫啊！

周尚文看了看和自己一起来的同学，看了看不断地递烟递水果的门若娜。他们在热热闹闹谈着什么，好像一个协调而亲和的群体，而自己却呆子一样被晾在一边，是如此的别扭，如此的不合群啊。周尚文沉沉地低垂下脑袋，躲避着门若娜不时地瞥过来的眼光，恨不得一脑袋钻进地缝里去！

客厅里落地式自鸣钟敲响了凌晨3点，在这么偏远的城郊，恐怕很难打上出租车

了。门若娜开玩笑说小车司机也睡觉了，这可是人不留人天留人啊。

门若娜让乔思思和自己睡一个卧室，把石江南和冯格安排在另一个卧室，把周尚文单独安排了一个房。

周尚文像进了迷宫一样，这儿瞅瞅，那儿看看，愣头愣脑的坐也不是，站也不是。看看天光色的墙壁，纵横的光柱。摸摸香软的被褥，感到全身芒刺不自在，无论如何也难以使自己与这样的环境融合。为了缓和尴尬，周尚文硬是挤出一句幽默："啊呀，你这是把我带进人造的梦境里啊。"

门若娜微笑着问："周老师，一定出乎你所料吧？"

"啊，不不不。"

"是不是觉得我特俗？"

"不不不，这样的环境才可以与你相匹配呢。"

"可我看你的态度，就是那种哀其不幸，恨其不争的。"

周尚文想了想，说："啊……不是的……"

"其实小戴是个很好的人。"

"这我知道，小戴是很男人的。"

"他是我小学到初中的同学，以前，我从来没有把他放在眼里，我也是周折了这一大圈以后，才反过来重新认识他的。就因为我太单纯，他也不复杂，我相信他会对我好的。"

周尚文又沉默了很久，他想质问既然这样，那他为什么和前妻不能从一而终。但他只怔怔地盯了一会门若娜，没有说出口。

门若娜却看出了他的心思："我知道你想说什么的，其实，他的前一个老婆是他父亲主婚的，原来是他父亲公司里的女秘书，小戴从一开始就有抵触情绪……"

周尚文打断门若娜的叙说："你还是把我误会了，小戴的为人是没说的，仗义、豪爽，为朋友两肋插刀，家庭又这样好……我只是觉得……觉得人一结婚，就等于走到了前程的尽头，有句名言说，世界上最大的悲剧，就是身边的美女突然嫁人……怎么说呢？我只是觉得你的结局应该是不同凡响的……"

门若娜果断道："周老师，我觉得平平淡淡挺好的！"

"啊，啊，我祝贺你俩，祝贺……"

"周老师，你休息吧，谢谢你送我们回家。"

"好的好的，你也休息吧。"

也不知是小卧室和被褥温馨得太过火了，也不知是市郊的后半夜太陌生了，一直到天亮，周尚文也没有睡着。但有一点可以肯定，他决不再为大美女的择偶问题而忿忿不平了。偶尔睁开困倦的眼睛，看见屋顶和墙壁上乳白色微光，他就想，是的，她生活在这样的环境里，的确是挺好的！

45

那天系里开会，坐在领导席中心位置的是一个小白脸。人看上去很文弱娇嫩，可觑觑的小眼睛却很有穿透力和震慑力，看上去比周校长和冯主任都厉害。他说一定要改变中文系一贯软懒散的现象，他说他就是毕业于某大学中文系的，所以他太了解中文系的德行了。不遵守制度纪律的是中文系，对学校吹毛求疵的是中文系，酝酿传播异端邪说的是中文系，不安分肯闹事的还是中文系，对了，学着文学里爱情是永恒主题追男逐女的更是中文系！都是小说惹的祸，都是因为成天从小说里挑毛病，拣问题，而后也把社会当成小说一样在里面横挑鼻子竖挑眼。你想想，那种社会，那类人，能经得起像挑剔文学艺术作品一样，专门拿个放大镜、显微镜吹毛求疵鸡蛋里挑骨头呢？他还很幽默地戏虐，你成天挑这毛病那毛病呢，我看你们挑毛病的毛病才是最大的毛病呢！你改不掉这样的毛病，那么你无论走到哪里都是另类，都是祸水，都永无你出头之日。他说这是他走出大学校门摔打了几年才总结出来的宝贵人生经验，你们正好赶上聆听我给你们指点，算你们三生有幸。

后来就听同学们交头接耳说，这人就是把焦克系主任挤掉的那个人。这位新系主任的话听上去让人很不舒服，对于这种杀入同行回马枪的家伙，的确要比周校长、冯处长这样的外行领导难对付得多。即将毕业的这一届学生们，都相互传递着眼色，嘀咕我们没赶上你这盖世太保才是三生有幸哩！不给任何人留任何隐私空间的盯梢与惩治，这样的领导实在是太可怕太恐怖了呀！但是这一届同学到底难逃最后一劫，毕业考试的好果子还是正好让他们给赶上吃了。

同学们纷纷到老班那里诉苦。焦老师听着同学们的嚷嚷，讥讽地抿嘴笑着。焦老师看上去愈发地通情达理了，很无奈地劝说大家，好好复习就是了，只要你学扎实了，任他采取什么手段都考不倒你们的。焦老师最后对同学们说，他和沈老师都要求调离泽西教院了，说已经向校方递交了请调报告。沈菲伊老师也忿忿插话说，像你周老师这样既年轻又有论著的教授，省里好多所大学都抢着要呢。我和你焦老师本来是想为泽西市师资水平的提高好好做点贡献的，可是武大郎的烧饼店是容不下高个儿的。要改变泽西落后的文化现状，先得改良了土壤才行呢，否则的话，优良的物种是很难在这里生长发展的。真是的呢，泽西教院可真是瞎眼了，周老师和我一走，整个中文系不彻底垮了才怪呢，系里这几个老师你们大家也清楚谁能吃几碗干饭的。不过你们这一届还算刚好赶上了，以后来的学生们看看他们怎样糟践吧？焦老师打断沈老师的话说，你政治盲人一个，尽是瞎说，是我们要求要调离的，又不是泽西教院赶我们走的，离了你地球照样转了一天又一天。沈老师抢白道，三十六计，毕竟走是最后一计嘛，这都是他们逼的嘛。焦老师叹道，你别瞎说，泽西教院还是对你我不薄，干部任用问题，单位的作用是很微弱的。人离活，树离死嘛，咱到了别的院校，说不定发展会更好呢。

其实，同学们最关心的是考卷谁判阅的问题。焦老师就答应大家说，这你们就别担心了，只要是我和你沈老师判阅，绝不会坑大家的。但你们也得考个差不多，你要是差得太远，想照顾你个及格分数，也靠不了谱啊。

同学们怏怏地回到教室，情绪越发紧张起来了。想想那位系主任毒毒的眼光，同学们都有点怯怯的。草草收拾起正在抄写的袖珍夹带本儿，彻底断绝了作弊作假的念头，都埋下脑袋嘤嘤嗡嗡的念叨得一片。冯处长巡查了各班复习情况，还特意出了一期简报表扬中文系，说中文系在年青有为的系主任的领导下，班风学风发生了根本好转，还号召各系向中文系学习。焦克指导复习时，嘴角时不时地向上翘上一翘，以示对现行教育理念的不屑，但可以看得出，他上课一点都不含糊。沈老师也比以往复习抓得更认真了。

何玲拿着一本书翻着翻着就狠狠地摔了，再拿起另一本书翻看起来，另一本书也看不了几页，就又摔一边了。那本书也需要认认真真记，认认真真背，可又那本书也看不进去。看得恼火了，就扭后身子，埋怨地向金浩瀚瞪白眼。金浩瀚急忙探头过去关怀问询又咋么了。何玲恶声恶气道，你就光管你学哇，等你学好了，还能金榜题名，独占鳌头呢，还能御皇宫院招驸马呢，书中自有颜如玉呢，恨不得一脚踹开秦香莲呢。金浩瀚就苦着脸嗫嚅，这这这学习的事能顶替吗？何玲就反驳，还叫你顶替呢？辅导辅导还用不动你老先生呢。金浩瀚的脸就愁成了包子状，急忙过去竭忠尽智，一边叨叨个不住，这咋么辅导呢，知识点都在书里嘛，你按照老师划定的念你的就是了嘛，你念会了背会了，那就差也差个八九不离十嘛。何玲就拉下脸噘起嘴说，算了算了，你不想管就算了，考不及格就不及格吧，也不知给那个狗考呢？金浩瀚在何玲课桌旁傻站了一顿，悄悄在何玲耳边说，那咱这样吧，等考试时，你把考卷写上我的名字，我写成你的，横竖我金浩瀚不怕丢人。第一我不能让我媳妇丢了人，第二我要保证你拿上毕业证，这样行吧？何玲继续气哼哼地恼了半天，恶狠狠说，算了算了吧，宁叫我毕不了业吧，还能让你大男人家毕不了业？你不嫌败兴，我还嫌脸上无光呢。我也是越学越脑筋不对了，跟你说说气话嘛。你安安心心学你的哇，我家男人金榜题名了，我何玲是啥的风光哩？

门若娜也是横竖看不进书里去，看看周围一人一副胸有成竹的样子，她就越焦急得两眼冒火星。再看看课桌上二尺多高的一大摞书，眉头就微微皱起，捧书的双手就一个劲儿地颤抖。戴五狗在学习上又一点也靠不上，即使是靠得上，门若娜也不会像何玲那样把烦恼发泄给男朋友的，自己的苦衷自己扛着就是了。戴五狗这边呢，尽管人家不迁怒于他，但自己也看得也心疼，就探过头去安慰，你是咋了，不叫你着急不叫你着急嘛，你总是这样，考好就考好，考不好就算了嘛，咱等补考再说嘛。即使补考也及不了格，领不到毕业证，领个肄业证也行嘛，咱又不像别人那样当教员评职称呢，横竖是来我爸公司上班就是了嘛，有那纸片子和没那纸片子，都是一样的。门若娜低声嘀咕，少跟我啰嗦啊，我才不在你家公司里上班呢，我还有我的事业呢。戴五狗就说，那行，那行，怎么样都行，你想搞事业那你就搞，我让我爸给你投资个广告公司就是了，但那就更用不着那张破毕业证了啊。要是用得着，街上办证的多呢，咱要办就办一张名牌大学的，你就是靠成绩拿上一张泽西教院毕业证，不说人家用人单位了，我戴五狗都看不上的。其他同学都是回原学校教书的，是评职称用的，咱自由职业者用得着为那张破纸片着急吗？门若娜反驳说，那你还来凑什么热闹啊？戴五狗接口说，我来是为了追你嘛，我的目的已经达到了嘛。门若娜就皱了眉，说什么呀？戴五狗赶紧解释，开玩笑，开玩笑的，要说咱来进修，也还想把自个儿好好锻造锻造的，这目的咱也达到了，有没有毕业证，横竖肚子里就这些货了。

不等戴五狗嚷嚷完，门若娜就扭过头，向周尚文诉苦，说她肯定是毕业不了的，等着丢人就是了。周尚文只得安慰她，说只要座位能安排在一起，只要监考不是很严，那你就不用发愁，和以往考试一样，有你周老师的就有你的。可你看这架势，绝不会安排同班在一个考场考试了。门若娜一听更急了。

周尚文看着门若娜焦急的样子，心疼的程度不亚于戴五狗。怔怔地想了一顿，说，咱这样吧，你也不要急，急了也解决不了问题的。咱这样你看行不行，一对一的偶然碰撞率太低了，设法使一对一变为一对几，碰撞率就相对高一点。我要能挨近你，那当然好了。将如不行，那我就让我们宿舍的老家伙们一同来帮你，不论谁和你安排在一起，我就让谁承担帮你度过难关的责任。你放心，只要谁有幸临近你，我保证让他保质保量完成任务，何况小戴又慷慨帮助过他们呢？

门若娜把周尚文的话反馈给戴五狗，戴五狗立马就把308宿舍舍民们请到豪华酒楼搓了一顿，酒席散后，还每人给了一条软云烟。

当门若娜拿到座次表一看，恰好她的左侧相邻的是周尚文，激动得差点就跳起来了，狠狠戳一下戴五狗说，老天不坑绝路人，车到山前必有路呀。戴五狗也着着实实松了一口气，说，哎吔，谢天谢地，这我就放心了。戴五狗还对周尚文许诺说，周大哥唉，念书这种事，咱虽然不行，可别人咱还信不过他们哩。你周大哥不光是答案靠实，其它方面也是靠得住的大好人嘛。周大哥唉，只要你帮小门科科都过了关，我戴五狗一定要重重谢你周大哥的，吃吃喝喝烟烟酒酒那就不在范围之内。

周尚文发愁说，要是以前，这就不算个事儿，可轮到我们毕业考试了，偏偏遇上个盖世太保系主任，这种事情实在是有风险哪，弄不好还会背处分的。要是别人你给我金山银山我也不敢答应的，可现在是你小戴开了口了，你在我关键时候帮助过我，即使你周大哥我考不好，也要保证我弟媳妇考好的。不怕那盖世太保咋样把考生当敌人整治，猎人再狡猾也斗不过好狐狸！戴五狗激动得一把抓了周尚文的手，说咱哥们这就算交上了，毕业后不管咱们彼此走到哪，咱都永远保持相互联系相互照应，也不枉咱哥俩同学一场！

可是考试前一下午，系主任突然召集中文系开会宣布，不光要像高考那样要把考生

拉开距离，还要采取AB卷的形式，把考生间隔开。这就彻底断绝了相邻桌凳之间的帮扶关系。像门若娜们这样彻底依靠外援的考生，一听就急得哭鼻子抹泪了。

门若娜是A卷，周尚文以及与之相邻的前后左右四个人自然就都是B卷了。望着急出泪水的门若娜，周尚文不住地摇头叹气，责骂盖世太保这一招做得太绝太损。越是落后的国家，惩治百姓就越是残酷；越是落后的学校，整治考生就也越是无情。其实，周尚文一听说采用AB卷间隔座次，就明白门若娜只有依靠斜对角的韩向东了，只是在自己还没有彻底放弃完成任务的可能性之前，无论如何也不乐意把困难推卸给其他同志。

但现实就是这样的残酷，自己要是继续承担拯救苦难者的使命，那难度和风险实在是太大了。在万般无奈的情况下，周尚文才不得不把如此重任委托给好友韩向东。可这老奸巨滑的家伙却假装很不情愿，一个劲皱着眉头推卸责任，说，啊呀呀，这事可非同小可，咱这人胆小如鼠，叫咱这人在白色恐怖下干特务工作？不是逃兵也是叛徒，不成不成，你另找他人吧。后经周尚文的再三说服，加之戴五狗的高额利益驱动，吊塄瓜才用手一下一下挖着胳肢窝说，呀呀，你们这简直是要我的命哩，不过彻底拒绝的话到底很难说出口。戴五狗的一大堆高级营养品和高级烟酒又在床边闪闪发着光，又当着眼巴巴等待着回话的门若娜，这这这你说这……胳肢窝挖到最后，只得勉强答应说到时候看情况。

到时候看情况？你吊塄瓜的意思是到时候行就行，不行就拉倒？是吗？这可真是艰难险阻才能考验出真心呀！门若娜失望地摇摇头，又是一眨一眨的两眼泪。

何玲见状，就过来安慰门若娜，你也是的，都这阵势了，你还抱什么希望呢？咱这一届学生算是倒了八辈子霉了，刚刚进校赶上新校长上任的三把火。现在临毕业了，又赶了个新系主任的三把火。横竖就是这一堆了，人为刀俎我为鱼肉就是了。门若娜一听，哀怨道："能跟你一样吗？你是吃铁饭碗的嘛，我还想拿着文凭找饭吃呢……"

直到临进试场的前一刻，周尚文才最后下了决断，悄悄对门若娜说，你坐在我的位置上。还没等门若娜反应过来，就严肃了脸毅然决然地坐在了门若娜的座位上了，坚如磐石得像焊接了似的，不容门若娜有开口的余地，只用很凶的眼光驱使她赶快坐到贴着周尚文的考号的座位上。

门若娜虽然坐在周大哥的位置上，心里却难受得比考了不及格还厉害，可是一切都晚了，已经不能有一丁点儿声张了，凶恶的监考已经器宇轩昂地走进来了。她赶紧扭头哀怨地看了周大哥一眼。周大哥立刻用眼神告诉她，没事的，没有准考证对照片，再高明的监考也发现不了偷梁换柱这种妙招的。其它班不认识的同学，根本搞不清谁是谁；至于两年来这么和谐相处的同班同学，小戴的人气又那样好，有谁会在即将离校的时候去干揭露别人的勾当呢？更何况当事人还是你小门呢？你还有什么担心的呢？

门若娜只得调整心态，适应突变的处境，必须尽自己的能耐把题答好，尽可能地给周大哥多积累一点分数。

考试终了，在考卷抬头部分，门若娜万般崇敬万般感激地写下了她周大哥的名字和

考号。

第一堂可以这样的考下来，后面的几场就都好办了。

隆重而紧张的毕业考试终于进行完了，门若娜还是提心吊胆地找到周尚文说，叫阅卷老师认出笔迹可怎么办呀？周尚文老道地摇着头说，你就把你的心踏踏实实放肚子里吧，其它班的老师呢，他咋么辨得清谁是谁的笔迹。要是遇上本班老师呢，那就谢天谢地了，在即将离别的时候，恐怕这正是给了老师们一个送个人情的机会呢。只有傻子才会在集体阅卷的场合大惊小怪叫喊起来揭发作弊情况呢。周尚文最后强调，但是有一条，该打点的还是叫小戴打点打点更稳妥。

46

2001 届中文系分数在教学楼道专栏里公布出来，周尚文探头探脑来到榜下，门若娜 3 个字赫然排列在第三名的位置，一股强烈的幸福感爽然刷过周尚文的心头。周尚文心里狂呼：啊！那美艳符号后面跳动着的是他周尚文的心脏啊；那优雅字面下面涌动着的是他周尚文的智慧啊！这才是世界上名与实最妥贴的结合啊！这两者吸附得那是多么完美无间啊！这是偶然还是机缘？是讽喻还是征兆？望着门若娜三个字，就像看到自己多年心血浇灌的学术成果那样激动，那样荣耀。比看到自己考了好成绩还热血沸腾。甚至比收到日本出版通知单还有成就感哪！

周尚文盯着那名字激动了很久，才想起灵魂以外的自己，这才开始从榜尾找尚文这两个字。8 门课只有 1 门及格，差一点就成了中文系 2001 级的榜尾生了。这是预料中的事，不，比预估的还要好得多。她还给他苦苦熔铸出 1 门及格的辉煌，真真难为她了呀！周尚文满意得甚至还有点动容，甚至是陶醉或者欢欣鼓舞哪！奉献本来就是牺牲自己成全别人的，为朋友两肋插刀哪不就是要命吗？命都可以搭上，把一次心血奉送最喜欢的人，那是多么感动多么幸福的事儿呀！送人玫瑰，手留余香啊！完全彻底为人民服务的感觉果然是好啊！

周尚文总算是把视点调整回最贴近自己的现实里，他这才发现周围一片古怪眼光，正在朝他挤弄，讥讽的、鄙视的、愤怒的，当然也不乏嫉妒的。此时的周尚文胸膛里有的是足足的勇气，他把脑袋扬得高高的，气色很好地沐浴在嫉恨的汪洋里，心里热乎乎地洋溢着一浪一浪的暖流。

周尚文觉得手后侧有点痒痒，刚要抬手，就觉那痒痒嗖嗖地窜到手心里，接着就感觉出一个硬硬的东西……周尚文抬手一看，是一小块折叠的纸片。周尚文急忙扭头，只见那窈窕的背影已然一闪消失在人群里了……

纸条上写着约会的时间，地点还是他与她第一次相约的情缘酒吧。

晚饭后，周尚文准时到了情缘酒吧，门若娜已经等在门口。门口的霓虹灯刚好映照着她那娇美的身影，她又穿起那件小旗袍，卷曲的长发柔顺地披散在裸露的肩膀上。迎

着灿烂的微笑，周尚文跌跌撞撞奔向门口，气息一阵比一阵急促，心一阵比一阵慌乱，一边点着头，一边表示对迟到抱歉。就在进门的那一刻，垂挂在肩膀一侧的胳膊，突然被门若娜挽了起来……啊！这不是看电影时向往的旧社会上流人士挎美女步入百乐门的镜头吗？仓惶间，周尚文赶紧挺直有点罗锅的腰身，使劲从骨子里破坏性地开采出一点点绅士风度。

好像还是当初那组桌凳，还是那样的灯光和氛围，只是门若娜没再安排他与她相向而坐。周尚文只觉得自己被香软的臂弯拉扶着，跟进一个长座椅里，并排落了座……啊呀！这不是愈发搞得更像情侣结构了吗？

红红的烛光映照着红红的酒，周尚文却咋么也找不到幸福的感觉，只是觉得身子一个劲地收缩，心也跳得要命。一连碰了几杯酒，周尚文还是极度清醒地忍受着窘迫，但酒味倒是很熟悉的，对了，叫“水晶之恋”，黏黏的甜甜的，此时此刻的周尚文，多么需要痛快淋漓地来几杯烈酒啊！

“我该怎么谢你呢，周老师？”

“你瞧你，又说见外话了。”

“这几天，我心里好好不安啊，像偷了人似的。”

“再别说谢我的话了，我乐意那样做，不存在谁谢谁的问题，要说谢，我还得谢你呢，是你给了我学雷锋机会的。”

“知恩不报，我心里会不安的。”

“小事一桩，没必要放在心上。”

“怎么是小事呢？搞得你连毕业证都领不上，这还是小事啊？要被发现，还要背处分呢，你怎么回去面对嫂子和单位同事们啊？”

“没那么严重，不就是补考嘛。”

“反正我心里一直不踏实。”

“可别这样啊，你这样，我的心才不踏实呢。”

又碰了几杯，门若娜叹一口气，两眼怔怔地盯住烛光：“周老师，我问你个不该问的问题，好吗？”

“你问吧。”

“你，你为什么要为我做出这样大的牺牲呢？”

“这……啊……”

“没事，周老师，你是怎么想的，就怎么说，我不会反感的。”

“这……怎么说呢，世界上不是所有的事都可以找到明确理由的。”

“理由是有的，只是不好表述吧？”

“啊，也许是的……不是的，语言本来就难以把情感表达确切，情感是混沌的，复杂的，而人类语言却是单线条的。”

“周老师你又把话扯远了，其实你的回答就在你口边呢，周老师，没什么的，有什

么你大胆说嘛，得到你的回答，也正是我今晚邀请你的目的呀。”

“啊……其实，也没什么的……”

门若娜目光直直地盯着周尚文，等着他的回答。

“其实……就是不想看你着急！”

“周老师，我只想听你更直白的回答，你为我在所不辞，我也要对得起你的……”

“啊，这……”周尚文的心很细微地哆嗦着，他歪下脑袋，看了看长发映衬下无比秀美的脸庞。

门若娜也歪了头，怔怔盯了周尚文片刻，说“你说得对，用语言表达出来的情感是苍白的，假惺惺的。”

周尚文突然朝服务小姐喊：“可以来一瓶‘老白汾’吗？高度的。”服务小姐向他解释酒吧里没有烈性酒，周尚文又大声喊：“没有，出去买去，欠不上你们的钱！”

服务小姐提回一瓶‘老白汾’酒，周尚文分斟到两个酒杯里：“来，干！”

门若娜没有推辞，端起酒杯就要喝，周尚文突然又按住门若娜的胳膊，说：“不，我喝白的，你喝红的，你是女孩。”

周尚文一连喝下几杯，就觉胆气一股股地从丹田向脑门升腾，向全身扩散，话也渐渐多了起来：“没什么的，真的没什么的，都是哥们，小戴没说的，小门你更没说的，说到那方面我都应该帮帮你俩的。这有什么？不就是个补考嘛？这对我来说小菜一碟，小菜一碟……”

门若娜说话的声音也有点高了：“你还在绕，那你为什么不帮别人，就帮我呀？”

“这……唉，那好吧，这可是酒后的话啊，说错了，全当是醉话。说对了，那，那就当酒后真言吧。小门唉，也不知是咋了？老了老了，你说你周老师我咋就这德行了？自从第一次见了你，就成了你的粉丝了，就想追你捧你，就想为你效力，为了你呀，你哥我剜筋割肉都成……你说你哥我是有非分之想？细细一想，也不是的。你说不是？可，可，可，唉！越老越是老不正经了，有时自己也觉得自己实在是没意思，没意思的……可你说也怪了，只要见你在教室里坐着，心里就踏实；你一不在，就没魂儿了似的，听也听不进去，看也看不进去。只要有个为你效力的机会，我就想牢牢地抓在手里，见你为毕业考试发愁得什么似的，你说我咋能眼睁睁看着不管哪？咋能袖手旁观隔岸观火哪？一旦决定了帮你，那我就帮定了，你要不接受，那才伤透我的心了呢！你说你还要谢我呢，我谢你还来不及呢！”

门若娜突然夺过白酒，喝下一杯，说：“周老师，今晚，就是你的！”

“啊！”周尚文一激灵，脑袋里哗然天崩地裂一片浑沌，像刚刚经历了宇宙大爆炸的那一刻，需要经过几亿年的时间，才有可能形成新的天体星系。周尚文痛苦地等待着熔岩的裂变飞溅游走碰撞相融相吸，而后凝结成运行有序的崭新空间……周尚文血液凝固，唇舌僵直，眼里一片晕眩。但老家伙却清醒地觉出娇柔的身子已经向他倾斜偎依过来……周尚文仗着懵懂趁着昏眩，猛地一横心，一只手就搭在了门若娜外侧裸露的肩

上。他感到了肩部皮肤的细软，觉出了纤细腰身的香柔……但是接着，动作就像速冻了似的僵住了。

周尚文好像维持着一个造型似的，一动不动。门若娜也像有点醉意似的，疲软地偎依在他的胸脯上，脑袋歪歪地枕在他的肩膀上。她的表情怎么样，周尚文看不见，是眯缝成陶醉，还是水灵灵地闪动着？不知道，他也无需知道，最最要紧的是下面的节目该咋样进展：她说今晚就是他的了……那么，也就是说，下一步……啊呀……周尚文几乎要昏厥了。但是，她的的确确说是今晚是他周尚文的了，那么……如果……可以把这样绝色的美人拥有一个夜晚，不，那怕是一小会儿，那他周尚文即使从明天一早就死掉了，这辈子不也就不枉为人一世了？那么，下一步该咋么办？想像中的情景总是那么妙曼无比，那么销魂荡魄。然而这一切又像色彩斑斓的的屏幕，明明近在咫尺，却又没法置身其中。好像从最初萌发革命理想，到走完了九死一生的万里长征，距离胜利只剩一步之遥了……这 100 多斤的一块却突然冷冻了似的固化了。任凭自己咋么给自己鼓噪呐喊豪言壮语，革命雄风就是咋也鼓不起来了。情感越是激荡得厉害，肉体越是僵硬得一动不动。既而，眼中的场景已经开始一阵阵地清晰起来，最要命的是，一锅粥一样懵懂的脑袋瓜也就在这时突然地清醒了。周尚文大吃一惊，横搭在门若娜肩膀上的手也烫着似的缩了回来……

“怎么了，周老师？”

“啊呀，你看我，你看我真是昏了头了。”

“什么呀？”门若娜坐直身子，表情有点莫名其妙。

“我，我有点喝多了，你看我真是的……”

“周老师，你又怎么了呀？”

“啊，不……”

“嗯呀，周老师，你看你……”

“也许……你太完美了，太圣洁了，决不能在我心里有一点瑕疵，一丝污点。”

“不，我没有你想像得那样好，我也是最最平凡的一个人，一个女人。”

“不，不，大爱无行，大爱无行啊！”

门若娜怔怔地看了看周尚文，轻轻叹了口气。

“小门，时间不早了，你咋么回呀？”

“我让小戴开车来接我吧。”

“那，那我先走吧，我先走吧……”

门若娜一手拿着手机跟戴五狗通话，一手拉住周尚文：“不，叫小戴送送你吧。”

周尚文越发慌张地说：“不用了，不用了，我走着回去，走着回去。”

门若娜娇嗔道：“小戴一会就来嘛，这么远怎么能走着回去啊？”

“不不不，我想走走，我想走走，千万别让小戴送我，千万啊！”一边说着，一边倒退着离开座椅，先走出酒吧，而后消失在街区黑影里。周尚文走了很远回头看时，见门若娜还伫立在酒吧门口，向他这边久久地望着。

47

两年的大学生活并不能像一部文人小说结构得那样浑然一体，有始有终。毕业的日子一到，千丝万缕的人物脉络就被一刀斩断了。像一部热播的电视连续剧，突然停电似的，也不管故事是不是按照自身规律发展到了它的必然结局，就戛然绝然地终止了。

王天翔和金浩瀚的婚事还在筹备之中，周尚文在日本出版的书还没寄来，戴五狗和门若娜更是成心不让同学们喝他的喜酒，居然把婚礼吉日选择在国庆节那天，老班本来说要在大家离校之前把婚礼举行完的，可现在也因为跑调动而推迟了。同学们在喝散伙酒的时候，虽然都热情万丈地嚷嚷说有事一定要相互通知相互帮衬，可又谁都心里明白，情随境迁人走茶凉，这会儿的信誓旦旦很快就会被新时空里的新页面重叠覆盖，被排挤叠压在记忆的底层了。两年的学习生活，就像刚刚给一本大部头作品作了个铺垫，就被岁月的利刀拦腰斩断，给大家留下无尽的遗憾与揣测。

毕业总结会也开得简直不成个样子，按照议程安排，一项一项的内容应该是很隆重的，冯格主持，老师代表讲话，学生代表讲话，发放毕业证，最后由班主任焦老师总结发言，后面还有老师同学们准备了几天的联欢节目。可是冯格这样的冷血家伙，却在开场白中就动了感情。他先给大家承认了一顿错误，说他态度不好，不善亲和，死认真，一定给同学们留下不好的印象了。还极其诚恳地感谢大家这两年来对他班务工作的配合支持，说整整两度春秋，怎么竟像打了个盹，一转眼就面临结束了呢。大家刚刚由陌生到熟悉，由漠然到友谊，正像是中学毕业留言本上写的那样，友谊的常青树刚刚繁茂，就不得不连根拔起了呀，同学们！两年啊，人与人的友情刚刚发展到最佳火候，咋么忽然就各奔东西了哪？这一别再见面又在何时？也许还不知道能不能再有见面的机会哪？冯格说着说着，就有点哽咽，眼圈也发了红。冯格自己倒是控制住了，但悲切的涟漪却泛滥开了，许多女同学先就抽泣起来了，男同学也都喉咙眼里哽了一块，都低垂了脑袋。

老师代表发言的是沈菲伊，她刚走上讲台，还没出声就哽住了。她这一哽咽，就像在悲情的堤坝上打开个缺口，许多女同学就都哭出声儿了，东倒西歪的抱成一团。大半天，冯格才让大家静下来。

沈菲伊老师先是说她只是想让大家多学一点东西，所以难免对同学们发脾气耍态度。希望同学们谅解，最后的内容就集中在莫名其妙的忏悔上，说她虽然是教大家的老师，可论年龄论经历论处世，都不如同学们，有时还要小心眼什么的。“尤其……”，这两个字刚刚出口，就又哽咽得说不成话了。只见她迅疾地走下讲台，走到她那几个城里同学身边，将门若娜一把拉起，紧紧拥抱在一起，就说了一声“老同学……我……误会你了……”教室里又爆出热烈的掌声，两人的对话很深情，但什么也没听见。两人的拥

抱一次又一次地加码，掌声也一浪又一浪地掀起……

倒是金浩瀚的讲话把气氛调节得欢悦了一些。他是代表学生发言的，他说一辈子的时光都经不起用来悲悲戚戚，咱这短短的的两年，甚至就这短短的几天了，咋能这么哭哭啼啼糟践了呢？我看咱们还是高高兴兴欢欢乐乐过好咱们临别的分分秒秒吧。咱虽然是中文系，但咱千万别学古人“都门帐饮无绪”、“日暮乡关何处是，烟波江上使人愁”，动不动就愁愁愁，愁什么愁，纯属自寻烦恼，都21世纪了，高兴还高兴不过来呢。最后他又扯到他的的事业上，他说哥们姐们大家就等着吧，姓金的从来不服当代任何人，满肚子的独到见解绝不可能化作一团嗳气打了饱嗝儿。说是“文学研究”期刊社大前天已经给他来函了，对他的两篇稿子提出修改意见了。尽管堂堂国家级学刊提出的意见也很保守，我姓金的也不会单单为发表刊登而把自我扭曲成一枝病梅，但来函还是很中肯的，对文章的评价很高的。

同学们对金浩瀚的话虽然半信半疑，但大家还是很热烈地为他鼓了一顿掌。

发放毕业证的仪式，搞得很不庄重，没有像正规院校那样由校长亲自颁发，也没有让相关领导来隆重宣读领证者的名字，几乎和平时发作业本一样，由前排座位的学生从讲桌上一人拿了一摞，一本本地扔向了目标。这种发放方式，的确是是非常的人性化，十分有效地弱化了优与劣、荣与辱在现场的强烈对比，等于帮助周尚文、戴五狗、何玲等几个未毕业的学员躲过了丢人现眼的一难；也使得门若娜避开了众目睽睽下承受荣耀光环的一劫。

最后是班主任焦克发言，与开学见面会那一次发言相比，就低调得多，成熟得多了。学生味书卷气几乎剔除殆尽，明显地增加了几分沧桑感与悲凉感。一个劲地承认他工作中的缺点，反反复复地强调要保持友谊，保持联系。讲到结束部分，焦克的语调更加凝重更加伤感，一派过来人的语重心长。他说：“同学们，安安心心地教书很好，千万别涉足官场，仕途险恶，仕途险恶啊！”

会后的第三天，就是离校的日子了。一大早起来，308宿舍的舍民们就各自忙着收拾各自的行李，一人掘着一个屁股，一个出着一脑袋汗，一人一副自顾自的样子。韩向东和史大可首先扛着行李卷出了宿舍。县里来接冯格的小车也开到楼下，冯格让王天翔搭顺车，王天翔一边帮着冯格搬行李，一边笑嘻嘻地告大家，等婚典办事时各位一定来，一定来啊。紧接着，何玲来接走了金浩瀚，宿舍里就剩下了周尚文一个人。不过此时的周尚文已经很慷慨地拿定了主意，坚决不亲自肩扛行李卷走那一段路，而且要大大方方地打出租车了，把回家的车费预算一咬牙增加了整整10元钱，居然一点儿都不心疼了。

就在周尚文向出租车款款招手的当儿，就见收发室老头喘吁吁跑来一路叫喊着：“2001中文一班周尚文走了没有？2001届中文一班周尚文走了没有……”

周尚文急忙迎上去，说他就是。收发室老头喘着气说：“幸好幸好你还没走了，昨天就寄来了，我认不得上面的字，幸好刚刚一个外语老师才认出来，是寄给2001届周尚文的，幸好你还在，迟一步走了可叫我哪里找你去。快去拿上吧，两大包呢，不知道是什么东西。”

周尚文一口气跑到收发室，打开牛皮纸包一看，齐齐整整的两摞精装本，亮铮铮的耀然眼前，拿起一本翻看看，两手哆嗦得一团糟，满书的日本字，圈圈点点的一个也不认得，但还是从目录里，依据字面轮廓，确定了自己的名字。按着页码翻到他那篇小说的地方，隐隐约约还可以照猫画虎地辨清，那确实是自己的那篇小说。

两大包书已然在眼前了，可是，无论是老师，无论是同学，鬼都没有一个了。

咋么办呢？已经不可能再把全班同学集中起来宣布自己的书正式问世了，更没必要立马就打电话告知所有人和门若娜说印有自己大名的书终于漂洋过海回来了。只有一种可能，那就是与行李卷一起收拾回原单位，收拾回自己家了。徘徊间，周尚文猛然想起应该给焦老师和沈老师每人送一本。于是急忙拿了两本书急匆匆赶到焦老师住处，焦老师屋里却出来一个年轻人，说他是刚刚住进来的，这里的老师他还一个都不认识。

周尚文怔了老大一会，确认了“2001届中文一班”已经不复存在，预想的热烈场面也决不可能出现了。倒是硕大的行李卷外，又多出两捆很有份量的东西，从身内到身外都算得上是真正意义上的满载而归了吧。好了，打车吧。也该真正意义地离校了。

周尚文招来出租车。一边往车后盖里搬东西，一边发笑，成功喜悦没有找到一个分享的人，行程的份量倒是增加了几十斤，其作用是一下子强化了打乘出租车的必要性。本来打车的钱完全够乘长途车回家的，相同的钱，花在不相同的长度单位上，心里总有一点不踏实。这下好了，不但距离的含金量可以用重量来弥补，最主要的是，叫周尚文既肩扛行李卷又手提这两包书，那是绝对对付不了的。

周尚文“砰”的一声合上车门，一屁股跌落在车座里，车子就缓缓开动了。车子驶出校园，驶上街道，繁华的街景和花花绿绿的人群，全被一拨一拨甩在后面，侧目望着车窗外表情茫然的的行人，就觉一阵身心飘然。大约人生也是这样，能在行进中超越别人，就是胜利，就是潇洒啊！

别了，我的大学！别了，我的二度青春！

特别互动：破解告密者

尊敬的读者：

校园生活并不能像其他原创小说那样，使故事结构浑然一体、有始有终。毕业的日子一到，就像一部热播的电视连续剧突然停电似的，一切让人魂牵梦萦的人物命运、故事脉络就戛然绝然地终止了，这也为阅读者留下诸多未解的谜团，尤其是隐匿在同学们中间的那个告密者到底是谁，成了一个最吊人胃口的谜团与悬案。

作者脱稿后，曾请几位作家朋友审阅，他们都提出了同一个问题：告密者是谁？本书责任编辑张瑛也问及作者，作者却把问题的排球打了回来：您说告密者应该是谁呢？

是呀，您说告密者应该是谁呢？

亲爱的读者，如果您能破解了书中告密者的悬案，请您与作者直接联系。作者雨禾将在他的博客上就此话题发起热烈讨论，并就此话题展开与读者的互动。

作者博客：http：//blog. sina. com. cn/sxqywjhxc

责任编辑张瑛邮箱：yingzhang369@yahoo. com. cn